·语文阅读推荐丛书·

牡丹亭

汤显祖／著　徐朔方　杨笑梅／校注

人民文学出版社

图书在版编目（CIP）数据

牡丹亭／（明）汤显祖著；徐朔方，杨笑梅校注. —北京：人民文学出版社，2018（2021.7重印）
（语文阅读推荐丛书）
ISBN 978-7-02-014260-6

Ⅰ.①牡… Ⅱ.①汤…②徐…③杨… Ⅲ.①传奇剧（戏曲）—剧本—中国—明代 Ⅳ.①I237.2

中国版本图书馆 CIP 数据核字（2020）第 139421 号

责任编辑　葛云波
装帧设计　李思安　崔欣晔
责任印制　王重艺

出版发行　人民文学出版社
社　　址　北京市朝内大街 166 号
邮政编码　100705

印　　刷　三河市龙林印务有限公司
经　　销　全国新华书店等

字　　数　240 千字
开　　本　650 毫米×920 毫米　1/16
印　　张　21.25　插页 1
印　　数　52001—57000
版　　次　1963 年 4 月北京第 1 版
印　　次　2021 年 7 月第 10 次印刷

书　　号　978-7-02-014260-6
定　　价　29.00 元

如有印装质量问题，请与本社图书销售中心调换。电话：010-65233595

出版说明

从2017年9月开始,在国家统一部署下,全国中小学陆续启用了教育部统编语文教科书。统编语文教科书加强了中国优秀传统文化教育、革命传统教育以及社会主义先进文化教育的内容,更加注重立德树人,鼓励学生通过大量阅读提升语文素养、涵养人文精神。人民文学出版社是新中国成立最早的大型文学专业出版机构,长期坚持以传播优秀文化为己任,立足经典,注重创新,在中外文学出版方面积累了丰厚的资源。为配合国家部署,充分发挥自身优势,为广大学生课外阅读提供服务,我社在总结以往经验的基础上,邀请专家名师,经过认真讨论、深入调研,推出了这套"语文阅读推荐丛书"。丛书收入图书百余种,绝大部分都是中小学语文课程标准和统编语文教科书推荐阅读书目,并根据阅读需要有所拓展,基本涵盖了古今中外主要的文学经典,完全能满足学生成长过程中的阅读需要,对增强孩子的语文能力,提升写作水平,都有帮助。本丛书依据的都是我社多年积累的优秀版本,品种齐全,编校精良。每书的卷首配导读文字,介绍作者生平、写作背景、作品成就与特点;卷末附知识链接,提示知识要点。

在丛书编辑出版过程中,统编语文教科书总主编温儒敏教授,给予了"去课程化"和帮助学生建立"阅读契约"的指导性意见,即尊重孩子的个性化阅读感受,引导他们把阅读变成一种兴趣。所以本丛书严格保证作品内容的完整性和结构的连续性,既不随意删改作品内容,也不破坏作品结构,随文安插干扰阅读的多余元素。相信这套丛书会成为广大中小学生的良师益友和家庭必备藏书。

人民文学出版社编辑部
2018年3月

目　次

导读 …………………………………………………………… 1

前言 …………………………………………………………… 1

作者题词 ……………………………………………………… 1
第 一 齣　标目 ……………………………………………… 1
第 二 齣　言怀 ……………………………………………… 4
第 三 齣　训女 ……………………………………………… 9
第 四 齣　腐叹 ……………………………………………… 16
第 五 齣　延师 ……………………………………………… 20
第 六 齣　怅眺 ……………………………………………… 25
第 七 齣　闺塾 ……………………………………………… 31
第 八 齣　劝农 ……………………………………………… 38
第 九 齣　肃苑 ……………………………………………… 46
第 十 齣　惊梦 ……………………………………………… 51
第 十 一 齣　慈戒 …………………………………………… 60
第 十 二 齣　寻梦 …………………………………………… 62
第 十 三 齣　诀谒 …………………………………………… 69
第 十 四 齣　写真 …………………………………………… 73
第 十 五 齣　虏谍 …………………………………………… 79

第十六出	诘病	83
第十七出	道觋	88
第十八出	诊祟	96
第十九出	牝贼	103
第二十出	闹殇	105
第二十一出	谒遇	114
第二十二出	旅寄	122
第二十三出	冥判	126
第二十四出	拾画	144
第二十五出	忆女	147
第二十六出	玩真	150
第二十七出	魂游	154
第二十八出	幽媾	160
第二十九出	旁疑	168
第三十出	欢挠	173
第三十一出	缮备	178
第三十二出	冥誓	182
第三十三出	秘议	190
第三十四出	诇药	194
第三十五出	回生	196
第三十六出	婚走	200
第三十七出	骇变	207
第三十八出	淮警	210
第三十九出	如杭	212
第四十出	仆侦	216
第四十一出	耽试	220
第四十二出	移镇	226
第四十三出	御淮	230

第四十四齣	急难	234
第四十五齣	寇间	238
第四十六齣	折寇	242
第四十七齣	围释	246
第四十八齣	遇母	255
第四十九齣	淮泊	261
第 五 十 齣	闹宴	266
第五十一齣	榜下	273
第五十二齣	索元	276
第五十三齣	硬拷	280
第五十四齣	闻喜	289
第五十五齣	圆驾	294

附录一 关于版本的说明 …………………………… 304
附录二 杜丽娘慕色还魂话本 ……………………… 307

知识链接 ……………………………………………… 314

导　读

　　《牡丹亭》为明清文人传奇的代表作之一。其作者汤显祖（1550—1616），字义仍，号海若、若士，别署清远道人，晚年自号茧翁，书斋名玉茗堂。江西临川人。年少时即文名远扬，万历十一年（1583）进士。后任南京太常寺博士、南京礼部祠祭司主事。万历十九年（1591），因上书《论辅臣科臣疏》，批评时政，被贬为广东徐闻县典史。万历二十一年遇赦，内迁浙江遂昌知县。万历二十六年，向吏部递交辞呈，不待批复即去职还乡。有《玉茗堂文集》，包括诗十八卷、赋六卷、尺牍六卷。传奇除《牡丹亭》（1598）外，尚有分别据唐传奇小说《霍小玉传》、《南柯太守传》、《枕中记》改编而成的《紫钗记》、《南柯记》、《邯郸记》，合称"临川四梦"或"玉茗堂四梦"。

　　《牡丹亭》完成于万历二十六年（1598）前后，共55出，乃是据话本小说《杜丽娘慕色还魂记》所述故事编成，传奇讲述的是南安太守杜宝之女杜丽娘，春日游园，触景生情，梦中与一书生柳梦梅幽会。醒后旧情难忘，感伤而亡。杜宝升官离任时，在其墓地造一梅花观。柳生进京赴试，借宿观中，拾得杜丽娘殉葬的自画像，心生爱慕。杜丽娘魂灵遂与其幽会。柳生依其指示，掘墓开棺，杜丽娘起死回生。柳生临安应试，试后去代丽娘向杜宝传报还魂事，反被杜宝误为盗墓贼。朝廷开榜,柳梦梅高中状元。误会消释后,合家团圆。

汤显祖曾自道:"一生'四梦',得意处唯在《牡丹》。"(王思任《牡丹亭叙》)"临川四梦",汤显祖为何偏爱《牡丹亭》?《牡丹亭》所述杜丽娘这位痴情女子因情而死、又因情而生的离奇故事,可能非常符合汤显祖理想中的"有情人"。汤显祖《牡丹亭题记》中:"天下女子有情,宁有如杜丽娘者乎!梦其人即病,病即弥连,至手画形容,传于世而后死。死三年矣,复能溟莫中求得其所梦者而生。如丽娘者,乃可谓之有情人耳。情不知所起,一往而深。生者可以死,死可以生。生而不可与死,死而不可复生者,皆非情之至也。"《牡丹亭》能塑造这样一位女子,汤显祖对此或颇为自得。

汤显祖得意《牡丹亭》处,也应包括其文字。早期戏文主要在民间庙台演出,其对象主要是市井小民,其作者多为底层文人,故其文字多本色通俗,在文人阶层看来自然是"鄙俚浅近"(王骥德《曲律》)。故文人参与传奇写作开始,就是要提升其文学品位,但如果一味卖弄才学、追求典雅,不充分顾及戏剧人物身份、性情,就会流于案头化——这也是骈俪派传奇家最遭诟病处。故如何妙用浓淡、雅俗,实在是传奇家们不得不费心斟酌的。同时,明中叶后的文人传奇多兼用南、北曲,其北曲写作多以元人曲为师,而南曲则无所适从("荆、刘、拜、杀"等早期戏文多鄙俗)故其曲辞多工稳有余、灵动不足,缺乏机趣,连《琵琶记》这样被推为"南曲之祖"的作品也未能例外。汤显祖富才情,对元曲用功甚深,"妙于音律,酷嗜元人院本……比问其各本佳处,一一能口诵之"(姚士粦《见只编》)。故其曲辞写作不但北曲深得元人神韵,其南曲亦活泼灵动,生趣盎然。如《牡丹亭》第十出《惊梦》的曲辞有:

【皂罗袍】原来姹紫嫣红开遍,似这般都付与断井颓垣。良辰美景奈何天,赏心乐事谁家院!朝飞暮卷,云霞翠轩;雨丝风片,烟波画船。锦屏人忒看的这韶光贱!

【好姐姐】遍青山啼红了杜鹃,荼蘼外烟丝醉软。牡丹虽好,他春归怎占的先!闲凝眄,生生燕语明如翦,呖呖莺歌溜的圆。

……

【山坡羊】没乱里春情难遣,蓦地里怀人幽怨。则为俺生小婵娟,拣名门一例一例里神仙眷。甚良缘,把青春抛的远!俺的睡情谁见?则索因循腼腆。想幽梦谁边,和春光暗流转?迁延,这衷怀那处言!淹煎,泼残生,除问天!

这几支曲子写杜丽娘游园时的所见所感,有声有色,婉丽多姿。曹雪芹《红楼梦》"牡丹亭艳曲警芳心"写林黛玉隔墙听曲,听得"心动神摇",如醉如痴,暗自感叹"原来戏上也有好文章"。这里曹雪芹乃是借小说人物之口,赞美汤显祖的文学才华。

明清人对《牡丹亭》的推崇,也多在其文字。沈德符《万历野获编》说:"汤义仍《牡丹亭梦》一出,家传户诵,几令《西厢》减价。"王骥德《曲律》说汤辞"婉丽妖冶,清劲刺骨,独字句平仄多逸三尺;然其妙处,往往非词人功力所及。……其才情在浅深、浓淡、雅俗之间,为独得三昧"。自明中叶后,魏良辅改革"昆山腔",昆腔乃成为流行歌唱的一种歌唱(即今所谓"昆曲"),汤显祖的《牡丹亭》也因为其故事新奇、文辞华美,一直流行案头和歌场。明张大复《梅花草堂笔谈》记载说,昆山娄江有位叫俞二娘的女子,秀慧能文,"酷嗜《牡丹亭》传奇,蝇头细字,批注其侧"。俞二娘感叹杜丽娘终究美梦成真,而自己却不成美梦,最终竟"断肠而死"。汤显祖因此还写了《哭娄江女子》诗:"如何伤此曲,偏只在娄江!"鲍倚云《退余丛话》则记载说,杭州有位叫商小玲的女伶,色艺著称一时,尤其擅演《牡丹亭》,"每演至《寻梦》、《闹殇》诸出,真若身其事者,缠绵凄婉"。一日演《寻梦》,唱至"打并香魂一片,阴雨梅天,守得梅根相见",一时气绝,香消玉殒。直到近现代的昆曲舞台上,不少是来自《牡丹亭》的折子戏,如《学堂》、《游园》、《惊梦》、《寻梦》、《拾画·叫画》、《硬拷》、《写真》、《离魂》、《吊打》、《问路》、《劝农》、《冥判》等。在当代戏曲舞台,除一些经典折子戏形式的演出外,也常见《牡丹亭》全剧改编本的演出,如台湾著名作家白先勇主持的"青春版"《牡丹亭》,近十多年来,深受青年学子喜爱,影响甚大。

从明代万历年间直到清代末年,《牡丹亭》行世的版本及评点本、改编本有三十多种,其中明怀德堂本一般认为是最接近原本的一个版本,故本书以此为底本校注。

解 玉 峰

前　言

　　《牡丹亭》是明代大曲家汤显祖的代表作,这时作家的思想和艺术都已经成熟。明代话本小说《杜丽娘慕色还魂》为《牡丹亭》提供了基本情节。《牡丹亭》在《惊梦》《寻梦》《闹殇》各齣的宾白中还保留了话本的若干原句。在小说中,杜丽娘还魂后,门当户对的婚姻顺利缔成;而在戏曲中,汤显祖进行了脱胎换骨的创造性劳动,把小说中的传说故事同明代社会的现实生活结合起来,使它具有强烈的反礼教、反封建色彩,焕发出追求个性自由的光辉理想。

　　女主角杜丽娘是古典戏曲中最可爱的少女形象之一。出身和社会地位规定她应该成为具有三从四德的贤妻良母。她的人生第一课是《诗经》的首篇《关雎》。传统说法认为它是"后妃之德"的歌颂,是最好的闺范读本。她却直觉地认出这是一支恋歌。在婢女春香的怂恿下,她偷偷地走出闺房。"不到园林,怎知春色如许",春天的大自然唤醒了她的青春活力。她生活在笼罩着封建礼教气氛,几乎与世隔绝的环境中,眼睁睁地看着青春即将逝去,她却无能为力,不由自主,只好把炽热的感情压制在心中。汤显祖没有因袭前人小说戏曲中一见倾心,互通殷勤,后花园私订终身的手法,而安排杜丽娘在游园之后和情人在梦中幽会;幽会以后,接着描写她第二次到园中《寻梦》。《惊梦》和《寻梦》是杜丽娘郁积在心中的热情的爆发,也是她反抗现实世界的实际行动。

《牡丹亭》的感人力量,在于它具有强烈地追求个性自由,反对封建礼教的浪漫主义理想。这个理想作为封建体系的对立面而出现。善良与美好的东西都属于杜丽娘。汤显祖描写杜丽娘的美貌很成功,而描写杜丽娘的感情和理想的那些片段更具魅力。《牡丹亭》写出,她不是死于爱情被破坏,而是死于对爱情的徒然渴望。通过杜丽娘的形象,《牡丹亭》表达了当时广大男女青年要求个性解放,要求爱情自由、婚姻自主的呼声,并且暴露了封建礼教对人们幸福生活和美好理想的摧残。

人们看到杜丽娘和春香,自然会想起她们两个世纪前的先驱者崔莺莺和红娘。红娘使《西厢记》全剧为之生色。没有她的鼓励,崔张的爱情不见得会有所发展;没有她的见义勇为,崔张不会有成功的希望。有这样一位红娘的存在,却说明了崔莺莺的软弱。在《牡丹亭》里,杜丽娘和春香的情形却恰恰与此相反。如果说游园前春香还有比杜丽娘大胆泼辣的一面,而杜丽娘的整个思想却远远超出春香之上。她是自己的思想和行动的主宰。因此,在"闹学"、"游园"之后,春香在戏曲中是愈来愈不受重视了,几乎只是偶然带上一笔而已。杜丽娘的反抗性超过崔莺莺,正如后出的林黛玉又超出她一样。

"春香闹学"的反封建精神和杜丽娘的整个反封建精神完全一致。所不同的是身份和地位只允许杜丽娘在内心和梦中、死后所实现的反抗,春香在平时就实行了。虽然杜丽娘想得更为深刻,在梦中、死后表现得更为彻底,然而在平时春香又究竟比她泼剌。汤显祖通过春香把反封建思想表达更加畅透明朗,但是这里并没有杜丽娘所真正缺少的东西,因为她早已成人长大了。

汤显祖在《题词》中说:"情不知所起,一往而深。生者可以死,死可以生。生而不可与死,死而不可复生者,皆非情之至也……第云理之所必无,安知情之所必有耶。"把反封建的情和封建的理作为对立物而并提,这是对封建礼教的有力批判。

杜宝是封建统治者的所谓正派人物。在他看来封建礼教是天经地义的,他不相信人可以有自己的思想感情。汤显祖没有把他写成"存天理,去人欲"的封建教条的单纯传声筒,在对他批判揭发的同时,也写出他疼爱儿女、清廉正直的性格。

陈最良是非常可怜的小人物。三年一考,考了十五次还是一个秀才。几十年的"《诗》云""子曰"使他对现实生活一窍不通。他是青春被科举制度所葬送,思想被封建教条所僵化的老学究的典型。他使人联想到后来《儒林外史》中的某些人物形象。他不是戏曲中的重要人物,作品没有详尽地描写这个人物随着情节发展而发展。

胡判官是最独特的人物,和他同时出现的是阴森凄惨的地府。他和阳世的金州判、银府判、铜司判、铁院判一样贪赃枉法。胡判官对真正爱情的敌意也和阳世的封建统治者一样。他和惜玉怜香的花神正好是两个对立的形象。花神一口气举了三十九种鲜花,一一遭到判官的指摘。判官的迂腐和固执,也只有杜宝和陈最良可以和他相比。这座鬼哭神嚎的地府是现实的阳世衙门和封建社会的缩影。杜丽娘走上朝廷,发现它比阎王殿更为可怕。这些描写别开生面地表达了作者对封建纲常的反感和愤懑。从杜宝、陈最良、石道姑到胡判官,从阳世到阴间,这就是杜丽娘生活于其中的整个世界。在广阔的画面上对封建社会进行讽刺和批判,同反抗封建婚姻制度的思想相结合,显示了《牡丹亭》的进步倾向性。

《牡丹亭》还对当时政治提出直接的批评。安抚使杜宝对李全作乱无法对付,只有贿通李全妻才招降他。这使人联想到当时首相张居正竭力支持边将王崇古、吴兑、方逢时、郑洛等利用三娘子招降俺答的事件。

《牡丹亭》里那些艳丽典雅的片段往往用来描写官场和官宦人家的生活。脍炙人口的《惊梦》《寻梦》，描写春日园林，使人如亲历其境，不自觉地以杜丽娘的心绪感受着周围的一切。依靠景色的烘托，汤显祖揭示出杜丽娘内心深处的秘密，而又无损于她的身份。同是对杜丽娘美貌的赞叹，出自柳梦梅之口的是诗一样的语言，而胡判官说的却是喜剧性的诗句。这都是出色地为创造典型而服务的。《牡丹亭》每一龅的结句都为后面的剧情提供暗示。下场诗全部采用唐诗的现成句子而无不切合，有如出于作者自己笔下。对待细微末节，也如狮子搏兔，全力以赴。这可以看出作者对《牡丹亭》的重视超出他的其他作品之上。

汤显祖（1550—1616），江西临川人。十四岁进学，二十一岁中举。少年时受学于泰州学派创立者王艮的三传弟子罗汝芳。泰州学派和当时占统治地位的程朱理学异趣。万历三年（1575），汤显祖刊印了第一部诗集《红泉逸草》。次年，他在南京国子监游学，刊印了第二部诗集《雍藻》（佚）。作于万历五年至八年（1577—1580）的诗一百四十三首（题）和赋三篇、赞若干首编为《问棘邮草》，曾受到诗人、曲家徐渭的热情称赞。从隆庆五年（1571）起，汤显祖接连四次往北京参加三年一度的进士试。后两次考试时，他已经颇有文名，受人瞩目，却因谢绝首相张居正的延揽而落选。万历五年（1577）考试失利，他试作传奇《紫箫记》三十四龅，全剧未完。

万历十一年，张居正逝世的次年，汤显祖才考中进士。次年秋，任南京太常寺博士。两年后改任詹事府主簿。后升南京礼部祠祭司主事。汤显祖一到南京，就卷入新旧两派朝臣的斗争，以致他的未完成旧作《紫箫记》也被怀疑为讥刺朝政，遭到查禁。万历十五年，他把未完成的《紫箫记》改写成《紫钗记》。

万历十九年(1591),他上了一道《论辅臣科臣疏》,对朝政作了猛烈的抨击,被贬为广东徐闻县典史。万历二十一年,汤显祖被任命为浙江遂昌知县。万历二十六年弃官回到临川。传奇《牡丹亭还魂记》在此时完成。万历二十八年完成《南柯记》,次年创作《邯郸记》。这时出世思想对他影响日深。《邯郸记》反映了封建大官僚从起家发迹直到死亡的历史,作者所否定的并不是人生一般。

万历三十四年,当汤显祖五十七岁时,他的《玉茗堂文集》在南京刊行。他在万历四十四年(1616)逝世。五年后,《玉茗堂集》问世,编刻草率,缺点不少。

徐朔方
1993 年 8 月

作者题词

　　天下女子有情，宁有如杜丽娘者乎！梦其人即病，病即弥连，至手画形容，传于世而后死。死三年矣，复能溟莫中求得其所梦者而生。如丽娘者，乃可谓之有情人耳。情不知所起，一往而深。生者可以死，死可以生。生而不可与死，死而不可复生者，皆非情之至也。梦中之情，何必非真？天下岂少梦中之人耶！必因荐枕而成亲，待挂冠而为密者，皆形骸之论也。传杜太守事者，仿佛晋武都守李仲文、广州守冯孝将儿女事。予稍为更而演之。至于杜守收拷柳生，亦如汉睢阳王收拷谈生也。嗟夫！人世之事，非人世所可尽。自非通人，恒以理相格耳！第云理之所必无，安知情之所必有邪！

　　　　　　　　　　　　　　万历戊戌秋清远道人题

第一齣　标　目[1]

【蝶恋花】(末[2]上)忙处抛人闲处住[3]。百计思量,没个为欢处。白日消磨肠断句,世间只有情难诉[4]。　玉茗堂前朝复暮[5],红烛迎人[6],俊得江山助[7]。但是相思莫相负[8],牡丹亭上三生路[9]。〔汉宫春〕杜宝黄堂[10],生丽娘小姐,爱踏春阳[11]。感梦书生折柳,竟为情伤。写真留记[12],葬梅花道院凄凉。三年上,有梦梅柳子,于此赴高唐[13]。　果尔回生定配,赴临安取试,寇起淮扬。正把杜公围困,小姐惊惶。教柳郎行探,反遭疑激恼平章[14]。风流况[15],施行[16]正苦,报中状元郎。

　　杜丽娘梦写丹青记[17]。　　陈教授说下梨花枪[18]。
　　柳秀才偷载回生女。　　杜平章刁打状元郎[19]。

注释

　　[1] 标目——传奇的第一齣,照例说明:一、戏曲的创作缘起(如本齣〔蝶恋花〕);二、剧情梗概(如本齣〔汉宫春〕)。原称"家门引子"。

　　[2] 末——扮演年纪较大的男角色。传奇第一齣一般由副末开场,本剧用末代替副末。

〔3〕忙处抛人闲处住——忙处抛人,指离开繁剧的官场。"闲处",指闲散的地方。《牡丹亭》在1598年秋完成。汤显祖在这一年春离职回到临川。

〔4〕世间只有情难诉——《全唐诗》卷十顾况《送李侍御往吴兴》:"世间只有情难说。"

〔5〕玉茗堂——汤显祖为自己住所取的名称,以玉茗(白山茶)花而得名。

〔6〕红烛迎人——《全唐诗》卷九韩翃《赠李翼》:"楼前红烛夜迎人。"

〔7〕俊得江山助——江山之美使我的文章为之生色。俊,与下第八齣"俊煞"之"俊"相通,此指文章的秀美。《文心雕龙》卷十《物色》:"然屈平所以能洞鉴风骚之情者,抑亦江山之助乎!"

〔8〕但是——只要。

〔9〕牡丹亭上三生路——牡丹亭是约定再世姻缘的地方。传说,唐代李源与惠林寺僧圆观(一作圆泽)有很深的友谊。圆观临死时对他的友人李源说,十二年后和他在杭州天竺寺外再见。后来,李源如期到那里,看见一个牧童,他就是圆观的后身。见《太平广记》卷三八七《圆观》。三生石在杭州灵隐,即传说李源会见牧童的地方。此指杜丽娘死而复生与柳梦梅团圆的爱情故事。

〔10〕黄堂——太守。本指太守的厅堂。

〔11〕踏春阳——踏青。唐人传奇唐沈亚之《异梦录》:邢凤昼寝,梦见美人授给他诗卷。第一篇《春阳曲》有云:"长安少女踏春阳,何处春阳不断肠!"

〔12〕写真——画像。

〔13〕赴高唐——故事传说,楚怀王游高唐,梦见和美女交欢。临别时,美女说:她在巫山的南面,"旦为朝云,暮为行雨。朝朝暮暮,阳台之下。"后来为她立庙,叫朝云。见宋玉《高唐赋》序。高唐、云雨、巫山、阳台、楚台,后来被用来指男女欢会。

〔14〕平章——官名,原为平章军国重事或同平章军国事的省略,宋

制,相当于丞相。这里指杜宝。

〔15〕风流况——风流事。况,情况,作事情解。

〔16〕施行——用(刑)。行,朱墨本作刑。

〔17〕丹青——原指画中所用颜料,一般用作绘画的代词。

〔18〕陈教授说下梨花枪——指杜宝派陈最良去招降李全,先说服他的妻子。明代,府学教官叫教授,这里是对生员的尊称。梨花枪,此指李全妻。李全妻曾对部下郑衍德等人说:"二十年梨花枪,天下无敌手。"见《宋史》卷四七七《李全传》。

〔19〕这四句在形式上也可以说是下场诗,它的内容则是比前面〔汉宫春〕更为简略的剧情大要。

第二齣　言　怀

【真珠帘】(生[1]上)河东旧族[2]、柳氏名门最。论星宿,连张带鬼[3]。几叶到寒儒[4],受雨打风吹。谩说书中能富贵[5],颜如玉,和黄金那里?贫薄把人灰,且养就这浩然之气[6]。〔鹧鸪天〕[7]"刮尽鲸鳌背上霜[8],寒儒偏喜住炎方[9]。凭依造化[10]三分福,绍接诗书一脉香。能凿壁[11],会悬梁[12],偷天妙手绣文章[13]。必须砍得蟾宫桂[14],始信人间玉斧长。"小生姓柳,名梦梅,表字春卿。原系唐朝柳州司马柳宗元之后[15],留家岭南。父亲朝散之职[16],母亲县君之封[17]。(叹介)所恨俺自小孤单,生事微渺[18]。喜的是今日成人长大,二十过头,志慧聪明,三场得手[19]。只恨未遭时势[20],不免饥寒。赖有始祖柳州公,带下郭橐驼[21],柳州衙舍,栽接花果。橐驼遗下一个驼孙,也跟随俺广州种树,相依过活。虽然如此,不是男儿结果之场。每日情思昏昏[22],忽然半月之前,做下一梦。梦到一园,梅花树下,立着个美人,不长不短,如送如迎。说道:"柳生,柳生,遇俺方有姻缘之分,发迹[23]之期。"因此改名梦梅,春卿为字。正是:"梦短梦长俱是梦,年来年去是何年!"

【九回肠】〔解三酲〕虽则俺改名换字,俏魂儿未卜先知[24]?

定佳期盼煞蟾宫桂,柳梦梅不卖查梨[25]。还则怕嫦娥妒色花颓气[26],等的俺梅子酸心柳皱眉[27],浑如醉。〔三学士〕无萤凿遍了邻家壁[28],甚东墙不许人窥[29]!有一日春光暗度黄金柳,雪意冲开了白玉梅。〔急三枪〕那时节走马在、章台内[30],丝儿翠、笼定个、百花魁[31]。虽然这般说,有个朋友韩子才,是韩昌黎之后[32],寄居赵佗王台[33]。他虽是香火秀才[34],却有些谈吐,不免随喜一会[35]。

门前梅柳烂春晖,张窈窕　　梦见君王觉后疑。王昌龄

心似百花开未得,曹　松　　托身须上万年枝。韩　偓[36]

注释

〔1〕生——传奇中的男主角,相当于元代杂剧中的正末。男角除生外,还有末、外、净、丑等。

〔2〕河东旧族——柳姓,原是河东郡的望族、大姓。

〔3〕论星宿(xiù),连张带鬼——张、鬼各为周天恒星二十八星宿之一。古代天文家以列宿主州域。张宿与柳、星两宿主三河(包括河东),鬼宿所主的雍州则与河东相邻。见《史记·天官书》。全句,用星宿说明河东的方位。又:迷信传说,掌理文章、功名的梓潼帝君是张宿的精灵。见《寄园寄所寄·獭祭寄·人事》。

〔4〕几叶——几代。下句雨打风吹,形容家道衰落。叶、雨打风吹等词又暗暗和柳字相关。

〔5〕谩说——枉说,说甚么。全句用古语"书中自有颜如玉,书中自有黄金屋"。见《恒言录》。

〔6〕且养就这浩然之气——《孟子·公孙丑》:"我善养吾浩然之气。"浩然之气,刚直博大之气,表明儒者的修养。

〔7〕这是本龊生角的上场诗。上场诗可以用前人的诗或词,也可以由剧作家自己撰写。剧作家引用前人的句子,有时也略加改动。

〔8〕刮尽鲸鳌背上霜——刻苦力学,仍然没有占鳌头。全句比喻:几经努力,仍然不能使处境有所改善。鲸鳌,这里即鳌,科举时代,俗以中状元为占鳌头。

〔9〕炎方——南方。

〔10〕造化——造物主、上天。

〔11〕凿壁——汉代匡衡,家贫苦学,晚上点不起灯,在墙壁上凿一个孔,让邻居的灯光从孔隙里射进来,照他读书。见《西京杂记》卷二。

〔12〕悬梁——汉代孙敬,闭户读书,怕睡去,就用绳子系住头髻,挂在梁上。一瞌睡,就被绳子拉醒。见《楚国先贤传》。凿壁、悬梁,都是说勤学苦读。

〔13〕偷天妙手——极言文才之高。陆游诗:"文章本天成,妙手偶得之。"妙手,指有才能的作家。

〔14〕砍得蟾宫桂——折得月宫的桂枝,登第的代称。蟾宫,即月宫,相传月中有蟾蜍。

〔15〕唐朝柳州司马柳宗元——柳宗元(773—819),唐代文学家。曾做永州司马、柳州刺史,人因称为"柳柳州"。详见第六齣注〔22〕。"司马",州郡的属官。

〔16〕朝散——朝散大夫,散职文官的一个爵位。

〔17〕县君——唐代五品官妻子所受的封号。

〔18〕生事微渺——生活困难。生事,谋生之事,生活。

〔19〕三场得手——科举时代,童生经考试及格,进入府、州、县学的称生员,即秀才。这里指生员经乡试中式取得举人的资格。举人参加会试、廷试取为进士。乡、会试的全部进程都分三场,一场考三天。得手,顺利、称心。

〔20〕未遭时势——没有遇到机会,指还没有考上进士。

〔21〕郭橐(tuó)驼——《柳宗元全集》卷十七有《种树郭橐驼传》。橐驼即骆驼,这位姓郭的人是驼背,所以有这样一个绰号。说他是柳宗元家的仆人,出于剧作家的杜撰。

〔22〕每日情思昏昏——《西厢记》杂剧二本一折〔油葫芦〕:"每日价

情思睡昏昏。"

〔23〕发迹——飞黄腾达,指做官。

〔24〕俏魂儿——指梦中的美人。

〔25〕不卖查梨——不空口说大话。元杂剧《百花亭》第三折的说白有卖查梨条的小贩的叫卖词两段,夸大地说自己东西如何好,如吃了可以"成双作对"、"调和脏腑"、"补虚平胃,止嗽清脾"、"诸灾不犯"、"百病都安"等等。本句"查梨"与前后句的"桂"、"梅"、"柳"都从柳梦梅的姓名联想而来。

〔26〕嫦娥妒色花颓气——嫦娥妒忌花的美色,使它凋谢。花,指梦中梅花树下的美人。颓气,倒霉、倒运。元杂剧《墙头马上》第二折〔梁州第七〕:"深拜你个嫦娥不妒色。"吴枋《宜斋野乘·状元词误》条:"时人莫讶登科早,自是嫦娥爱少年。"

〔27〕等的俺梅子酸心柳皱眉——酸心皱眉,形容等待时的心情。梅、柳,这里是嵌用剧中人物的姓名。明朱有燉《诚斋乐府·曲江池》第一折〔赏花时〕:"空教我梅子酸心柳皱眉。"

〔28〕萤——晋代车胤好学不倦,家贫没有灯油,夏天以练囊装很多的萤火虫,用来照明读书。见《晋书》卷八十三本传。

〔29〕甚东墙不许人窥——"东墙"从上句"邻家壁"引起,有双关的意思。《孟子·告子》:"逾东家墙而搂其处子。"宋玉《登徒子好色赋》:"天下之佳人……莫若臣东家之子。……此女登墙窥臣三年。"《孤本元明杂剧》所收《东墙记》,也写男女相爱的故事。

〔30〕章台——秦汉时代的一座宫殿建筑物。用来指京城内最繁华的地方。全句意为:一旦功名得意,夸官游街。走马章台,借用张敞的故事。见《汉书》卷七十六本传。

〔31〕丝儿翠,笼定个、百花魁——官宦人家要我接受他们的丝鞭(翠丝儿,"丝儿翠"系倒文叶韵),和他们的小姐结亲。接受女家的丝鞭,是古代人订婚的一种仪式。百花魁,指梦中的美人。

〔32〕韩昌黎——唐代文学家韩愈,字退之,自称系出昌黎韩氏,人因称为昌黎先生。

〔33〕赵佗王台——即越王台,在现在广州市北面越秀山上,相传为赵佗王所筑。赵佗王,详第六齣注〔16〕。

〔34〕香火秀才——即奉祀生。因其为"贤圣"之后,不经科举考试,赐予秀才功名,以管理先祖祠庙的祭祀,故称。参见下文第六齣:"表请敕封小生为昌黎祠香火秀才。"

〔35〕随喜——游览寺院。佛家语,原指见人作善事,随之而生欢喜心。见《华严经·普贤行愿品》。

〔36〕本书每齣结尾的下场诗,全部采用唐诗。诗句与原作有出入的,不加改正。其中有一部分是作者有意加以改动的。原诗作者姓名沿用三妇评本所注,未逐条校对。

第三齣　训　女

【满庭芳】(外扮杜太守上)西蜀名儒,南安太守[1],几番廊庙江湖[2]。紫袍金带[3],功业未全无。华发不堪回首[4]。意抽簪万里桥西[5],还只怕君恩未许,五马欲踟蹰[6]。"一生名宦守南安,莫作寻常太守看。到来只饮官中水[7],归去惟看屋外山。"自家南安太守杜宝,表字子充,乃唐朝杜子美之后[8]。流落巴蜀,年过五旬。想廿岁登科[9],三年出守,清名惠政,播在人间。内有夫人甄氏,乃魏朝甄皇后嫡派[10]。此家峨眉山,见世出贤德夫人。单生小女,才貌端妍,唤名丽娘,未议婚配。看起自来淑女,无不知书。今日政有馀闲,不免请出夫人,商议此事。正是:"中郎学富单传女[11],伯道官贫更少儿[12]。"

【绕池游】(老旦上)[13]甄妃洛浦,嫡派来西蜀,封大郡南安杜母[14]。(见介)(外)"老拜名邦无甚德,(老旦)妾沾封诰有何功[15]!(外)春来闺阁闲多少?(老旦)也长向花阴课女工[16]。"(外)女工一事,想女儿精巧过人。看来古今贤淑,多晓诗书。他日嫁一书生,不枉了谈吐相称。你意下如何?(老旦)但凭尊意。

【前腔】[17](贴持酒台,随旦上)娇莺欲语,眼见春如许。寸草心怎报的春光一二[18]!(见介)爹娘万福[19]。(外)孩儿,后面捧着酒肴,是何主意?(旦跪介)今日春光明媚,爹娘宽坐后堂,女孩儿敢进三爵之觞[20],少效千春之祝。(外笑介)生受你[21]。

【玉山颓】(旦进酒介)爹娘万福,女孩儿无限欢娱。坐黄堂百岁春光,进美酒一家天禄[22]。祝萱花椿树[23],虽则是子生迟暮,守得见这蟠桃熟[24]。(合)且提壶,花间竹下长引着凤凰雏[25]。(外)春香,酌小姐一杯。

【前腔】吾家杜甫,为飘零老愧妻孥[26]。(泪介)夫人,我比子美公公更可怜也。他还有念老夫诗句男儿[27],俺则有学母氏画眉娇女[28]。(老旦)相公休焦,倘然招得好女婿,与儿子一般。(外笑介)可一般呢!(老旦)"做门楣"古语[29],为甚的这叨叨絮絮,才到中年路。(合前)[30](外)女孩儿,把台盏收去。(旦下介)(外)叫春香。俺问你小姐终日绣房,有何生活[31]?(贴)绣房中则是绣。(外)绣的许多?(贴)绣了打绵[32]。(外)甚么绵?(贴)睡眠。(外)好哩,好哩。夫人,你才说"长向花阴课女工",却纵容女孩儿闲眠,是何家教?叫女孩儿。(旦上)爹爹有何分付?(外)适问春香,你白日眠睡,是何道理?假如刺绣馀闲,有架上图书,可以寓目。他日到人家,知书知礼,父母光辉。这都是你娘亲失教也。

【玉抱肚】宦囊清苦,也不曾诗书误儒。你好些时做客为儿[33],有一日把家当户。是为爹的疏散不儿拘,道的个为娘是女模[34]。

【前腔】(老旦)眼前儿女,俺为娘心苏体劬[35]。娇养他掌上明珠,出落的人中美玉[36]。儿呵,爹三分说话你自心模[37],难道八字梳头做目呼[38]。

【前腔】(旦)黄堂父母,倚娇痴惯习如愚。刚打的秋千画图[39],闲榻著鸳鸯绣谱[40]。从今后茶馀饭饱破工夫,玉镜台前插架书。(老旦)虽然如此,要个女先生讲解才好。(外)不能够。

【前腔】后堂公所[41],请先生则是黉门腐儒[42]。(老旦)女儿呵,怎念遍的孔子诗书,但略识周公礼数[43]。(合)不枉了银娘玉姐只做个纺砖儿[44],谢女班姬女校书。(外)请先生不难,则要好生管待。

【尾声】说与你夫人爱女休禽犊[45],馆明师茶饭须清楚[46]。你看俺治国齐家、也则是数卷书。

往年何事乞西宾[47]? _{柳宗元}　主领春风只在君[48]。
_{王　建}
伯道暮年无嗣子,　_{苗　发}　女中谁是卫夫人[49]?
_{刘禹锡}

注释

〔1〕南安——宋代有南安军。明代设府,属江西省,府治在大庾。

〔2〕几番廊庙江湖——几次出仕又退隐。廊庙,指在朝廷做官;江湖,指在野,不做官。

〔3〕紫袍金带——贵官的服装。唐代五品以上官穿朱红或紫色的袍服,宋代四品以上官才可以腰系金带。

〔4〕华发——头发花白。白首,指老年。

〔5〕意抽簪万里桥西——想到故乡去归隐。做官的人用簪子束发戴冠。抽簪,不束发戴冠,引伸作归隐。万里桥,在四川成都。万里桥西有杜甫的浣花草堂。杜宝说自己是杜甫的后人,所以这样说。

〔6〕五马欲踟蹰——去留不定。五马,太守出行以五匹马驾车。语本乐府诗《陌上桑》:"使君从南来,五马立踟蹰。"但与《陌上桑》故事情节无关。全句本宋辛弃疾《沁园春(带湖新居将成)》词:"怕君恩未许,此意徘徊。"

11

〔7〕到来只饮官中水——形容做官廉洁。邓攸做吴郡太守,不受俸禄,自己运米到任,只饮用当地的水而已。见《晋书》卷九十本传。句本《全唐诗》卷二十四方干《献浙东王大夫》二首:"到来唯饮长溪水,归去应将一个钱。"

〔8〕杜子美——唐代诗人杜甫,字子美。

〔9〕登科——唐代设科取士,有明经、进士、明法、明算等科。后来考取进士的就叫登科。

〔10〕甄皇后——魏文帝曹丕的皇后甄氏。后文说的"甄妃洛浦"是把曹植《洛神赋》中的洛水之神宓妃和甄后混为一人了。见《类说》卷三十二引《洛浦神女感甄赋》。

〔11〕中郎学富单传女——中郎,指蔡邕,东汉末著名学者,做过中郎将的官。他只有一个女儿蔡琰,字文姬,有名的才女。见《后汉书》卷九十下《蔡邕传》、卷一一四《董祀妻传》。

〔12〕伯道官贫更少儿——邓攸,字伯道,晋代人。参看本龀注〔7〕。他做河东太守时,遭逢石勒之乱。他为了保全侄儿,把自己的儿子丢弃。从此,他就没有儿子。当时人说:"天道无知,使邓伯道无儿。"上句和本句,用韩愈诗《游西林寺,题萧二兄郎中旧堂》:"中郎有女能传业,伯道无儿可保家。"见《韩昌黎全集》卷十。

〔13〕老旦——扮演老妇人的角色。传奇的女主角由旦扮演,相当于元杂剧中的正旦。贴,即贴旦,也是女角。女角有时也可以由净、丑扮演。

〔14〕封大郡南安杜母——杜宝妻封为南安郡夫人。郡夫人是宋代宫外命妇的一个等级。女人受有朝廷封号的叫命妇。

〔15〕封诰——五品以上命妇所受的诰命(封号)叫封诰。

〔16〕女工——即女红,指纺织、刺绣、缝纫等。

〔17〕前腔——南曲某一曲牌连用两次以上,第二次后曲牌名不重出,省称前腔。

〔18〕寸草心怎报的春光一二——比喻父母的恩情很深,报答不了,犹如小草报答不了春光的化育之恩。孟郊诗《游子吟》:"谁言寸草心,报得三春晖。"

〔19〕万福——古代妇女的一种礼节。敛衽,向人道万福。

〔20〕三爵之觞——进三杯酒。爵、觞都是酒杯之类的酒器,形式不同。

〔21〕生受——辛苦、麻烦、难为。对人说,有告劳、道谢的意思。

〔22〕天禄——《汉书》卷二十四《食货志》:"酒者天之美禄。"

〔23〕萱花椿树——萱花一名忘忧草,指母,椿树以长寿著称,指父。

〔24〕蟠桃——神话中的仙桃,相传三千年结一次果实。这里比喻迟生的儿子是好儿子。

〔25〕凤凰雏——喻男孩、女孩。全句系祝愿之词,意思说生子虽晚,终必儿女双全,一家团圆。

〔26〕为飘零老愧妻孥——句本杜甫诗《自阆州领妻子却赴蜀山行》三首中"飘飘愧老妻"意。见《草堂诗笺》卷二十一。妻孥,妻子和儿女。

〔27〕念老夫诗句男儿——同书卷九《遣兴》:"骥子好男儿,前年学语时,问知人客姓,诵得老夫诗。"杜甫的小儿子宗武小名骥子。

〔28〕学母氏画眉娇女——同书卷十一《北征》:"瘦妻面复光,痴女头自栉。学母无不为:晓妆随手抹,移时施朱铅,狼藉画眉阔。"上文则,同只。

〔29〕"做门楣"古语——由于杨贵妃受到唐明皇的宠幸,杨氏一家都得到高官厚禄。当时有民谣说:"生男勿喜女勿悲,君今看女作门楣。"见《资治通鉴》卷二一五《天宝五载》条。"'做门楣'古语"指此。楣,门上的横梁;门楣,犹如现在说的门面。做门楣,女儿嫁一个好女婿,可以替娘家撑门面,提高家族的社会地位。

〔30〕合前——重复前一曲的末数句,即"且提壶,花间竹下长引着凤凰雏"。南曲同一曲牌连用两次以上,结尾相同的数句合唱词,叫合头,简写合或合前。

〔31〕生活——指劳动、工作。

〔32〕打绵——纺纱。绵即绵絮。这里用作"打眠"的谐音。

〔33〕做客为儿——女儿在母家好像做客一样。明·吕坤《闺范》卷二:"世俗女子在室,自处以客,而母亦客之。"

〔34〕女模——女儿的榜样。

〔35〕心苏体劬——身体很累心里却高兴。苏,原来是精神恢复的意思。

〔36〕出落的——显出,弄得,这里有长成的意思。

〔37〕模——这里是摸的意思。全句,爹的含蓄的话(三分话),你自己去体会。

〔38〕难道八字梳头做目呼——难道一个小姐连字也不识!八字梳头,一种头梳,这里指小姐。"一緺凤髻绿于筿,八字牙梳白似银",见瞿佑《剪灯新话》卷一《联芳楼记》。做目呼,四字认做目字,说人不识字。《诚斋乐府・豹子和尚》第四折:"你骂我目呼。你笑我是蠢物不识字,目呼做四也。"《雍熙乐府》卷十四〔集贤宾・知几〕:"目乎四倒精细省,凭何作证,淡文章改做了受生经。"又《盛世新声》戌集页十八〔醉太平〕:"认不的之乎者也。千呼干,头上争一撇;川呼三,腹内原横写;目呼四,口里少分别。"

〔39〕打——画,动词。

〔40〕搨——当作揭,学习写字,将字贴置于纸下,映光透视,摹写其笔划。这里指摹画绣谱上的图样。

〔41〕后堂公所——衙门里面的官员住宅。

〔42〕黉门——学堂。

〔43〕周公礼数——礼数,礼节。相传周公(周武王的弟弟姬旦)作《周礼》。

〔44〕"纺砖儿"句——银娘玉姐,原是女孩儿常取的名字,这里是小姐的代称。全句,官家小姐只会做点女工,岂不冤枉,应该像谢女、班姬一样做女才子。纺砖儿,纺纱的用具。谢女,晋代人谢道韫,以"柳絮因风起"咏雪而得名。见《世说新语・言语》。班昭,一名姬,东汉人,曾补完她哥哥班固写的《汉书》。见《后汉书》卷一百十四《曹世叔妻传》。两人都是古代有名的才女。校书,官名;女校书,这里指才女。

〔45〕休吝犊——不要吝惜送给教师的礼物。犊,很小的小牛,指送人的礼物。《荀子・劝学》:"君子之学也美其身,小人之学也以为禽

犊。"注："禽犊,馈献之物也。"

〔46〕明师——有学问的先生。

〔47〕西宾——也叫西席,指座位坐西朝东,古时总是请先生坐那个座位,表示尊敬。所以西宾和西席也就成为塾师的代称。

〔48〕春风——比喻教育。

〔49〕卫夫人——晋代人,名铄,字茂漪。李矩的妻子。以书法著名。这里泛指有才学的女人。

第四齣　腐　叹

【双劝酒】(末扮老儒上)灯窗苦吟,寒酸撒吞[1]。科场苦禁[2],蹉跎直恁[3]!可怜辜负看书心。吼儿病年来进侵[4]。"咳嗽病多疏酒盏,村童俸薄减厨烟。争知天上无人住[5],吊下春愁鹤发仙[6]。"自家南安府儒学生员陈最良[7],表字伯粹。祖父行医。小子自幼习儒。十二岁进学,超增补廪[8]。观场一十五次[9]。不幸前任宗师[10],考居劣等停廪。兼且两年失馆,衣食单薄。这些后生都顺口叫我"陈绝粮[11]"。因我医、卜、地理[12],所事皆知,又改我表字伯粹做"百杂碎"。明年是第六个旬头[13],也不想甚的了。有个祖父药店,依然开张在此。"儒变医,菜变齑"[14],这都不在话下。昨日听见本府杜太守,有个小姐,要请先生。好些奔竞的钻去。他可为甚的?乡邦好说话,一也;通关节[15],二也;撞太岁[16],三也;穿他门子管家[17],改窜文卷,四也;别处吹嘘进身,五也;下头官儿怕他,六也;家里骗人,七也。为此七事,没了头要去[18]。他们都不知官衙可是好踏的!况且女学生一发难教[19],轻不得,重不得。倘然间体面有些不臻[20],啼不得,笑不得。似我老人家罢了。"正是有书遮老眼,不妨无药散闲愁。"(丑扮府学门子上)"天下秀才穷到底,学中门子老成精。"(见介)陈斋长报喜[21]。(末)何喜？(丑)杜太爷要请个先生教小姐，掌教老爷开了十数名去都不中[22]，说要老成的。我去掌教老爷处禀上了你，太爷有请帖在此。(末)"人之患在好为人师[23]"。(丑)人之饭，有得你吃哩。(末)这等便行。(行介)

【洞仙歌】(末)咱头巾破了修，靴头绽了兜[24]。(丑)你坐老斋头，衫襟没了后头。(合)砚水漱净口，去承官饭溲[25]，剔牙杖敢黄虀臭[26]。

【前腔】(丑)咱门儿寻事头[27]，你斋长干罢休？(末)要我谢酬，知那里留不留？(合)不论端阳九[28]，但逢出府游，则捻着衫儿袖[29]。(丑)望见府门了。

(丑)世间荣乐本逡巡[30]，　李商隐　(末)谁睬髭须白似银？
　　　曹　唐

(丑)风流太守容闲坐，朱庆馀　(合)便有无边求福人。
　　　韩　愈

注释

〔1〕撒吞——一作撒唔，妆呆。这里有痴心妄想的意思。吞，痴呆。

〔2〕科场苦禁——一直没有考取(举人)。禁，禁受，抑止的意思。

〔3〕直恁——竟然如此、简直到了这个样子。

〔4〕吼儿病——哮喘病。

〔5〕争——怎。

〔6〕鹤发仙——白发仙人，此指老人，陈最良自喻。《全唐诗》卷二十三陆龟蒙《自遣》诗之一："争知天上无人住，亦有春愁鹤发翁。"

〔7〕儒学生员——旧时各府州县所设立的学堂叫儒学。儒生经县考、府考，再赴全省学政的院(道)考，取中了，才有入儒学读书的资格，叫进学。已进学的儒生就是秀才，一称生员。

〔8〕超增补廪(lǐn)——生员有定额，额外增加的叫增广生员。由政

府供给膳食的生员叫廪生。增广生成绩考得好,补入廪生的名额内,这就是超增补廪。廪生考试成绩如果很坏,就停止供给,叫做停廪。

〔9〕观场——参加考试。这里指乡试。乡试三年一次。观场十五次,四十五年。

〔10〕宗师——秀才由主持一省举业的学政取中,秀才称学政为宗师。

〔11〕陈绝粮——有一次,孔子"在陈绝粮"。见《论语·卫灵公》。陈,春秋时国名。这里用这个绰号,有跟陈最良开玩笑的意思。

〔12〕地理——堪舆、风水。下句"所事",凡事。

〔13〕第六个旬头——五十多岁。据上文"十二岁进学","观场一十五次",至少应有五十七岁。

〔14〕齑(jī)——咸菜。菜变齑,比喻儒变医,境况越来越坏。

〔15〕通关节——受人贿赂,替他在官府里面活动。

〔16〕撞太岁——依托官府,赚人财物。见《通俗编》卷二十三。

〔17〕穿他门子管家——穿,串通。门子,州县长官的贴身仆役。管家,为头管事的奴仆。

〔18〕没了头——拚命。

〔19〕一发——愈加。有时也作一齐解释。

〔20〕不臻——不周到,不完备。

〔21〕斋长——对秀才的敬称。《海瑞集》上编《规士文》:"秀才行于市,两巷人无不注目视之,曰:此某斋长也。"

〔22〕掌教老爷——府学的教官,即教授。

〔23〕人之患在好(hào)为人师——见《孟子·离娄》。

〔24〕绽(zhàn)了兜——破了的补起来。

〔25〕饭馊——饭发酸变质叫馊,馊为借用。

〔26〕剔牙杖敢黄齑臭——意思说,初到官府吃饭,饭后剔牙,牙签(剔牙杖)上怕还沾着先前吃的咸菜的臭味哩。

〔27〕咱门儿寻事头,你斋长干罢休——我做门子的替你找到了差使(事头),你难道不酬谢我,就算了不成?

〔28〕端阳九——端阳（阴历五月初五日）和重阳（九月初九）这两个节日。

〔29〕则捻着衫儿袖——旧时在端阳、重阳两节日，要给塾师请酒、送礼，门子请陈最良带点东西出来，让他分享。捻，捏。

〔30〕逡巡——顷刻，来去不定。

第五龋　延　师

【浣沙溪】(外引贴扮门子;丑扮皂隶上)山色好,讼庭稀。朝看飞鸟暮飞回[1]。印床花落帘垂地[2]。"杜母高风不可攀[3],甘棠游憩在南安[4]。虽然为政多阴德[5],尚少阶前玉树兰[6]。"我杜宝出守此间,只有夫人一女。寻个老儒教训他。昨日府学开送一名廪生陈最良。年可六旬,从来饱学。一来可以教授小女,二来可以陪伴老夫。今日放了衙参[7],分付安排礼酒,叫门子伺候。(众应介)
【前腔】(末儒巾蓝衫[8]上)须抖擞,要拳奇[9]。衣冠欠整老而衰。养浩然分庭还抗礼[10]。(丑禀介)陈斋长到门。(外)就请衙内相见。(丑唱门介[11])南安府学生员进。(下)(末跪,起揖,又跪介)生员陈最良禀拜。(拜介)(末)"讲学开书院,(外)崇儒引席珍[12]。(末)献酬樽俎列[13],(外)宾主位班陈[14]。"叫左右,陈斋长在此清叙,着门役散回,家丁伺候。(众应下)(净扮家童上)(外)久闻先生饱学。敢问尊年有几,祖上可也习儒?(末)容禀。
【锁南枝】将耳顺,望古稀[15],儒冠误人霜鬓丝。(外)近来?(末)君子要知医,悬壶旧家世[16]。(外)原来世医。还有他长?(末)凡杂作,可试为;但诸家,略通的。(外)这等一发有用。
【前腔】闻名久,识面初,果然大邦生大儒。(末)不敢。(外)有女颇知书,先生长训诂[17]。(末)当得[18]。则怕做不得小姐之师。(外)那女学士,你做的班大姑[19]。今日选良辰,叫他拜师傅。(外)院子,敲云板[20],请小姐出来。

【前腔】(旦引贴上)添眉翠[21],摇佩珠,绣屏中生成士女图[22]。莲步鲤庭趋[23],儒门旧家数[24]。(贴)先生来了怎好?(旦)那少不得去。丫头,那贤达女,都是些古镜模[25]。你便略知书,也做好奴仆。(净报介)小姐到。(见介)(外)我儿过来。"玉不琢,不成器;人不学,不知道。[26]"今日吉辰,来拜了先生。(内鼓吹介)(旦拜)学生自愧蒲柳之姿[27],敢烦桃李之教。(末)愚老恭承捧珠之爱[28],谬加琢玉之功。(外)春香丫头,向陈师父叩头。着他伴读。(贴叩头介)(末)敢问小姐所读何书?(外)男、女《四书》[29],他都成诵了。则看些经旨罢。《易经》以道阴阳,义理深奥;《书》以道政事[30],与妇女没相干;《春秋》、《礼记》,又是孤经[31];则《诗经》开首便是后妃之德[32],四个字儿顺口,且是学生家传[33],习《诗》罢。其馀书史尽有,则可惜他是个女儿。

【前腔】我年将半[34],性喜书,牙签插架三万馀[35]。(叹介)我伯道恐无儿,中郎有谁付[36]?先生,他要看的书尽看。有不臻的所在,打丫头。(贴)哎哟!(外)冠儿下[37],他做个女秘书。小梅香[38],要防护。(末)谨领。(外)春香伴小姐进衙,我陪先生酒去。(旦拜介)"酒是先生馔[39],女为君子儒[40]。"(下)(外)请先生后花园饮酒。

(外)门馆无私白日闲[41],薛能　(末)百年粗粝腐儒餐。杜甫
(外)左家弄玉惟娇女[42],柳宗元　(合)花里寻师到杏坛[43]。钱起

注释

〔1〕朝看飞鸟暮飞回——《全唐诗》卷五李顾《寄韩鹏》:"朝看飞鸟暮飞还。"

〔2〕印床——放印章用的一种文具,作床形。下文花落,指案头上的花落在印床上面。全句形容衙门清闲无事。

〔3〕杜母——指东汉人杜诗。汉代召信臣和他都做过南阳太守,很受人爱戴。谚语说:"前有召父,后有杜母。"见《后汉书》卷六十一本传。

〔4〕甘棠——周代召公出巡,曾在甘棠树下休息。人民怀念他,作了一首歌颂他的诗。这就是《诗经》中的《甘棠》。后来就用甘棠指好官,这里杜宝用来比自己。

〔5〕为政多阴德——汉代于定国的父亲自称治狱多"阴德",子孙一定有出息。后来定国做到丞相,定国的儿子也做到御史大夫。大家就认为他的话应验了。见《汉书》卷七十一本传。阴德,为善而不为人知。迷信的说法,以为有了"阴德"将来就有好报。

〔6〕玉树兰——玉树、芝兰,比喻好子弟。晋谢安问子侄们:"子弟亦何预人事,而正欲使其佳?"谢玄答:"譬如芝兰玉树,欲使其生于阶庭耳。"见《世说新语·言语》。

〔7〕放了衙参——不办公。衙参,召集官员办事。

〔8〕蓝衫——明代生员的制服。色蓝,镶以青色的边缘。又名襴衫。见《正字通》。

〔9〕拳奇——三妇本作权奇,是。权奇,奇谲非常。原来形容马的神气,见《汉书·礼乐志》王先谦补注。

〔10〕分庭还抗礼——平等相待,不亢不卑。原指分处庭中,相对设礼。

〔11〕唱门——通报进见的客人姓名。

〔12〕席珍——《礼记·儒行》:"儒有席上之珍以待聘。"原来比喻儒者珍视自己,等待政府的聘用。这里指优秀的儒生。这四句诗见《全唐诗》卷一明皇帝《集贤书院成送张说上集贤学士赐宴得珍字》。讲,原诗作广。

〔13〕樽俎——樽，酒器。俎，食器。上文献酬，宾主互相劝酒。

〔14〕位班陈——座位按次序排列好。

〔15〕耳顺——六十岁。《论语·为政》："六十而耳顺。"下文古稀，七十岁。杜甫诗《曲江》："人生七十古来稀。"见《草堂诗笺》卷十二。

〔16〕悬壶——指行医。《后汉书》卷一百十二下《费长房传》，有一老翁行医卖药，在门口悬了一个葫芦（壶）作为招牌。

〔17〕训诂——原指解释字义的一种专门学问。这里指教人读书。

〔18〕当得——理当如此的意思，谦语。

〔19〕班大姑——即《女诫》作者班昭。她曾为宫廷后妃的教师，称为大家（gū），音姑。见《后汉书·曹世叔妻传》。

〔20〕云板——雕绘着云彩的木板或金属片做的打击乐器。寺院、官署中作信号用。

〔21〕翠——这里指黛，一种深青色的颜料，画眉用。黛的颜色和翠色相近，所以翠黛可以连用，也可以通用。

〔22〕士女图——美人图，此作美人讲。

〔23〕鲤庭趋——孔子站在那里，他的儿子孔鲤"趋而过庭"。趋，以较快的步子走过去，表示对父亲的尊敬。见《论语·季氏》。

〔24〕家数——家法，家风。

〔25〕镜模——榜样，借鉴。

〔26〕玉不琢，不成器；人不学，不知道——见《礼记·学记》。

〔27〕蒲柳之姿——原意是像蒲柳一样早衰。晋顾悦与简文帝（司马昱）同年，头发早白，简文帝问他何以如此，顾悦说："蒲柳之姿，望秋而落；松柏之质，凌霜犹茂。"见《世说新语·言语》。这里只表示自谦。下句桃李，用来比喻有成就的学生。原喻所荐举的贤士。见《韩诗外传》七。

〔28〕捧珠之爱——俗称女儿叫掌中珠，表示爱惜。白居易诗《哭崔儿》："掌珠一颗儿三岁。"见《白香山集》卷九。

〔29〕男、女《四书》——男四书，即《四书》。南宋理学家朱熹以《小戴礼》中的《大学》、《中庸》与《论语》、《孟子》合为《四书》。女四书，为对妇女施行封建教育而编写的另一套《四书》。

〔30〕《书》以道政事——《庄子·天下》:"《诗》以道志,《书》以道事,《礼》以道行,《乐》以道和,《易》以道阴阳,《春秋》以道名分。"

〔31〕孤经——从孤字着眼,带有打诨性质。原见杜预《春秋左传序》:"相与为部"疏:"孤经不及例者,聚于终篇,故言相与为部也。"

〔32〕后妃之德——《诗经》第一篇是爱情诗《关雎》,从前人都牵强附会地说是歌颂后妃之德的作品。

〔33〕学生家传——杜宝自命为杜甫的后代。学生,对自己的谦称。杜甫的祖父审言是诗人,杜甫在他的儿子宗武生日所写的一首诗里说:"诗是吾家事。"见《杜少陵集详注》卷十七《宗武生日》。

〔34〕半——这里是半百的省词,五十岁。

〔35〕牙签插架三万馀——形容藏书很多。牙签,夹在书上的标签。韩愈诗《送诸葛觉往随州读书》:"邺侯家多书,插架三万轴。一一悬牙签,新若手未触。"见《韩昌黎全集》卷七。

〔36〕伯道恐无儿,中郎有谁付——参看第三龅注〔11〕、〔12〕。

〔37〕冠儿——男子"二十而冠",表示成人。见《礼记·内则》。这里指女儿杜丽娘。全句承上文图书而言,意谓杜丽娘成人后能阅读和保存父亲的藏书。

〔38〕梅香——从前对丫头的通称。

〔39〕酒是先生馔——酒是先生吃的。《论语·为政》:"有酒食,先生馔。"先生,原文指父兄,这里指教师陈最良。

〔40〕女为君子儒——女儿学起来做有德行的读书人。《论语·雍也》:"子谓子夏曰:'女为君子儒,无为小人儒。'"原文女,同汝。以上两句都是借《论语》打诨,与原意不同。

〔41〕门馆——这里借指家塾。

〔42〕左家弄玉惟娇女——没有儿子,只得把女儿当作男孩。弄玉,即弄璋,指生男孩子。《诗·小雅·斯干》:"乃生男子,载弄之璋。"晋左思诗《娇女》:"吾家有娇女,皎皎颇白皙。"原句"左"作"在",据《全唐诗》卷十三柳宗元《三叠前诗》改。

〔43〕杏坛——孔子讲学之处,在山东曲阜。此指教师所在的地方。

第六齣　怅　眺

【番卜算】(丑扮韩秀才上)家世大唐年,寄籍潮阳县。越王台上海连天,可是鹏程便[1]？"榕树梢头访古台[2],下看甲子海门开[3]。越王歌舞今何在？时有鹧鸪飞去来[4]。"自家韩子才。俺公公唐朝韩退之,为上了《破佛骨表》[5],贬落潮州。一出门蓝关雪阻[6],马不能前。先祖心里暗暗道,第一程采头罢了[7]。正苦中间,忽然有个湘子侄儿,乃下八洞神仙[8],蓝缕相见。俺退之公公一发心里不快。呵融冻笔,题一首诗在蓝关草驿之上。末二句单指着湘子说道："知汝远来应有意,好收吾骨瘴江边。"湘子袖了这诗[9],长笑一声,腾空而去。果然后来退之公公潮州瘴死[10],举目无亲。那湘子恰在云端看见,想起前诗,按下云头,收其骨殖[11]。到得衙中,四顾无人,单单则有湘子原妻一个在衙。四目相视,把湘子一点凡心顿起。当时生下一支,留在水潮[12],传了宗祀。小生乃其嫡派苗裔也。因乱流来广城[13]。官府念是先贤之后,表请敕封小生为昌黎祠香火秀才。寄居赵佗王台子之上。正是："虽然乞相寒儒[14],却是仙风道骨。"呀,早一位朋友上来。谁也？

【前腔】(生上)经史腹便便[15],昼梦人还倦。欲寻高耸看云烟,海色光平面。(相见介)(丑)是柳春卿,甚风儿吹的老兄来？

（生）偶尔孤游上此台。（丑）这台上风光尽可矣。（生）则无奈登临不快哉。（丑）小弟此间受用也。（生）小弟想起来，到是不读书的人受用。（丑）谁？（生）赵佗王便是[16]。

【锁窗寒】祖龙飞、鹿走中原[17]，尉佗呵，他倚定着摩崖半壁天[18]。称孤道寡[19]，是他英雄本然。白占了江山，猛起些宫殿。似吾侪读尽万卷书，可有半块土么？那半部上山河不见[20]。（合）由天，那攀今吊古也徒然，荒台古树寒烟。（丑）小弟看兄气象言谈，似有无聊之叹。先祖昌黎公有云："不患有司之不明，只患文章之不精；不患有司之不公，只患经书之不通[21]。"老兄，还则怕工夫有不到处。（生）这话休提。比如我公公柳宗元，与你公公韩退之，他都是饱学才子，却也时运不济。你公公错题了《佛骨表》，贬职潮阳。我公公则为在朝阳殿与王叔文丞相下棋子，惊了圣驾，直贬做柳州司马[22]。都是边海烟瘴地方。那时两公一路而来，旅舍之中，两个挑灯细论。你公公说道："宗元，宗元，我和你两人文章，三六九比势[23]：我有《王泥水传》，你便有《梓人传》[24]；我有《毛中书传》，你便有《郭驼子传》；我有《祭鳄鱼文》，你便有《捕蛇者说》。这也罢了。则我进《平淮西碑》，取奉取奉朝廷[25]，你却又进个平淮西的雅。一篇一篇，你都放俺不过。恰如今贬窜烟方[26]，也合着一处。岂非时乎，运乎，命乎！"韩兄，这长远的事休提了。假如俺和你论如常，难道便应这等寒落。因何俺公公造下一篇《乞巧文》，到俺二十八代元孙，再不曾乞得一些巧来？便是你公公立意做下《送穷文》，到老兄二十几辈了，还不曾送的个穷去？算来都则为时运二字所亏。（丑）是也。春卿兄，

【前腔】你费家资制买书田[27]，怎知他卖向明时不值钱[28]。虽然如此，你看赵佗王当时，也是个秀才陆贾[29]，拜为

奉使中大夫到此。赵佗王多少尊重他。他归朝燕，黄金累千。那时汉高皇厌见读书之人，但有个带儒巾的[30]，都拿来溺尿。这陆贾秀才，端然带了四方巾，深衣大摆[31]，去见汉高皇。那高皇望见，这又是个掉尿鳖子的来了[32]。便迎着陆贾骂道："你老子用马上得天下，何用诗书？"那陆生有趣，不多应他，只回他一句："陛下马上取天下，能以马上治之乎？"汉高皇听了，哑然一笑，说道："便依你说。不管什么文字，念了与寡人听之。"陆大夫不慌不忙，袖里出一卷文字，恰是平日灯窗下纂集的《新语》一十三篇，高声奏上。那高皇才听了一篇，龙颜大喜。后来一篇一篇，都喝采称善。立封他做个关内侯。那一日好不气象[33]！休道汉高皇，便是那两班文武，见者皆呼万岁。一言掷地，万岁喧天[34]。（生叹介）则俺连篇累牍无人见。（合前）（丑）再问春卿，在家何以为生？（生）寄食园公[35]。（丑）依小弟说，不如干谒些须[36]，可图前进。（生）你不知，今人少趣哩。（丑）老兄可知？有个钦差识宝中郎苗老先生，到是个知趣人。今秋任满，例于香山墺多宝寺中赛宝[37]。那时一往何如？（生）领教。

应念愁中恨索居[38]，　段成式　青云器业俺全疏[39]。
　　李商隐
越王自指高台笑，　　皮日休　刘项原来不读书[40]。
　　章碣

注释

〔1〕鹏程——前程远大。《庄子·逍遥游》："鹏之徙于南溟也，水击三千里，抟扶摇而上者九万里。"鹏程，这里是从前句"海连天"引起。

〔2〕榕树梢头访古台——用《诚斋集》卷十五《三月晦日游越王台》原句，馀三句略有更动。原作："下看碧海一琼杯。越王歌舞春风处，今日春风独自来。"

〔3〕甲子海门——广东省陆丰县东南有甲子门海口。巨石壁立,形势险要。

〔4〕越王歌舞今何在?时有鹧鸪飞去来——李白诗《越中览古》:"越王勾践破吴归,义士还家尽锦衣。宫女如花满春殿,只今惟有鹧鸪飞。"因南越王赵佗和越王勾践称号相似而移用。

〔5〕《破佛骨表》——即《论佛骨表》。见《韩昌黎全集》卷三十九。元和十四年,唐宪宗迎接释迦佛骨一节入宫。韩愈上表反对,被贬为潮州刺史。

〔6〕蓝关雪阻——韩愈诗《左迁至蓝关示侄孙湘》:"一封朝奏九重天,夕贬潮州路八千。欲为圣明(一作朝)除弊事,肯将衰朽惜残年!云横秦岭家何在?雪拥蓝关马不前。知汝远来应有意,好收吾骨瘴江边。"见《韩昌黎全集》卷十。蓝关,地名,在陕西。他的侄孙韩湘后来被附会为八仙之一的韩湘子。本剧把侄孙写做儿。

〔7〕采头罢了——采头,兆头。罢了,算了。采头罢了,兆头不好那也算了。

〔8〕下八洞神仙——道家传说,有所谓上八洞神仙、下八洞神仙,一般泛称八仙:即汉钟离、张果老、韩湘子、李铁拐、曹国舅、吕洞宾、蓝采和、何仙姑。本剧称为下八洞神仙,而《孤本元明杂剧》所载的无名氏作品《长生会》、《群仙祝寿》、《献蟠桃》、《八仙过海》却称为上八洞神仙。元代杂剧及《八仙过海》所举八仙中何仙姑作徐神翁,《长生会》等杂剧则作张四郎。

〔9〕袖——动词,放入衣袖内。

〔10〕退之公公潮州瘴死——这里说的韩愈的事迹是编造出来的,并不符合历史事实。

〔11〕骨殖——骸骨。

〔12〕水潮——当即潮州。邓玉宾〔中吕·粉蝶儿·快活三〕:"一个韩昌黎贬在水潮。"见《乐府新声》卷三。

〔13〕广城——广州。

〔14〕乞相——寒乞相,穷样子。

〔15〕经史腹便便——满肚子都是学问。东汉边韶(孝先)很会说话。有一次在白天小睡,学生笑他说:"边孝先,腹便便。懒读书,但欲眠。"他听到了就回答道:"边为姓,孝为字。腹便便,五经笥。但欲眠,思经事。寐与周公通梦,静与孔子同意。师而可嘲,出何典记?"见《后汉书》卷一百十上本传。便便,形容肚子大。

〔16〕赵佗王——姓赵名佗。秦末为南海尉,所以又称尉佗。秦亡,自立为南越武王。汉十一年,高祖派陆贾去封他为南越王。后又自立为南越武帝。汉文帝派大中大夫陆贾去责备他,要他归顺汉朝。见《史记》卷一百十三本传。

〔17〕祖龙飞、鹿走中原——祖龙,指秦始皇;飞,死。见《史记》卷六《秦始皇本纪》。鹿走中原,喻政局失去控制。《汉书》卷四十五《蒯通传》:"秦失其鹿,天下共逐之。"全句指秦末农民起义大爆发的形势。

〔18〕倚定着摩崖半壁天——倚定着摩崖,凭着天险;半壁天,割据一方。

〔19〕称孤道寡——自立为王。王、小国君主自称孤,皇帝自称寡人。

〔20〕半部——指半部《论语》。北宋赵普曾在宋太宗赵光义面前吹嘘说:我以半部《论语》帮助太祖(赵匡胤)打天下;以另外半部帮助你治理国家。罗贯中《宋太祖龙虎风云会》杂剧第三折〔倘秀才〕:"卿(赵普)道是用论语治朝廷有方,却原来只半部运山河在掌。"

〔21〕不患有司……之不通——韩愈文《进学解》:"诸生业患不能精,无患有司之不明;行患不能成,无患有司之不公。"见《韩昌黎全集》卷十二。本剧改动了几个字,是为了更好地写出书生的迂腐可笑。

〔22〕我公公……柳州司马——这一些话和后文"两公一路而来"云云都是编造出来的。唐德宗贞元末年,柳宗元参加了以王伾、王叔文为首的政治集团。事败,柳宗元被贬为邵州(今湖南宝庆)刺史。还没有到职,改任永州(今湖南零陵)司马。唐宪宗元和十年,又调为柳州刺史。王叔文善棋,曾任翰林学士兼尚书户部侍郎。见《唐书》卷一三五本传。

〔23〕三六九比势——旗鼓相当,势均力敌。

〔24〕我有《王泥水传》,你便有《梓人传》——这里及后面提到的韩

愈、柳宗元的几篇作品，可以在他们各自的文集里看到。《王泥水传》即《圬者王承福传》。圬（wū）者，泥水匠。《毛中书传》即《毛颖传》。"平淮西的雅"即《平淮夷雅》。

〔25〕取奉取奉——取奉，原是指向皇帝效劳、贡献，这里叠用，却是趋奉的谐音，奉承、讨好的意思。

〔26〕烟方——多雾的瘴气流行地区。

〔27〕制买书田——买书读和买田一样，买田可以收租，读书可以升官发财，都有利可图。这是旧时代的看法。

〔28〕明时——政治清明的时代。

〔29〕陆贾——汉代初年的辩士。汉高祖曾派他去封赵佗为南越王。回来之后，陆贾升为大中大夫。下文"黄金累千"是赵佗给他的赏赐。见《史记》卷九十七本传。

〔30〕儒巾——古代读书人戴的头巾。

〔31〕深衣——古代长袍之类的制服。

〔32〕尿鳖子——尿壶。

〔33〕气象——这里作形容词用，犹言神气。

〔34〕那时汉高皇厌见读书之人……万岁喧天——见《史记·陆贾郦生列传》。本剧曾加以改动，揉合陆贾、郦食其两人的事，通归之陆贾。

〔35〕园公——园丁。

〔36〕干谒——向有地位的人求请。

〔37〕香山嶴——今广东省澳门，古时对外贸易港，明代为洋商聚居处。见《野获编》卷三十《香山嶴》。赛宝——以宝物祭祀、酬劳。赛，《玉篇·赛部》："赛，报也。"《晋书·艺文志》："公于白公祠中祈福，许赛其牛。"犹言"祭宝"（第二十一齣《谒遇》〔光光乍〕）。祭、赛连用，见本剧第二十一齣《谒遇》〔挂真儿〕有"祭赛多宝菩萨"句。汉王充《论衡·辨祟》："项羽攻襄安，襄安无噍类，未必不祷赛也。"

〔38〕索居——独居。

〔39〕青云器业——做官的才能。青云，做大官，爬得很高。

〔40〕刘、项——指汉高祖刘邦和楚霸王项羽。

第七齣　閨　塾

（末上）"吟餘改抹前春句，飯后尋思午晌茶。蟻上案頭沿硯水，蜂穿窗眼咂瓶花。"我陳最良杜衙設帳[1]，杜小姐家傳《毛詩》[2]。極承老夫人管待。今日早膳已過，我且把毛注潛玩一遍。（念介）"關關雎鳩，在河之洲。窈窕淑女，君子好逑[3]。"好者好也，逑者求也。（看介）這早晚了[4]，還不見女學生進館。卻也嬌養的凶。待我敲三聲雲板。（敲雲板介）春香，請小姐解書。

【繞池游】（旦引貼捧書上）素妝才罷，緩步書堂下。對淨几明窗瀟灑。（貼）《昔氏賢文》[5]，把人禁殺，恁時節則好教鸚哥喚茶[6]。（見介）（旦）先生萬福，（貼）先生少怪。（末）凡為女子，雞初鳴，咸盥、漱、櫛、笄，問安于父母[7]。日出之后，各供其事。如今女學生以讀書為事，須要早起。（旦）以后不敢了。（貼）知道了。今夜不睡，三更時分，請先生上書。（末）昨日上的《毛詩》，可溫習？（旦）溫習了。則待講解。（末）你念來。（旦念書介）"關關雎鳩，在河之洲。窈窕淑女，君子好逑。"（末）聽講。"關關雎鳩"，雎鳩是個鳥，關關鳥聲也。（貼）怎樣聲兒？（末作鳩聲）（貼學鳩聲諢介）[8]（末）此鳥性喜幽靜，在河之洲。（貼）是了。不是昨日是前日，不是今年是去年，俺衙內關著個斑鳩兒，被小姐放去，一去去在何知州家[9]。(末)胡说,这是兴[10]。(贴)兴个甚的那?(末)兴者起也。起那下头窈窕淑女,是幽闲女子,有那等君子好好的来求他。(贴)为甚好好的求他?(末)多嘴哩。(旦)师父,依注解书,学生自会。但把《诗经》大意,敷演一番[11]。

【掉角儿】(末)论《六经》,《诗经》最葩[12],闺门内许多风雅:有指证,姜嫄产哇[13];不嫉妒,后妃贤达[14]。更有那咏鸡鸣,伤燕羽,泣江皋,思汉广[15],洗净铅华[16]。有风有化[17],宜室宜家[18]。(旦)这经文偌多?(末)《诗》三百[19],一言以蔽之,没多些,只"无邪"两字,付与儿家。书讲了。春香取文房四宝来模字[20]。(贴下取上)纸、墨、笔、砚在此。(末)这甚么墨?(旦)丫头错拿了,这是螺子黛,画眉的。(末)这甚么笔?(旦作笑介)这便是画眉细笔。(末)俺从不曾见。拿去,拿去!这是甚么纸?(旦)薛涛笺[21]。(末)拿去,拿去。只拿那蔡伦造的来[22]。这是甚么砚?是一个是两个?(旦)鸳鸯砚。(末)许多眼[23]?(旦)泪眼[24]。(末)哭什么子?一发换了来。(贴背介)好个标老儿[25]!待换去。(下换上)这可好?(末看介)着。(旦)学生自会临书。春香还劳把笔[26]。(末)看你临。(旦写字介)(末看惊介)我从不曾见这样好字。这甚么格?(旦)是卫夫人传下美女簪花之格[27]。(贴)待俺写个奴婢学夫人[28]。(旦)还早哩。(贴)先生,学生领出恭牌[29]。(下)(旦)敢问师母尊年?(末)目下平头六十[30]。(旦)学生待绣对鞋儿上寿,请个样儿。(末)生受了。依《孟子》上样儿,做个"不知足而为屦"罢了[31]。(旦)还不见春香来。(末)要唤他么?(末叫三度介)(贴上)害淋的。(旦作恼介)劣丫头那里来?(贴笑介)溺尿去来。原来有座大花园。花明柳绿,好耍子哩。(末)哎也,不攻书,花园去。待俺取荆条来。(贴)荆条做甚么?

闺　　塾

【前腔】女郎行[32]那里应文科判衙[33]？止不过识字儿书涂嫩鸦[34]。(起介)(末)古人读书，有囊萤的，趁月亮的[35]。(贴)待映月，耀蟾蜍眼花；待囊萤，把虫蚁儿活支煞[36]。(末)悬梁、刺股呢[37]？(贴)比似你悬了梁，损头发；刺了股，添疤痣[38]。有甚光华！(内叫卖花介)(贴)小姐，你听一声声卖花，把读书声差。(末)又引逗小姐哩。待俺当真打一下。(末做打介)(贴闪介)[39]你待打、打这哇哇，桃李门墙[40]，嶮把负荆人唬煞[41]。(贴抢荆条投地介)(旦)死丫头，唐突了师父[42]，快跪下。(贴跪介)(旦)师父看他初犯，容学生责认一遭儿。

【前腔】手不许把秋千索拿，脚不许把花园路踏。(贴)则瞧罢。(旦)还嘴，这招风嘴[43]，把香头来绰疤[44]；招花眼，把绣针儿签瞎[45]。(贴)瞎了中甚用？(旦)则要你守砚台，跟书案，伴"诗云"，陪"子曰"，没的争差[46]。(贴)争差些罢。(旦捽贴发介)[47]则问你几丝儿头发，几条背花[48]？敢也怕些些夫人堂上那些家法[49]。(贴)再不敢了。(旦)可知道？(末)也罢，松这一遭儿。起来。(贴起介)

【尾声】(末)女弟子则争个不求闻达[50]，和男学生一般儿教法。你们工课完了，方可回衙。咱和公相陪话去。(合)怎辜负的这一弄明窗新绛纱[51]。(下)(贴作背后指末骂介)村老牛[52]，痴老狗，一些趣也不知。(旦作扯介)死丫头，"一日为师，终身为父"，他打不的你？俺且问你那花园在那里？(贴做不说)(旦做笑问介)(贴指介)兀那不是[53]！(旦)可有什么景致？(贴)景致么，有亭台六七座，秋千一两架。绕的流觞曲水[54]，面着太湖山石[55]。名花异草，委实华丽。(旦)原来有这等一个所在，且回衙去。

（旦）也曾飞絮谢家庭[56]，李山甫　（贴）欲化西园蝶未成。
　　张　泌
（旦）无限春愁莫相问，赵　嘏　（合）绿阴终借暂时行。
　　张　祜

注释

〔1〕设帐——教书。东汉经学家马融，扶风（今陕西省兴平县东南）人。他坐在绛纱帐内教学生。见《后汉书》卷九十上本传。

〔2〕《毛诗》——战国时代毛亨著《毛诗故训传》，这是解释《诗经》的一部书。此外，鲁人申培、齐人辕固、燕人韩婴都传《诗》。三家诗先后亡佚，只有毛传独存。后来《毛诗》用作《诗经》的代称。

〔3〕关关雎鸠……君子好逑——《诗经》的第一首诗《关雎》的头四句。《关雎》是一首爱情诗。

〔4〕早晚——时候。

〔5〕《昔氏贤文》——书名，用格言编成的一种初学读本。下文禁杀，拘束死了。

〔6〕恁时节——这时候，意思说听了《昔氏贤文》的教训以后。鹦哥，鹦鹉。

〔7〕鸡初鸣，咸盥、漱、栉、笄，问安于父母——这是载于《礼记·内则》篇的旧时代做子、女的生活守则之一。

〔8〕诨——打诨。打诨的语句由演员自己添加。它们往往富于幽默的情味，机智泼剌，但也有流于低级趣味的。

〔9〕知州——州的地方行政长官。何知州与"河之洲"谐音，调笑用。

〔10〕兴——风、雅、颂、赋、比、兴称为《诗》的六义。风、雅、颂指《诗》的不同的体制；赋、比、兴指《诗》的作法。兴，即物起兴，民歌的开头。

〔11〕敷演——这里是解释的意思。

〔12〕论《六经》,《诗经》最葩——《六经》中以《诗经》最有文彩。《易》、《诗》、《书》、《礼》、《乐》、《春秋》都是儒家的经典著作,合称《六经》。葩,花,此作华丽有文彩解。韩愈《进学解》"《诗》正而葩"。后来《葩经》被用作《诗经》的代称。

〔13〕姜嫄产哇——古代传说,姜嫄是黄帝的曾孙帝喾的妃子。她在天帝的大脚趾印上踏了一脚,因而有孕。生下来的儿子就是后稷。见《诗·大雅·生民》。哇,通娃。

〔14〕不嫉妒,后妃贤达——《诗·周南》中的《樛木》、《螽斯》等篇,诗序、朱熹注都牵强附会地认为它们是写后妃不妒忌,其实这些都是古代恋歌。

〔15〕咏鸡鸣,伤燕羽,泣江皋,思汉广——咏鸡鸣,指《诗·齐风·鸡鸣》。伤燕羽,指《诗·邶风·燕燕》:"燕燕于飞,差池其羽。之子于归,远送于野。瞻望弗及,泣涕如雨。"这是一首送别的诗。思汉广,指《诗·周南·汉广》,是一首思念爱人的诗。泣江皋,指《诗经》中的哪一首诗,难以确定。

〔16〕洗净铅华——归之于朴素。铅华,铅粉,搽脸用。

〔17〕有风有化——有教育意义。

〔18〕宜室宜家——女儿在夫家一家和顺。语本《诗·周南·桃夭》:"之子于归,宜其室家。"室,两夫妻的住房;家,整个家庭。

〔19〕《诗》三百——《诗经》有诗三百零五篇,三百篇是约数。全句本《论语·为政》:"《诗》三百,一言以蔽之,曰:思无邪。"

〔20〕文房四宝——即下文所说的纸、墨、笔、砚。

〔21〕薛涛笺——唐代名妓薛涛制的笺纸。

〔22〕蔡伦——东汉时代人,纸的改良者。见《后汉书》卷一〇八本传。

〔23〕眼——砚眼,砚石经磨制后现出的天然石纹,圆晕如眼,有白、赤、黄等不同颜色。广东省高要县端溪出产的砚叫端砚。

〔24〕泪眼——端砚的眼不很清润明朗的叫泪眼。泪眼次于活眼,比死眼好。死眼又比没有的好。见楝亭本《砚笺》卷一。

〔25〕标老儿——不知趣的人,犹如说土老儿。

〔26〕把笔——孩子初学写字,不会使毛笔,教师以右手握(把)住孩子的右手帮着写,叫把笔,也叫把字。

〔27〕美女簪花之格——美女簪花,本来用来形容书法娟秀。见《金石萃编·杨震碑跋》。格,范本、式样。

〔28〕奴婢学夫人——原来是学不像的意思。《说郛》卷二十三引《宾退录》:"羊欣书似婢作夫人,不堪位置。而举止羞涩,终不似真。"

〔29〕出恭牌——请假上厕所。明代试场不让考生擅离坐位,设有出恭入敬牌。考生上厕所,凭牌出入。

〔30〕平头——凡计数逢十,叫做齐头数。平与齐同。白居易诗:"火销灯尽天明后,便是平头六十人。"见《通俗编》卷三十二。

〔31〕不知足而为屦——屦,鞋子。语本《孟子·告子》。这是写陈最良的书呆气。

〔32〕行——用在人称词之后,有"辈"、"家"的意思。女郎行犹言女儿家。有时也作那边、跟前解。

〔33〕应文科判衙——去应考,(考取后)做官坐堂办事。

〔34〕书涂嫩鸦——随便写几个字儿。涂鸦,乱涂,字写不好,一个个像乌老鸦。

〔35〕趁月亮的——南齐江泌点不起灯,晚上在月亮下读书。见《南齐书》卷五十五本传。

〔36〕虫蚁儿——泛指昆虫,此指萤火虫。活支煞——活活地弄杀。

〔37〕刺股——战国时苏秦刻苦学习,怕自己倦极睡去,用钻子刺大腿。见《战国策·秦策·苏秦始将连横》章。

〔38〕疧(niè)——疤。下句光华,光彩。

〔39〕闪——躲避。

〔40〕门墙——指师门。《论语·子张》:"夫子之墙数仞。不得其门而人。"

〔41〕负荆人——身背荆条向人请罪的人,这里指有过错的人。上文崄,同险。

〔42〕唐突——冒犯。

〔43〕招风——多惹是非。下文招花(眼)的意思和这差不多。

〔44〕把香头来绰疤——用点着的香来戳,灼一个疤。绰,戳。

〔45〕签——刺。

〔46〕没的争差——这里是不要出差错的意思。争差,一般的用法,是指相差、不同。有时只用一个争字,义同。

〔47〕挦(xún)——用手指扯、拔。

〔48〕背花——背上被鞭打的伤痕。

〔49〕家法——封建家长责打家人的用具,如鞭子。

〔50〕女弟子则争个不求闻达——女学生不要做官,只有这一点(和男的)不一样。闻达,原来是名声传出去,受人荐举的意思。

〔51〕一弄——一派、一带。

〔52〕村——粗野。

〔53〕兀那——兀,兀的,犹言这的。兀那,兀谁,意思就是那、谁,但语气较强。

〔54〕流觞曲水——宜于游宴的曲水。流觞,古代人在修禊的日子,把装着酒的杯子(觞)放在水上,顺水流下去。遇到水湾(曲水)停下来,就拿来喝。禊,原是三月上巳在水边祓除不祥的一种祭典。

〔55〕太湖山石——太湖石堆叠的假山。太湖石,产于太湖。石多孔洞,宜于作园林假山之用。

〔56〕也曾飞絮谢家庭——说自己像谢道韫一样有诗才。参看第三齣注〔44〕。

第八齣　劝　农[1]

【夜游朝】(外引净扮皂隶,贴扮门子同上)何处行春开五马[2]？采邠风物候秌华[3]。竹宇闻鸠,朱轓引鹿[4]。且留憩甘棠之下。〔古调笑〕"时节时节,过了春三二月[5]。乍晴膏雨烟浓[6],太守春深劝农。农重农重,缓理征徭词讼。"俺南安府在江广之间,春事颇早。想俺为太守的,深居府堂,那远乡僻坞,有抛荒游懒的,何由得知？昨已分付该县置买花酒,待本府亲自劝农。想已齐备。(丑扮县吏上)"承行无令史,带办有农民[7]。"禀爷爷,劝农花酒,俱已齐备。(外)分付起行。近乡之处,不许多人啰唣。(众应,喝道起行介)[8](外)正是："为乘阳气行春令[9],不是闲游玩物华。"(下)

【前腔】(生、末扮父老上)白发年来公事寡。听儿童笑语喧哗。太守巡游,春风满马。敢借着这务农宣化？俺等乃是南安府清乐乡中父老。恭喜本府杜太爷,管治三年,慈祥端正,弊绝风清。凡各村乡约保甲[10],义仓社学[11],无不举行。极是地方有福。现今亲自各乡劝农,不免官亭伺候[12]。那祗候们扛抬花酒到来也[13]。

【普贤歌】(丑、老旦扮公人,扛酒提花上)俺天生的快手贼无过[14]。

衙舍里消消没的睃[15],扛酒去前坡。(做跌介)几乎破了哥[16],摔破了花花你赖不的我[17]。(生、末)列位祇候哥到来。(老旦、丑)便是这酒埕子漏了[18],则怕酒少,烦老官儿遮盖些。(生、末)不妨。且抬过一边,村务里嗑酒去[19]。(老旦、丑下)(生、末)地方端正坐椅[20],太爷到来。(虚下)[21]

【排歌】(外引众上)红杏深花,菖蒲浅芽。春畴渐暖年华。竹篱茅舍酒旗儿叉。雨过炊烟一缕斜。(生、末接介)(合)提壶叫[22],布谷喳[23]。行看几日免排衙[24]。休头踏[25],省喧哗,怕惊他林外野人家。(皂禀介)禀爷,到官亭。(生、末见介)(外)众父老,此为何乡何都?(生、末)南安县第一都清乐乡。(外)待我一观。(望介)(外)美哉此乡,真个清而可乐也。〔长相思〕你看山也清,水也清,人在山阴道上行[26]。春云处处生。(生、末)正是。官也清,吏也清,村民无事到公庭。农歌三两声。(外)父老,知我春游之意乎?

【八声甘州】平原麦洒,翠波摇翦翦,绿畴如画。如酥嫩雨,绕塍春色蘸苴[27]。趁江南土疏田脉佳。怕人户们抛荒力不加[28]。还怕,有那无头官事,误了你好生涯。(生、末)以前昼有公差,夜有盗警。老爷到后呵,

【前腔】千村转岁华[29]。愚父老香盆[30],儿童竹马[31]。阳春有脚[32],经过百姓人家。月明无犬吠黄花,雨过有人耕绿野[33]。真个,村村雨露桑麻。(内歌《泥滑喇》介)(外)前村田歌可听。

【孝白歌】(净扮田夫上)泥滑喇,脚支沙[34],短耙长犁滑律的拿[35]。夜雨撒菰麻[36],天晴出粪渣,香风馣鲊[37]。(外)歌的好。"夜雨撒菰麻,天晴出粪渣,香风馣鲊",是说那粪臭。父老呵,他却不知这粪是香的。有诗为证:"焚香列鼎奉君王[38],馔

第 八 齣

玉炊金饱即妨[39]。直到饥时闻饭过,龙涎不及粪渣香[40]。"与他插花赏酒。(净插花赏酒,笑介)好老爷,好酒。(合)官里醉流霞[41],风前笑插花,把农夫们俊煞[42]。(下)(门子禀介)一个小厮唱的来也[43]。

【前腔】(丑扮牧童拿笛上)春鞭打,笛儿呦[44],倒牛背斜阳闪暮鸦。(笛指门子介)他一样小腰报[45],一般双髻鬌[46],能骑大马。(外)歌的好。怎生指着门子唱"一样小腰报,一般双髻鬌,能骑大马"？父老,他怎知骑牛的到稳。有诗为证:"常羡人间万户侯[47],只知骑马胜骑牛。今朝马上看山色,争似骑牛得自由。"赏他酒,插花去。(丑插花饮酒介)(合)官里醉流霞,风前笑插花,村童们俊煞。(下)(门子禀介)一对妇人歌的来也。

【前腔】(旦、老旦采桑上)那桑阴下,柳篓儿搓[48],顺手腰身嫋一丫[49]。呀,什么官员在此？俺罗敷自有家,便秋胡怎认他[50],提金下马？(外)歌的好。说与他,不是鲁国秋胡,不是秦家使君,是本府太爷劝农。见此勤劬采桑,可敬也。有诗为证:"一般桃李听笙歌,此地桑阴十亩多。不比世间闲草木,丝丝叶叶是绫罗。"领酒,插花去。(二旦背插花,饮酒介)(合)官里醉流霞,风前笑插花,采桑人俊煞。(下)(门子禀介)又一对妇人唱的来也。

【前腔】(老旦、丑持筐采茶上)乘谷雨[51],采新茶,一旗半枪金缕芽[52]。呀,什么官员在此？学士雪炊他[53],书生困想他,竹烟新瓦[54]。(外)歌的好。说与他,不是邮亭学士,不是阳羡书生[55],是本府太爷劝农。看你妇女们采桑采茶,胜如采花。有诗为证:"只因天上少茶星,地下先开百草精[56]。闲煞女郎贪斗草[57],风光不似斗茶清[58]。"领了酒,插花去。(老旦、丑插花,饮酒介)(合)官里醉流霞,风前笑插花,采茶人俊煞。(下)(生、末跪介)禀老爷,众父老茶饭伺候。(外)不消。馀花馀酒,父老们领去,给散小乡村,也见官府劝农之意。叫祗候们起马。(生、末做攀留不许介)(起叫介)村中男妇领了花赏了酒的,都来送太爷。

【清江引】(前各众插花上)黄堂春游韵潇洒,身骑五花马[59]。村务里有光华,花酒藏风雅。男女们请了,你德政碑随路打[60]。(下)

闾阎缭绕接山巅,杜　甫　　春草青青万顷田。张　继
日暮不辞停五马,羊士谔　　桃花红近竹林边。薛　能

注释

〔1〕劝农——地方官在春天下乡,鼓励农民从事生产。在多数场合,这仅是一种形式主义的措施,往往使农民受到骚扰。

〔2〕行春——劝农。《后汉书·郑弘传》注引文:"太守常以春行所主县,劝人农桑,振救乏绝。"

〔3〕采邠(bīn)风物候秋华——在百花盛开(秾华)的时节(物候)出去劝农。邠风,即《豳风》,《诗·国风》的一部分,以抒写农事而著名。采豳风,采录有关农事的民歌,这里就是劝农的意思。

〔4〕朱幡引鹿——东汉时代,淮阳太守郑弘出外劝农,有白鹿跟着他的车子走。有人告诉他,这是做宰相的预兆。见《后汉书·郑弘传》注引文。朱幡,红漆的车厢之类的东西,指太守所用的车子。《后汉书·舆服志》:"中二千石、二千石皆皁盖、朱两幡。"

〔5〕春三二月——春天二、三月间。

〔6〕膏雨——甘霖、及时的雨。

〔7〕承行无令史,带办有农民——县吏自夸直接秉承太守意旨办事,不用令史转达,而且有农民为他帮办。令史,府、县管理文书的吏目,地位比一般吏人高。承行,执行上级命令办公事。带办,兼办。

〔8〕喝道——官员出外,有人在前面吆喝,清道。

〔9〕为乘阳气行春令——古代以阴阳解释季节的变嬗。春天,阴气终,阳气生。见《礼记·月令》。行春令,即行春,劝农。王维诗《奉和圣制

第 八 齣

从蓬莱向兴庆阁道中留春雨中春望之作应制》:"为乘阳气行时令,不是宸游玩物华。"

〔10〕乡约保甲——乡约,乡村里要农民遵守的规约;保甲,古代的地方基层组织。

〔11〕义仓社学——义仓,救灾用的地方公有的粮仓;社学,明代以后乡村设立的学校。

〔12〕官亭——接官亭,设在近郊,用以接送官员的亭子。

〔13〕祗候——本来是宋代的武官名,后来用来指衙役、仆人。

〔14〕快手——捕快,地方政府所属的保安人员。《明神宗实录·登极诏》:"各处额编民壮快手,本缉捕'盗贼'而设。"

〔15〕睃——看。本音 jùn,在戏曲中读作 suō。全句,公人夸耀自己说,窃贼还不及他们手灵脚快。衙门里才不见了他们,却已经扛酒下乡来了。

〔16〕哥——语词,和啊、呵差不多。

〔17〕花花——花。

〔18〕酒埕子——酒坛。

〔19〕务——酒务的简称。原是宋代官设的造酒、卖酒的机关,一般作酒店代称。这里村务,指乡村酒店。下文嗑,就是喝。

〔20〕地方——地保。相当旧时的保、甲长。

〔21〕虚下——演员走向舞台下场门,好像下场的样子,旋即回来。

〔22〕提壶——鸟名。鸣声有如"提壶"。

〔23〕布谷——候鸟名,出现在三至五月间,鸣声有如"布谷"。

〔24〕排衙——长官排列仪仗,接受属员的参谒,坐堂办事。

〔25〕头踏——古代官员出行时排在前面的仪仗队。下文省喧哗,免得吵吵闹闹。

〔26〕人在山阴道上行——晋代"王子敬(献之)云:'从山阴道上行,山川自相映发,使人应接不暇。'"见《世说新语·言语》。后来,人们用"山阴道上"来指好风景连绵不断。山阴,今浙江省绍兴市境内。

〔27〕蘿(luǒ)苴(zhā)——这里是形容暮春的景色。《十驾斋养新

录》卷十六云此句本杨万里《野蔷薇》诗:"红残绿暗已多时,路上山花也则稀。蘬苴馀春还子细,燕脂浓抹野蔷薇。"《广韵》引《玉篇》:"蘬苴,泥不熟貌。"蘬,通蘱。

〔28〕抛荒力不加——荒了田地,不出力耕种。

〔29〕转岁华——日子过得不一样了,过好日子。

〔30〕香盆——封建社会中奉迎统治者的仪式:焚香插在盆里,盆子顶在头上,跪地迎送,表示崇敬和爱戴。

〔31〕儿童竹马——歌颂太守的成语。东汉人郭伋,曾任并州牧。有一次他到所属的一个地方去,有几百儿童骑竹马来欢迎他。见《后汉书》卷六十一本传。

〔32〕阳春有脚——歌颂太守的成语。唐代"宋璟爱民恤物,朝野归美。时人咸称璟为有脚阳春。言所至之处,如阳春煦物也。"见《唐人说荟·开元天宝遗事》。

〔33〕月明无犬吠黄花,雨过有人耕绿野——元杂剧《曲江池》一折郑府尹上场诗:"雨后有人耕绿野,月明无犬吠黄昏。"《丽春堂》三折济南府尹上场诗也有此两句,惟黄昏作荒村。

〔34〕泥滑喇,脚支沙——泥路滑溜溜的,脚踏不稳。

〔35〕滑律——滑溜。

〔36〕菰——一种禾本科植物,花芽叫茭白,结实叫菰米,均可供食用。全句,雨天下种,晴了施肥。

〔37〕俺鲊——俺,当作腌。腌鲊,形容粪臭随风吹来,有如臭鱼鲝的气味。

〔38〕列鼎——菜肴很多。鼎,古代烹饪兼盛菜的用具。

〔39〕馔玉炊金——形容珍贵的食品。骆宾王诗《帝京篇》:"炊金馔玉待鸣钟。"见《全唐诗》卷三。

〔40〕龙涎——一种名贵的香料。

〔41〕流霞——这里是酒的代称。原是神话中仙酒名,说是喝了一杯就不会饥渴。见《抱朴子·祛惑》。

〔42〕俊煞——犹今语美死了。荣耀、快乐、满意兼而有之。

〔43〕小厮——男孩子。

〔44〕哨——吹。

〔45〕腰报——腰身。

〔46〕髻鬌——髻鬟。

〔47〕万户侯——泛指最高的官爵。汉制,列侯大的食邑万户,小的五六百户。原诗见明杨仪《明良记》引江东签第四十六签。首句"常羡"原作"君是",第二句首一字原作"信",馀同。

〔48〕搓——为协韵,读作 chā,这里是歪斜地(背在身上)。

〔49〕丫——丫杈,这里是桑枝。

〔50〕俺罗敷自有家,便秋胡怎认他——罗敷是一个美貌的少妇。一天,她在采桑,有个官员来调戏她,要用车子接她去。她说:"使君(太守)自有妇,罗敷自有夫",把他拒绝了。见乐府诗《陌上桑》。秋胡是另一个传说的男主角。他在离家十年后,做了鲁国中大夫的官回到故乡。在路上,他调戏一个采桑妇。他用金子作诱惑,还是被拒绝。后来才知道,这就是他自己的妻子。见唐代《秋胡变文》、元杂剧《秋胡戏妻》。这里把两个故事混在一起,而且从下文"秦家使君"可以想见,调戏罗敷的使君就是她自己的丈夫。南宋朱熹《语类》就已经认为罗敷的夫婿就是使君。南朝梁人王筠《陌上桑》云:"秋胡始停马,罗敷未满箱。"已把两事牵合在一起。见余冠英《乐府诗选·陌上桑》注。

〔51〕谷雨——二十四节气之一,在阳历四月二十日或二十一日。谷雨前采的茶叶叫谷雨前茶,一名雨前。

〔52〕一旗半枪金缕芽——旗枪,茶片顶上的小芽,没有展开的叫枪,已经展开的叫旗。见《全唐诗》卷二十三陆龟蒙诗《奉酬袭美先辈吴中苦雨一百韵》小注。金缕芽,上品茶。元杂剧《青衫泪》四折《红绣鞋》:"他有数百块名高月峡,两三船玉屑金芽。"

〔53〕学士雪炊他——宋代学士"陶穀得党太尉家姬,取雪水烹茶。曰:'党家有此乐否?'曰:'彼安能识此!但能于销金帐下饮羊羔美酒尔。'"见《事文类聚》。下文邮亭学士即陶穀。陶穀出使到南唐,在邮亭爱上了妓女秦弱兰。见《宋人轶事汇编》卷四引《玉壶清话》。元代《风光

好》杂剧写的就是这个故事。

〔54〕竹烟新瓦——竹烟,燃竹烧茶发出的烟气。瓦,指陶器,这里是陶制茶壶。

〔55〕阳羡书生——指轻薄的书生。阳羡人许彦在路上遇见一个书生,书生说自己脚痛不能走路,请寄在许彦的鹅笼里带着他走。走了一会,书生从口里吐出一个美貌的女子,和他一起喝酒。见《顾氏文房小说·续齐谐记》。阳羡,今江苏宜兴,古代以产茶著名。

〔56〕百草精——茶。《全唐诗》卷三十一齐己《咏茶十二韵》:"百草让为灵,功先百草成。"

〔57〕斗草——斗赛百草的一种游戏。玩的人大都是少女,在端午节最流行。

〔58〕斗茶——一种比茶的游戏。江邻几《嘉祐杂志》:"苏才翁尝与蔡君谟斗茶,蔡用惠山泉水,苏茶小劣,改用竹沥水煎,遂能取胜。"

〔59〕五花马——这里指毛色斑驳的良马。

〔60〕德政碑——当地人为歌颂地方官的德政所立的碑石。全句,指太守所到之处,都有人在歌颂。

第九齣　肃　苑[1]

【一江风】(贴上)小春香,一种在人奴上[2],画阁里从娇养。侍娘行,弄粉调朱,贴翠拈花,惯向妆台傍。陪他理绣床,陪他烧夜香。小苗条吃的是夫人杖[3]。"花面丫头十三四[4],春来绰约省人事。终须等着个助情花[5],处处相随步步觑。"俺春香日夜跟随小姐。看他名为国色,实守家声。嫩脸娇羞,老成尊重。只因老爷延师教授,读到《毛诗》第一章:"窈窕淑女,君子好逑。"悄然废书而叹曰:"圣人之情,尽见于此矣。今古同怀,岂不然乎?"春香因而进言:"小姐读书困闷,怎生消遣则个[6]?"小姐一会沉吟[7],逡巡而起。便问道:"春香,你教我怎生消遣那[8]?"俺便应道:"小姐,也没个甚法儿,后花园走走罢。"小姐说:"死丫头,老爷闻知怎好?"春香应说:"老爷下乡,有几日了。"小姐低回不语者久之[9],方才取过历书选看。说明日不佳,后日欠好,除大后日,是个小游神吉期[10]。预唤花郎,扫清花径。我一时应了,则怕老夫人知道。却也由他。且自叫那小花郎分付去。呀,回廊那厢,陈师父来了。正是:"年光到处皆堪赏[11],说与痴翁总不知。"

【前腔】(末上)老书堂,暂借扶风帐[12]。日暖钩帘荡。呀,那回廊,小立双鬟[13],似语无言,近看如何相[14]?是春香,问你恩官在那厢?夫人在那厢?女书生怎不把书来上?(贴)原来是陈师父。俺小姐这几日没工夫上书。(末)为甚?(贴)听呵,

【前腔】甚年光!忒煞通明相[15],所事关情况。(末)有甚么情况?(贴)老师父还不知,老爷怪你哩。(末)何事?(贴)说你讲《毛诗》,毛的忒精了[16]。小姐呵,为诗章,讲动情肠。(末)则讲了个"关关雎鸠"。(贴)故此了。小姐说,关了的雎鸠,尚然有洲渚之兴,可以人而不如鸟乎!书要埋头,那景致则抬头望。如今分付,明后日游后花园。(末)为甚去游?(贴)他平白地为春伤。因春去的忙,后花园要把春愁漾[17]。(末)一发不该了。

【前腔】论娘行,出入人观望,步起须屏障[18]。春香,你师父靠天也六十来岁,从不晓得伤个春,从不曾游个花园。(贴)为甚?(末)你不知。孟夫子说的好,圣人千言万语,则要人"收其放心"[19]。但如常,着甚春伤?要甚春游?你放春归,怎把心儿放?小姐既不上书,我且告归几日。春香呵,你寻常到讲堂[20],时常向琐窗[21],怕燕泥香点涴在琴书上[22]。我去了。"绣户女郎闲斗草[23],下帷老子不窥园[24]。"(下)(贴吊场[25])且喜陈师父去了。叫花郎在么?(叫介)花郎!

【普贤歌】(丑扮小花郎醉上)一生花里小随衙[26],偷去街头学卖花。令史们将我揸[27],祇候们将我搭,狠烧刀[28]、险把我嫩盘肠生灌杀。(见介)春姐在此。(贴)好打。私出衙前骗酒,这几日菜也不送。(丑)有菜夫。(贴)水也不视[29]。(丑)有水夫。(贴)花也不送。(丑)每早送花,夫人一分,小姐一分。(贴)还有一分哩?(丑)这该打。(贴)你叫什么名字?(丑)花郎。(贴)你把花郎的意思,挡个曲儿俺听。挡的好,饶打。(丑)使得。

【梨花儿】小花郎看尽了花成浪,则春姐花沁的水洸浪。和

你这日高头偷眼眼,嗏,好花枝干鳖了作么朗!(贴)待俺还你也哥。

【前腔】小花郎做尽花儿浪,小郎当夹细的大当郎[30]?(丑)哎哟。(贴)俺待到老爷回时说一浪[31],(采丑发介)嗏,敢几个小榔头把你分的朗[32]。(丑倒介)罢了,姐姐为甚事光降小园?(贴)小姐大后日来瞧花园,好些扫除花径。(丑)知道了。

　　东郊风物正薰馨,崔日用　应喜家山接女星[33]。陈　陶
　　莫遣儿童触红粉[34],韦应物　便教莺语太丁宁[35]。
　　杜　甫

注释

　　[1] 肃苑——肃,整肃,这里指打扫。苑,园林。

　　[2] 一种——同样。唐变文《佛说阿弥陀经讲经文》:"僧家和合为门,到处悉皆一种。"

　　[3] 小苗条——小小的苗条的身材。

　　[4] 花面丫头十三四——花面,古代妇女用花片贴在脸上作为装饰。刘禹锡诗《赠小樊》:"花面丫头十三四,春来绰约向人时。终须买取名春草,处处将行步步随。"见《刘宾客外集》卷二。

　　[5] 助情花——据说是安禄山献给唐明皇的一种春药。见《开元天宝遗事》。这里和本来的意义无关,疑指爱人。

　　[6] 则个——用在句子结尾,表示加强语气。本身无意义,和"者"字用法差不多。

　　[7] 沉吟——考虑、思忖。第二十龅"病转沉吟"的沉吟,却是深沉、沉重的意思。

　　[8] 那——这里同哪,语尾词。

　　[9] 低回——徘徊。

　　[10] 小游神——古人迷信,出行要避免凶煞,选择吉日。所谓小游神当值的那天,被认为是吉日之一。

〔11〕年光——春光。

〔12〕扶风帐——指教书。见第七齣注〔1〕。

〔13〕双鬟——古代少女所梳发髻的一种式样。这里指春香。

〔14〕近看如何相——走近些看看是谁。

〔15〕忒煞通明相——太聪明的模样儿。忒(太)下加一煞字,表示更强的语气。

〔16〕精——原指深透,这里意含讽刺,是说奇怪。

〔17〕春愁漾——排遣春愁。漾,抛散。

〔18〕出入人观望,步起须屏障——为了不使人看见,女子出外要把脸孔遮住。《礼记·内则》:"女子出门,必拥蔽其面。"与《牡丹亭》同时的一本对妇女进行封建说教的书《闺范》说:"女子深藏简出,无与人觌面相观之理。"

〔19〕圣人千言万语,则要人"收其放心"——圣人,指战国时哲学家孟轲。他认为人性本善,做学问就是把丧失了的本性(心)重新找回来。他曾在《孟子·告子》篇反覆加以论证。"学问之道无他,求其放心而已矣",是其中的一句。

〔20〕寻常——平常,这里作常常解。

〔21〕琐窗——指装潢得很好的房子,此指书房。琐,雕镂在门窗上的连琐形的装饰物。

〔22〕怕燕泥香点涴在琴书上——杜甫诗《漫兴》九首之一:"江上燕子故来频。衔泥点涴琴书内。"见《杜少陵集详注》卷九。

〔23〕绣户——闺房。

〔24〕"窥园"句——汉代学者董仲舒在帷帐内专心学问,三年不去看一下园圃。见《汉书》卷五十六本传。

〔25〕吊场——一齣戏的结尾,其他演员都已下场,留下一、二人念下场诗,叫吊场。这里是一齣戏中的一个场面的结束,由春香的几句说白转到另一个场面。

〔26〕随衙——随班,就是跟随、侍候。

〔27〕揸——抓。下文搭,也是抓的意思。

49

〔28〕烧刀——烧酒。

〔29〕枧——水管。这里作动词用,接通水管。

〔30〕小郎当夹细的大当郎——这里两句和上曲曲文,都是双关的秽亵语。

〔31〕说一浪——犹言说一下、说一番。

〔32〕敢几个小榔头把你分的朗——犹如说,怕只要几下棒槌就把你打成两段。榔头,棒槌。

〔33〕女星——女星,三十八宿之一,主扬州。

〔34〕莫遣儿童触红粉——这里是指不要让小儿女懂男女人事。诗见《全唐诗》卷七韦应物《将往滁城恋新竹简崔都水示端》。原句红作琼。

〔35〕便教莺语太丁宁——这里意思是:(一懂事之后)他们言语之间就太多情了。

第十齣　惊　梦

【绕池游】(旦上)梦回莺啭,乱煞年光遍[1]。人立小庭深院。(贴)炷尽沉烟[2],抛残绣线,恁今春关情似去年?〔乌夜啼〕"(旦)晓来望断梅关[3],宿妆残[4]。(贴)你侧著宜春髻子恰凭阑[5]。(旦)翦不断,理还乱[6],闷无端。(贴)已分付催花莺燕借春看。"(旦)春香,可曾叫人扫除花径?(贴)分付了。(旦)取镜台衣服来。(贴取镜台衣服上)"云髻罢梳还对镜,罗衣欲换更添香。"[7]镜台衣服在此。

【步步娇】(旦)袅晴丝吹来闲庭院[8],摇漾春如线。停半晌、整花钿。没揣菱花[9],偷人半面,迤逗的彩云偏[10]。(行介)步香闺怎便把全身现!(贴)今日穿插的好。

【醉扶归】(旦)你道翠生生出落的裙衫儿茜[11],艳晶晶花簪八宝填[12],可知我常一生儿爱好是天然[13]。恰三春好处无人见[14]。不堤防沉鱼落雁鸟惊喧[15],则怕的羞花闭月花愁颤。(贴)早茶时了[16],请行。(行介)你看:"画廊金粉半零星,池馆苍苔一片青。踏草怕泥新绣袜[17],惜花疼煞小金铃[18]。"(旦)不到园林,怎知春色如许!

【皂罗袍】原来姹紫嫣红开遍[19],似这般都付与断井颓垣。

第　十　齣

良辰美景奈何天,赏心乐事谁家院[20]！恁般景致,我老爷和奶奶再不提起。(合)朝飞暮卷[21],云霞翠轩；雨丝风片,烟波画船——锦屏人忒看的这韶光贱[22]！(贴)是花都放了[23],那牡丹还早。

【好姐姐】(旦)遍青山啼红了杜鹃[24],荼蘼外烟丝醉软[25]。春香呵,牡丹虽好,他春归怎占的先[26]！(贴)成对儿莺燕呵。(合)闲凝眄,生生燕语明如翦,呖呖莺歌溜的圆。(旦)去罢。(贴)这园子委是观之不足也[27]。(旦)提他怎的！(行介)

【隔尾】观之不足由他缱[28],便赏遍了十二亭台是枉然。到不如兴尽回家闲过遣。(作到介)(贴)"开我西阁门,展我东阁床[29]。瓶插映山紫[30],炉添沉水香。"小姐,你歇息片时,俺瞧老夫人去也。(下)(旦叹介)"默地游春转,小试宜春面[31]。"春呵,得和你两留连,春去如何遣？咳,恁般天气,好困人也。春香那里？(作左右瞧介)(又低首沉吟介)天呵,春色恼人,信有之乎！常观诗词乐府,古之女子,因春感情,遇秋成恨,诚不谬矣。吾今年已二八,未逢折桂之夫；忽慕春情,怎得蟾宫之客？昔日韩夫人得遇于郎[32],张生偶逢崔氏[33],曾有《题红记》、《崔徽传》二书。此佳人才子,前以密约偷期[34],后皆得成秦晋[35]。(长叹介)吾生于宦族,长在名门。年已及笄[36],不得早成佳配,诚为虚度青春。光阴如过隙耳。(泪介)可惜妾身颜色如花,岂料命如一叶乎[37]！

【山坡羊】没乱里春情难遣[38],蓦地里怀人幽怨。则为俺生小婵娟,拣名门一例、一例里神仙眷。甚良缘,把青春抛的远！俺的睡情谁见？则索因循腼腆[39]。想幽梦谁边,和春光暗流转？迁延,这衷怀那处言！淹煎,泼残生[40],除问天！身子困乏了,且自隐几而眠[41]。(睡介)(梦生介)(生持柳枝上)"莺逢日暖歌声滑,人遇风情笑口开。一径落花随水入,今朝阮肇

惊　　梦

到天台[42]。"小生顺路儿跟着杜小姐回来,怎生不见?(回看介)呀,小姐,小姐!(旦作惊起介)(相见介)(生)小生那一处不寻访小姐来,却在这里!(旦作斜视不语介)(生)恰好花园内,折取垂柳半枝。姐姐,你既淹通书史,可作诗以赏此柳枝乎?(旦作惊喜,欲言又止介)(背想)这生素昧平生,何因到此?(生笑介)小姐,咱爱杀你哩!

【山桃红】则为你如花美眷,似水流年,是答儿闲寻遍[43]。在幽闺自怜。小姐,和你那答儿讲话去。(旦作含笑不行)(生作牵衣介)(旦低问)那边去?(生)转过这芍药栏前,紧靠着湖山石边。(旦低问)秀才,去怎的?(生低答)和你把领扣松,衣带宽,袖梢儿搵着牙儿苫也,则待你忍耐温存一晌[44]眠。(旦作羞)(生前抱)(旦推介)(合)是那处曾相见,相看俨然,早难道这好处相逢无一言[45]?(生强抱旦下)(末扮花神束发冠,红衣插花上)"催花御史惜花天[46],检点春工又一年。蘸客伤心红雨下[47],勾人悬梦彩云边。"吾乃掌管南安府后花园花神是也。因杜知府小姐丽娘,与柳梦梅秀才,后日有姻缘之分。杜小姐游春感伤,致使柳秀才入梦。咱花神专掌惜玉怜香,竟来保护他,要他云雨十分欢幸也。

【鲍老催】(末)单则是混阳烝变,看他似虫儿般蠢动把风情搧。一般儿娇凝翠绽魂儿颤[48]。这是景上缘[49],想内成,因中见。呀,淫邪展污了花台殿[50]。咱待拈片落花儿惊醒他。(向鬼门丢花介)[51]他梦酣春透了怎留连?拈花闪碎的红如片。秀才才到的半梦儿;梦毕之时,好送杜小姐仍归香阁。吾神去也。(下)

【山桃红】(生、旦携手上)(生)这一霎天留人便,草藉花眠。小姐可好?(旦低头介)(生)则把云鬟点,红松翠偏。小姐休忘了呵,见了你紧相偎,慢厮连,恨不得肉儿般团成片也,逗的个日下胭脂雨上鲜。(旦)秀才,你可去呵?(合)是那处曾相见,相看俨然，早难道这好处相逢无一言？(生)姐姐，你身子乏了，将息，将息。(送旦依前作睡介)(轻拍旦介)姐姐，俺去了。(作回顾介)姐姐，你可十分将息，我再来瞧你那。"行来春色三分雨，睡去巫山一片云。"(下)(旦作惊醒，低叫介)秀才，秀才，你去了也？(又作痴睡介)(老旦上)"夫婿坐黄堂，娇娃立绣窗。怪他裙衩上，花鸟绣双双。"孩儿，孩儿，你为甚瞌睡在此？(旦作醒，叫秀才介)咳也。(老旦)孩儿怎的来？(旦作惊起介)奶奶到此！(老旦)我儿，何不做些针指，或观玩书史，舒展情怀？因何昼寝于此？(旦)孩儿适花园中闲玩，忽值春暄恼人，故此回房。无可消遣，不觉困倦少息。有失迎接，望母亲恕儿之罪。(老旦)孩儿，这后花园中冷静，少去闲行。(旦)领母亲严命。(老旦)孩儿，学堂看书去。(旦)先生不在，且自消停[52]。(老旦叹介)女孩儿长成，自有许多情态，且自由他。正是："宛转随儿女，辛勤做老娘。"(下)(旦长叹介)(看老旦下介)哎也，天那，今日杜丽娘有些侥幸也。偶到后花园中，百花开遍，睹景伤情。没兴而回，昼眠香阁。忽见一生，年可弱冠[53]，丰姿俊妍。于园中折得柳丝一枝，笑对奴家说："姐姐既淹通书史，何不将柳枝题赏一篇？"那时待要应他一声，心中自忖，素昧平生，不知名姓，何得轻与交言。正如此想间，只见那生向前说了几句伤心话儿，将奴搂抱去牡丹亭畔，芍药阑边，共成云雨之欢。两情和合，真个是千般爱惜，万种温存。欢毕之时，又送我睡眠，几声"将息"。正待自送那生出门，忽值母亲来到，唤醒将来。我一身冷汗，乃是南柯一梦[54]。忙身参礼母亲，又被母亲絮了许多闲话。奴家口虽无言答应，心内思想梦中之事，何曾放怀。行坐不宁，自觉如有所失。娘呵，你教我学堂看书去，知他看那一种书消闷也。(作掩泪介)

【绵搭絮】雨香云片[55]，才到梦儿边。无奈高堂，唤醒纱窗睡不便。泼新鲜冷汗粘煎，闪的俺心悠步嚲[56]，意软鬟偏。

不争多费尽神情[57],坐起谁忺[58]?则待去眠。(贴上)"晚妆销粉印,春润费香篝[59]。"小姐,薰了被窝睡罢。

【尾声】(旦)困春心游赏倦,也不索香薰绣被眠。天呵,有心情那梦儿还去不远。

春望逍遥出画堂, 张　说　　间梅遮柳不胜芳。罗　　隐
可知刘阮逢人处? 许　浑　　回首东风一断肠。罗　　隐[60]

注释

〔1〕乱煞年光遍——缭乱的春光到处都是。

〔2〕沉烟——沉水香,薰用的香料。

〔3〕梅关——即大庾岭,宋代在这里设有梅关。在本剧故事发生地点江西省南安府(大庾)的南面。

〔4〕宿妆——隔夜的残妆。

〔5〕宜春髻子——相传立春那天,妇女剪彩作燕子状,戴在髻上,上贴"宜春"二字。见《荆楚岁时记》。

〔6〕剪不断,理还乱——南唐后主李煜词《相见欢》中的两句。

〔7〕"罗衣欲换更添香"两句——薛逢诗《宫词》中的两句,见《全唐诗》卷二十。

〔8〕晴丝——游丝、飞丝,也即后文所说的烟丝,虫类所吐的丝缕,常在空中飘游。在春天晴朗的日子最易看见。

〔9〕没揣——不意,蓦然。菱花,镜子。古时用铜镜,背面所铸花纹一般为菱花,因此称菱花镜,或用菱花作镜子的代称。

〔10〕迤(tuō)逗的彩云偏——迤逗,引惹,挑逗;彩云,美丽的发卷的代称。全句,想不到镜子(拟人化)偷偷地照见了她。害得(迤逗的)她羞答答地把发卷也弄歪了。这几句写出一个少女的含情脉脉的微妙心理,她是连看见镜子里的自己的影子也有些不好意思的。迤逗,元曲中或作拖逗。

〔11〕翠生生出落的裙衫儿茜(qiàn)——翠生生,极言彩色鲜艳。苏

轼诗:"一朵妖红翠欲流。"用法正同。见《苏诗编注集成》卷十一《和述古冬日牡丹》四首。《老学庵笔记》卷八:"鲜翠,犹言鲜明也。"出落的,显出,衬托出。茜,茜红色。

〔12〕艳晶晶花簪八宝填——镶嵌着多种宝石的光灿灿的簪子。

〔13〕天然——天性使然。上文爱好,犹言爱美。《紫箫记》十一齣《懒画眉》:"道你绿鬓乌纱映画罗。"系丫环赞李十郎词,下接十郎云:"小生从来带一种爱好的性子。"用法正同。现在浙江还有这样的方言。

〔14〕三春好处——比喻自己的青春美貌。

〔15〕沉鱼落雁——小说戏曲中用来形容女人的美貌。意思说,鱼见到她的美色,自愧不如而下沉;雁则为贪看她的美色而停落下来。下文羞花闭月,同。

〔16〕时——伺候,守候。《广雅·释言》:"时,伺也。"《玉篇·司部》:"伺,候也。"《论语·阳货》:"孔子时其亡也,而往拜之。"邢昺疏:"谓伺虎不在家时而往谢之也。"《汉语方言大词典》"时"条引章炳麟《新方言·释词》:"江淮官话。淮南、扬州指物示人曰时,音如待……古无舌上音,齿音多作舌头。时读如待。"

〔17〕泥——沾污。这里作动词用。

〔18〕惜花疼煞小金铃——《开元天宝遗事》:"天宝初,宁王……于后园中纽红丝为绳,密缀金铃,系于花梢之上。每有鸟鹊翔集,则令园吏掣铃索以惊之。盖惜花之故也。"疼,为惜花常常掣铃,连小金铃都被拉得疼煞了。这是夸大的拟人化描写。

〔19〕姹(chà)紫嫣红——花色鲜艳貌。

〔20〕谁家——哪一家。一说作"甚么"解,见张相《诗词曲语辞汇释·谁家》条。全句本谢灵运《拟魏太子邺中集诗序》:"天下良辰美景赏心乐事,四者难并。"

〔21〕朝飞暮卷——唐王勃《滕王阁诗》:"画栋朝飞南浦云,朱帘暮卷西山雨。"

〔22〕锦屏人——深闺中人,包括自己在游园前。

〔23〕是——凡是、所有的。

〔24〕啼红了杜鹃——开遍了红色的杜鹃花。从杜鹃(鸟)泣血联想起来的。

〔25〕荼蘼——花名,晚春时开放。

〔26〕牡丹虽好,他春归怎占的先——《诚斋乐府·牡丹品》第三折《喜迁莺》:"花索让牡丹先。"

〔27〕观之不足——看不厌。

〔28〕缱——留恋、牵绾。

〔29〕开我西阁门,展我东阁床——《木兰诗》:"开我东阁门,坐我西阁床。"

〔30〕映山紫——映山红(杜鹃花)的一种。

〔31〕宜春面——指新妆。参看注五。

〔32〕韩夫人得遇于郎——唐人传奇故事:唐僖宗时,宫女韩氏以红叶题诗,从御沟中流出,被于祐拾到。于祐也以红叶题诗,投入沟水的上流,寄给韩氏。后来两人结为夫妇。见《青琐高议》前集卷五《流红记》。汤显祖的同时代人王骥德曾以这个故事写成戏曲《题红记》,见王骥德《曲律·杂论》第三十九下。

〔33〕张生偶逢崔氏——即张生和崔莺莺的爱情故事,见唐元稹《会真记》。后来《西厢记》演的就是这个故事。下文说的《崔徽传》是另外一个故事,见《丽情集》:妓女崔徽和裴敬中相爱,分别之后不再相见。崔徽请画工画了一幅像,托人带给敬中说:"崔徽一旦不及卷中人,徽且为郎死矣!"这里《崔徽传》疑是《莺莺传》或《西厢记》的笔误。

〔34〕偷期——幽会。

〔35〕得成秦晋——得成夫妇。春秋时代,秦、晋两国世代联姻,后世称联姻为秦晋之好。

〔36〕及笄(jī)——古代女子十五岁开始以笄(簪)束发,叫及笄。见《礼记·内则》。及笄,意指女子已成年,到了婚配的年龄。

〔37〕"岂料命如一叶"句——元好问《鹧鸪天·薄命妾》词:"颜色如花画不成,命如叶薄可怜生。"

〔38〕没乱里——形容心绪很乱。

〔39〕腼腆——害羞。上文只索,只得。索,要,须。

〔40〕淹煎,泼残生——淹煎,受熬煎,遭磨折;泼残生,苦命儿。泼,表示厌恶,原来是骂人的话。

〔41〕隐几——靠着几案。

〔42〕阮肇到天台——见到爱人。用刘晨和阮肇在天台山桃源洞遇见仙女的故事。参看十二齣注〔14〕。

〔43〕是答儿——到处。是,凡。下文,那答儿,那边。

〔44〕一晌——一会儿。

〔45〕早难道——这里就是难道,但语气较强。

〔46〕催花御史——《说郛》卷二十七《云仙散录》引《玉麈集》:唐"穆宗,每宫中花开,则以重顶帐蒙蔽栏槛,置惜花御史掌之。"

〔47〕蘸——指红雨(落花)沾在人的身上。

〔48〕单则是混阳烝变……魂儿颤——形容幽会。

〔49〕景上缘——景,影;与下文的想、因都是佛家的说法。景上缘,想内成,喻姻缘短暂,是不真实的梦幻。因中见(现),佛家认为一切事物都由因缘造合而成。

〔50〕展污——沾污、弄脏。

〔51〕鬼门——一作古门,戏台上演员的上、下场门。

〔52〕消停——休息。

〔53〕弱冠——二十岁。《礼·曲礼》上:"人生十年曰幼,学;二十曰弱,冠;三十曰壮,有室……。"冠,男子到二十岁行冠礼,表示已经成人。

〔54〕南柯一梦——唐人传奇故事:淳于棼梦见自己被大槐安国国王招为驸马,做南柯太守。历尽了富贵荣华,人世浮沉。醒来,才发现槐安国不过是大槐树下的一个蚁穴,南柯郡则是南面树枝下的另一个蚁穴。见《太平广记》卷四七五引李公佐《淳于棼》。南柯,后来被用作梦的代称。

〔55〕雨香云片——云雨,指梦中的幽会。

〔56〕步鼾——脚步挪不动。鼾,偏斜。上文闪得俺,弄得我,害得我。

〔57〕不争多——差不多,几乎。

〔58〕忺——惬意。

〔59〕香篝——即薰笼,薰香用。

〔60〕回首东风一断肠——罗隐《桃花》诗末句。三妇评本作"韦庄",盖以其《春阳二首》之一有句"断肠东风各回首"。

第十一齣　慈　戒

（老旦上）"昨日胜今日，今年老去年[1]。可怜小儿女[2]，长自绣窗前。"几日不到女孩儿房中，午晌去瞧他，只见情思无聊，独眠香阁。问知他在后花园回，身子困倦。他年幼不知：凡少年女子，最不宜艳妆戏游空冷无人之处。这都是春香贱材逗引他。春香那里？（贴上）"闺中图一睡，堂上有千呼。"奶奶，怎夜分时节，还未安寝？（老旦）小姐在那里？（贴）陪过夫人到香阁中，自言自语，淹淹春睡去了[3]。敢在做梦也。（老旦）你这贱材，引逗小姐后花园去。倘有疏虞，怎生是了！（贴）以后再不敢了。（老旦）听俺分付：

【征胡兵】女孩儿只合香闺坐，拈花剪朵。问绣窗针指如何？逗工夫一线多[4]。更昼长闲不过，琴书外自有好腾那[5]。去花园怎么？（贴）花园好景。（老旦）丫头，不说你不知：

【前腔】后花园窣静无边阔[6]，亭台半倒落。便我中年人要去时节，尚兀自里打个磨陀[7]。女儿家甚做作？星辰高犹自可[8]。（贴）不高怎的？（老旦唱）厮撞著，有甚不著科[9]，教娘怎么？小姐不曾晚餐，早饭要早。你说与他。

（老）风雨林中有鬼神，苏广文　（贴）寂寥未是采花人。郑

谷
（老）素娥毕竟难防备[10]，段成式 （贴）似有微词动绛唇[11]。唐彦谦。

注释

〔1〕昨日胜今日,今年老去年——见《云溪友议》卷九《艳阳词》所引刘采春唱词。

〔2〕可怜小儿女——杜甫《月夜》："遥怜小儿女,未解忆长安。"见《草堂诗笺》卷九。

〔3〕淹淹——昏昏沉沉。

〔4〕逗工夫一线多——日子长起来,可以比平日多做一些针线生活。一线,刺绣时用完一根线的工夫。《全五代诗》卷十一和凝《宫词百首》："才经冬至阳生后,今日工夫一线多。"

〔5〕腾那——此作消遣讲。第三十龀的腾那,却是翻腾、运动的意思。那,同挪。第二十六龀"不见影儿那",第三十龀"月影向中那",第五十五龀"偷天把桂影那",那都同挪。

〔6〕窄静——很静。窄,方言的音写。

〔7〕尚兀自里——犹自。磨陀,徘徊、盘旋,这里作犹豫解。磨陀或作笃么、突磨。

〔8〕星辰高——迷信的说法:命大、运道好。

〔9〕有甚不著科——有甚不对头、出了甚么意外。

〔10〕素娥——嫦娥,此指杜丽娘。

〔11〕微词——很婉转的规劝、责备。

第十二龂　寻　梦

【夜游宫】(贴上)腻脸朝云罢盥,倒犀簪斜插双鬟。侍香闺起早,睡意阑珊[1]:衣桁前[2],妆阁畔,画屏间。伏侍千金小姐,丫鬟一位春香。请过猫儿师父,不许老鼠放光。侥幸《毛诗》感动,小姐吉日时良。拖带春香遣闷,后花园里游芳。谁知小姐瞌睡,恰遇着夫人问当[3]。絮了小姐一会,要与春香一场[4]。春香无言知罪,以后劝止娘行。夫人还是不放,少不得发咒禁当[5](内介)春香姐,发个甚咒来?(贴)敢再跟娘胡撞,教春香即世里不见儿郎[6]。虽然一时抵对,乌鸦管的凤凰?一夜小姐焦躁,起来促水朝妆。由他自言自语,日高花影纱窗。(内介)快请小姐早膳。(贴)"报道官厨饭熟,且去传递茶汤。"(下)

【月儿高】(旦上)几曲屏山展,残眉黛深浅。为甚衾儿里不住的柔肠转?这憔悴非关爱月眠迟倦,可为惜花,朝起庭院。"忽忽花间起梦情,女儿心性未分明。无眠一夜灯明灭,分煞梅香唤不醒[7]。"昨日偶尔春游,何人见梦。绸缪顾盼,如遇平生。独坐思量,情殊怅怏。真个可怜人也。(闷介)(贴捧茶食上)"香饭盛来鹦鹉粒[8],清茶擎出鹧鸪斑[9]。"小姐早膳哩。(旦)咱有甚心情也!

【前腔】梳洗了才匀面,照台儿未收展[10]。睡起无滋味,茶饭怎生咽？(贴)夫人分付,早饭要早。(旦)你猛说夫人,则待把饥人劝。你说为人在世,怎生叫做吃饭？(贴)一日三餐。(旦)咳,甚瓯儿气力与擎拳！生生的了前件[11]。你自拿去吃便了。(贴)"受用馀杯冷炙,胜如剩粉残膏。"(下)(旦)春香已去。天呵,昨日所梦,池亭俨然。只图旧梦重来,其奈新愁一段。寻思展转,竟夜无眠。咱待乘此空闲,背却春香,悄向花园寻看。(悲介)哎也,似咱这般,正是:"梦无彩凤双飞翼,心有灵犀一点通[12]。"(行介)一迳行来,喜的园门洞开,守花的都不在。则这残红满地呵！

【懒画眉】最撩人春色是今年。少甚么低就高来粉画垣[13],元来春心无处不飞悬。(绊介)哎,睡荼蘪抓住裙衩线,恰便是花似人心好处牵。这一湾流水呵！

【前腔】为甚呵,玉真重溯武陵源[14]？也则为水点花飞在眼前。是天公不费买花钱,则咱人心上有啼红怨。咳,辜负了春三二月天。(贴上)吃饭去,不见了小姐,则得一迳寻来。呀,小姐,你在这里！

【不是路】何意婵娟,小立在垂垂花树边[15]。才朝膳,个人无伴怎游园？(旦)画廊前,深深蓦见衔泥燕,随步名园是偶然。(贴)娘回转,幽闺窄地教人见[16],"那些儿闲串[17]？那些儿闲串？"

【前腔】(旦作恼介)嗻,偶尔来前,道的咱偷闲学少年[18]。(贴)咳,不偷闲,偷淡。(旦)欺奴善,把护春台都猜做谎桃源[19]。(贴)敢胡言,这是夫人命,道春多刺绣宜添线,润逼炉香好腻笺[20]。(旦)还说甚来？(贴)这荒园堑,怕花妖木客寻常见[21]。去小庭深院,去小庭深院！(旦)知道了。你好生答应夫人去,俺随后便来。(贴)"闲花傍砌如依主,娇鸟嫌笼会骂

63

人[22]。"(下)(旦)丫头去了,正好寻梦。

【忒忒令】那一答可是湖山石边,这一答似牡丹亭畔。嵌雕阑芍药芽儿浅,一丝丝垂杨线,一丢丢榆荚钱[23]。线儿春甚金钱吊转!呀,昨日那书生将柳枝要我题咏,强我欢会之时,好不话长!

【嘉庆子】是谁家少俊来近远,敢迤逗这香闺去沁园[24]?话到其间腼腆。他捏这眼,奈烦也天[25];咱嗽这口,待酬言。

【尹令】那书生可意呵,咱不是前生爱眷,又素乏平生半面。则道来生出现,乍便今生梦见。生就个书生[26],恰恰生生抱咱去眠。那些好不动人春意也。

【品令】他倚太湖石,立著咱玉婵娟。待把俺玉山推倒[27],便日暖玉生烟[28]。捱过雕阑,转过秋千,挦著裙花展[29]。敢席著地,怕天瞧见。好一会分明,美满幽香不可言。梦到正好时节,甚花片儿吊下来也!

【豆叶黄】他兴心儿紧咽咽[30],呜著咱香肩[31]。俺可也慢掂掂做意儿周旋[32]。等闲间把一个照人儿昏善,那般形现,那般软绵[33]。忑一片撒花心的红影儿吊将来半天[34]。敢是咱梦魂儿厮缠?咳,寻来寻去,都不见了。牡丹亭,芍药阑,怎生这般凄凉冷落,杳无人迹?好不伤心也!

【玉交枝】(泪介)是这等荒凉地面,没多半亭台靠边,好是咱眯瞑色眼寻难见[35]。明放著白日青天,猛教人抓不到魂梦前。霎时间有如活现,打方旋再得俄延[36],呀,是这答儿压黄金钏匾[37]。要再见那书生呵,

【月上海棠】怎赚骗,依稀想像人儿见。那来时荏苒[38],去也迁延。非远,那雨迹云踪才一转,敢依花傍柳还重现。昨

日今朝,眼下心前,阳台一座登时变。再消停一番。(望介)呀,无人之处,忽然大梅树一株,梅子磊磊可爱。

【二犯幺令】偏则他暗香清远,伞儿般盖的周全。他趁这,他趁这春三月红绽雨肥天[39],叶儿青,偏迸着苦仁儿里撒圆[40]。爱杀这昼阴便,再得到罗浮梦边[41]。罢了,这梅树依依可人,我杜丽娘若死后,得葬于此,幸矣。

【江儿水】偶然间心似缱,梅树边。这般花花草草由人恋,生生死死随人愿,便酸酸楚楚无人怨[42]。待打并[43]香魂一片,阴雨梅天,守的个梅根相见。(倦坐介)(贴上)"佳人拾翠春亭远[44],侍女添香午院清。"咳,小姐走乏了,梅树下盹。

【川拨棹】你游花院,怎靠著梅树偃?(旦)一时间望,一时间望眼连天,忽忽地伤心自怜。(泣介)(合)知怎生情怅然,知怎生泪暗悬?(贴)小姐甚意儿?

【前腔】(旦)春归人面,整相看无一言,我待要折,我待要折的那柳枝儿问天,我如今悔,我如今悔不与题笺。(贴)这一句猜头儿是怎言[45]?(合前)(贴)去罢。(旦作行又住介)

【前腔】为我慢归休,缓留连。(内鸟啼介)听,听这不如归春暮天[46],难道我再,难道我再到这亭园,则挣的个长眠和短眠[47]!(合前)(贴)到了,和小姐瞧奶奶去。(旦)罢了。

【意不尽】软咍咍刚扶到画阑偏[48],报堂上夫人稳便。咱杜丽娘呵,少不得楼上花枝也则是照独眠[49]。

(旦)武陵何处访仙郎? 释皎然　(贴)只怪游人思易忘。
韦　庄
(旦)从此时时春梦里, 白居易　(贴)一生遗恨系心肠。
张　祜

注释

〔1〕阑珊——衰残,这里是未消的意思。

〔2〕衣桁(hàng)——衣架。

〔3〕问当——问。当,语助词。

〔4〕一场——这里指打一场或骂一场。

〔5〕禁当——禁就是当,重言,这里是抵对、对付的意思。

〔6〕即世里不见儿郎——一辈子嫁不到丈夫。

〔7〕分——忿。

〔8〕鹦鹉粒——饭。杜甫《秋兴》:"香稻啄馀鹦鹉粒。"见《杜少陵集详注》卷十七。

〔9〕鹧鸪斑——形容盏中茶影。黄庭坚词《满庭芳·咏茶》:"冰磁莹玉,金缕鹧鸪斑。"

〔10〕照台儿——镜台。

〔11〕甚瓯儿气力与擎拳!生生的了前件——哪有气力捧碗吃饭!勉强算吃过了。擎拳,犹言一举手之力。《孤本元明杂剧·太平仙记》一折白:"焦忻忻诛龙是举手,李存孝打虎是擎拳。"前件,指吃饭。

〔12〕梦无彩凤双飞翼,心有灵犀一点通——唐李商隐《无题》中两句,见《全唐诗》卷二十。原词"梦"作"身",意思说人虽不相见,心却可以相通。灵犀,通灵的犀角。

〔13〕少甚么——多的是。全句,重重的粉墙关不住满园春色。

〔14〕玉真重溯武陵源——比喻自己到花园里来寻梦。玉真,仙人,原指刘晨、阮肇,他们在天台山桃源洞遇见仙女以后,又回到人间。后来重新到天台山去找寻仙女。见元杂剧《误入桃源》。武陵源,晋陶潜《桃花源记》所提到的通向桃花源的溪水名。后来把这篇文章提到的桃花源和刘、阮故事混在一起,武陵、桃源都被用作恋爱的典故。

〔15〕垂垂花树——指梅花。杜甫《和裴迪登蜀州东亭送客,逢早梅相忆见寄》:"江边一树垂垂发。"见《草堂诗笺》卷二十五。垂垂,形容花朵下垂。

〔16〕窣——同猝。

〔17〕那些儿闲串——哪儿乱跑?学杜丽娘的母亲可能责问她的口气。

〔18〕道的咱偷闲学少年——宋程颢《春日偶成》："时人不识余心乐,将谓偷闲学少年。"下文偷淡从偷闲(咸)引起。

〔19〕护春台——这里指花园。

〔20〕腻——处理纸张使它更加滑润。《全唐诗》卷十二羊士谔《都城从事萧员外寄海梨花诗尽绮丽至惠然远及》："浣花春水腻鱼笺。"

〔21〕见——同现。上文木客,山魈。

〔22〕娇鸟嫌笼会骂人——《全唐诗》卷二十四李山甫《公子家》二首："鹦鹉嫌笼解骂人。"

〔23〕一丢丢——一串串。下文榆荚,榆树的果实,圆形如钱,又叫榆钱。

〔24〕迤逗这香闺去沁园——逗引我到花园里去。沁园,原为东汉明帝沁水公主的园林,借作花园的代称。香闺,这里是闺中小姐。

〔25〕他捏这眼,奈烦也天——他捏这眼,这是回忆梦中幽会时少年对她的抚爱。奈烦也天,极言少年对她温柔体贴,百般爱惜。下文噉,动,开。

〔26〕生——有勉强,半推半就的意思。下句恰恰生生,或即怯怯生生、羞答答。

〔27〕玉山——指身体。三国魏嵇康酒醉,"若玉山之将崩"。见《世说新语·容止》。

〔28〕日暖玉生烟——《全唐诗》卷二十李商隐《锦瑟》："蓝田日暖玉生烟。"

〔29〕揸——把持、勒住。下句敢,否定的口气,意即不敢。

〔30〕兴心儿——着意。元杂剧《荐福碑》第二折〔煞尾〕："你是必兴心儿再认下这搭沙和草,哥也,你可休不挂意揸抹了这把带血刀。"

〔31〕呜——吻,吮噆。

〔32〕慢掂掂——慢吞吞。下文做意儿,着意。

〔33〕"等闲间把一个照人儿昏善"句——轻易地把一个明白的人弄得这般昏迷软善,到了那般活现、软绵的地步。照人儿本指镜中人,此处有明朗、明白的意思。杜丽娘用来指自己。昏字从照字引起。

〔34〕忐(tè)——受惊。全句,指梦中被花神用花片惊醒。

〔35〕好是——正是。

〔36〕打方旋——盘旋,徘徊。

〔37〕匾——扁。全句,原来这就是幽会的所在。

〔38〕荏苒——时间慢慢地过去。即下句迁延的意思。

〔39〕红绽雨肥天——梅子成熟的时候。杜甫《陪郑广文游何将军山林十首》:"红绽雨肥梅。"见《草堂诗笺》卷三。

〔40〕偏进着苦仁儿里撒圆——梅子是圆的,它的果仁是苦的。仁,双关人。全句含有这样的意思:怨梅子偏在她苦命的人的面前结得圆圆的。上句"偏则他暗香清远,伞儿般盖的周全",也用来反衬丽娘的孤单。两句都以"偏"字开始,表达了杜丽娘的幽怨。

〔41〕再得到罗浮梦边——意指能和柳梦梅再在梦里相会。罗浮梦边,用隋代赵师雄的传说:赵师雄在罗浮山遇见了美人,一起饮酒。他喝醉就睡着了。天亮醒来,才发现自己是在一棵大梅花树下。见《柳河东集·龙城录》卷上《赵师雄醉憩梅花下》。

〔42〕"花花草草由人恋"句——如果要爱什么就爱什么,生死都由自己决定,那么就没有人哭哭啼啼、怨天尤命了。

〔43〕打并——拚着。

〔44〕拾翠——拾取翠鸟的羽毛,这里指游园。曹植《洛神赋》:"或采明珠,或拾翠羽。"杜甫《秋兴》:"佳人拾翠春相问。"见《杜少陵集详注》卷十七。

〔45〕猜头儿——谜。

〔46〕不如归——"不如归去",拟杜鹃鸟的啼声。

〔47〕"短眠"句——难道除了梦中(短眠)、死后(长眠),我就不能再到这亭园里来吗!

〔48〕软咍咍——软绵绵。

〔49〕楼上花枝也则是照独眠——《全唐诗》卷五刘长卿《赋得》:"楼上花枝笑独眠。"一作皇甫冉诗,题作《春思》。

第十三齣　诀　谒

【杏花天】(生上)虽然是饱学名儒,腹中饥,峥嵘胀气[1]。梦魂中紫阁丹墀[2],猛抬头、破屋半间而已[3]。"蛟龙失水砚池枯,狡兔腾天笔势孤[4]。百事不成真画虎,一枝难稳又惊乌[5]。"我柳梦梅在广州学里,也是个数一数二的秀才,捱了些数伏数九的日子[6]。于今藏身荒圃,寄口髯奴[7]。思之,思之,惶愧,惶愧。想起韩友之谈,不如外县傍州,寻觅活计。正是:"家徒四壁求杨意[8],树少千头愧木奴[9]。"老园公那里?

【字字双】(净扮郭驼上)前山低坬后山堆[10],驼背;牵弓射弩做人儿,把势[11];一连十个偌来回[12],漏地[13];有时跌做绣球儿,滚气。自家种园的郭驼子是也。祖公公郭橐驼,从唐朝柳员外来柳州。我因兵乱,跟随他二十八代玄孙柳梦梅秀才的父亲,流转到广,又是若干年矣。卖果子回来,看秀才去。(见介)秀才,读书辛苦。(生)园公,正待商量一事。我读书过了廿岁,并无发迹之期。思想起来,前路多长,岂能郁郁居此。搬柴运水,多有劳累。园中果树,都判与伊[14]。听我道来:

【桂花锁南枝】俺有身如寄,无人似你。俺吃尽了黄淡酸甜[15],费你老人家浇培接植。你道俺像甚的来?镇日里似醉汉扶头[16]。甚日的和老驼伸背？自株守[17]，教怨谁？让荒园，你存济[18]。

【前腔】(净)俺橐驼风味，种园家世。(揖介)不能够展脚伸腰，也和你鞠躬尽力[19]。秀才，你贴了俺果园那里去？(生)坐食三餐，不如走空一棍。(净)怎生叫做一棍？(生)混名打秋风哩[20]！(净)咳，你费工夫去撞府穿州[21]，不如依本分登科及第。(生)你说打秋风不好？"茂陵刘郎秋风客[22]"，到大来做了皇帝[23]。(净)秀才，不要攀今吊古的。你待秋风谁？你道滕王阁，风顺随[24]；则怕鲁颜碑，响雷碎[25]。(生)俺干谒之兴甚浓，休的阻挡[26]。(净)也整理些衣服去。

【尾声】把破衫衿彻骨搥挑洗。(生)学干谒黉门一布衣。(净)秀才，则要你衣锦还乡俺还见的你。

(生)此身飘泊苦西东，杜　甫　(净)笑指生涯树树红。陆龟蒙

(生)欲尽出游那可得？武元衡　(净)秋风还不及春风[27]。王　建

注释

〔1〕峥嵘——本来形容山势高峻，这里指一肚皮的闷气。

〔2〕紫阁丹墀——宫殿，指在朝廷做官。

〔3〕破屋半间而已——《全唐诗》卷十二韩愈《寄卢仝》："玉川先生洛城里，破屋数间而已矣。"

〔4〕狡兔腾天笔势孤——兔毫是制毛笔的原料。狡兔腾天，没有毫毛，所以笔势孤。《渊鉴类函》卷二〇四引胡天游《无笔叹》："山中老颖（笔头）飞上天。"用意正同。

〔5〕一枝难稳又惊乌——找不到栖身之所。以乌比喻自己。上句画虎，马援诫兄子严、敦书："所谓画虎不成，反类狗者也。"见《后汉书·马

援传》。

〔6〕数伏数九——酷暑严寒。数伏，夏至后第三个庚日为初伏，第四个庚日为中伏，立秋后第一个庚日为末伏。也称三伏，是一年中最热的日子。数九，冬至后，每九天算一个九，一直到九个九止，是一年中最冷的日子。

〔7〕寄口髯奴——倚靠奴仆为生。汉代王褒《僮约》写到的一个奴叫髯奴。

〔8〕求杨意——指求人荐引。杨意，西汉杨得意。由于他的介绍，辞赋作家司马相如才为汉武帝所赏识。见《史记》卷一百十七《司马相如列传》。

〔9〕树少千头愧木奴——果树少，不能维持生活。三国吴丹阳太守李衡，种了一千株橘树，遗给他的儿子。他说，这是"千头木奴"，以后生活不用愁了。见《襄阳耆旧传》。

〔10〕前山低㾰（guà）后山堆——形容腹部凹下、背部隆起的样子。

〔11〕把势——这里是装样子。

〔12〕偌——这样。

〔13〕漏地——走不快，走不稳。漏地，一作漏蹄，原是骡马一种蹄病。

〔14〕判——给予。

〔15〕黄——黄虀，咸菜。

〔16〕扶头——这里是形容醉态。

〔17〕自株守——自己不出去想办法。古代寓言：宋国有人偶然遇见一只兔子触树而死，顺手拾得。为了想再得到兔子，于是他就守在树旁不走。见《韩非子·五蠹》。

〔18〕存济——存活、过生活。

〔19〕不能够展脚伸腰，也和你鞠躬尽力——展脚伸腰，下拜。元杂剧《两世姻缘》第四折〔太平令〕："有甚消不的你展脚伸腰两拜。"又，俗语称人死为展脚伸腰。鞠躬尽力，见诸葛亮《后出师表》："臣鞠躬尽瘁，死而后已。"剧中借鞠躬指作揖，尽力指为对方效劳。同时双关两个意义，即：

"不能下拜,且作个揖"和"不死,就为你效劳。"用语的形象又影射驼背。

〔20〕秋风——一作抽丰,利用各种关系向人要钱要东西。科举时代,新进学的秀才、新中式的举人,以拜客为名,要人送贺礼或路费。拜客的人叫秋风客。

〔21〕撞府穿州——在外地东奔西跑。

〔22〕茂陵刘郎秋风客——唐李贺《金铜仙人辞汉歌》的第一句,见《李贺歌诗编》第二。茂陵,汉武帝的陵墓;刘郎,指武帝。秋风,原是说像汉武帝那样不可一世的人,生命也一样短促,好像秋风中的过客。这里是双关打秋风。

〔23〕到大来——倒、反而。

〔24〕滕王阁,风顺随——指运道好。唐诗人王勃以《滕王阁序》著名。传说:他停船在马当(江西彭泽东北),距南昌六、七百里。有神助以顺风,一夜就到。他参加了洪州牧阎伯屿在滕王阁举行的宴会,赶上了作序的机会。见《类说》卷三十四《摭遗》。

〔25〕鲁颜碑,响雷碎——指运气坏。宋代,穷书生张镐流落在饶州荐福寺。寺僧想拓印颜鲁公(真卿)碑帖一千份,送他做路费。当天晚上,碑石被雷击毁。见马致远《荐福碑》杂剧。上两句是元明戏剧小说中常用语:"时来风送滕王阁,运去雷轰荐福碑。"

〔26〕休的——休得。下文见的你,就是见得你。的,得。用在动词之后。

〔27〕秋风还不及春风——这里是说,打秋风不如考试及第。进士试在春季举行,春风,指登进士第。《全唐诗》卷十四孟郊《登科后》:"春风得意马蹄疾,一日看尽长安花。"

第十四齣　写　真

【破齐阵】(旦上)径曲梦回人杳,闺深珮冷魂销。似雾濛花,如云漏月,一点幽情动早。(贴上)怕待寻芳迷翠蝶,倦起临妆听伯劳[1]。春归红袖招。〔醉桃源〕"(旦)不经人事意相关,牡丹亭梦残。(贴)断肠春色在眉弯[2],倩谁临远山[3]?(旦)排恨叠,怯衣单,花枝红泪弹[4]。(合)蜀妆晴雨画来难[5],高唐云影间。"(贴)小姐,你自花园游后,寝食悠悠,敢为春伤,顿成消瘦?春香愚不谏贤,那花园以后再不可行走了。(旦)你怎知就里?这是:"春梦暗随三月景,晓寒瘦减一分花。"

【刷子序犯】(旦低唱)春归恁寒峭,都来几日意懒心乔[6],竟妆成熏香独坐无聊。逍遥,怎划尽助愁芳草,甚法儿点活心苗[7]!真情强笑为谁娇?泪花儿打迸着梦魂飘。

【朱奴儿犯】(贴)小姐,你热性儿怎不冰著,冷泪儿几曾干燥?这两度春游忒分晓,是禁不的燕抄莺闹[8]。你自窨约[9],敢夫人见焦[10]。再愁烦,十分容貌怕不上九分瞧。(旦作惊介)咳,听春香言语,俺丽娘瘦到九分九了。俺且镜前一照,委是如何[11]?(照介)(悲介)哎也,俺往日艳冶轻盈,奈何一瘦至此!若不趁此时自行描画,流在人间,一旦无常[12],谁知西蜀杜丽娘有如此之美貌乎！春香，取素绢、丹青，看我描画。(贴下取绢、笔上)"三分春色描来易，一段伤心画出难[13]。"绢幅、丹青，俱已齐备。(旦泣介)杜丽娘二八春容[14]，怎生便是杜丽娘自手生描也呵！

【普天乐】这些时把少年人如花貌，不多时憔悴了。不因他福分难销，可甚的红颜易老？论人间绝色偏不少，等把风光丢抹早[15]。打灭起离魂舍欲火三焦[16]，摆列着昭容阁文房四宝[17]，待画出西子湖眉月双高[18]。

【雁过声】(照镜叹介)轻绡，把镜儿擘掠[19]。笔花尖淡扫轻描。影儿呵，和你细评度[20]：你腮斗儿恁喜谑[21]，则待注樱桃[22]，染柳条[23]，渲云鬟烟霭飘萧[24]；眉梢青未了，个中人全在秋波妙[25]，可可的淡春山钿翠小[26]。

【倾杯序】(贴)宜笑，淡东风立细腰，又似被春愁著。(旦)谢半点江山，三分门户，一种人才，小小行乐，捻青梅闲厮调[27]。倚湖山梦晓[28]，对垂杨风袅。忒苗条，斜添他几叶翠芭蕉。春香，橙起来[29]，可厮像也？

【玉芙蓉】(贴)丹青女易描，真色人难学[30]。似空花水月[31]，影儿相照。(旦喜介)画的来可爱人也。咳，情知画到中间好，再有似生成别样娇。(贴)只少个姐夫在身傍。若是姻缘早，把风流婿招，少什么美夫妻图画在碧云高！(旦)春香，咱不瞒你，花园游玩之时，咱也有个人儿。(贴惊介)小姐，怎的有这等方便呵？(旦)梦哩！

【山桃犯】有一个曾同笑，待想像生描著，再消详邀入其中妙[32]，则女孩家怕漏泄风情稿。这春容呵，似孤秋片月离云峤，甚蟾宫贵客傍的云霄[33]？春香，记起来了。那梦里书生，曾折柳一枝赠我。此莫非他日所适之夫姓柳乎？故有此警报耳[34]。偶成一诗,暗藏春色,题于帧首之上何如?(贴)却好。(旦题吟介)"近睹分明似俨然,远观自在若飞仙。他年得傍蟾宫客,不在梅边在柳边。"(放笔叹介)春香,也有古今美女,早嫁了丈夫相爱,替他描模画样;也有美人自家写照,寄与情人。似我杜丽娘寄谁呵!

【尾犯序】心喜转心焦。喜的明妆俨雅,仙珮飘飘。则怕呵,把俺年深色浅,当了个金屋藏娇[35]。虚劳,寄春容教谁泪落,做真真无人唤叫[36]。(泪介)堪愁夭,精神出现留与后人标[37]。春香,悄悄唤那花郎分付他。(贴叫介)(丑扮花郎上)"秦宫一生花里活[38],崔徽不似卷中人[39]。"小姐有何分付?(旦)这一幅行乐图,向行家裱去[40]。叫人家收拾好些。

【鲍老催】这本色人儿妙,助美的谁家裱?要练花绡帘儿莹、边阑小[41],教他有人问著休胡嘌[42]。日炙风吹悬衬的好,怕好物不坚牢[43]。把咱巧丹青休涴了。(丑)小姐,裱完了,安奉在那里?

【尾声】(旦)尽香闺赏玩无人到,(贴)这形模则合挂巫山庙[44]。(合)又怕为雨为云飞去了。

(贴)眼前珠翠与心违, 崔道融 (旦)却向花前痛哭归。 韦 庄
(贴)好写娇娆与教看, 罗 虬 (旦)令人评泊画杨妃[45]。韩 偓

注释

〔1〕伯劳——一名鵙,鸣禽类。

〔2〕断肠春色在眉弯——本周邦彦词《诉衷情》:"一段伤春,都在眉间。"

75

〔3〕临远山——画眉毛。远山,眉毛的一种式样。见《赵后外传》。

〔4〕红泪——指花上的露水。这里是杜丽娘以花自喻。

〔5〕蜀妆——指巫山神女。参看第一齣注〔13〕。巫山在四川,古为蜀国。

〔6〕都来——算来。心乔,心绪不好。

〔7〕逍遥,怎划尽助愁芳草,甚法儿点活心苗——划尽助愁的芳草,点活了心苗,才能逍遥自在。划,即铲。心苗,心。杜甫诗《愁》:"江草日日唤愁生。"见《杜少陵集详注》卷十八。秦观词《八六子》:"恨如芳草萋萋,铲尽还生。"

〔8〕抄——同吵。

〔9〕窨约——思忖。

〔10〕敢夫人见焦——恐怕夫人焦心。

〔11〕委是——果然是、真的是。

〔12〕无常——这里是死的意思。第二十齣:"先他一命无常用。"同。

〔13〕一段伤心画出难——《元遗山诗集笺注》卷十二《俳体雪香亭杂咏》十五首:"一段伤心画不成。"

〔14〕春容——青春的容颜。

〔15〕等把风光丢抹早——都是很早就容颜衰歇了。

〔16〕离魂舍——躯壳,佛家语。欲火三焦——凡情。佛家所说的三欲:形貌欲、姿态欲、细触欲。一作饮食欲、睡眠欲、淫欲。三焦,原来是道家用语,意思和这里不同。三焦又是中医的术语,见《素问》、《难经》。

〔17〕昭容阁——内宫。昭容,妃嫔之类的女官。全句,摆列着珍贵的文具。

〔18〕西子湖眉月——西子湖,比人;眉月,新月,比眉毛。苏轼诗《饮湖上初晴后雨》:"若把西湖比西子(西施),淡妆浓抹总相宜。"见《苏诗编注集成》卷九。

〔19〕擘掠——揩拭。

〔20〕评度(duó)——评论。度,动词。

〔21〕腮斗儿——颊。

〔22〕注樱桃——画朱唇。

〔23〕染柳条——画眉毛。

〔24〕烟霭飘萧——形容头发。

〔25〕个中人——此中人,这里是画中人。

〔26〕可可的——恰恰的。

〔27〕谢半点江山,三分门户,一种人才,小小行乐,捻青梅闲厮调——半点江山,三分门户,这是指画中的景物;一种人才,指人,也就是杜丽娘自指。行乐,指人身画像。捻青梅,当本李白诗《长干行》:"郎骑竹马来,绕床弄青梅。同居长干里,两小无嫌猜。"见《全唐诗》卷六。白居易诗《井底引银瓶》:"妾弄青梅凭短墙,君骑白马傍垂杨。墙头马上遥相顾,一见知君即断肠。"见《白香山集》卷四。本剧写杜丽娘自画像手捻青梅是为了表达她对梦中情人的怀念。第十八齣〔一江风〕,又写她自己说"弄梅心事",都是这个意思。

〔28〕倚湖山梦晓——此句以下也是写杜丽娘自画像中姿态。湖山,太湖山石,见第七齣注〔55〕。

〔29〕橙(zhèng)——同帧,张开画幅。

〔30〕真色——佛家语。在这里,和下文本色的意思相近。

〔31〕空花水月——形容真色难以捉摸。

〔32〕再消详邈入其中妙——再慢慢地把他的神情(妙)描入画中。邈,同描。参看蒋礼鸿《敦煌变文字义通释》。连下句,想把梦中的青年画在上面,又只怕泄漏了秘密。

〔33〕甚蟾宫贵客傍的云霄——谁能和画中的美人挨在一起呢?蟾宫贵客,即第十齣所写的折桂的人,指新考中的进士。

〔34〕警报——预兆。

〔35〕则怕呵,把俺年深色浅,当了个金屋藏娇——只怕这张画老是藏着,年深月久,连色彩也褪了。金屋藏娇,刘彻(汉武帝)少年时,他的姑母问他,把表妹阿娇给他作老婆好不好?刘彻说:"好,若得阿娇作妇,当作金屋贮之也。"见《西京杂记·金屋贮阿娇》。

〔36〕做真真无人唤叫——唐人传奇:"唐进士赵颜于画工处得一软

障,图一妇人甚丽。颜谓画工曰:'世无其人也。如可令生,余愿纳为妻。'画工曰:'余神画也,此亦有名,曰真真。呼其名百日,昼夜不歇,即必应之。应,则以百家彩灰酒灌之,必活。'颜如其言。遂呼之百日,昼夜不止。乃应曰'诺'。急以百家彩灰酒灌之,遂呼之活。下步言笑,饮食如常。曰:'谢君召妾。妾愿事箕帚。'终岁,生一儿。年二岁,友人曰:'此妖也,必与君为患。余有神剑可斩之。'其夕遗颜剑。剑才及颜室,真真乃泣曰:'妾南岳地仙也。无何为人画妾之形,君又呼妾之名。既不夺君愿,君今疑妾,妾不可住。'言讫,携其子,却上软障。呕出先所饮百家彩灰酒。睹其障,唯添一孩子,皆是画焉。"见《太平广记》卷二八六引《闻奇录·画工》。

〔37〕标——品题、鉴赏。

〔38〕秦宫——东汉大将军梁冀所宠幸的监奴名。这里借用作花郎自指。原句引自《李贺歌诗编》卷三《秦宫诗》。

〔39〕崔徽不似卷中人——说人消瘦了。参看第十齣注〔32〕。

〔40〕行家——专业匠人,此指裱画店。

〔41〕练——把织物煮熟漂白叫练,这里作形容词用。帘儿,裱好的画幅上方的空白处。

〔42〕胡嘌——胡说。

〔43〕好物不坚牢——白居易诗《简简吟》:"大都好物不坚牢,彩云易散琉璃脆。"见《白香山集》卷十二。

〔44〕巫山庙——见第一齣注〔13〕。全句,虽然放在闺房里不会有人看到,这一副模样只有挂在巫山庙里最合适。

〔45〕评泊——评说。《全唐诗》卷二十五韩偓《遥见》诗原句一作"评说",意义相近。全句,形容画中杜丽娘很美,连杨贵妃的画像也比不上。

第十五齣　虏　谍

【一枝花】(净扮番王引众上)天心起灭了辽,世界平分了赵[1]。静鞭儿替了胡笳哨[2]。擂鼓鸣钟,看文武班齐到。骨碌碌南人笑,则个鼻凹儿蹻[3],脸皮儿皰[4],毛梢儿魈[5]。"万里江山万里尘。一朝天子一朝臣。俺北地怎禁沙日月[6],南人偏占锦乾坤。"自家大金皇帝完颜亮是也[7]。身为夷虏,性爱风骚[8]。俺祖公阿骨都[9],抢了南朝天下,赵康王走去杭州[10],今又三十余年矣。听得他妆点杭州,胜似汴梁风景[11]。一座西湖,朝欢暮乐。有个曲儿[12],说他"三秋桂子,十里荷花"。便待起兵百万,吞取何难?兵法虚虚实实,俺待用个南人,为我乡导。喜他淮扬贼汉李全[13],有万夫不当之勇。他心顺溜于俺,俺先封他为溜金王之职。限他三年内招兵买马,骚扰淮扬地方。相机而行,以开征进之路。哎哟,俺巴不到西湖上散闷儿也!

北【二犯江儿水】平分天道,虽则是平分天道,高头偏俺照[14]。俺司天台标着那南朝[15],标着他那答儿好。(众)那答里好?(净笑介)你说西子怎娇娆,向西湖上笑倚着兰桡。(众)西湖有俺这南海子、北海子大么[16]?(净)周围三百里[17]。波上花摇,云外香飘[18]。无明夜、锦笙歌围醉绕。(众)万岁爷,借他来耍耍。(净)已潜遣画工,偷将他全景来了。那湖上有吴山第一峰[19],画俺立马其上。俺好不狠也!吴山最高,俺立马在吴山最高。江南低小,也看见了江南低小,(舞介)俺怕不占场儿砌一个《锦西湖上马娇》[20]。(众)奏万岁爷,怕急不能勾到西湖,何方驻驾?

北【尾】(净)呀,急切要画图中匹马把西湖哨[21],且迤递的看花向洛阳道[22]。我呵,少不的把赵康王剩水残山都占了。

线大长江扇大天,谭峭　旌旗遥拂雁行偏。司空曙[23]
可胜饮尽江南酒?张祜　交割山川直到燕。王建

注释

〔1〕天心起灭了辽,世界平分了赵——指金灭辽,南宋(赵)偏安。天心,天意。

〔2〕静鞭——一称鸣鞭,仪仗的一种。上朝时,鸣鞭振响,叫人肃静。全句,金国建立朝廷,采用汉人的朝仪,以鸣鞭代替了胡笳。

〔3〕鼻凹儿蹻——高鼻梁。上句南人笑,即笑以下三短句所写的容貌。

〔4〕皰(pào)——面上的斑点。

〔5〕魋——音jiāo,协萧豪韵。当作魋,同椎,椎状的发髻。见《汉书·陆贾传》及注。

〔6〕禁——耐、受。下文沙日月,在沙漠里过日子。

〔7〕完颜亮——即金废帝海陵王,著名的暴君,曾率兵南侵。见《金史》卷五。

〔8〕身为夷虏,性爱风骚——这是当时诽诋北方少数民族的话。同性质的词句,以后不另注出。

〔9〕阿骨都——原译作阿骨打。金开国皇帝太祖,姓完颜名阿骨打。见《金史·金太祖本纪》。

〔10〕赵康王——即南宋高宗赵构,初封康王。见《宋史·高宗本纪》。

〔11〕汴梁——今河南省开封市,北宋的国都。

〔12〕"有个曲儿"句——曲儿,宋人称词为曲子。这里是指宋柳永描写杭州风景的一首词《望海潮》。中有句子:"有三秋桂子,十里荷花。"相传金主完颜亮看了这首词,就生南侵的野心。见《鹤林玉露》卷一。

〔13〕李全——本来是南宋农民起义军的一个领袖。以反抗金兵有功,归顺南宋。后来叛通元蒙,骚扰江淮。曾围攻淮安、扬州,被宋将赵善湘、赵葵、赵范打败,被杀。见《宋史》卷四七六、四七七。并可参看《齐东野语》卷九。本书所写的李全的形像很少和历史人物相符合,如被金人封为溜金王、兵败下海(第四十七齣)等大事,都出于虚构。他在南宋理宗宝庆初年,公元一二二五年前后叛宋,距赵康王即位杭州将近一百年。

〔14〕高头——上天。下文照,保祐。

〔15〕司天台——唐代官署名,天文(包括地理)、历数方面的主管机关。见《旧唐书·职官志》。它相当于明代以后的钦天监。下文标,在地图上做记号。

〔16〕南海子、北海子——湖名,即现在北京的南海、北海。北京是金国首都中都的旧地。

〔17〕周围三百里——这是夸张的话,西湖周围实长约三十里。

〔18〕云外香飘——《全唐诗》卷三宋之问《灵隐寺》诗:"桂子月中落,天香云外飘。"

〔19〕吴山——即城隍山,在杭州。相传金主完颜亮即位后,潜遣画工混入出使宋朝的外交人员中,叫他偷偷地把临安的湖山城郭画下。回国之后,画在软壁(屏风)上,加上金主亮立马吴山的形像。完颜亮在画上还题了一首诗:"万里车书盍混同,江南岂有别疆封?提兵百万西湖上,立马吴山第一峰。"见《桯史》卷八《逆亮辞怪》条。《大金国志》卷十四《正隆五年》条有类似的记载。

〔20〕占场儿——在花酒场中占首。这里是调笑语。场,原指勾栏。下文砌,串演。《锦西湖上马娇》,一个杜撰的上演节目。上马娇,原为曲

牌名。《诚斋乐府·曲江池》四折〔集贤宾〕："我当初占排场也曾夺第一，串了些花胡同锦屏围。"占排场，即占场儿(元杂剧《货郎旦》四折〔三转〕："那李秀才不离了花街柳陌，占场儿贪杯好色。")。

〔21〕哨——探望。

〔22〕迤递的——慢慢地、迂回曲折地。

〔22〕司空曙——三妇评本误作"司空图"。按，"旌旗"句出司空曙《秋日趋府上张大夫》第四句。

第十六龅　诘　病

【三登乐】(老旦上)今生怎生？偏则是红颜薄命,眼见的孤苦仃俜。(泣介)掌上珍,心头肉,泪珠儿暗倾。天呵,偏人家七子团圆[1],一个女孩儿厮病[2]。〔清平乐〕"如花娇怯,合得天饶借[3]。风雨于花生分劣[4],作意十分凌藉。止堪深阁重帘,谁教月榭风檐[5]。我发短回肠寸断,眼昏眵泪双淹[6]。"老身年将半百,单生一女丽娘。因何一病,起倒半年[7]？看他举止容谈,不似风寒暑湿。中间缘故,春香必知,则问他便了。春香贱才那里？(贴上)有哩。我"眼里不逢乖小使[8],掌中擎着个病多娇。得知堂上夫人召,剩酒残脂要咱消"。春香叩头。(老旦)小姐闲常好好的,才着你贱才伏侍他,不上半年,偏是病害。可恼,可恼！且问近日茶饭多少？

【驻马听】(贴)他茶饭何曾,所事儿休提、叫懒应。看他娇啼隐忍,笑谵迷厮[9],睡眼惺憕[10]。(老旦)早早禀请太医了[11]。(贴)则除是八法针针断软绵情[12]。怕九还丹丹不的腌臢证[13]。(老旦)是什么病？(贴)春香不知,道他一枕秋清,却怎生还害的是春前病。(老旦哭介)怎生了。

【前腔】他一搦身形[14],瘦的庞儿没了四星[15]。都是小奴

第十六齣

才逗他。大古是烟花惹事[16],莺燕成招,云月知情。贱才还不跪!取家法来。(贴跪介)春香实不知道。(老旦)因何瘦坏了玉娉婷,你怎生触损了他娇情性?(贴)小姐好好的拈花弄柳,不知因甚病了。(老旦恼,打贴介)打你这牢承[17],嘴骨棱的胡遮映[18]。(贴)夫人休闪了手[19]。容春香诉来。便是那一日游花园回来,夫人撞到时节,说个秀才手里折的柳枝儿,要小姐题诗。小姐说这秀才素昧平生,也不和他题了。(老旦)不题罢了。后来(贴)后来那、那、那秀才就一拍手把小姐端端正正抱在牡丹亭上去了。(老旦)去怎的?(贴)春香怎得知?小姐做梦哩。(老旦惊介)是梦么?(贴)是梦。(老旦)这等着鬼了。快请老爷商议。(贴请介)老爷有请。(外上)"肘后印嫌金带重[20],掌中珠怕玉盘轻[21]。"夫人,女儿病体因何?(老旦泣介)老爷听讲:

【前腔】说起心疼,这病知他是怎生!看他长眠短起,似笑如啼,有影无形[22]。原来女儿到后花园游了。梦见一人手执柳枝,闪了他去[23]。(作叹介)怕腰身触污了柳精灵,虚嚣侧犯了花神圣[24]。老爷呵,急与禳星[25],怕流星赶月相刑迸[26]。(外)却还来。我请陈斋长教书,要他拘束身心。你为母亲的,倒纵他闲游。(笑介)则是些日炙风吹,伤寒流转。便要禳解,不用师巫,则叫紫阳宫石道婆诵些经卷可矣。古语云:"信巫不信医[27],一不治也。"我已请过陈斋长看他脉息去了。(老旦)看甚脉息。若早有了人家,敢没这病。(外)咳,古者男子三十而娶,女子二十而嫁[28]。女儿点点年纪,知道个什么呢?

【前腔】忔戓憨生[29],一个哇儿甚七情[30]?则不过往来潮热,大小伤寒,急慢风惊[31]。则是你为母的呵,真珠不放在掌中擎,因此娇花不奈这心头病。(泣介)(合)两口丁零[32],告天天,半边儿是咱全家命[33]。(丑扮院公上)"人来大庾岭,船去郁孤台〔34〕。"禀老爷,有使客到。

【尾声】(外)俺为官公事有期程。夫人,好看惜女儿身命,少不的人向秋风病骨轻〔35〕。(外、丑下)(老旦、贴吊场介)(老旦)〔36〕"无官一身轻,有子万事足。"我看老相公则为往来使客,把女儿病都不瞧。好伤怀也。(泣介)想起来一边叫石道婆禳解,一边教陈教授下药。知他效验如何？正是："世间只有娘怜女,天下能无卜与医！"(下)

注释

〔1〕七子团圆——原是祝颂用的成语。元杂剧《秋胡戏妻》第一折："人家七子保团圆。"

〔2〕厮病——害病。

〔3〕饶借——饶免、怜惜。

〔4〕生分劣——作恶。生分,即生忿,与人过不去。

〔5〕月榭风檐——月下风前的亭台。这里指《惊梦》所写的游园。

〔6〕眵(chī)——眼睛分泌出来的一种黏液。

〔7〕起倒——好一阵坏一阵,轻一阵重一阵,毛病拖下去。

〔8〕乖小使——乖,灵俐乖巧;小使,书童之类的当差的少男。

〔9〕迷厮——形容精神恍惚。

〔10〕憎憕——懵懂,神志模糊,这里是形容睡眼朦胧。

〔11〕太医——御医,这里指一般医师。

〔12〕八法针——犹言最好的针刺医术。根据阴、阳、表、里、寒、热、虚、实八纲,采用不同经穴,利用各种不同手法,达到汗、吐、下、和、温、清、补、消八种目的的针刺方法。下文针字,动词。

〔13〕九还丹——即九转丹,道家炼的所谓金丹的一种。说是吃了三天就可以成仙。迷信的话。丹砂烧成水银,水银又烧成丹砂,叫还丹。见《抱朴子·内篇》卷四。下文丹,医治,动词。腌臢证——肮脏病,相思病的代称。《西厢记诸宫调》："自家这一场腌臢病,病得来蹊跷。"腌臢,

出丑。

〔14〕一搦——一捻,形容腰身纤细。

〔15〕瘦的庞儿没了四星——瘦得不成样子。四星,秤杆末尾钉有四星,易磨灭。方诸生本《西厢记》第一本第三折注引《云窗秋梦》杂剧:"瘦得那俊庞儿没了四星。"

〔16〕大古是——总是。

〔17〕牢承——原作殷勤解。这里指滑头、善于献殷勤的人。

〔18〕嘴骨稜——多言多语。

〔19〕闪——扭伤。

〔20〕肘后印嫌金带重——形容年老倦于居官。

〔21〕掌中珠怕玉盘轻——怕女儿养不大。

〔22〕有影无形——指病症蹊跷。

〔23〕闪——这里是招引的意思。

〔24〕虚嚣侧犯了花神圣——虚弱(虚嚣)的身子触犯(侧犯)花神。侧犯,比正犯情节较轻。

〔25〕禳星——禳,道家迷信作法,用符咒为人去邪除病。星,祭星,禳解用的一种法术。

〔26〕流星赶月相刑迸——星命家的迷信说法。流星赶月,就是有冲破。刑,如子卯相刑,比相冲的情节较轻;迸,拚、冲克。刑、迸,主凶事,这里是用迷信说法推究病因。

〔27〕信巫不信医——《史记·扁鹊列传》:"故病有六不治:……信巫不信医,六不治也。"

〔28〕古者男子三十而娶,女子二十而嫁——见《礼记·内则》。

〔29〕忒恁憨生——那样娇憨得很的样子,形容少女还不懂事。

〔30〕一个哇儿甚七情——哇,娃。七情:喜、怒、哀、惧、爱、恶、欲。这里指男女之情。

〔31〕往来潮热,大小伤寒,急慢风惊——潮热、伤寒、急慢惊风都是疾病的名称。急惊风,小儿急痫;慢惊风,脑膜炎之类的病;伤寒,中医所指的伤寒和西医不同。

〔32〕丁零——零丁,孤单。

〔33〕半边儿——女婿称半子,这里指女儿。

〔34〕郁孤台——在现在江西省赣县西南贺兰山上。

〔35〕病骨轻——意思说病中体弱。三妇本、暖红室本在"人向秋风病骨轻"后有下场诗:

　　柳起东风惹病身,李　绅　举家相对却沾巾。刘长卿

　　偏依仙法多求药,张　籍　会见蓬山不死人。项　斯

〔36〕老旦——此二字原剧无,校注者补入。

第十七齣　道　覡[1]

【风入松】(净扮老道姑上)人间嫁娶苦奔忙,只为有阴阳。问天天从来不具人身相[2],只得来道扮男妆[3],屈指有四旬之上。当人生,梦一场。〔集唐〕"紫府空歌碧落寒[4]李群玉,竹石如山不敢安杜甫。长恨人心不如石刘禹锡,每逢佳处便开看韩愈。"贫道紫阳宫石道姑是也。俗家原不姓石,则因生为石女[5],为人所弃,故号"石姑"。思想起来:要还俗,《百家姓》上有俺一家[6];论出身,《千字文》中有俺数句[7]。天呵,非是俺"求古寻论",恰正是"史鱼秉直[8]"。俺因何住在这"楼观飞惊[9]",打并的"劳谦谨敕[10]"?看修行似"福缘善庆",论因果是"祸因恶积"。有甚么"荣业所基"?几辈儿"林皋幸即[11]"。生下俺"形端表正",那些"性静情逸"。大便孔似"园莽抽条",小净处也"渠荷滴沥[12]"。只那些儿正好叉着口,"钜野洞庭[13]";偏和你灭了缝,"昆池碣石[14]"。虽则石路上可以"路侠槐卿[15]",石田中怎生"我艺黍稷[16]"?难道嫁人家"空谷传声"?则好守娘家"孝当竭力[17]"。可奈不由人"诸姑伯叔",聒噪俺"入奉母仪[18]"。母亲说你内才儿虽然"守真志满",外像儿"毛施淑姿[19]",是人家有个"上和下睦",偏你石二姐没个"夫唱妇随"?便请了个有口齿的媒人,"信使可覆"。许了个大鼻子的女婿[20],"器欲难量"。

则见不多时,那人家下定了。说道选择了一年上"日月盈昃"[21],配定了八字儿"辰宿列张"[22]。他过的礼,"金生丽水"[23],俺上了轿,"玉出昆冈"[24]。遮脸的"纨扇圆洁",引路的"银烛辉煌"。那新郎好不打扮的头直上"高冠陪辇"[25]。咱新人一般排比了腰儿下"束带矜庄"。请了些"亲戚故旧",半路上"接杯举觞"。请新人"升阶纳陛"[26],叫女伴们"侍巾帷房"。合卺的"弦歌酒宴"[27],撒帐的"诗赞羔羊"[28]。把俺做新人嘴脸儿一寸寸"鉴貌辨色",将俺那宝妆奁一件件都"寓目囊箱"。早是二更时分,新郎紧上来了。替俺说,俺两口儿活像"鸣凤在竹[29]",一时间就要"白驹食场[30]"。则见被窝儿"盖此身髪",灯影里褪尽了这几件"乃服衣裳"。天呵,瞧了他那"驴骡犊特[31]";教俺好一会"悚惧恐惶"。那新郎见我害怕,说道:新人,你年纪不少了,"闰馀成岁[32]"。俺可也不使狠,和你慢慢的"律吕调阳[33]"。俺听了口不应,心儿里笑着。新郎,新郎,任你"矫手顿足[34]",你可也"糜恃己长[35]"。三更四更了,他则待阳台上"云腾致雨",怎生巫峡内"露结为霜"?他一时摸不出路数儿,道是怎的?快取亮来。侧着脑要"右通广内[36]",蹭著眼在"篮笋象床"[37]。那时节俺口不说,心下好不冷笑。新郎,新郎,俺这件东西,则许你"徘徊瞻眺",怎许你"适口充肠"。如此者几度了,恼的他气不分的嘴劳刀"俊乂密勿"[38],累的他凿不窍皮混沌的"天地玄黄"[39]。和他整夜价则是"寸阴是竞[40]"。待讲起,丑煞那"属耳垣墙[41]"。几番待悬梁[42],待投河,"免其指斥[43]"。若还用刀钻,用线药[44],"岂敢毁伤[45]"?便挤做赳了交"索居闲处[46]",甚法儿取他意"悦豫且康"?有了,有了。他没奈何央及煞后庭花"背邙面洛[47]",俺也则得且随顺干荷叶,和他"秋收冬藏"。哎哟,对面儿做的个"女慕贞洁",转腰儿到做了"男效才良"。虽则暂时间"释纷利俗",毕竟情意儿"四大五常[48]"。要留俺怕误了他"嫡后嗣续[49]",要嫁了俺怕人笑"饥厌糟糠[50]"。这时节俺也索劝他了:官人,官人,少不得请一房"妾御绩纺",省你气那"鸟官人皇[51]"。俺情愿"推位让国",则要你"得能莫忘"。后来当真讨一个了。没多时做小的"宠增抗极"[52],反捻去俺为正的"率宾归王"[53]。不怨他,只"省躬讥诫[54]"。出了家罢,俺则"垂拱平章[55]"。若论这道院里,昔年也不甚"宫殿盘郁";到老身,才开辟了"宇宙洪荒"。画真武"剑号巨阙"[56],步北斗"珠称夜光"[57]。奉香供"果珍李柰",把斋素也是"菜重芥姜"。世间味识得破"海咸河淡",人中网逃得出"鳞潜羽翔"。俺这出了家呵,把那几年前做新郎的臭粘涎"骸垢想浴[58]",将俺即世里做老婆的干柴火"执热愿凉"。则可惜做观主"游鹍独运[59]",也要知观的"顾答审详"[60]。赴会的都要"具膳餐饭",行脚的也要"老少异粮[61]"。怎生观中再没个人儿?也都则是"沉默寂寥",全不会"笺牒简要[62]"。俺老将来"年矢每催[63]",镜儿里"晦魄环照"[64]。硬配不上仕女图"驰誉丹青",也要接得著仙真传"坚持雅操"。懒云游"东西二京"[65],端一味"坐朝问道"。女冠子有几个"同气连枝[66]",骚道士不与他"工颦妍笑"。怕了他暗地虎"布射辽丸[67]",则守着寒水鱼"钧巧任钓"[68]。使唤的只一个"犹子比儿[69]",叫做癞头鼋"愚蒙等诮[70]"。(内)姑娘骂俺哩。俺是个妙人儿。(净)好不羞。"殆辱近耻",到夸奖你"并皆佳妙"。(内)杜太爷皂隶拿姑娘哩。(净)为甚么?(内)说你是个贼道。(净)咳,便道那府牌来"杜藁钟隶[71]",把俺做女妖看"诛斩贼盗"。俺可也"散虑逍遥",不用你这般"虚辉朗耀[72]"。(丑扮府差上)"承差府堂上,提名仙观中。"(见介)(净)府牌哥为何而来?

【大迓鼓】(丑)府主坐黄堂,夫人传示,衙内敲梆[73]。知他小姐年多长,染一疾,半年光。(净)俺不是女科[74]。(丑)请你修斋，一会祈禳。

【前腔】(净)俺仙家有禁方。小小灵符,带在身傍。教他刻下人无恙。(丑)有这等灵符！快行动些。(行介)(净)叫童儿。(内应介)(净)好看守,卧云房。殿上无人,仔细灯香。(内)知道了。

(净)紫微宫女夜焚香[75],　王　建　(丑)古观云根路已荒[76]。释皎然

(净)犹有真妃长命缕[77],　司空图　(丑)九天无事莫推忙[78]。曹　唐

注释

〔1〕 觋(xí)——男性的巫者,这里指女道姑。

〔2〕 从来不具人身相——老道姑是石女,所以这样说。

〔3〕 道扮男妆——僧道的服装,男女无别。

〔4〕 紫府空歌碧落寒——紫府,仙人居的宫殿。碧落,天。

〔5〕 石女——锁阴病患者。

〔6〕 《百家姓》——以姓氏编成韵文,旧时初学用的识字读本。

〔7〕 《千字文》——以常识为内容的一种韵文读本,旧时初学用。相传梁周兴嗣编次。据《刘宾客嘉话录》。这一段说白,引用了它的原文一百十六句,加引号为记。这是文人的游戏笔墨,当时略识文字的人都能懂得。

〔8〕 史鱼秉直——史鱼,春秋时代卫国的史官。以直谏著名。秉直,主持正直。《论语·卫灵公》:"直哉史鱼。"参看《新序》卷一。

〔9〕 飞惊——形容建筑物很高。

〔10〕 劳谦谨敕(chì)——劳谦,对人很殷勤。《易·谦》:"劳谦,君子有终,吉。"疏:"上承下接,劳倦于谦也。"谨敕,即谨饬,规规矩矩。

〔11〕 林皋幸即——来到林野,退隐。这里是修行的意思。

〔12〕 渠荷——荷蕖,荷花。下文滴沥,原作的历,形容荷花花色鲜

艳,这里以荷叶上水珠落下来的声音别有所指。本齣许多词句都别有所指,流于猥亵,是作品中的糟粕。以后如有同样情况,除难词略作解释外,不再注明。

〔13〕钜野——古代的大湖,在现在山东省巨野县一带。现在已经干涸。

〔14〕昆池碣石——昆池,昆明池,在陕西长安。汉武帝所开。现在已经干涸,所以说"灭了缝"。碣石,海边的山名,在今河北省昌黎县。

〔15〕路侠槐卿——古代侠、夹二字通用。槐卿,三公。据说周代天子的外朝种植槐、棘,作为臣僚朝见时的位次的标志。三槐是三公的位置。两边各有九棘,是孤卿大夫与公、侯、伯、子、男的位置。见《周礼·秋官司寇·朝士》。

〔16〕艺——种植。

〔17〕则好守娘家"孝当竭力"——只好一辈子不嫁人,在家奉养父母。

〔18〕聒噪俺"入奉母仪"——聒噪,吵闹。母仪,封建社会所规定的为母之道。入奉母仪,指去做母亲。全句意思是,噜噜苏苏地劝嫁人。

〔19〕毛施——毛嫱、西施,古代的美女。

〔20〕大鼻子——旧说大鼻子男子善淫。据《柳宗元全集·外集》卷上《河间传》。

〔21〕选择了一年上"日月盈昃"——指选择吉日。盈昃,盈亏。昃,日斜。

〔22〕配定了八字儿"辰宿列张"——指推算男女两方的八字,看他们是不是可以结婚。八字,星命家以人出生的年、月、日、时所值的干支,按天星的运数,推算人的命运。列张,指星宿散布在天上。

〔23〕金生丽水——丽水即金沙江,一向以产金著名。这里指聘金。

〔24〕玉出昆冈——昆冈,相传是玉石的产地。这里指出嫁。

〔25〕高冠陪辇——戴高冠,坐在车子的右方。陪辇,陪乘;坐在车子的右方,表示受人尊敬。

〔26〕纳陛——即升阶。纳,内,进入;陛,阶石。《千字文》一作"升

〔27〕合卺——古代婚礼的仪式之一,相当于吃交杯酒。见《礼·昏义》。

〔28〕撒帐的"诗赞羔羊"——旧时婚礼,男女对拜毕,坐到床上。这时,有赞礼的人口诵赞美、祝福的诗句,并以金钱彩果散掷给来看热闹的孩子们,这叫坐床撒帐。参看《梦粱录》卷二十。"诗赞羔羊",《羔羊》,《诗·国风·召南》的篇名,这里套用《千字文》语句,与原义无关。

〔29〕鸣凤在竹——凤食竹实。相传它的出现是太平盛世的象征。

〔30〕白驹食场——《诗·小雅·白驹》:"皎皎白驹,食我场苗。"

〔31〕特——幼兽。

〔32〕闰馀成岁——《千字文》原意,以闰月定四时成岁。这里说年纪大。阴历三十一年中的闰月加起来才满一年。

〔33〕律吕调阳——律吕,古代校正音调的用具,作用和现在的音叉相同。音分阴、阳两种,阳为律,阴为吕。

〔34〕矫——翘。

〔35〕靡恃己长——不要因自己的长处而骄傲。恃,依靠。

〔36〕广内——宫殿名。

〔37〕踣(bó)——这里作俯着解。下文篮筝,轿子。这里是床。

〔38〕俊乂(yì)密勿——俊乂,贤才;密勿,做事很勤勉。上文气不分,气愤;劳刀,唠叨。

〔39〕"天地玄黄"句——相传上古时代天地未分,只是浑沌一片。玄、黄,分指天、地的颜色。语本《周易·坤·文言》:"夫玄黄者,天地之杂也,天玄而地黄。""凿不窍皮混沌",混沌一片,凿不出一个孔窍。语本《庄子·应帝王》。

〔40〕寸阴是竞——爱惜光阴。

〔41〕属耳垣墙——墙外有人窃听。语本《诗·小雅·小弁》。

〔42〕悬梁——这里指自缢。

〔43〕免其指斥——《千字文》原句为"勉其祇植"。

〔44〕线药——中医外科手术之一。

〔45〕岂敢毁伤——《孝经》:"身体发肤,受之父母,不敢毁伤,孝之始也。"

〔46〕挤——同挤。下文赸,走开。

〔47〕"背邙面洛"句——背邙山,面洛水,这是故都洛阳的形势。

〔48〕四大五常——四大,佛家以为地、水、火、风,四大和合,成为人身;五常,指仁、义、礼、智、信,或五行:金、木、水、火、土,这里指伦常,即夫妇关系。全句,正常的夫妻情谊(没有着落)。

〔49〕嫡后嗣续——传宗接代。

〔50〕饥厌糟糠——厌,餍,饱吃的意思。糟糠,原指粗粮,这里指糟糠之妻,贫贱时娶的妻子。东汉光武帝欲以姊湖阳公主嫁宋弘。宋弘说:"贫贱之知不可忘,糟糠之妻不下堂。"见《后汉书》卷五六。

〔51〕鸟官人皇——鸟官,传说上古少昊氏立国时,有凤鸟飞来,他就以鸟名作官名。见《左传·昭十七年》。人皇,传说是我国上古时代最早的君主之一。

〔52〕做小的"宠增抗极"——指妾(做小的)得宠争权。抗极,与皇帝(极)相抗衡,形容权势很大。

〔53〕反捻去俺为正的"率宾归王"——指妻(为正的)反而受妾的摆布。捻,撵。率,沿;率土之滨,所有的地方。《诗·小雅·北山》:"率土之滨(宾),莫非王臣。"

〔54〕省躬——自省、批评自己。

〔55〕垂拱——天子垂衣拱手,无为而治。这里是说出家后很闲静。

〔56〕画真武"剑号巨阙"——真武,道家所崇奉的真武上将,一名玄天上帝。见《四游记·北游记》。巨阙,古代的宝剑名。

〔57〕步北斗——道家的一种修炼术。

〔58〕骸——这里指身体。

〔59〕游鹍(kūn)独运——鹍,大鸟名。神话说,它一飞八百里。运,飞。全句说自己一个人,没有别的道姑帮助。

〔60〕也要知观的"顾答审详"——知观,道观女道士的职名。顾答审详,《千字文》原意对人说话要好好考虑,把意思说得详细周到。

〔61〕行脚的——原指行脚僧,这里指游方的道姑。

〔62〕笺牒简要——这里指向人募化。笺牒原指书信。

〔63〕年矢——年光如箭。

〔64〕晦魄环照——月亏了又慢慢圆起来。环,循环。这里指镜中人影。

〔65〕东西二京——汉、隋、唐建都长安,叫西京;东汉迁都洛阳,叫东京。后来洛阳又是隋、唐的陪都。全句,不愿到远方去云游。

〔66〕同气连枝——原喻兄弟。这里指志同道合的人。

〔67〕布射辽丸——布,指东汉吕布。吕布善射。见《后汉书》卷一百五。僚,指春秋时代楚国熊宜僚。熊宜僚善弄丸。见第四十三齣注〔15〕。

〔68〕则守着寒水鱼"钓巧任钓"——寒水鱼,用华亭舡子和尚偈:"夜静水寒鱼不食,满舡空载月明归。"见《冷斋夜话》。钓,指三国马钧,著名的工艺家,曾制造指南车、翻车、发石车。见《魏志》卷二十九杜夔传注。任,指古代寓言中的任公子,曾在东海钓得一大鱼,浙江以东,广西以北,人人得以饱餐。见《庄子·外物》。全句,比喻自己贞静,不受诱惑。

〔69〕犹子——侄儿。

〔70〕愚蒙等诮——和无知的人一样受人讥诮。

〔71〕便道那府牌来"杜藁钟隶"——东汉杜操的草书(藁),三国魏钟繇的隶书。这里只取"隶"字,皂隶,差役。府牌,府里来的差役。

〔72〕虚辉朗耀——指以虚假的声势吓人。

〔73〕梆——竹或木制的响器,作信号用。

〔74〕女科——妇科医师。

〔75〕紫微——紫微宫,天庭。

〔76〕云根——山上高处。王筠《开善寺碑》:"修幡绕乎云根。"

〔77〕真妃长命缕——真妃,即九华真妃,道家所崇奉的女仙名。见《真灵仙业图》。长命缕,端阳节用五色丝缠在臂上,据迷信的说法,可以用它辟恶除病。见《荆楚岁时记》。这里指除病用的所谓灵符。

〔78〕九天无事莫推忙——这里意思是请道姑不要藉口供神事忙拒绝不去。

第十八齣　诊　祟

【一江风】(贴扶病旦上)(旦)病迷厮。为甚轻憔悴？打不破愁魂谜。梦初回，燕尾翻风，乱飒起湘帘翠。春去偌多时，春去偌多时，花容只顾衰。井梧声刮的我心儿碎。〔行香子〕春香呵，我"楚楚精神，叶叶腰身，能禁多病逡巡[1]！(贴)你星星措与[2]，种种生成，有许多娇，许多韵，许多情。(旦)咳，咱弄梅心事[3]，那折柳情人[4]，梦淹渐暗老残春。(贴)正好簟炉香午，枕扇风清。知为谁颦，为谁瘦，为谁疼？"(旦)春香，我自春游一梦，卧病如今。不痒不疼，如痴如醉。知他怎生？(贴)小姐，梦儿里事，想他则甚！(旦)你教我怎生不想呵！

【金落索】贪他半晌痴，赚了多情泥[5]。待不思量，怎不思量得？就里暗销肌，怕人知，嗽腔腔嫩喘微[6]。哎哟，我这惯淹煎的样子谁怜惜？自噤窄的春心怎的支[7]？心儿悔，悔当初一觉留春睡。(贴)老夫人替小姐冲喜[8]。(旦)信他冲的个甚喜？到的年时，敢犯杀花园内[9]？

【前腔】(贴)看他春归何处归，春睡何曾睡？气丝儿怎度的长天日？把心儿捧凑眉，病西施[10]。小姐，梦去知他实实谁？病来只送的个虚虚的你。做行云先渴倒在巫阳会[11]。全无谓,把单相思害得忒明昧[12]。又不是困人天气,中酒心期[13],魆魆地常如醉[14]。(末上)"日下晒书嫌鸟迹,月中捣药要蟾酥[15]。"我陈最良承公相命,来诊视小姐脉息。到此后堂,不免打叫一声。春香贤弟有么?(贴见介)是陈师父。小姐睡哩。(末)免惊动他。我自进去。(见介)小姐。(旦作惊介)谁?(贴)陈师父哩。(旦扶起介)(旦)师父,我学生患病。久失敬了。(末)学生,学生,古书有云:"学精于勤,荒于嬉[16]。"你因为后花园汤风冒日[17],感下这疾,荒废书工。我为师的在外,寝食不安。幸喜老公相请来看病。也不料你清减至此。似这般样,几时能够起来读书?早则端阳节哩。(贴)师父,端节有你的。(末)我说端阳,难道要你粽子?小姐,望闻问切[18],我且问你病症因何?(贴)师父问什么!只因你讲《毛诗》,这病便是"君子好求"上来的。(末)是那一位君子?(贴)知他是那一位君子。(末)这般说,《毛诗》病用《毛诗》去医。那头一卷就有女科圣惠方在哩[19]。(贴)师父,可记的《毛诗》上方儿?(末)便依他处方。小姐害了"君子"的病,用的史君子[20]。《毛诗》:"既见君子,云胡不瘳?"[21]这病有了君子抽一抽,就抽好了。(旦羞介)哎也!(贴)还有甚药?(末)酸梅十个。《诗》云:"摽有梅,其实七兮"[22],又说:"其实三兮。"三个打七个,是十个。此方单医男女过时思酸之病。(旦叹介)(贴)还有呢?(末)天南星三个[23]。(贴)可少?(末)再添些。《诗》云:"三星在天。"[24]专医男女及时之病。(贴)还有呢?(末)俺看小姐一肚子火,你可抹净一个大马桶,待我用栀子仁、当归,泻下他火来。这也是依方:"之子于归,言秣其马。"[25](贴)师父,这马不同那"其马"。(末)一样髀鞦窟洞下[26]。(旦)好个伤风切药陈先生。(贴)做的按月通经陈妈妈。(旦)师父不可执方[27],还是诊脉为稳。(末看脉,错按旦手背介)(贴)师父,讨个转手。(末)女人反此背看之,正是王叔和《脉诀》[28]。也罢,顺手看是。(诊脉介)呀,小姐脉息,到这个分际了。

【金索挂梧桐】他人才试整齐,脉息恁微细。小小香闺,为甚伤憔悴?(起介)春香呵,似他这伤春怯夏肌,好扶持。病烦人容易伤秋意。小姐,我去咀药来[29]。(旦叹介)师父,少不得情栽了窍髓针难入[30],病躲在烟花你药怎知[31]?(泣介)承尊觑,何时何日来看这女颜回[32]?(合)病中身怕的是惊疑。且将息,休烦絮。(旦)师父且自在。送不得你了。可曾把俺八字推算么?(末)算来要过中秋好。"当生止有八个字[33],起死曾无三世医[34]。"(下)(贴)一个道姑走来了。(净上)"不闻弄玉吹箫去[35],又见嫦娥窃药来[36]。"自家紫阳宫石道姑便是。承杜老夫人呼唤,替小姐禳解。(见贴介)(贴)姑姑为何而来?(净)吾乃紫阳宫石道姑。承夫人命,替小姐禳解。不知害的甚病?(贴)尷尬病[37]。(净)为谁来?(贴)后花园耍来。(净举三指,贴摇头介)(净举五指,贴又摇头介)(净)咳,你说是三是五,与他做主。(贴)你自问他去。(净见旦介)小姐,小姐,道姑稽首那。(旦作惊介)那里道姑?(净)紫阳宫石道姑。夫人有召,替小姐保禳。闻说小姐在后花园着魅[38],我不信。

【前腔】你惺惺的怎著迷[39]?设设的浑如魅[40]。(旦作魇语[41]介)我的人那。(净、贴背介)你听他念念呢呢[42],作的风风势[43]。是了,身边带有个小符儿。(取旦钗挂小符,作咒介)"赫赫扬扬,日出东方[44]。此符屏却恶梦,辟除不祥。急急如律令敕[45]。"(插钗介)这钗头小篆符[46],眠坐莫教离。把闲神野梦都回避。(旦醒介)咳,这符敢不中[47]?我那人呵,须不是依花附木廉纤鬼[48],咱做的弄影团风抹媚痴[49]。(净)再痴时,请个五雷打他[50]。(旦)些儿意,正待携云握雨,你却用掌心雷。(合前)(净)还分明说与,起个三丈高咒幡儿[51]。(旦)待说个甚么子好?

【尾声】依稀则记的个柳和梅。姑姑,你也不索打符桩挂竹枝,则待我冷思量,一星星咒向梦儿里。(贴扶旦下)[52]

(贴)绿惨双蛾不自持,步非烟　(净)道家妆束厌禳时[53]。
薛　能

(旦)如今不在花红处,僧怀濬[54]　(合)为报东风且莫吹。
李　涉

注释

〔1〕多病逡巡——久病。逡巡,徘徊不去,这里喻疾病缠绵。

〔2〕星星揩与——星星,作件件解。揩,举措、行事。

〔3〕弄梅心事——这里指杜丽娘的怀春。她为自己画的肖像,手上捻着青梅一枝。参看第十四齣注〔27〕。

〔4〕折柳情人——指柳梦梅。在杜丽娘的梦中,他曾折柳请她题诗。参看第十齣。

〔5〕赚了多情泥——赚,骗取。这里是害得、弄得的意思。泥,与"撒滞腻"的"腻"通,为感情所牵缠。

〔6〕腔腔——状声字,咳嗽时的声音。

〔7〕噤窄——闷在心里,有心事不对人说。

〔8〕冲喜——迷信的做法,以办喜事去冲破即将发生的凶事叫冲喜。如《红楼梦》贾宝玉病危,凤姐献计让他娶亲。

〔9〕到的年时,敢犯杀花园内——难道是从前(年时),在花园里冲撞了甚么神道?以疑问句表示否定的意义。到的,就是道的,想是的意思。

〔10〕把心儿捧凑眉,病西施——西施,春秋时代越国的美女。据说她心疼时捧心颦眉,样子很美。见《庄子·天运》。凑眉,皱眉。

〔11〕巫阳——巫山之阳(南)。参看第一齣注〔13〕。

〔12〕明昧——不明不白。

〔13〕心期——本意中心向往,此作心绪讲。

第十八齣

〔14〕魆魆地——精神恍惚貌。

〔15〕月中搗藥要蟾酥——神話傳說,月亮裡有白兔搗藥。蟾酥,蟾蜍皮疣內毒腺的分泌液,供藥用。

〔16〕學精於勤,荒於嬉——韓愈《進學解》中的句子。見《韓昌黎全集》卷十二。學,原文作"業"。

〔17〕湯風——冒著風,受了風吹。湯,接觸,碰到。

〔18〕望、聞、問、切——看病人氣色,聽聲音,問病情,以指按脉(切脉):這是中醫診病的四種方法。見《難經》。

〔19〕聖惠方——有靈驗的處方。宋太平興國三年集《太平聖惠方》百卷。

〔20〕史君子——應作使君子,中藥名。

〔21〕既見君子,云胡不瘳(chōu)——見《詩·鄭風·風雨》。君子,唱這首情歌的少女的愛人;云,語助詞,不表示意義;胡,為麼;瘳,病愈。

〔22〕摽有梅,其實七兮——梅子落下來了,樹上還留著七個。見《詩·召南·摽有梅》。摽,落下。《摽有梅》,一首描寫女子渴求及時出嫁的心理的詩。下文其實三兮,見同詩。

〔23〕天南星——中藥名。

〔24〕三星在天——三星,心宿,傍晚出現在東方。全句,見《詩·唐風·綢繆》。《綢繆》,一首歌頌男女相會時歡樂的詩。

〔25〕俺看小姐一肚子火……"之子于歸,言秣其馬"——梔子仁、當歸,中藥名,但不是瀉藥。梔子、當歸與"之子于歸"諧音。"之子于歸,言秣其馬",見《詩·周南·漢廣》。原意說:如果那個姑娘肯嫁給我,我就喂飽馬,駕著車去接她來。這裡是借用"言秣其馬"句中的"秣"、"馬"與"抹淨一個大馬桶"句中的"抹""馬"諧音。

〔26〕一樣髀楸窟洞下——此句費解。髀,或為鞴或鞍字之訛。鞴、楸都是馬具,一面又以鞴、楸諧音指馬桶上的篍箍。箍,江南方言也可以叫"秋"。大意說馬和馬桶一樣有楸。

〔27〕執方——固執。

〔28〕王叔和《脈訣》——王叔和,晉代著名的醫學家,曾任太醫令官。

著有《脉经》、《脉诀》、《脉赋》。见甘伯宗《名医传》。

〔29〕咀药——中药中有一些药材,在煎煮前,按照旧法,要用嘴嚼细,名为"咀哎"。这里作煎药解。

〔30〕情栽了窍髓针难入——相思的病根生在骨髓里面,针刺不进去。窍、髓,泛指人体内部的器官。针,针刺,中医的一种刺激疗法。

〔31〕烟花——犹言风月,指情爱。

〔32〕女颜回——指优秀而短命的女学生。颜回是孔丘的最好的弟子,早死。

〔33〕八个字——八字。见第十七齣注〔22〕。

〔34〕三世医——祖传三代的医生。《礼记》:"医不三世,不服其药。"

〔35〕弄玉吹箫——弄玉,神话传说中春秋时秦穆公的女儿,她和丈夫萧史都善于吹箫。后来,夫妇都随凤鸟飞升。见《列仙传》。

〔36〕嫦娥窃药——神话传说,上古时代有穷国的君主后羿,从西王母那里求来一种长生不死的仙药。被他的妻子嫦娥(姮娥)偷吃了,飞升到月宫里面。见《淮南子·览冥训》。

〔37〕魖魊病——指相思病。

〔38〕着魅——被鬼物迷惑。

〔39〕惺惺的——聪明、机灵的样子。

〔40〕设设的——痴迷状。

〔41〕魇语——梦话。在这里是谵语的意思,人在昏迷状态时说出的语言。

〔42〕念念呢呢——说话含糊不清。

〔43〕风风势——疯样子。

〔44〕赫赫扬扬,日出东方——治病的咒语通常都是这样开头。赫赫扬扬,形容光芒四射。

〔45〕急急如律令敕——咒语的结句。

〔46〕篆符——符,道家的秘文,样子和篆书差不多。

〔47〕不中——不行、没有用。

〔48〕廉纤鬼——小鬼。廉纤常用来形容微雨,但也偶然用来形容别的事物。

〔49〕弄影团风抹媚痴——弄影团风,形容心魂不定。有如说捕风捉影,疑疑惑惑。团,与弄字意义相近。两字是互文。抹媚,如被鬼物迷惑的痴迷状态。据王季思注《西厢记》第三本第一折,抹媚应作魔魅。

〔50〕五雷——即掌心雷,道家的一种法术。迷信的说法。

〔51〕咒幡儿——长条形的一种旗子,禳解时用。

〔52〕贴扶旦下——下接下场诗的唱念,和下场的动作同时进行。

〔53〕厌禳——厌、禳都是禳解的意思。

〔54〕怀濬——三妇本作"怀济"。按,"如今"句出怀濬《上归州刺史代通状》二首之二第七句,见《全唐诗》卷八二五。

第十九齣　牝　贼

北【点绛唇】(净扮李全引众上)世扰膻风,家传杂种[1]。刀兵动,这贼英雄,比不的穿墙洞[2]。"野马千蹄合一群,眼看江海尽风尘。汉儿学得胡儿语,又替胡儿骂汉人[3]。"自家李全是也。本贯楚州人氏[4]。身有万夫不当之勇。南朝不用,去而为盗。以五百人出没江淮之间,正无归着。所幸大金皇帝,遥封俺为溜金王。央我骚扰淮扬,看机进取。奈我多勇少谋。所喜妻子杨氏娘娘,能使一条梨花枪,万人无敌。夫妻上阵,大有威风。则是娘娘有些吃酸,但是掳的妇人,都要送他帐下。便是军士们,都只畏惧他。正是:"山妻独霸蛇吞象[5],海贼封王鱼变龙。"

【番卜算】(丑扮杨婆持枪上)百战惹雌雄,血映燕支重[6]。(舞介)一枝枪洒落花风,点点梨花弄。(见举手介)大王千岁。奴家介胄在身,不拜了[7]。(净)娘娘,你可知大金皇帝,封俺做溜金王?(丑)怎么叫做溜金王?(净)溜者顺也。(丑)封你何事?(净)央俺骚扰淮扬三年。待俺兵粮齐集,一举渡江,灭了赵宋。那时还封俺为帝哩!(丑)有这等事!恭喜了。借此号令,买马招军。

【六幺令】如雷喧哄,紧辕门画鼓冬冬。哨尖儿飞过海云东[8]。(合)好男女,坐当中,淮扬草木都惊动。

第十九齣

【前腔】聚粮收众。选高蹄战马青骢。闪盔缨斜簇玉钗红。
（合前）

（净）群雄竞起向前朝，杜 甫 （丑）折戟沉沙铁未销。
　　　　　　　　　　　　杜 牧

　　平原好牧无人放，曹 唐　白草连天野火烧。王 维

注释

〔1〕世扰膻风，家传杂种——膻、杂种，都是古时对少数族的侮辱。世扰，世代养成。

〔2〕穿墙洞——指穿墙洞的小贼。

〔3〕汉儿学得胡儿语，又替胡儿骂汉人——《全唐诗》卷二十三司空图《河湟有感》："汉儿尽作胡儿语，却向城头骂汉人。"

〔4〕楚州——今江苏省淮安市。

〔5〕蛇吞象——《山海经·海内南经》："巴蛇食象，三岁而出其骨。"后来用来比喻贪得无厌。明罗洪先诗："人心不足蛇吞象。"

〔6〕燕支——胭脂。

〔7〕介胄在身，不拜——汉文帝刘恒到细柳营劳军，将军周亚夫手持武器，作揖为礼。他说："介胄之士，不拜，请以军礼见。"见《史记·绛侯周勃世家》。介胄，古代军人防身用的武装，以皮或铁制成。

〔8〕哨尖儿——探子。

第二十齣　闹　殇

【金珑璁】(贴上)连宵风雨重,多娇多病愁中。仙少效,药无功。"颦有为颦,笑有为笑[1]。不颦不笑,哀哉年少。"春香侍奉小姐,伤春病到深秋。今夕中秋佳节,风雨萧条。小姐病转沈吟,待我扶他消遣。正是:"从来雨打中秋月,更值风摇长命灯[2]。"(下)

【鹊桥仙】(贴扶病旦上)拜月堂空,行云径拥。骨冷怕成秋梦。世间何物似情浓?整一片断魂心痛。(旦)"枕函敲破漏声残[3],似醉如呆死不难。一段暗香迷夜雨,十分清瘦怯秋寒。"春香,病境沈沈,不知今夕何夕?(贴)八月半了。(旦)哎也,是中秋佳节哩。老爷,奶奶,都为我愁烦,不曾玩赏了?(贴)这都不在话下了。(旦)听见陈师父替我推命,要过中秋。看看病势转沈,今宵欠好。你为我开轩一望,月色如何?(贴开窗,旦望介)

【集贤宾】(旦)海天悠、问冰蟾何处涌[4]?玉杵秋空,凭谁窃药把嫦娥奉?甚西风吹梦无踪[5]!人去难逢,须不是神挑鬼弄。在眉峰,心坎里别是一般疼痛[6]。(旦闷介)

【前腔】(贴)甚春归无端厮和哄[7],雾和烟两不玲珑[8]。算来人命关天重[9],会消详、直恁匆匆[10]!为着谁侬[11],俏样子等闲抛送?待我谎他。姐姐,月上了。月轮空,敢蘸破你一床幽梦[12]。(旦望叹介)"轮时盼节想中秋,人到中秋不自由。奴命不中孤月照,残生今夜雨中休。"

【前腔】你便好中秋月儿谁受用?剪西风泪雨梧桐[13]。楞生瘦骨加沈重[14]。趱程期是那天外哀鸿[15]。草际寒蛩,撒刺刺纸条窗缝[16]。(旦惊作昏介)冷松松,软兀刺四梢难动[17]。(贴惊介)小姐冷厥了。夫人有请。(老旦上)"百岁少忧夫主贵,一生多病女儿娇。"我的儿,病体怎生了?(贴)奶奶,欠好,欠好。(老旦)可怎了!

【前腔】不提防你后花园闲梦铳[18],不分明再不惺忪[19],睡临侵打不起头梢[20]重。(泣介)恨不呵早早乘龙[21]。夜夜孤鸿,活害杀俺翠娟娟雏凤。一场空,是这答里把娘儿命送。

【啭林莺】(旦醒介)甚飞丝缱的阳神动[22],弄悠扬风马叮咚[23]。(泣介)娘,儿拜谢你了。(拜跌介)从小来觑的千金重,不孝女孝顺无终。娘呵,此乃天之数也。当今生花开一红,愿来生把萱椿再奉。(众泣介)(合)恨西风,一霎无端碎绿摧红。

【前腔】(老旦)并无儿、荡得个娇香种[24],绕娘前笑眼欢容。但成人索把俺高堂送[25]。恨天涯老运孤穷。儿呵,暂时间月直年空[26],返将息你这心烦意冗。(合前)(旦)娘,你女儿不幸,作何处置?(老旦)奔你回去也[27]。儿!

【玉莺儿】(旦泣介)旅榇梦魂中[28],盼家山千万重。(老旦)便远也去。(旦)是不是听女孩儿一言[29]。这后园中一株梅树,儿心所爱。但葬我梅树之下可矣。(老旦)这是怎的来?(旦)做不的病婵娟桂窟里长生[30],则分的粉骷髅向梅花古洞[31]。(老旦泣介)看他强扶头泪濛,冷淋心汗倾,不如我先他一命无常用。

(合)恨苍穹,妒花风雨,偏在月明中。(老旦)还去与爹讲,广做道场也。儿,"银蟾谩捣君臣药[32],纸马重烧子母钱[33]。"(下)(旦)春香,咱可有回生之日否?

【前腔】(叹介)你生小事依从,我情中你意中。春香,你小心奉事老爷奶奶。(贴)这是当的了。(旦)春香,我记起一事来。我那春容,题诗在上,外观不雅。葬我之后,盛着紫檀匣儿,藏在太湖石底。(贴)这是主何意儿?(旦)有心灵翰墨春容,傥直那人知重[34]。(贴)姐姐宽心。你如今不幸,孤坟独影。肯将息起来,禀过老爷,但是姓梅姓柳秀才,招选一个,同生同死,可不美哉!(旦)怕等不得了。哎哟,哎哟!(贴)这病根儿怎攻[35],心上医怎逢?(旦)春香,我亡后,你常向灵位前叫唤我一声儿。(贴)他一星星说向咱伤情重。(合前)(旦昏介)不好了,不好了,老爷奶奶快来!

【忆莺儿】(外、老旦上)鼓三鼕,愁万重。冷雨幽窗灯不红。听侍儿传言女病凶。(贴泣介)我的小姐,小姐!(外、老旦同泣介)我的儿呵,你捨的命终,抛的我途穷。当初只望把爹娘送。(合)恨匆匆,萍踪浪影,风剪了玉芙蓉。(旦作醒介)(外)快苏醒!儿,爹在此。(旦作看外介)哎哟,爹爹扶我中堂去罢。(外)扶你也,儿。(扶介)

【尾声】(旦)怕树头树底不到的五更风[36],和俺小坟边立断肠碑一统[37]。爹,今夜是中秋。(外)是中秋也,儿。(旦)禁了这一夜雨。(叹介)怎能够月落重生灯再红!(并下)(贴哭上)我的小姐,我的小姐,"天有不测之风云,人有无常之祸福。"我小姐一病伤春死了。痛杀了我家老爷、我家奶奶。列位看官们,怎了也!待我哭他一会。

【红衲袄】小姐,再不叫咱把领头香心字烧[38],再不叫咱把剔花灯红泪缴[39],再不叫咱拈花侧眼调歌鸟,再不叫咱转镜移肩和你点绛桃[40]。想着你夜深深放剪刀,晓清清临画藁。提起那春容,被老爷看见了,怕奶奶伤情,分付殉了葬罢。俺想小姐临终之言,依旧向湖山石儿靠也,怕等得个拾翠人来把画粉销[41]。老姑姑,你也来了。(净上)你哭得好,我也来帮你。

【前腔】春香姐,再不教你暖朱唇学弄箫。(贴)为此。(净)再不和你荡湘裙闲斗草。(贴)便是。(净)小姐不在,春香姐也松泛多少。(贴)怎见得?(净)再不要你冷温存热絮叨,再不要你夜眠迟、朝起的早。(贴)这也惯了。(净)还有省气的所在。鸡眼睛不用你做嘴儿挑[42],马子儿不用你随鼻儿倒。(贴啐介)(净)还一件,小姐青春有了,没时间做出些儿也[43],那老夫人呵,少不的把你后花园打折腰。(贴)休胡说!老夫人来也。(老旦哭介)我的亲儿。

【前腔】每日绕娘身有百十遭,并不见你向人前轻一笑。他背熟的班姬《四诫》从头学[44],不要得孟母三迁把气淘[45]。也愁他软苗条忒恁娇,谁料他病淹煎真不好。(哭介)从今后谁把亲娘叫也,一寸肝肠做了百寸焦。(老旦闷倒,贴惊叫介)老爷,痛杀了奶奶也。快来,快来!(外哭上)我的儿也,呀,原来夫人闷倒在此。

【前腔】夫人,不是你坐孤辰把子宿弔[46],则是我坐公堂冤业报。较不似老仓公多女好[47]。撞不着赛卢医他一病矫[48]。天,天,似俺头白中年呵,便做了大家缘何处消[49]?见放着小门楣生折倒[50]!夫人,你且自保重。便做你寸肠千断了也,则怕女儿呵,他望帝魂归不可招[51]。(丑扮院公上)"人间旧恨惊鸦去,天上新恩喜鹊来。"禀老爷,朝报高升[52]。(外看报介)吏部一本[53],奉圣旨:"金寇南窥,南安知府杜宝,可升安抚使[54],镇守淮扬。即日起程,不得违误。钦此[55]。"(叹介)夫人,朝旨催人北往,女丧不便西归。院子,请陈斋长讲话。(丑)老相公

闹　殇

有请。(末上)"彭殇真一壑[56],吊贺每同堂。"(见介)(外)陈先生,小女长谢你了。(末哭介)正是。苦伤小姐仙逝,陈最良四顾无门。所喜老公相乔迁[57],陈最良一发失所。(众哭介)(外)陈先生有事商量。学生奉旨,不得久停。因小女遗言,就葬后园梅树之下,又恐不便后官居住,已分付割取后园,起座梅花庵观,安置小女神位。就着这石道姑焚修看守。那道姑可承应的来?(净跪介)老道婆添香换水。但往来看顾,还得一人。(老旦)就烦陈斋长为便。(末)老夫人有命,情愿效劳。(老旦)老爷,须置些祭田才好。(外)有漏泽院二顷虚田[58],拨资香火。(末)这漏泽院田,就漏在生员身上。(净)咱号道姑,堪收稻谷[59]。你是陈绝粮,漏不到你。(末)秀才口吃十一方[60],你是姑姑,我还是孤老[61],偏不该我收粮?(外)不消争,陈先生收给。陈先生,我在此数年,优待学校。(末)都知道。便是老公相高升,旧规有诸生遗爱记、生祠碑文,到京伴礼送人为妙[62]。(净)陈绝粮,遗爱记是老爷遗下与令爱作表记么?(末)是老公相政迹歌谣。什么"令爱"!(净)怎么叫做生祠?(末)大祠宇塑老爷像供养,门上写着"杜公之祠"。(净)这等不如就塑小姐在傍,我普同供养。(外恼介)胡说!但是旧规,我通不用了。

【意不尽】陈先生,老道姑,咱女坟儿三尺暮云高,老夫妻一言相靠。不敢望时时看守,则清明寒食一碗饭儿浇。

　　(外)魂归冥漠魄归泉,　朱　褒　(老)使汝悠悠十八年。
　　　　曹　唐
　　(末)一叫一回肠一断,　李　白　(合)如今重说恨绵绵。
　　　　张　籍

注释

　　[1]颦有为颦,笑有为笑——当忧则忧,当喜则喜。一言一动,不能随便。原见《韩非子·内储说》。

〔2〕长命灯——昼夜点燃，祈求福寿。风摇长命灯，比喻生命危险。

〔3〕枕函——即枕匣，这里指枕头。

〔4〕冰蟾——月亮。

〔5〕甚西风吹梦无踪——李清照词《浪淘沙》："帘外五更风，吹梦无踪。"毛滂词《七娘子》："西风吹梦来无迹。"

〔6〕在眉峰，心坎里别是一般疼痛——李清照词《一翦梅》："此情无计可消除。才下眉头，却上心头。"

〔7〕厮和哄——厮，相。和哄，欺骗、调弄。

〔8〕雾和烟两不玲珑——意思说春天不好。雾、烟，代表春天。

〔9〕人命关天重——"人命事关天关地"，古代民间俗语。

〔10〕会消详、直恁匆匆——（原来以为）会慢慢地好了，（谁知）一下子就病成这个模样。消详，待一会儿的意思。

〔11〕侬——人。苏浙一带的方言。

〔12〕蘸破——点破、照破。

〔13〕剪——形容风吹落梧桐叶。

〔14〕楞生瘦骨加沈（chén）重——瘦骨峻嶒，（病情）更加严重了。

〔15〕趱程期——赶路、赶时辰。

〔16〕草际寒蛩，撒刺刺纸条窗缝——李清照词《行香子》："草际鸣蛩。"撒刺刺，形容风吹窗上纸片声。

〔17〕软兀剌四梢难动——软兀剌，软绵绵地。兀剌，原为蒙古语，用作词尾，不表达具体意义。四梢，四肢。梢，末梢。

〔18〕梦铳——睡梦。铳，瞌铳。

〔19〕不惺忪——神志不清爽。

〔20〕睡临侵——睡昏昏地。临侵，词尾，本身无意义。有时作写作淋浸，如第三十六齣"死淋浸"，第四十八齣"冷淋浸"，意思就是死死地、冷冷地。头梢——头。原指头发。这里是误用。元杂剧《桃花女》楔子〔端正好〕："坐着门楞，披着头梢。"又，《对玉梳》第三折〔迎仙客〕："把不定头梢儿竖。"

〔21〕乘龙——嫁个好女婿。东汉桓焉的两个女儿都嫁给大官。当

时人说他"两女俱乘龙"。见《初学记》。

〔22〕阳神——生魂。

〔23〕弄悠扬风马叮咚——马,指悬在檐间的铁马。全句,原来是风吹铁马,叮咚作响,把她的阳神从昏迷状态中惊醒过来。

〔24〕荡得个娇香种——好容易养住一个好女儿。荡,当即盪,飘盪不定的意思。

〔25〕高堂送——指给父母送终。

〔26〕月直年空——明朱墨本作"年冲月空"。冲克,如子、午相冲。空,空亡,如甲子旬无戌亥,戌亥为空亡。见《神峰通考》卷四。都是迷信的说法。冲、空,大不利,这里指丽娘病危。或,月值年灾,戏曲中的熟语,意即某年或某月命定的灾厄。这里为协韵改动了灾字。

〔27〕奔——这里是指把遗体送走。

〔28〕旅梓——寄存外乡的棺木。

〔29〕是不是——无论如何、不管怎样。

〔30〕做不的病婵娟桂窟里长生——做不成带病的嫦娥住在月宫里长生不死。婵娟,指嫦娥。桂窟,月窟、月宫。古代神话,嫦娥是偷吃了长生不死药飞到月宫里去的。

〔31〕分(fèn)——应分、应该。

〔32〕银蟾谩捣君臣药——谩,徒然。君臣药,药。君臣,中医配药的方法。主治药品叫君,辅助药品叫臣。

〔33〕纸马重烧子母钱——纸马,一名甲马。纸上以彩色画神像,祭奠时用,用毕即焚化。子母钱,这里指纸钱。

〔34〕傥直那人知重——傥,即倘,也许。直,值,碰到。知重,知心、爱重。

〔35〕攻——医治。

〔36〕怕树头树底不到的五更风——怕满树的花朵,不待五更风的吹折,就已经落尽了。《全唐诗》卷十一王建《宫词》一百首之一:"树头树底觅残红,一片西飞一片东。自是桃花贪结子,错教人恨五更风。"

〔37〕一统——一方。

〔38〕心字——香名,成心字形的香篆。

〔39〕红泪缴——红泪,红蜡烛点燃时流下来的蜡液。缴,作揩了解。浙赣一带方言的音写。

〔40〕点绛桃——点,点染;绛桃,喻红红的嘴唇。

〔41〕拾翠人——拾取翠鸟羽毛的人。参看第十二齣注〔44〕,这里借指拾画的人。全句,怕等着拾画的人来到,画上的彩色已经褪掉。

〔42〕鸡眼睛不用你做嘴儿挑——鸡眼睛,病名,皮肤上的小硬结,常生于足蹠部及趾侧,状如鸡眼。做嘴儿挑,因有臭气,挑时努嘴作势。

〔43〕没时间做出些儿也——不知甚么时候做出些儿事来。事,指儿女私情。

〔44〕班姬《四诫》——汉班昭(姬)作《女诫》七篇,但是在明代一般通行的只有四篇。这是培养封建道德的一种妇女读物。见《闺范》卷一。

〔45〕孟母三迁——孟母,孟轲的母亲。她看到居住环境不好,孩子跟着学坏了。为此迁居三次,最后定居在学校附近。见《列女传》。

〔46〕坐孤辰把子宿罴——命不好,没有儿子。孤辰,如甲子旬中无戌亥,戌亥即为孤辰。这里辰指地支(子丑……戌亥)。见《史记·龟策列传》裴注。孤辰、寡宿主孤寡。见《神峰通考》卷四。子宿,子星。罴,虚无。都是迷信的说法。

〔47〕较不似老仓公多女好——较不似,比不上、不如。老仓公,即名医淳于意。汉代临淄人。做过太仓长的官,称仓公。他没有儿子,只有五个女儿。他曾经有罪,要受肉刑,他最小的女儿缇萦为他上书救免。见《史记·仓公列传》。

〔48〕撞不着赛卢医他一病蹻——意思说,遇不到良医,她因而死去了。赛,赛过,比得上。卢医,指战国时代良医扁鹊。他原来姓秦名越人。住在卢(今山东长清县境),世称卢医。蹻,翘,这里是死的意思。

〔49〕家缘——家计,指家产。

〔50〕生——硬生生地、活生生地。

〔51〕望帝魂归不可招——魂招不回来,死而不能复生。望帝,传说蜀王杜宇,自称望帝。死后化为杜鹃鸟。见《成都记》。

〔52〕朝报——古代的政府公报。

〔53〕吏部——古代中央级的政府机关，六部之一。管理文职官员的铨叙、任免、赏罚等事。

〔54〕安抚使——宋代官制，安抚使主管一个地区的军政大事，以知州兼任。

〔55〕钦此——宋代以后圣旨的末了向例以"钦此"作结束。钦，尊敬；与皇帝有关的事物名，上加钦字，以示敬意。如钦命、钦差。

〔56〕彭殇真一壑——长寿和短命都逃不出一死。这是道家的看法。彭，彭祖，传说中寿命最长的人，活到八百岁。殇，殇子，未成年即夭折的人。壑，坑谷，指埋葬的地方。

〔57〕乔迁——迁居、升官，这里是后面的一个意义。《诗·小雅·伐木》："出自幽谷，迁于乔木。"

〔58〕漏泽院——宋代官设的埋葬地，和义冢差不多。

〔59〕稻谷——与道姑谐音。

〔60〕口吃十一方——和尚口吃十方，住在庙里的秀才连和尚的也要吃，所以说口吃十一方。

〔61〕孤老——一指妓院的嫖客，一指年老的孤独汉。这里是后面的一个意义。孤老，与谷稻谐音。

〔62〕到京伴礼送人——明代官场风气：送礼是为了结纳朝官，附以遗爱记、生祠碑文，是吹嘘自己官做得好，以之作为谋求升官的手段。剧中借诨语加以指斥和嘲笑。

第二十一齣　謁　遇

【光光乍】(老旦扮僧上)一領破袈裟,香山嶴里巴[1]。多生多寶多菩薩[2],多多照証光光乍[3]。小僧廣州府香山嶴多寶寺一個住持[4]。這寺原是番鬼們建造[5],以便迎接收寶官員[6]。茲有欽差苗爺任滿[7],祭寶於多寶菩薩位前,不免迎接。

【挂真兒】(净扮苗舜賓,末扮通事[8],外、貼扮皂卒,丑扮番鬼上)半壁天南開海漢,向真珠窟里排衙[9]。(僧接介)(合)廣利神王[10],善財天女[11],聽梵放海潮音下[12]。(净)"銅柱珠崖道路難,伏波橫海舊登壇[13]。越人自貢珊瑚樹,漢使何勞獬豸冠[14]?"自家欽差識寶使臣苗舜賓便是。三年任滿,例當祭賽多寶菩薩。通事那里?(末見介)(丑見介)伽喇喇。(老旦見介)(净)叫通事,分付番回獻寶[15]。(末)俱已陳設。(净起看寶介)奇哉寶也。真乃磊落山川,精熒日月。多寶寺不虛名矣!看香。(內鳴鐘,净禮拜介)

【亭前柳】(净)三寶唱三多[16],七寶妙無過[17]。莊嚴成世界,光彩遍娑婆[18]。甚多,功德無邊闊。(合)領拜南無[19],多得寶,寶多羅多羅。(净)和尚,替番回海商,祝贊一番。

【前腔】(老旦)大海寶藏多,船舫遇風波。商人持重寶,險路

怕经过。刹那,念彼观音脱[20](合前)

【挂真儿】(生上)望长安西日下[21],偏吾生海角天涯。爱宝的喇嘛[22],抽珠的佛法[23],滑琉璃两下难拿[24]。自笑柳梦梅,一贫无赖,弃家而游。幸遇钦差寺中祭宝,托词进见。倘言语中间,可以打动,得其赈援,亦未可知。(见外介)(生)烦大哥通报一声。广州府学生员柳梦梅,来求看宝。(报介)(净)朝廷禁物[25],那许人观。既係斯文[26],权请相见。(见介)(生)"南海开珠殿[27]。(净)西方掩玉门[28]。(生)剖怀俟知己。(净)照乘接贤人[29]。"敢问秀才以何至此?(生)小生贫苦无聊。闻得老大人在此赛宝,愿求一观,以开怀抱。(净笑介)既逢南土之珍,何惜西昆之秘[30]。请试一观。(净引生看宝介)(生)明珠美玉,小生见而知之。其间数种,未委何名?烦老大人一一指教。

【驻云飞】(净)这是星汉神砂[31],这是煮海金丹和铁树花[32]。少什么猫眼精光射[33],母碌通明差[34]。嗏,这是鞴鞨柳金芽[35],这是温凉玉斝[36],这是吸月的蟾蜍[37],和阳燧冰盘化[38]。(生)我广南有明月珠[39],珊瑚树。(净)径寸明珠等让他[40],便是几尺珊瑚碎了他[41]。(生)小生不游大方之门[42],何因睹此!

【前腔】天地精华,偏出在番回到帝子家[43]。禀问老大人,这宝来路多远?(净)有远三万里的,至少也有一万多程。(生)这般远,可是飞来,走来?(净笑介)那有飞走而至之理。都因朝廷重价购求,自来贡献。(生叹介)老大人,这宝物蠢尔无知,三万里之外,尚然无足而至;生员柳梦梅,满胸奇异,到长安三千里之近,倒无一人购取,有脚不能飞!他重价高悬下,那市舶能奸诈[44],嗏,浪把宝船挬[45]。(净)疑惑这宝物欠真么?(生)老大人,便是真,饥不可食,寒不可衣[46],看他似虚舟飘瓦[47]。(净)依秀才说,

115

第二十一齣

何为真宝？(生)不欺,小生到是个真正献世宝[48]。我若载宝而朝,世上应无价。(净笑介)则怕朝廷之上,这样献世宝也多着。(生)但献宝龙宫笑杀他,便斗宝临潼也赛得他[49]。(净)这等便好献与圣天子了。(生)寒儒薄相,要伺候官府,尚不能够。怎见的圣天子？(净)你不知到是圣天子好见。(生)则三千里路资难处。(净)一发不难。古人黄金赠壮士,我将衙门常例银两[50],助君远行。(生)果尔,小生无父母妻子之累,就此拜辞。(净)左右,取书仪[51],看酒。(丑上)"广南爱吃荔枝酒,直北偏飞榆荚钱。"酒到,书仪在此。(净)路费先生收下。(生)谢了。(净送酒介)

【三学士】你带微醺走出这香山罅[52],向长安有路荣华。(生)无过献宝当今驾[53],撒去收来再似他。(合)骤金鞭及早把荷衣挂[54],望归来锦上花。

【前腔】(生)则怕呵,重瞳有眼苍天瞎[55],似波斯赏鉴无差[56]。(净)由来宝色无真假,只在淘金的会拣沙。(合前)(生)告行了。

【尾声】你赠壮士黄金气色佳。(净)一杯酒酸寒奋发,则愿的你呵,宝气冲天海上槎[57]。

(生)乌纱巾上是青天,_{司空图}　(净)俊骨英才气俨然。_{刘长卿}

(生)闻道金门堪济美[58],_{张南史}　(净)临行赠汝绕朝鞭[59]。_{李　白}

注释

〔1〕巴——指寺庙。明代澳门耶稣会圣保罗教堂 San Paolo 译为三巴寺。明末吴历《墨井集》卷三即名《三巴集》,里面都是他寓居澳门时所作诗。这里当是为押韵而勉强用这个字。

〔2〕多宝——多宝如来,宝净国的佛名。见《妙法莲华经·宝塔品》。

〔3〕光光乍——疑指光头,和尚自嘲的话。原是铙钹声的音写。

〔4〕住持——主持寺院的和尚。

〔5〕番鬼——明代称外国人为番鬼,犹如清代称外国人为洋鬼子。这里指洋商。

〔6〕收宝——收购珍宝。

〔7〕钦差——明代以后,为处理某项事件,特别委派的大臣。

〔8〕通事——翻译。

〔9〕真珠窟——我国南海产真珠,这里指香山嶴。参看第六齣注〔37〕。

〔10〕广利神王——唐天宝十载封南海神为广利王。见《唐会要》卷四十七。又据《仇池笔记》卷下《广利王召》的记载,海神广利王富有奇珍异宝。

〔11〕善财天女——善财,佛弟子名。佛家神话传说,他出生时,种种珍宝自然涌出,因而得名,称为善财童子。见《华严经·入法界品》。天女,欲界天的女性。见《维摩诘经·观众生品》。

〔12〕听梵放海潮音下——梵,这里是梵音、梵呗的意思,指说佛法、诵经、歌赞等。下文海潮音,形容梵音。海潮音庄严宏大,又及时而至,本来用以形容观世音菩萨应时说法。见《法华经·观世音菩萨普门品》。

〔13〕铜柱珠崖道路难,伏波横海旧登坛——东汉马援,曾被封为伏波将军,渡海经略交趾。他在今广西僮族自治区上思县分茅岭建铜柱,以为分疆标志。见《后汉书》卷五十四本传及附注。珠崖,汉代郡名,今海南岛东部。古代以产珠著名。登坛,拜将。两句意思说,路途险阻,古时只有马援曾经到过。又,汉有横海将军韩说,见《汉书》卷九十五。

〔14〕越人自贡珊瑚树,汉使何劳獬豸冠——獬豸冠,冠名,指御史,这里指使臣。两句意思说,珊瑚树是越人自贡,用不着朝廷派使臣去索取。这四句诗见《全唐诗》卷七张谓《杜侍御送贡物戏赠》。

〔15〕番回——回教徒、阿剌伯人,或指他们的国家。这里泛指航海

到中国来的外国商人。

〔16〕三宝——佛家以佛、法、僧为三宝。此指僧人。下文三多,佛家语。"三多成就:一近善友,二闻法音,三恶露观。"恶露观,观自身不净。见《长阿含经》。

〔17〕七宝——七种宝物,但说法不一,如《法华经》以金、银、瑠璃、砗磲、玛瑙、珍珠、玫瑰为七宝。

〔18〕娑婆——释迦佛所教化的三千大千世界,统称娑婆世界。佛家的说法。娑婆,梵语,义译为堪忍,言世界众生能忍受种种烦恼。见《法华玄赞》。

〔19〕南无(nà mó)——梵语,义译为归命、敬礼。

〔20〕刹那(nuó),念彼观音脱——观音,观世音菩萨。佛家说,苦难的人一念观音的佛名,菩萨就看见(观)人的音声,使他得到解脱,所以叫观音。"念彼观音脱",《观世音菩萨普门品》中的一句偈语。刹那,梵语,最短的时间;这里和立刻相似。

〔21〕长安——汉代的首都所在地,后来一般用作京城的代词。

〔22〕喇嘛——西藏语,最胜无上的意思,出家的男子的称号。这里泛指和尚。

〔23〕抽珠——念一声佛或一遍经,在数珠上抽一粒珠子以记数。此外,可作抽取珠宝解,有双关的意思。

〔24〕滑琉璃两下难拿——说爱宝的喇嘛、抽珠的佛法,两者都靠不住,像琉璃一样圆滑得很,不能指望他们的帮助。

〔25〕禁物——朝廷专有,不许私人用的东西。

〔26〕斯文——儒者,读书人。

〔27〕珠殿——五代刘䶮在广州自立为王,史称南汉。他穷极奢侈,广聚南海珠玑,建立玉堂珠殿。见《旧五代史·僭伪列传》。

〔28〕西方掩玉门——意思说,不要再向玉门关外去求宝玉了。玉门关,在甘肃省,古代中国本部到西域的交通要道。玉门关外昆仑山、于阗(今新疆维吾尔自治区和阗),都是玉石的著名产地。

〔29〕照乘——特大的珍珠。据说它的光亮能照见许多车辆(乘)。

见《史记·田敬仲完世家》。这里喻贤人。

〔30〕西昆之秘——这里是指西方昆仑山的秘藏,即宝玉。西昆,原是帝王藏书处。

〔31〕星汉神砂——星汉砂,一种红黄类宝石。

〔32〕煮海金丹——比星汉砂更名贵的红黄类宝石。《天工开物》卷十八《珠玉》云:"星汉砂以上犹有煮海金丹,此等皆西番产。"铁树花——铁树开花,指不可能的事情,这里用来指一种稀罕的宝物。铁树,凤尾蕉的俗名,开花并不太难,与传说不符。或说,铁树每逢丁卯年开花,即每六十年开一次花。见黄一正《事物绀珠》。

〔33〕猫眼——即猫睛石,一种宝石。光彩变幻,像猫的眼睛。

〔34〕母碌——祖母绿,阿剌伯文翡翠的音译,一种绿色的宝玉。

〔35〕靺鞨(mò hé)——建立金代统治的女真族在隋、唐时代叫靺鞨。这里是指靺鞨所产的红色宝石。"大如巨栗,赤如樱桃"。见《旧唐书·肃宗本记》。柳金芽,不详。

〔36〕温凉玉斝(jiǎ)——原名四季温凉玉盏,秦国宝物。里面盛的饮料或温或凉,尽如人意。见《孤本元明杂剧·临潼斗宝》第三折。

〔37〕吸月的蟾蜍——待考。或指名为玉蟾蜍的一个宝物。放在点着的香炉旁边,它会把烟吸入腹内。过了许久,烟又从玉蟾蜍的口内徐徐吐出。见《稗史类编》。

〔38〕阳燧冰盘化——阳燧,珠名,传说是大食(阿剌伯)的国宝。见《太平广记》卷三十四《崔炜》。汉代董偃以玉晶盘贮冰。冰盘被人拂倒,冰也化了。见《三辅黄图》卷三。

〔39〕明月珠——大的夜明珠。

〔40〕径寸明珠——相传有波斯人在中国一方石中剖得一枚直径一寸的大珠。他泛船回国,宝珠为海神强求而去。见《太平广记》卷四○二《径寸珠》。

〔41〕几尺珊瑚碎了他——晋代王恺与石崇争富。王恺拿出皇帝赐他的三尺许高的珊瑚树。石崇看见了,用铁如意把它敲碎,以高三、四尺的珊瑚树六、七株拿出来作赔偿。见《晋书》卷三十三。珊瑚,腔肠动物珊

瑚类的骨骼所形成的树枝状的群体。装饰用。产地在热带海底。

〔42〕大方之门——大方之家,原指有道的人。语本《庄子·秋水》。这里指祭宝的大场面。

〔43〕帝子家——朝廷。帝子,这里就是指皇帝。

〔44〕市舶——这里指外国商船。市舶司,据《万历野获编》卷十二,明代在广州设有市舶司,主管对外贸易。能,这样。

〔45〕抪——同划。

〔46〕饥不可食,寒不可衣——《汉书·食货志》第四,晁错云:"夫珠玉金银,饥不可食,寒不可衣,然而众贵之者,以上用之故也。"

〔47〕虚舟飘瓦——虚舟,空的船;飘瓦,飘落下来的瓦片:比喻无用的东西。见《庄子·山木、达生》,但与原意不同。

〔48〕献世宝——即现世宝,罕有的宝物。后文苗舜宾说的献世宝,用以指人,有鄙薄、讽刺的意思。

〔49〕便斗宝临潼——便,即如、就是。传说秦穆公为并吞天下十七国诸侯,要每个国家拿出宝物一件,在临潼斗赛。见《孤本元明杂剧·临潼斗宝》。

〔50〕常例银两——旧时代官员按定规所享有的一种额外收入,如下属的馈送、浮收的赋税等,其实是变相的贪污。

〔51〕书仪——馈赠的钱物。

〔52〕罅——裂缝,这里指山口。

〔53〕当今——指当时在位的皇帝。

〔54〕把荷衣挂——指做官,不再穿没有做官时的服装(荷衣)。挂,脱了挂起来,不穿的意思。

〔55〕重瞳——原指虞舜,这里作皇帝的代称。

〔56〕波斯——相传波斯人善识宝。

〔57〕海上槎——比喻爬上去、做官。神话传说,年年八月海上有浮槎来往,有人乘槎一直到了天河上。见《博物志》卷三。槎,浮在水上的木筏。

〔58〕金门——汉宫有金马门,简称金门,指朝廷。

〔59〕临行赠汝绕朝鞭——春秋晋大夫士会亡命在秦国,后来设计逃回晋国,临走时,秦大夫绕朝送给他一条策(马鞭),对他说:"你不要以为秦国没有人能识穿你的计策,不过这次国君刚巧不听我的话罢了。"士会回到晋国做了大官。见《左传·文公十三年》。这里是送人路费,让他奔赴前程的意思,和原意有出入。

第二十二齣　旅　寄

【捣练子】(生伞、袱,病容上)人出路,鸟离巢。(内风声介)搅天风雪梦牢骚。这几日精神寒冻倒。"香山嶴里打包来[1],三水船儿到岸开[2]。要寄乡心值寒岁,岭南南上半枝梅[3]。"我柳梦梅。秋风拜别中郎[4],因循亲友辞饯。离船过岭[5],早是暮冬。不堤防岭北风严,感了寒疾,又无扫兴而回之理。一天风雪,望见南安。好苦也!

【山坡羊】树槎牙饿鸢惊叫[6],岭迢遥病魂孤吊。破头巾氊打风筛,透衣单伞做张儿哨[7]。路斜抄,急没个店儿捎[8]。雪儿呵,偏则把白面书生奚落。怎生冰凌断桥,步高低蹬着。好了。有一株柳,酬将过去[9]。方便处柳跎腰[10]。(扶柳过介)虚嚣[11],尽枯杨命一条。蹊跷[12],滑喇沙跌一交。(跌介)

【步步娇】(末上)俺是个卧雪先生没烦恼[13]。背上驴儿笑,心知第五桥[14]。那里开年有斋村学[15]!(生作哎呀介)(末)怎生来人怨语声高?(看介)呀,甚城南破瓦窑[16],闪下个精寒料[17]。(生)救人,救人!(末)我陈最良,为求馆冲寒到此。彩头儿恰遇着吊水之人,且由他去。(生又叫介)救人!(末)听说救人,那里不是积福处。俺试问他。(问介)你是何等之人,失脚在此?(生)

俺是读书之人。(末)委是读书之人,待俺扶起你来。(末扶生,相跌,诨介)(末)请问何方至此?

【风入松】(生)五羊城一叶过南韶[18],柳梦梅来献宝。(末)有何宝货?(生)我孤身取试长安道,犯严寒少衾单病了。没揣的逗着断桥溪道,险跌折柳郎腰。(末)你自揣高中的,方可去受这等辛苦。(生)不瞒说,小生是个擎天柱,架海梁[19]。(末笑介)却怎生冻折了擎天柱,扑倒了紫金梁?这也罢了,老夫颇谙医理。边近有梅花观,权将息度岁而行。

【前腔】(末)尾生般抱柱正题桥[20],做倒地文星佳兆[21]。论草包似俺堪调药[22],暂将息梅花观好。(生)此去多远?(末指介)看一树雪垂垂如笑[23],墙直上绣幡飘。(生)这等望先生引进。

(生)三十无家作路人,薛据 (末)与君相见即相亲。
王维

(生)华阳洞里仙坛上[24],白居易 (合)似近东风别有因。
罗隐

注释

〔1〕 打包——打包裹,指收拾行装。

〔2〕 三水——地名,在广州西,当西江、北江合流处。

〔3〕 要寄乡心值寒岁,岭南南上半枝梅——六朝宋陆凯在江南把一枝梅花寄给他的友人范晔,附了一首诗:"折梅逢驿使,寄与陇头人。江南无所有,聊赠一枝春。"见《荆州记》。

〔4〕 中郎——官名,疑指识宝使臣苗舜宾。此两句或作"秋风拜别,中即因循。亲友辞饯。"

〔5〕 岭——指梅岭。

〔6〕 槎牙——也写作查牙、楂枒、杈枒,形容老树枯枝纵横。

〔7〕透衣单伞做张儿哨——风吹过破纸伞,呜呜作响(好像一个哨子在吹着),寒透了单衣。张儿,一个儿。

〔8〕捎——同哨,瞧见。捎有寄托意,或作寄宿解。

〔9〕酾——扶。方言。

〔10〕柳跎腰——柳树斜横水上,好像驼腰一样。跎,作驼字解,音同。

〔11〕虚嚣——虚浮,不可靠。这里指柳树枯了,扶着不牢、不稳。

〔12〕蹊跷——可疑、难解。这里可作不知怎的解。

〔13〕卧雪先生——说自己安贫乐道。原是东汉袁安的故事。洛阳大雪,他一个人僵卧在家里,不愿出去求人。见《后汉书》卷七十五附注。

〔14〕背上驴儿笑,心知第五桥——在驴背上,见它脚步轻快,心知第五桥快到了。第五桥,在长安韦曲之西。杜甫诗《陪郑广文游何将军山林》:"不识南塘路,今知第五桥。"见《草堂诗集》卷三。这里只是指一座桥。

〔15〕斋村学——村塾。陈最良出来找一个地方坐馆(教书)。

〔16〕破瓦窑——指吕蒙正青年时贫穷在破窑受苦的故事。元代王实甫有《吕蒙正风雪破窑记》杂剧,见《孤本元明杂剧》。

〔17〕精寒料——穷光蛋。

〔18〕五羊城一叶过南韶——五羊城,广州的别名。神话传说,吴修做广州刺史,有五位仙人骑五色羊,负五谷而来。见《南部新书》庚部。一叶,指一只小船。南韶,即韶州,今广东曲江。

〔19〕擎天柱,驾海梁——戏曲中常以擎天白玉柱、驾海紫金梁比喻朝廷将、相,有出息的读书人。

〔20〕尾生般抱柱正题桥——这里有两个典故,都同桥和书生有关。尾生般抱柱,传说尾生约定他的爱人在桥下相会。尾生先到,遇到河上涨水,他不肯离开,竟被淹死。见《庄子·盗跖》。题桥,传说汉代辞赋作家司马相如初入长安,经过成都升仙桥。他在桥柱上题了一行字:"不乘赤车驷马,不过此下。"见《西京杂记》。

〔21〕倒地文星——文星,文曲星,迷信传说中主文的星宿。由文

星——奎星讹为魁星。塑像是一个鬼以一只脚翘起踢斗,好像要倒下来一样。

〔22〕草包——没有学问的人。

〔23〕看一树雪垂垂如笑——看那树上下垂的雪一样的梅花好像在微笑。参看第十二齣注〔15〕。

〔24〕华阳洞——指梅花观。《白香山集》卷十三《春题华阳观》:"帝子吹箫逐凤皇,空留仙洞号华阳。"华阳观与秦弄玉、萧史的故事有关,这里作恋爱的典故用。

第二十三齣　冥　判

北【点绛唇】(净扮判官,丑扮鬼持笔、簿上)十地宣差[1],一天封拜。阎浮界[2],阳世栽埋[3],又把俺这里门桯迈[4]。自家十地阎罗王殿下一个胡判官是也[5]。原有十位殿下,因阳世赵大郎家[6],和金达子争占江山[7],损折众生,十停去了一停,因此玉皇上帝[8],照见人民稀少,钦奉裁减事例。九州九个殿下[9],单减了俺十殿下之位,印无归着。玉帝可怜见下官正直聪明[10],着权管十地狱印信。今日走马到任,鬼卒夜叉[11],两傍刀剑,非同容易也。(丑捧笔介)新官到任,都要这笔判刑名[12],押花字。请新官喝采他一番。(净看笔介)鬼使,捧了这笔,好不干系也[13]。
【混江龙】这笔架在那落迦山外[14],肉莲花高耸案前排[15]。捧的是功曹令史[16],识字当该[17]。(丑)笔管儿?(净)笔管儿是手想骨、脚想骨[18],竹筒般到的圆滴溜[19]。(丑)笔毫?(净)笔毫呵,是牛头须[20]、夜叉发,铁丝儿揉定赤支毸[21]。(丑)判爷上的选哩[22]?(净)这笔头公[23],是遮须国选的人才[24]。(丑)有甚名号?(净)这管城子[25],在夜郎城受了封拜[26]。(丑)判爷兴哩?(净作笑舞介)啸一声,支兀另汉钟馗其冠不正[27]。舞一回,疏喇沙斗河魁近墨者黑[28]。(丑)喜哩?(净)

喜时节,漆河桥题笔儿要去[29]。(丑)闷呵?(净)闷时节,鬼门关投笔归来。(丑)判爷可上榜来[30]?(净)俺也曾考神祇,朔望旦名题天榜[31]。(丑)可会书来?(净)摄星辰,井鬼宿[32],俺可也文会书斋。(丑)判爷高才。(净)做弗迭鬼仙才[33],白玉楼摩空作赋;陪得过风月主,芙蓉城遇晚书怀[34]。便写不尽四大洲转轮日月[35],也差的着五瘟使号令风雷[36]。(丑)判爷见有地分[37]?(净)有地分,则合北斗司、阎浮殿,立俺边傍[38];没衙门,却怎生东岳观、城隍庙,也塑人左侧[39]。(丑)让谁?(净)便百里城高捧手[40],让大菩萨,好相庄严乘坐位[41]。(丑)恼谁?(净)怎三尺土[42],低分气[43],对小鬼卒,清奇古怪立基阶。(丑)纱帽古气些。(净)但站脚,一管笔、一本簿,尘泥轩冕[44]。(丑)笔干了。(净)要润笔[45],十锭金、十贯钞,纸陌钱财[46]。(丑)点鬼簿在此。(净)则见没据三展花分鱼尾册[47],无赏一挂日子虎头牌[48]。真乃是鬼董狐落了款[49],《春秋传》某年某月某日下[50],崩薨葬卒大注脚[51]。假如他支祈兽上了样,把禹王鼎各山各水各路上,魈魈魑魅细分腮[52]。(丑)待俺磨墨。(净)看他子时砚,忔忔察察[53],乌龙蘸眼显精神[54]。(丑)鸡唱了。(净)听丁字牌,冬冬登登[55],金鸡蓟梦追魂魄。(丑)禀爷点卷。(净)但点上格子眼,串出四万八千三界[56],有漏人名[57],乌星炮粲[58]。怎按下笔尖头,插入一百四十二重无间地狱,铁树花开[59]。(丑)大押花。(净)哎也,押花字,止不过发落簿判、烧、舂、磨一灵儿[60]。(丑)少一个请字[61]。(净)登请书,左则是那虚无堂,瘫、痨、蛊、膈四正客[62]。(丑)吊起称竿来。(众卒应介)(净)髪称竿,看业重身轻[63],衡石程书秦狱吏[64]。(内作"哎哟",叫"饶也,苦也"介)(丑)

隔壁九殿下拷鬼。(净)肉鼓吹[65],听神啼鬼哭,毛钳刀笔汉乔才[66]。这时节呵,你便是没关节包待制、"人厌其笑"[67]。(内哭介)恁风景,谁听的无棺椁颜修文、"子哭之哀"[68]!(丑)判爷害怕哩。(净恼介)哎,《楼炭经》,是俺六科五判[69]。刀花树,是俺九棘三槐[70]。脸娄搜风髯赳赳[71]。眉剔竖电目崖崖[72]。少不得中书鬼考,录事神差[73]。比著阳世那金州判、银府判、铜司判、铁院判[74],白虎临官[75],一样价打贴刑名催伍作[76];实则俺阴府里注湿生,牒化生,准胎生,照卵生[77],青蝇报赦[78],十分的磊齐功德转三阶[79]。威凛凛人间掌命,颤巍巍天上消灾。叫掌案的[80],这簿上开除都也明白[81]。还有几宗人犯,应该发落了?(贴扮吏上)"人间勾令史,地下列功曹[82]。"禀爷,因缺了殿下,地狱空虚三年。则有枉死城中轻罪男子四名[83],赵大、钱十五、孙心、李猴儿;女囚一名,杜丽娘:未经发落。(净)先取男犯四名。(生、末、外、老旦扮四犯,丑押上)(丑)男犯带到。(净点名介)赵大有何罪业,脱在枉死城?(生)鬼犯没甚罪。生前喜歌唱些。(净)一边去。叫钱十五。(末)鬼犯无罪。则是做了一个小小房儿,沉香泥壁[84]。(净)一边去。叫孙心。(老旦)鬼犯些小年纪,好使些花粉钱[85]。(净)叫李猴儿。(外)鬼犯是有些罪,好男风[86]。(丑)是真。便在地狱里,还勾上这小孙儿。(净恼介)谁叫你插嘴!起去伺候。(做写簿介)叫鬼犯听发落。(四犯同跪介)(净)俺初权印,且不用刑。赦你们卵生去罢。(外)鬼犯们禀问恩爷,这个卵是什么卵?若是回回卵[87],又生在边方去了。(净)哇,还想人身?向蛋壳里走去。(四犯泣介)哎。被人宰了!(净)也罢,不教阳间宰吃你。赵大喜歌唱,贬做黄莺儿。(生)好了。做莺莺小姐去[88]。(净)钱十五住香泥房子。也罢,准你去燕窠里受用,做个小小燕儿。(末)恰好做飞燕娘娘哩[89]。

(净)孙心使花粉钱,做个蝴蝶儿。(外)鬼犯便和孙心同做蝴蝶去。(净)你是那好男风的李猴,着你做蜜蜂儿去,屁窟里长拖一个针。(外)哎哟,叫俺钉谁去?(净)四位虫儿听分付:

【油葫芦】蝴蝶呵,你粉版花衣胜翦裁[90];蜂儿呵,你忒利害,甜口儿咋着细腰揌[91];燕儿呵,斩香泥弄影钩帘内[92];莺儿呵,溜笙歌警梦纱窗外:恰好个花间四友无拘碍[93]。则阳世里孩子们轻薄,怕弹珠儿打的呆[94],扇梢儿扑的坏,不枉了你宜题入画高人爱,则教你翅挪儿展将春色闹场来[95]。(外)俺做蜂儿的不来,再来钉肿你个判官脑。(净)讨打。(外)可怜见小性命。(净)罢了。顺风儿放去,快走快走。(净噀气介)[96](四人做各色飞下)(净做向鬼门嘘气映声介[97])(丑带旦上)"天台有路难逢俺,地狱无情欲恨谁?"女鬼见。(净抬头背介[98])这女鬼到有几分颜色!

【天下乐】猛见了荡地惊天女俊才,哈也麽哈[99],来俺里来。(旦叫苦介)(净)血盆中叫苦观自在[100]。(丑耳语介)判爷权收做个后房夫人。(净)哜,有天条[101],擅用囚妇者斩。则你那小鬼头胡乱筛[102],俺判官头何处买?(旦叫哎介)(净回身)是不曾见他粉油头忒弄色[103]。叫那女鬼上来。

【那吒令】瞧了你润风风粉腮[104],到花台、酒台?溜些些短钗[105],过歌台、舞台?笑微微美怀,住秦台、楚台[106]?因甚的病患来?是谁家嫡支派?这颜色不像似在泉台[107]。(旦)女囚不曾过人家[108],也不曾饮酒,是这般颜色。则为在南安府后花园梅树之下,梦见一秀才,折柳一枝,要奴题咏。留连婉转,甚是多情。梦醒来沈吟,题诗一首:"他年若傍蟾宫客,不是梅边是柳边。"为此感伤,坏了一命。(净)谎也。世有一梦而亡之理?

【鹊踏枝】一溜溜女婴孩[109],梦儿里能宁耐[110]!谁曾挂圆梦招牌[111],谁和你拆字道白[112]?哈也麽哈,那秀才何在?

第二十三齣

梦魂中曾见谁来?(旦)不曾见谁。则见朵花儿闪下来,好一惊。(净)唤取南安府后花园花神勘问。(丑叫介)(末扮花神上)"红雨数番春落魄[113],《山香》一曲女消魂[114]。"老判大人请了。(举手介)(净)花神,这女鬼说是后花园一梦,为花飞惊闪而亡。可是?(末)是也。他与秀才梦的绵缠,偶尔落花惊醒。这女子慕色而亡。(净)敢便是你花神假充秀才,迷误人家女子?(末)你说俺着甚迷他来?(净)你说俺阴司里不知道呵!

【后庭花滚】但寻常春自在,恁司花忒弄乖[115]。眨眼儿偷元气艳楼台[116]。克性子费春工淹酒债[117]。恰好九分态,你要做十分颜色。数着你那胡弄的花色儿来[118]。(末)便数来。碧桃花[119]。(净)他惹天台。(末)红梨花[120]。(净)扇妖怪。(末)金钱花。(净)下的财[121]。(末)绣球花。(净)结得采。(末)芍药花[122]。(净)心事谐。(末)木笔花。(净)写明白。(末)水菱花。(净)宜镜台。(末)玉簪花。(净)堪插戴。(末)蔷薇花。(净)露渲腮[123]。(末)腊梅花。(净)春点额[124]。(末)翦春花。(净)罗袂裁。(末)水仙花[125]。(净)把绫袜踹。(末)灯笼花。(净)红影筛。(末)酴醾花。(净)春醉态[126]。(末)金盏花。(净)做合卺杯。(末)锦带花。(净)做裙褶带。(末)合欢花[127]。(净)头懒抬。(末)杨柳花。(净)腰恁摆[128]。(末)凌霄花。(净)阳壮的哈。(末)辣椒花。(净)把阴热窄。(末)含笑花。(净)情要来。(末)红葵花。(净)日得他爱。(末)女萝花。(净)缠的歪。(末)紫薇花。(净)痒的怪[129]。(末)宜男花。(净)人美怀。(末)丁香花。(净)结半躧[130]。(末)豆蔻花。(净)含着胎[131]。(末)奶子花。(净)摸着奶。(末)栀子花。(净)知趣乖。(末)李子花。(净)恣情奈。(末)枳壳花。(净)好处揩。(末)海棠花。(净)春困息[132]。(末)孩儿花。(净)呆笑孩。(末)姊妹花。(净)偏妒色。(末)水红花。(净)了不开[133]。(末)瑞香花。(净)谁要采[134]。(末)旱莲花。(净)怜再来[135]。(末)石榴花。(净)可留得在?几桩儿你自猜。哎,把天公无计策。你道为什么流动了女裙钗[136],划地里牡丹亭又把他杜鹃花魂魄洒[137]?(末)这花色花样,都是天公定下来的。小神不过遵奉钦依,岂有故意勾人之理?且看多少女色,那有玩花而亡。(净)你说自来女色,没有玩花而亡。数你听著。

【寄生草】花把青春卖,花生锦绣灾。有一个夜舒莲,扯不住留仙带[138];一个海棠丝,翦不断香囊怪[139];一个瑞香风赶不上非烟在[140]。你道花容那个玩花亡[141]?可不道你这花神罪业随花败。(末)花神知罪,今后再不开花了。(净)花神,俺这里已发落过花间四友,付你收管。这女因慕色而亡,也贬在燕莺队里去罢。(末)禀老判,此女犯乃梦中之罪,如晓风残月[142]。且他父亲为官清正,单生一女,可以耽饶。(净)父亲是何人?(旦)父亲杜宝知府,今升淮扬总制之职。(净)千金小姐哩。也罢,杜老先生分上,当奏过天庭,再行议处。(旦)就烦恩官替女犯查查,怎生有此伤感之事?(净)这事情注在断肠簿上。(旦)劳再查女犯的丈夫,还是姓柳姓梅?(净)取婚姻簿查来。(作背查介)是。有个柳梦梅,乃新科状元也。妻杜丽娘,前係幽欢,后成明配。相会在红梅观中。不可泄漏。(回介)有此人和你姻缘之分。我今放你出了枉死城,随风游戏,跟寻此人。(末)杜小姐,拜了老判。(旦叩头介)拜谢恩官,重生父母。则俺那爹娘在扬州,可能勾一见?(净)使得。

【幺篇】他阳禄还长在[143],阴司数未该。禁烟花一种春无赖[144],近柳梅一处情无外。望椿萱一带天无碍。则这水玻璃,堆起望乡台[145],可哨见纸铜钱,夜市扬州界[146]?花神,可引他望乡台随意观玩。(旦随末登台,望扬州哭介)那是扬州,俺爹爹奶奶呵,待飞将去。(末扯住介)还不是你去的时节。(净)下来听分付。功曹给一纸游魂路引去[147],花神休坏了他的肉身也。(旦)谢恩官。

【赚尾】(净)欲火近干柴,且留的青山在[148],不可被雨打风吹日晒。则许你傍月依星将天地拜,一任你魂魄来回。脱了狱省的勾牌[149],接著活兔的投胎。那花间四友你差排,叫莺窥燕猜,倩蜂媒蝶采,敢守的那破棺星[150]圆梦那人来。(净下)(末)小姐回后花园去来。

(末)醉斜乌帽发如丝, 许　浑　(旦)尽日灵风不满旗。
　　李商隐

(净)年年检点人间事, 罗　邺　(合)为待萧何作判司。
　　元　稹

注释

〔1〕十地——佛家语,地分十等,但说法不一。这里指所谓阴司十殿的第十殿转轮王,主管鬼魂转世事。下文十地阎罗王,同。见《玉历至宝钞》。元曲提到阴司十殿都作十地。本龅所引佛家、道家的传说,一般都是迷信的话。

〔2〕阎浮界——世界。沈约《均圣论》:"婆婆南界,是曰阎浮。"婆婆,指所谓三千大千世界。

〔3〕栽埋——埋葬。

〔4〕门桯(tīng)——门槛。下文"迈",跨过、走进的意思。

〔5〕十地阎罗王殿下——这里殿下,是指(王的)属下。下文"原有十位殿下"的殿下,却是指阎罗王。

〔6〕赵大郎——指宋代的开国皇帝赵匡胤。罗贯中《宋太祖龙虎风云会》杂剧第三折《滚绣球》:"敲门的是万岁山前赵大郎"。

〔7〕金达子——指女真族,曾在北中国建立金朝的统治,和南宋处于长期对立的局面。达子,当时对女真族的蔑称。

〔8〕玉皇上帝——天上的最高统治者,道教迷信的说法。

〔9〕九州——古分天下为九州。指中国。

〔10〕可怜见——可怜(得)、可怜(着)。

〔11〕夜叉——一作药叉,梵语的音译,义译为捷疾鬼。

〔12〕刑名——刑罚的名称。如死刑、徒刑。

〔13〕好不干系——关系多么重大!

〔14〕那落迦山——梵语地狱的音译,见《法苑珠林》卷十一。这里单取"山"字,指笔架。又以地狱和它相关,形容这枝笔关系重大。

〔15〕肉莲花——莲花通常用来形容山形,这里指笔架。肉,说阴司笔架是人肉作成,形容情景很惨。

〔16〕功曹——犹如科员之类的下级官员。

〔17〕当该——当值。

〔18〕手想骨、脚想骨——这里是手管骨、脚管骨,说阴间笔管是用手骨、脚骨做成。

〔19〕圆滴溜——滚圆。

〔20〕牛头——阎罗殿上的鬼差,头作牛形。

〔21〕赤支穟——指红色的胡须。第四十七齣写作赤支砂,同。《诚斋乐府·桃源景》第四折〔滚绣球〕:"有几根黄支沙苦唇髭髯。"

〔22〕上的选——制毛笔重在选毫,故毛笔上印有某人(或某商号)"精选"的字样。上的选,犹如说上面所印的选者为谁?

〔23〕笔头公——指笔。笔头、笔公原是北朝人古弼的外号。见《陔馀丛考》卷三十八《混号》。

〔24〕遮须国——据笔记小说,三国魏曹植死后做遮须国王。见《类说》卷三十二《传奇·洛浦神女感甄赋》。

〔25〕管城子——韩愈《毛颖传》中给笔取的外号。

〔26〕夜郎——汉代少数民族所建立的一个小国。在今贵州省境内。一次,夜郎国主问汉朝使臣:"汉朝有夜郎这样大吗?"见《史记·西南夷列

传》。后来称妄自夸大的叫"夜郎自大"。这里借"夜"字指阴间。

〔27〕支兀另——形容啸声。钟馗——相传是落第秀才,后来成为捉鬼之神。见《补笔谈》卷三。在绘画及舞台上所作的钟馗形象,都是容貌丑陋,衣冠不整。

〔28〕疏喇沙——形容舞蹈的声、态。斗河魁近墨者黑——魁,北斗第一到第四颗星叫魁。魁作为一个主管文章的神,手执墨斗,作踢斗状。河魁又是凶神名。这里和两个解说都有关系。钟馗、魁(河魁)都用来形容判官面貌丑陋。傅玄《箴》:"近朱者赤,近墨者黑。"

〔29〕涤河桥——佛家说善人死后魂走金桥、银桥,恶人死后走涤河桥。桥很窄,桥下的涤河都是污血。

〔30〕可上榜来——可曾列名在榜上?也就是曾否考取功名的意思。

〔31〕朔、望——阴历每月的初一、十五。

〔32〕井、鬼——各为星宿名。由这里鬼星联想到主文的魁星,意思说自己也能文。

〔33〕鬼仙才——唐代诗人李白称为仙才,李贺称为鬼才。这里指李贺。《沧浪诗话》以李贺诗为"鬼仙之词"。据说他临死时看见有绯衣人带信给他,说上帝造了一座白玉楼,请他去写文章。见李商隐《李长吉小传》。这里意思,自谦比不上(做弗迭)鬼仙李贺,但和石曼卿(风月主)则不相上下。下句摩空作赋,李贺诗:"殿前作赋声摩空",形容读赋的声音很高,直上天空。见《李贺歌诗编》卷四《高轩过》。

〔34〕芙蓉城——传说宋代文人石曼卿死后为芙蓉城主。见《六一诗话》。

〔35〕四大洲——佛家说须弥山四方咸海中有四大洲:东胜身洲、南赡部洲、西牛货洲、北拘卢洲。四大洲犹如现在所说的世界。

〔36〕五瘟使——灾害之神。

〔37〕见有地分——现在(见)的地位。

〔38〕则合北斗司、阎浮殿,立俺边旁——指判官的塑像立在北斗司的北斗星君和阎浮殿的阎罗旁边。北斗星君,传说主管人死;阎浮,这里指阎罗。

〔39〕东岳观、城隍庙,也塑人左侧——指东岳观、城隍庙里也都有判官的塑像。东岳观,即东岳庙,祀东岳大帝,传说主管人的生死以及善恶报应。城隍,地方的神名。各省、府、县都有城隍。后来城隍和阎罗王被人混在一起了。东岳庙、城隍庙中的判官塑像,总是塑立在东岳大帝、城隍的左侧。

〔40〕百里城高捧手——百里城,百里侯,原指县官,这里指权管十地狱印信的判官,判官的塑像,照例都是站着,手捧笔和文卷。

〔41〕好相庄严乘坐位——好相,好看的形象。参看第二十六齣注〔2〕。乘坐位,有座位坐着。

〔42〕三尺土——这里指塑像不过三尺高,不神气。

〔43〕低分气——没有体面、不成样子。

〔44〕尘泥轩冕——座车衣冠上全是尘泥。古代大夫以上官乘轩车,穿冕服。冕,冠名。

〔45〕润笔——写字、作文、作画的报酬。这里是贿赂的意思,由上文"笔干了"引起。

〔46〕纸陌——纸钱一百或一串。

〔47〕没揣三展花分鱼尾册——花分鱼尾册,指点鬼簿。花分,开列名字的。古时登录户口,户叫花户,口叫花名。鱼尾册,簿册,古代书页中缝印有丙字形的记号(⚊)叫鱼尾。上文没揣三,不考虑,糊里糊涂。全句,草草翻开了(展)点鬼簿。

〔48〕无赏一挂日子虎头牌——虎头牌,疑指摄魂牌。全句,按照点鬼簿开列的名单、日期,一一去传拿。无赏一,一无奖赏,引伸为处分,这里指判处死期。

〔49〕鬼董狐落了款——董狐,春秋时代晋国的史官,以公正不阿而著名。晋干宝撰《搜神记》,刘真长说他是鬼董狐。见《世说新语·排调》。这里指判官自己。落了款,署名。

〔50〕《春秋传》——《春秋》,我国最早的历史著作,五经之一。传,阐明经义的著作,《春秋》有公羊、谷梁、左氏三传(现代学者大都认为《左传》是独立的史书)。

〔51〕崩薨葬卒大注脚——封建时代对不同等级的人的死亡有不同的叫法。《礼·曲礼》:"天子死曰崩,诸侯曰薨。"唐代制度,二品以上官死叫薨,五品以上称卒。注脚,注解、说明文字。

〔52〕假如他支祈兽上了样,把禹王鼎各山各水各路上,魍魎魑魅细分胆——全句,形容点鬼簿上形形色色各种人物俱全,一无遗漏,有如禹王鼎上不仅铸上了支祈兽的像,各地山林水泽的神怪,都在鼎上现着原形。支祈兽,即无支祈,淮涡水神,相传形状如猴,力量比九匹象还要大,在治水时被大禹所征服(见《太平广记》卷四百六十七《李汤》)。上了样,铸在鼎上。禹王鼎,相传夏禹铸九鼎,鼎上有百物的图像,包括魑、魅、魍、魎在内(见《左传·宣公三年》)。魑、魅、魍、魎,山林水泽的神怪。细分胆,细细地分别他们不同的形貌。

〔53〕子时砚,忔忔察察——子时砚,疑即半夜子时用的砚。忔忔察察,形容磨墨时发出的声音。

〔54〕乌龙蘸眼——乌龙,指墨。《盛世新声·端正好套曲·倘秀才》:"磨着定(锭)乌龙墨。"蘸眼,这里和照眼、耀眼差不多,但语气强些。形容墨汁闪闪有亮光,照人眼目。

〔55〕丁字牌,冬冬登登——丁字牌,丁字形的摄魂牌。冬冬登登,形容牌子碰撞时发出的声音。

〔56〕但点上格子眼,串出四万八千三界——三界,佛家语。凡生死往来的世界分为:一、欲界,有淫欲、色欲的众生住所;二、色界,无淫、食二欲的众生住所;三、无色界,没有物质、身体的世界。四万八千,形容人死后将遭遇到的各种不同的命运。全句,只要笔尖在格子内的名字上一点,每个人(死后)在来生就有各种不同的命运了。

〔57〕有漏——佛家语,有烦恼。

〔58〕乌星炮粲——形容人多。炮粲,炮(爆竹)爆裂的碎片。

〔59〕怎按下笔尖头,插入一百四十二重无间地狱,铁树花开——无间地狱,梵语阿鼻地狱的义译,八大地狱之一。佛家语,罪人堕入无间地狱,永远受苦,没有间断。又说,从寒冰地狱到饮铜地狱共有一百四十二隔(重)。见《法苑珠林》卷十一引《观佛三昧海经》。铁树花开,比喻不可

能或极少可能的事。全句,搁下笔(按下笔尖头)不把犯鬼打入无间地狱,是罕见的事。

〔60〕剉、烧、舂、磨——地狱刑罚的名称。

〔61〕少一个请字——意即请谁来执行。

〔62〕虚无堂,瘫、痨、蛊、膈四正客——瘫,瘫痪、风瘫;痨,结核症;蛊,蛊毒;膈,噎膈反胃,吃不下东西:都是疾病名。正客,凶神。虚无堂,疑即四正客的住所。

〔63〕业——罪孽。

〔64〕衡石程书秦狱吏——秦始皇每日秤(衡)取一石(一百二十斤)公文,日夜进程一定,不办完不息。见《史记·秦始皇本纪》。秦代没有纸,用简册,文书很重。全句,形容办案迅速。

〔65〕肉鼓吹——五代后蜀李匡远做县官很残酷,天天用刑。他把鞭打犯人的声音叫做肉鼓吹。见《十国春秋》卷五十三本传。鼓吹,音乐。

〔66〕毛钳刀笔汉乔才——毛钳,当作毛锥、毛笔;刀笔,古代用笔在竹片上写字,有写错的用刀刮掉。刀笔就是笔的意思。这里是指刀笔吏,主管文书的吏人,引伸为酷吏。汉乔才,汉代的那几个坏蛋,指的就是酷吏。《史记》有《酷吏列传》。

〔67〕你便是没关节包待制、"人厌其笑"——宋代包拯做过天章阁待制、龙图阁直学士、开封府尹等官,称为包待制、包龙图。当时有谚语说:"关节不到,有阎罗、包老。"说他铁面无私,不受贿赂。他难得一笑,比之为黄河清。见《宋史》卷三一六《包拯传》。"人厌其笑",点窜《论语·宪问》"人不厌其笑"句,以与下文"子哭之哀"对仗。意思是:你就是像铁面无私的包龙图一样难得一笑,这笑声在这里也是可厌的。极言地狱之惨。

〔68〕无棺椁颜修文、"子哭之哀"——颜,指颜回(渊),孔丘的最好的弟子,短命而死。孔丘为他哭得很伤心。传说他死后作地下修文郎的官,出王隐《晋书》。子,指孔丘。颜渊死,他的父亲请求孔丘把车子卖了,给颜渊买椁。孔丘不答应。因为按照他的身份,必须坐车,不能徒步。椁,外棺。见《论语·先进》。全句,境况已经够惨了,不堪再听见哭声。

〔69〕《楼炭经》,是俺六科五判——唐段公路《北户录》卷一《绯猨》条:"《楼炭经》云:鸟有四千五百种,兽有二千四百种。"全句,以《楼炭经》作为刑法,判处犯鬼化生为飞鸟或走兽。六科,即六条,汉代派遣刺史到各地巡察,审理疑狱,根据六条法令办事。见《后汉书》卷三十八注。五判,指笞、杖、徒、流、死等五刑。见《隋书·刑法志》。

〔70〕刀花树,是俺九棘三槐——刀花树,指刀山地狱。九棘三槐,一、指官位,二、审判厅。这里是第二个意义。

〔71〕娄搜——形容脸上满是胡子。

〔72〕崖崖——形容目光炯炯。

〔73〕少不得中书鬼考,录事神差——中书,官名,原掌禁中书记,故名。这里指掌管文书的吏人。考,考选。录事,抄录文书的吏人。全句意思说协助判官审理鬼魂的吏员很多。

〔74〕金州判、银府判、铜司判、铁院判——州判、府判、司判、院判,州、府、司、院的判官;司、院,官署名。金、银、铜、铁,表示判官贪赃致富的等差,愈在下级衙门愈有钱,因其直接处理民刑词讼,易于放手敲诈。

〔75〕白虎临官——白虎当值。白虎,凶神名,碰到他当值就有灾祸。

〔76〕一样价打贴刑名催伍作——打贴,打点、处治,打贴刑名,量刑、判刑的意思。伍作,即仵作,旧法庭中检验尸、伤的人员。

〔77〕注湿生,牒化生,准胎生,照卵生——注、牒、准、照,动词,判明、批准。佛经说世界众生依四种方式出生:一、胎生,二、卵生,三、湿生,如昆虫依湿气而受形,四、化生,无所依托,忽然出现的,如诸天及劫初众生。见《阿毗达磨俱舍论》。

〔78〕青蝇报赦——前秦国主苻坚正在起草赦书,有一大苍蝇飞绕他的笔尖。赦书还没有公布,长安人都已经知道了。原来是这个苍蝇化为黑衣人,把消息传出去。见《晋书》卷一百十三。

〔79〕磊齐功德转三阶——转三阶,指官升了三级。磊齐功德,形容功高德厚。

〔80〕掌案的——指管理案卷的吏员。

〔81〕开除——这里是开列的意思。

〔82〕人间勾令史,地下列功曹——意指人间死了一个令史,来到阴间,做了阴间的功曹。勾,勾摄阴魂,这里指死去。

〔83〕枉死城——阴司里拘禁枉死鬼的地方。

〔84〕沉香泥壁——把沉香(沉水香,一种高贵的香料)涂(泥)在墙壁上。

〔85〕花粉钱——指嫖妓的费用。

〔86〕男风——男色。

〔87〕回回卵——这是对少数民族侮辱的话。

〔88〕莺莺小姐——唐人传奇《会真记》和金元杂剧《西厢记》的女主角。

〔89〕飞燕娘娘——汉成帝的皇后赵飞燕,古代著名的美人。

〔90〕粉版花衣——形容蝴蝶的翅膀。

〔91〕咋——咂。

〔92〕斩——同蘸,沾。

〔93〕花间四友——元杂剧《扬州梦》第一折〔鹊踏枝〕、《金钱记》第一折说白,都以莺、燕、蜂、蝶为花间四友。

〔94〕怕弹珠儿打的呆——这句写莺。以下三句,依次写蝴蝶、燕子、蜜蜂。

〔95〕翅挪儿——翅膀。蜜蜂飞动,嗡嗡作响,很热闹。

〔96〕噀(xùn)气——嘘气作法。

〔97〕哕(xiè)声——小声。哕,噘起嘴来吹。

〔98〕背介——旁白,剧中其他角色听不到而观众却能听到的说白。

〔99〕咍(hāi)也麽咍——歌曲中的助声词,这里是表示判官惊喜的神情。

〔100〕血盆中叫苦观自在——血盆,地狱名。观自在,观世音菩萨,这里是以菩萨的好像美女的形象比喻地狱中的杜丽娘。

〔101〕天条——天上的法律。

〔102〕胡乱筛——乱说乱扯。

〔103〕粉油头忒弄色——粉油头,指少女。弄色,撒娇、卖弄风情。

〔104〕润风风粉腮——脸色娇嫩红润,所以下句问她吃酒没有。

〔105〕溜些些短钗——短钗微斜,所以下句问她唱歌跳舞没有。

〔106〕秦台、楚台——古代神话:秦台,秦国弄玉和她的爱人萧史同居的所在,见《列仙传》。楚台,指阳台,楚怀王与巫山神女欢会的地方。

〔107〕泉台——黄泉、阴间。

〔108〕过人家——指出嫁。

〔109〕一溜溜——一点点大。

〔110〕能宁耐——这样有本事。

〔111〕挂圆梦招牌——古人认为梦有关人的吉凶祸福,因此有专门替人解(圆)梦为职业的人。挂圆梦招牌,就是指解梦的职业者。

〔112〕拆字道白——即拆字,一作测字,把字拆开来占卜运气好坏的一种江湖术。这里是说,谁和你猜题的诗是甚么预兆。(拆字道白,或即拆白道字,一种文字游戏。如黄庭坚词《两同心》:"你共人女边着子,争知我门里挑心?"拆好、闷二字。)

〔113〕落魄(tuò)——潦倒,失意,这里指春残。

〔114〕《山香》一曲女消魂——山香,曲名。古代神话:西王母宴群仙,有舞者舞《山香》,曲未终,花纷纷落下。见《仇池笔记·砑光帽》。

〔115〕恁——您。

〔116〕眨眼儿偷元气艳楼台——意思说,片刻之间(眨眼儿),你就偷取了天地间的元气,化成了千花百草,使亭台楼阁变得更加美丽。

〔117〕克性子费春工淹酒债——意思说,在花酒之间陶醉,是你的本性,你应该克制一些。

〔118〕胡弄的——胡乱搞的。

〔119〕碧桃花——戏曲中常以碧桃花下指男女幽会的地方,所以下句说"惹天台"。

〔120〕红梨花——《元曲选》有张寿卿《谢金莲诗酒红梨花》杂剧。内容:赵汝舟爱上了妓女谢金莲。赵的友人洛阳太守刘公弼怕他耽误前程,叫三婆去哄骗他,说他在晚上遇到的是一个女鬼,红梨花就是她的怨气所化。赵汝舟唬得匆匆进京赴考。考取后他在刘公弼家的宴会上,看

见谢金莲的扇上插一朵红梨花,他以为真的又是见鬼了。戏曲以团圆结束。

〔121〕下的财——旧俗订婚,男方向女方致送财礼(聘金)。

〔122〕芍药花——《诗·郑风·溱洧》:"维士与女,伊其相谑,赠之以勺药。"后来芍药就常常和爱情关连起来。

〔123〕露——蔷薇露,宋元时代妇女常用的化妆品。

〔124〕春点额——南朝宋武帝的女儿寿阳公主,有一次躺在含章殿檐下,梅花落在她的额上。后来人就照这样子作梅花妆。见《北户录·寿阳妆》。

〔125〕水仙花——由水仙花联想到水仙洛神,所以下句说"把绫袜踹"。"凌波微步,罗袜生尘",是曹植《洛神赋》中的名句。

〔126〕酴醾花。春醉态——指用酴醾花制的酴醾酒。见《群芳谱》。

〔127〕合欢花——落叶乔木,它的小叶到晚上就合拢,因此又名夜合、合昏。这支曲子借用花名写女子从受聘、结婚、生孩子,直到老时为止。

〔128〕杨柳花。腰恁摆——古人常以杨柳的摇曳比喻美人灵活的腰身;反过来,也以美人腰身比喻杨柳。

〔129〕紫薇花。痒的怪——紫薇花,观赏用的落叶乔木。树皮滑润,据说用手抚摸,枝叶就会摇动,所以又称怕痒花。

〔130〕丁香花。结半躐——丁香的花蕾如结。《全唐诗》卷二十李商隐《代赠》二首:"芭蕉不展丁香结。"躐,这里指花的开放。

〔131〕豆蔻花。含着胎——胎,指苞蕾。豆蔻花一名含胎花。见《事文类聚》后集卷十二引《姚令威丛话》。

〔132〕海棠花。春困怠——诗词中常以美人春困形容海棠花。

〔133〕水红花。了不开——水红花,即蓼花,蓼、了谐音。

〔134〕瑞香花。谁要采——瑞、谁谐音。

〔135〕旱莲花。怜再来——旱莲花,即小连翘。莲、怜谐音,怜指爱人。

〔136〕流动——这里作感动解。下文女裙钗指杜丽娘。

〔137〕杜鹃花魂魄洒——杜鹃相传是蜀帝杜宇的亡魂所化,这里喻杜丽娘之死。上文划地里,怎的。

〔138〕有一个夜舒莲,扯不住留仙带——东汉灵帝荒淫无度,建立裸游馆。里面有流香渠,渠中荷花晚上开放(舒),白天卷合,叫夜舒荷。灵帝常常和宫女在这里寻欢作乐。见《类说》引《拾遗记·夜舒荷》。又,汉成帝宠幸赵飞燕。一次,赵飞燕起舞,值风起,她说:"仙乎,仙乎,去故而就新。"左右扯住了她的裙子,才把她留下。后来时行的一种有绉摺的裙子就叫留仙裙。见《赵后外传》。赵飞燕在成帝死后,畏罪自杀。见《汉书》卷九十七《外戚列传》。全句,似把两个故事合在一起,说赵飞燕为玩花而亡。

〔139〕一个海棠丝,蓊不断香囊怪——疑是杨贵妃的故事。安史之乱平定之后,唐明皇回到长安。他叫人把贵妃的骸骨重新安葬。墓开,只见锦香囊一个。见《顾氏文房小说·杨太真外传》。元代关汉卿有《唐明皇哭香囊》杂剧。今佚。据《录鬼簿》。又据《事类统编》卷七十八引《太真外传》:"明皇登沉香亭,召太真(杨贵妃)。宿酒未醒,钗横鬓乱。不能再拜。上笑曰:'岂海棠春睡未足耶!'"

〔140〕一个瑞香风赶不上非烟——唐人传奇故事:武公业的爱妾步非烟,和书生赵象偷偷地爱上了。赵象送给她的诗中有两句说:"瑞香风引思深夜,知是蕊宫仙驭来。"后来事泄,非烟被武公业毒打而死。见《太平广记》卷四九一《非烟传》。

〔141〕花容——指美人。

〔142〕如晓风残月——比喻不着痕迹、不可把握的事物,意思说不能据以判罪。

〔143〕阳禄——阳寿。

〔144〕禁烟花一种春无赖——春天的烟花都是无赖,应该禁了。

〔145〕则这水玻璃,堆起望乡台——在望乡台上只见白茫茫一片水色。第三十一龄《缮备》〔番卜算〕所谓"边海一边江",即指扬州。迷信传说:阴间有望乡台,鬼魂在上面看见自己的家庭。水玻璃,形容水色。

〔146〕可哨见纸铜钱,夜市扬州界——可瞧见(哨见)扬州夜市里有

人在烧纸钱吗？

〔147〕路引——通行证之类的东西。

〔148〕且留的青山在——谚语："留得青山在，不怕没柴烧。"这里喻杜丽娘肉身不坏，将来可以还魂。

〔149〕勾牌——用牌子（传票）勾（传）去审讯。

〔150〕破棺星——星名，这里指起坟开棺救活杜丽娘的人。

第二十四齣　拾　画

【金珑璁】(生上)惊春谁似我？客途中都不问其他。风吹绽蒲桃褐[1]，雨淋殷杏子罗[2]。今日晴和，晒衾单兀自有残云涴[3]。"脉脉梨花春院香，一年愁事费商量。不知柳思能多少[4]？打叠腰肢斗沈郎[5]。"小生卧病梅花观中，喜得陈友知医，调理痊可。则这几日间春怀郁闷，何处忘忧？早是老姑姑到也[6]。

【一落索】(净上)无奈女冠何，识的书生破。知他何处梦儿多？每日价欠伸千个。秀才安稳[7]！(生)日来病患较些[8]，闷坐不过。偌大梅花观，少甚园亭消遣。(净)此后有花园一座，虽然亭榭荒芜，颇有闲花点缀。则留散闷，不许伤心。(生)怎的得伤心也！(净作叹介)是这般说。你自去游便了。从西廊转画墙而去，百步之外，便是篱门。三里之遥，都为池馆。你尽情玩赏，竟日消停，不索老身陪去也。"名园随客到，幽恨少人知。"(下)(生)既有后花园，就此迤逦而去[9]。(行介)这是西廊下了。(行介)好个葱翠的篱门，倒了半架。(叹介)〔集唐〕"凭阑仍是玉阑干 王初，四面墙垣不忍看 张隐。想得当时好风月 韦庄，万条烟罩一时干[10] 李山甫。"(到介)呀，偌大一个园子也。

【好事近】则见风月暗消磨，画墙西正南侧左。（跌 介）苍苔滑擦，倚逗着断垣低垛，因何蝴蝶门儿落合[11]？原来以前游客颇盛，题名在竹林之上。客来过，年月偏多，刻画尽琅玕千个[12]。咳，早则是寒花绕砌，荒草成窠。怪哉，一个梅花观，女冠之流，怎起的这座大园子？好疑惑也。便是这湾流水呵！

【锦缠道】门儿锁，放着这武陵源一座。恁好处教颓堕！断烟中见水阁摧残，画船抛躲，冷鞦韆尚挂下裙拖。又不是曾经兵火，似这般狼籍呵，敢断肠人远、伤心事多？待不关情么，恰湖山石畔留著你打磨陀。好一座山子哩。（窥介）呀，就里一个小匣儿。待把左侧一峰靠著，看是何物？（作石倒介）呀，是个檀香匣儿。（开匣看画介）呀，一幅观世音喜相。善哉，善哉！待小生捧到书馆，顶礼供养，强如埋在此中。

【千秋岁】（捧匣回介）小嵯峨[13]，压的旃檀合[14]，便做了好相观音俏楼阁。片石峰前，那片石峰前，多则是飞来石[15]，三生因果。请将去炉烟上过[16]，头纳地，添灯火，照的他慈悲我[17]。俺这里尽情供养，他于意云何[18]？（到介）到了观中，且安置阁儿上，择日展礼。（净上）柳相公多早了！

【尾声】（生）姑姑，一生为客恨情多，过冷澹园林日午矬[19]。老姑姑，你道不许伤心，你为俺再寻一个定不伤心何处可。

（生）僻居虽爱近林泉，伍　乔　（净）早是伤春梦雨天。
韦　庄

（生）何处邈将归画府？谭用之　（合）三峰花半碧堂悬。
钱　起

注释

〔1〕蒲桃褐——印染有葡萄花样的粗布衣服。

〔2〕雨淋殷杏子罗——红罗着水颜色褪了,浓淡不匀。殷,红色。

〔3〕残云浥——指路途遇雨,衾被尚有湿渍。或别有所指。

〔4〕柳思——春思。

〔5〕打叠腰肢斗沈郎——说自己瘦。梦梅姓柳,以柳(柳腰)借喻。打叠,打点;沈郎,南朝沈约说自己腰瘦,后来沈郎腰,用作腰瘦的典故。

〔6〕早是——幸是。

〔7〕安稳——犹如说"你好"。

〔8〕较——病好一些。

〔9〕迤逦——形容路径蜿蜒,这里可作慢慢解。

〔10〕万条烟罩——形容柳条繁多。

〔11〕蝴蝶门——一种双扇门的样式。落合,门闩着。

〔12〕琅玕——玉名,后来用作竹的代称。白居易诗:"剖擘青琅玕。"

〔13〕嵯峨——形容山势险峻,这里指假山。下文楼阁,指假山说。

〔14〕旃檀合——合,同盒。旃檀,香木名。梵语旃檀那的省译。檀香的原料。

〔15〕飞来石——杭州西湖灵隐有飞来峰。晋代僧惠理说,这是中天竺国(在印度)灵鹫山的小岭,不知是那年飞来的?山因此而得名。这里是指假山。

〔16〕请将去炉烟上过——指把画像迎请去,让它熏了香,然后叩头礼拜。

〔17〕头纳地,添灯火,照的他慈悲我——意思说,叩头点灯,照亮了菩萨画像,以我虔敬的心使得菩萨保佑我。

〔18〕于意云何——意思以为何如,本是佛经里常见的句子。

〔19〕殢——指日斜。欧阳炯《南乡子》词:"豆蔻花间趖晚日。"殢与趖同。见《花间集》。

第二十五齣　忆　女

【玩仙灯】(贴上)睹物怀人,人去物华销尽。道的个"仙果难成,名花易陨"。(叹介)恨兰昌殉葬无因[1],收拾起烛灰香烬。自家杜府春香是也。跟随公相夫人到扬州。小姐去世,将次三年。俺看老夫人那一日不作念,那一日不悲啼。纵然老公相暂时宽解,怎散真愁?莫说老夫人,便是俺春香想起小姐平常恩养,病里言词,好不伤心也。今乃小姐生忌之辰[2],老夫人分付香灯,遥望南安浇奠。早已安排。夫人,有请。

【前腔】(老旦上)地老天昏,没处把老娘安顿。思量起举目无亲,招魂有尽。(哭介)我的丽娘儿也!在天涯老命难存,割断的肝肠寸寸。〔苏幕遮〕"岭云沉,关树杳。(贴)春思无凭,断送人年少。(老旦)子母千回肠断绕。绣夹书囊,尚带馀香袅。(贴)瑞烟清,银烛皎。(老旦)绣佛灵辰,血泪风前祷。(哭介)(合)万里招魂魂可到?则愿的人天净处超生早。"(老旦)春香,自从小姐亡过,俺皮骨空存,肝肠痛尽。但见他读残书本,绣罢花枝,断粉零香,馀簪弃履,触处无非泪眼,见之总是伤心。算来一去三年,又是生辰之日。心香奉佛[3],泪烛浇天。分付安排,想已齐备。(贴)夫人,就此望空顶礼。(老旦拜介)〔集唐〕"微香冉冉泪涓涓李商隐,酒滴灰香似去年[4]陆龟蒙。四尺孤坟何处是许浑?南方归去再生天沈佺期。"杜安抚之妻甄氏,敬为亡女生辰,顶礼佛爷。愿得杜丽娘皈依佛力,早早生天。(起介)春香,祷告了佛爷,不免将此茶饭,浇奠小姐。

【香罗带】(老旦)丽娘何处坟?问天难问。梦中相见得眼儿昏,则听的叫娘的声和韵也。惊跳起,猛回身,则见阴风几阵残灯晕。(哭介)俺的丽娘人儿也。你怎抛下的万里无儿白发亲!

【前腔】(贴拜介)名香叩玉真,受恩无尽,赏春香还是你旧罗裙。(起介)小姐临去之时,分付春香,长叫唤一声。今日叫他,"小姐,小姐呵",叫的一声声小姐可曾闻也?(老旦、贴哭介)(合)想他那情切,那伤神,恨天天生割断俺娘儿直恁忍!(贴回介)俺的小姐人儿也,你可还向旧宅里重生何处身?(贴跪介)禀老夫人,人到中年,不堪哀毁。小姐难以生易死,夫人无以死伤生。且自调养尊年,与老相公同享富贵。(老旦哭介)春香,你可知老相公年来因少男儿,常有娶小之意?止因小姐承欢膝下,百事因循。如今小姐丧亡,家门无托。俺与老相公闷怀相对,何以为情?天呵!(贴)老夫人,春香愚不谏贤,依夫人所言,既然老相公有娶小之意,不如顺他,收下一房,生子为便。(老旦)春香,你见人家庶出之子[5],可如亲生?(贴)春香但蒙夫人收养,尚且非亲是亲,夫人肯将庶出看成,岂不无子有子?(老旦)好话,好话。

　　(老)**曾伴残蛾到女儿,**徐　凝　(贴)**白杨今日几人悲。**
　　　　　　　　　　　　　杜　甫
　　(老)**须知此恨消难得,**温庭筠　(合)**泪滴寒塘蕙草时。**
　　　　　　　　　　　　　廉　氏

注释

　　〔1〕兰昌——唐人传奇故事:张云容原是杨贵妃侍儿,服了申天师

给她的绛雪丹。天师曾说,她在死后一百年,遇活人精气,便为地仙。萧凤台、刘兰翘也是当时宫女,被人毒杀,葬在张云容墓侧。一天,薛昭在兰昌宫遇见这三位美女。他与云容同居。不久,薛昭发掘她的坟墓,云容终于复生。见《太平广记》卷六十九《传奇·张云容》。全句,指春香未死,不能葬在杜丽娘墓侧。

〔2〕生忌——纪念死者的生日。

〔3〕心香——表示虔诚。只要心诚意至,就和焚香供奉一样。

〔4〕酒滴灰香似去年——怀德本灰香作香灰,据《全唐诗》卷二十三陆龟蒙《和袭美初冬偶作》改。

〔5〕庶出——妾所生的子女。

第二十六齣　玩　真

（生上）"芭蕉叶上雨难留，芍药梢头风欲收。画意无明偏著眼，春光有路暗抬头。"小生客中孤闷，闲游后园。湖山之下，拾得一轴小画，似是观音大士，宝匣庄严。风雨淹旬，未能展视。且喜今日晴和，瞻礼一会。（开匣，展画介）

【黄莺儿】秋影挂银河，展天身，自在波[1]。诸般好相能停妥[2]。他真身在补陀[3]，咱海南人遇他。（想介）甚威光不上莲花座？再延俄，怎湘裙直下一对小凌波[4]？是观音，怎一对小脚儿？待俺端详一会。

【二郎神慢】些儿个，画图中影儿则度[5]。著了，敢谁书馆中吊下幅小嫦娥，画的这俜停倭妥[6]。是嫦娥，一发该顶戴了。问嫦娥折桂人有我？可是嫦娥，怎影儿外没半朵祥云托？树皴儿又不似桂丛花琐[7]？不是观音，又不是嫦娥，人间那得有此？成惊愕，似曾相识，向俺心头摸。待俺瞧，是画工临的，还是美人自手描的？

【莺啼序】问丹青何处娇娥，片月影光生豪末[8]？似恁般一个人儿，早见了百花低躲[9]。总天然意态难模，谁近得把春云淡破？想来画工怎能到此！多敢他自己能描会脱[10]。且住,细观他帧首之上,小字数行。(看介)呀,原来绝句一首。(念介)"近睹分明似俨然,远观自在若飞仙。他年得傍蟾宫客,不在梅边在柳边。"呀,此乃人间女子行乐图也。何言"不在梅边在柳边"?奇哉怪事哩!

【集贤宾】望关山梅岭天一抹,怎知俺柳梦梅过?得傍蟾宫知怎么?待喜呵,端详停和[11],俺姓名儿直么费嫦娥定夺?打磨诃[12],敢则是梦魂中真个。好不回盼小生!

【黄莺儿】空影落纤娥,动春蕉,散绮罗。春心只在眉间锁,春山[13]翠拖,春烟淡和。相看四目谁轻可[14]!恁横波,来回顾影不住的眼儿睃。却怎半枝青梅在手,活似提掇小生一般?

【啼莺序】他青梅在手诗细哦,逗春心一点蹉跎。小生待画饼充饥[15],小姐似望梅止渴[16]。小姐,小姐,未曾开半点幺荷[17],含笑处朱唇淡抹,韵情多。如愁欲语,只少口气儿呵[18]。小娘子画似崔徽,诗如苏蕙[19],行书逼真卫夫人。小子虽则典雅,怎到得这小娘子[20]!蓦地相逢,不免步韵一首[21]。(题介)"丹青妙处却天然,不是天仙即地仙。欲傍蟾宫人近远,恰些春在柳梅边。"

【簇御林】他能绰斡[22],会写作。秀入江山人唱和。待小生狠狠叫他几声:"美人,美人!姐姐,姐姐!"向真真啼血你知么?叫的你喷嚏似天花唾。动凌波,盈盈欲下——不见影儿那。咳,俺孤单在此,少不得将小娘子画像,早晚玩之、拜之、叫之、赞之。

【尾声】拾的个人儿先庆贺,敢柳和梅有些瓜葛[23]?小姐小姐,则被你有影无形看杀我。

　　不须一向恨丹青,白居易　　堪把长悬在户庭。伍　乔

第二十六齣

惆怅题诗柳中隐,司空图　添成春醉转难醒。章　碣

注释

〔1〕自在波——自在,观自在菩萨。波,同呵、啊。

〔2〕诸般好相——佛家语。应身佛肉体上有三十二妙相,如手指纤长,身金色等等。见《大智度论》。

〔3〕补陀——即普陀。一名补陀落迦,舟山群岛所属的一个小岛。佛家传说:这是善财童子第二十八参观世音菩萨说法的圣地。

〔4〕小凌波——指女人小脚。曹植《洛神赋》:"凌波微步,罗袜生尘。"观音像都作大脚,所以这里表示疑问。

〔5〕度(duó)——猜度。

〔6〕倭妥——即委佗,美好。

〔7〕皴——表皮开裂。花琐——细碎的花朵,指桂花。

〔8〕豪末——这里指笔端。豪,同毫。

〔9〕早见了百花低躲——百花见了她的美丽而自觉羞惭。

〔10〕脱——脱色、脱稿,描画的意思。

〔11〕停和——消详停和、消停,这里是细看一会儿。

〔12〕打磨诃——即打磨陀,这里是徘徊、思量的意思。

〔13〕春山——指眉。

〔14〕轻可——轻易、等闲。可,与少可、猛可的可一样,没有具体意义。

〔15〕画饼充饥——原喻有名无实,见《传灯录》。这里有聊以画像自慰的意思。

〔16〕望梅止渴——喻可望不可即。曹操行军,路上没水。他说到前面大梅林去,可以吃梅子解渴。士兵听了,口水也流出来了。见《世说新语·假谲》。这里指杜丽娘题诗"不在梅边在柳边"所表示的对爱情的徒然渴望。

〔17〕幺荷——荷花蕾,形容嘴唇。幺,小。幺荷原指莲心。

〔18〕呵——呵气,动词。

〔19〕苏蕙——前秦窦滔妻。窦滔做秦州刺史,因事被流放。她织锦为回文,凡八百四十字。纵横反覆,皆成章句,名《璇玑图》,寄给丈夫。见《晋书》卷九十六。

〔20〕到得——及得。

〔21〕步韵——和诗,依照别人作的诗所叶的韵(这里是然、仙、边)作诗。

〔22〕绰斡——这里指作画。绰、斡都是动词,用法很广,如绰可作拾、戳、擦解,和现代语搞、弄相近。斡,王思任批点《玉茗堂牡丹亭》叙:"火可画,风不可描;冰可镂,空不可斡。"斡即挖,含有雕镂之意。

〔23〕瓜葛——瓜、葛都有藤蔓,用来喻亲戚或一般的关联。

第二十七龄　魂　游

【挂真儿】(净扮石道姑上)台殿重重春色上。碧雕阑映带银塘。扑地香腾[1]，归天磬响。细展度人经藏[2]。〔集唐〕"几年红粉委黄泥雍裕之，十二峰头月欲低[3]李涉。折得玫瑰花一朵李建勋，东风吹上窈娘堤[4]罗虬。"俺老道姑看守杜小姐坟庵，三年之上。择取吉日，替他开设道场[5]，超生玉界[6]。早已门外竖立招幡，看有何人来到。

【太平令】(贴扮小道姑，丑扮徒弟上)岭路江乡，一片彩云扶月上。羽衣青鸟闲来往[7]。(丑)天晚，梅花观歇了罢。(贴)南枝外有鹊炉香[8]。小道姑乃韶阳郡碧云庵主是也，游方到此。见他庄严幡引，榜示道场，恰好登坛，共成好事。(见介)〔集唐〕(贴)"大罗天上柳烟含[9]鱼玄机，(净)你毛节朱幡倚石龛[10]王维。(贴)见向溪山求住处韩愈，(净)好哩，你半垂檀袖学通参[11]，女光。"小姑姑从何而至？(贴)从韶阳郡来，暂此借宿。(净)东头房儿，有个岭南柳相公养病。则下厢房可矣。(贴)多谢了。敢问今夕道场，为何而设？(净叹介)则为"杜衙小姐去三年，待与招魂上九天[12]"。(贴)这等呵！"清醮坛场今夜好[13]，敢将香火助真仙。"(净)这等却好。(内鸣钟鼓介)(众)请老师父拈香。(净)南斗注生真妃[14]，东

岳受生夫人殿下[15]。(拈香拜介)

【孝南歌】钻新火,点妙香。虔诚为因杜丽娘。(众拜介)香霭绣幡幢,细乐风微扬。仙真呵,威光无量,把一点香魂,早度人天上。怕未尽凡心,他再作人身想。做儿郎,做女郎,愿他永成双。再休似少年亡。(净)想起小姐生前爱花而亡,今日折得残梅,安在净瓶供养。(拜神主介)

【前腔】瓶儿净,春冻阳。残梅半枝红蜡装。小姐呵!你香梦与谁行?精神忒孤往!(众)老师兄,你说净瓶像什么,残梅像什么?(净)这瓶儿空像,世界包藏。身似残梅样,有水无根,尚作馀香想。(众)小姐,你受此供呵,教你肌骨凉,魂魄香。肯回阳,再住这梅花帐?(内风响介)(净)奇哉怪哉,冷窣窣一阵风打旋也。(内鸣钟介)(众)这晚斋时分,且吃了斋,收拾道场。正是:"晓镜抛残无定色,晚钟敲断步虚声[16]。"(众下)

【水红花】(魂旦作鬼声,掩袖上)则下得望乡台如梦俏魂灵,夜荧荧、墓门人静。(内犬吠,旦惊介)原来是赚花阴小犬吠春星[17]。冷冥冥,梨花春影。呀,转过牡丹亭、芍药阑,都荒废尽,爹娘去了三年也。(泣介)伤感煞断垣荒迳。望中何处也鬼灯青。(听介)兀的有人声也啰[18]。〔添字昭君怨〕"昔日千金小姐,今日水流花谢。这淹淹惜惜杜陵花[19],太亏他。生性独行无那[20],此夜星前一个。生生死死为情多。奈情何!"奴家杜丽娘女魂是也。只为痴情慕色,一梦而亡。凑的十地阎君奉旨裁革[21],无人发遣,女监三年。喜遇老判,哀怜放假。趁此月明风细,随喜一番。呀,这是书斋后园,怎做了梅花庵观?好伤感人也。

【小桃红】咱一似断肠人和梦醉初醒。谁偿咱残生命也。虽则鬼丛中姊妹不同行,窣地的把罗衣整[22]。这影随形,风沈露,云暗斗,月勾星[23],都是我魂游境也。到的这花影初更,(内作丁冬声,旦惊介)一霎价心儿瘆[24],原来是弄风铃台殿冬丁。好一阵香也。

【下山虎】我则见香烟隐隐,灯火荧荧。呀,铺了些云霞橙,不由人打个呓挣[25]。是那位神灵,原来是东岳夫人,南斗真妃。(作稽首介)[26]仙真仙真,杜丽娘鬼魂稽首。魋魋地投明证明,好替俺朗朗的超生注生。再看这青词上[27],原来就是石道姑在此住持。一坛斋意,度俺生天。道姑道姑,我可也生受你呵。再瞧这净瓶中,咳,便是俺那塚上残梅哩。梅花呵,似俺杜丽娘半开而谢,好伤情也。则为这断鼓零钟金字经[28],叩动俺黄粱境[29]。俺向这地坯里梅根进几程,透出些儿影。(泣介)姑姑们这般至诚,若不留些踪影,怎显的俺鉴知他,就将梅花散在经台之上。(撒花介)抵甚么一点香销万点情。想起爹娘何处,春香何处也?呀,那边厢有沈吟叫唤之声,听怎来?(内叫介)俺的姐姐呵!俺的美人呵!(旦惊介)谁叫谁也?再听。(内又叫介)(旦叹介)

【醉归迟】生和死,孤寒命。有情人叫不出情人应。为什么不唱出你可人名姓[30]?似俺孤魂独趁,待谁来叫唤俺一声。不分明,无倒断[31],再消停。(内又叫介)(旦)咳,敢边厢甚么书生,睡梦里语言胡咥[32]?

【黑蟆令】不由俺无情有情,凑著叫的人三声两声,冷惺忪红泪飘零。呀,怕不是梦人儿梅卿柳卿?俺记著这花亭水亭,趁的这风清月清。则这鬼宿前程,盼得上三星四星[33]?待即行寻趁,奈斗转参横,[34]不敢久停呵!

【尾声】为什么闪摇摇春殿灯?(内叫介)殿上响动。(丑虚上望介)(又作风起介)(旦)一弄儿绣幡飘逈,则这几点落花风是俺杜丽娘身后影。(旦作鬼声下)(丑打照面[35],惊叫介)师父们,快来,快来!

（净、贴惊上）怎生大惊小怪？（丑）则这灯影荧煌，躲著瞧时，见一位女神仙，袖拂花幡，一闪而去。怕也，怕也！（净）怎生模样？（丑打手势介）这多高，这多大，俊脸儿，翠翘金凤[36]，红裙绿袄，环珮玎珰，敢是真仙下降？（净）咳，这便是杜小姐生时样子。敢是他有灵活现。（贴）呀，你看经台之上，乱糁梅花[37]，奇也，异也！大家再祝赞他一番。

【忆多娇】（众）风灭了香，月到廊。闪闪尸尸魂影儿凉[38]。花落在春宵情易伤。愿你早度天堂，早度天堂，免留滞他乡故乡。（贴）敢问杜小姐为何病亡？以何缘故而来出现？

【尾声】（净）休惊恍，免问当。收拾起乐器经堂。你听波，兀的冷窣窣珮环风还在回廊那边响。

　　（净）心知不敢辄形相，曹　唐　（贴）欲话因缘恐断肠。
　　　　天竺牧童
　　（丑）若使春风会人意，罗　邺　（合）也应知有杜兰香[39]
　　　　罗　虬

注释

〔1〕扑地——遍地。鲍照《芜城赋》："廛闬扑地，歌吹沸天。"李善注引《方言》：扑，尽也。

〔2〕经藏——这里指经卷。藏，佛教的经典。

〔3〕十二峰——在四川巫山。苏辙《巫山赋》："峰连属以十二，其九可见而三不知。"

〔4〕窈娘——唐代乔知之的宠婢，为武承嗣所夺，投井死。见孟棨《本事诗》卷一。窈娘堤，在洛阳。

〔5〕道场——超度亡灵的一种宗教仪式。

〔6〕玉界——上界、天上。

〔7〕羽衣、青鸟——羽衣，指道士；青鸟，神话中西王母的信使。这

里是指小道姑和她的徒弟。

〔8〕鹊炉——即鹊尾炉,有柄的香炉。见《法苑珠林》。

〔9〕大罗天——道家语,最高的天。

〔10〕毛节——指道士用来表示法力的符节。

〔11〕通参——修道、悟道。

〔12〕九天——迷信传说:天有九重。

〔13〕清醮坛场——设坛祈祷的一种道教仪式。

〔14〕南斗注生真妃——迷信传说:南斗星君管人生。真妃,女仙的称号。

〔15〕东岳受生夫人——迷信传说:东岳夫人管人死后注生。

〔16〕步虚声——道观所唱的赞歌。见《乐府解题》。

〔17〕赚花阴——花影动,误以为人来。赚,骗。

〔18〕也啰——感叹词。《水红花》曲都以"也啰"两字作结束。

〔19〕淹淹惜惜杜陵花——淹淹惜惜,形容多情。杜陵花,喻杜家的女儿。杜陵,即乐游原,在长安东南。杜甫曾住此。

〔20〕无那(nuó)——无奈。

〔21〕凑的——碰着。

〔22〕窣地的把罗衣整——意思是,把窣地的罗衣整。窣地,拖地,形容衣服很长。

〔23〕月勾星——即辰钩月,月蚀。辰星一名钩星,即水星。古代天文家认为它在辰、戌、丑、未前出来,就有月蚀。见《史记·天官书》第五。元吴昌龄杂剧《张天师断风花雪月》(一名《张天师夜祭辰钩月》)及明朱有燉杂剧《张天师明断辰钩月》的内容可作旁证。

〔24〕瘆(shèn)——惊恐。

〔25〕呓挣——寒噤、发怔。或作痴挣、意挣。

〔26〕稽首——叩头到地,停一会才起来。比顿首更为恭敬的礼节。

〔27〕青词——道家的祈祷词,本用青藤纸写。

〔28〕金字经——经卷。金字,以泥金写经。《元史·世祖本纪》:至元二十七年六月,"缮写金字藏经凡糜金三千二百四十四两"。

〔29〕黄粱境——梦境。唐人传奇故事:卢生在邯郸的旅店里,借道士吕翁的枕头小睡。梦幻中功名成就,官高极品。醒来,旅店主人的黄粱饭还没有炊熟。见《太平广记》卷八十二引《异闻集·吕翁》。后来一般用黄粱作梦的代称。

〔30〕可人——可爱的人。

〔31〕倒断——了结、休止。

〔32〕胡吢(jìng)——胡言乱语。

〔33〕则这鬼宿前程,盼得上三星四星——意思是,做了鬼,我的姻缘前途还能有几分拿得准呢?三星四星,三分四分。三星,见《诗·唐风·绸缪》,这是描写爱人在晚上相会的诗。四星,秤杆末梢钉有四星,引伸为下梢,结果。前程,指婚姻。

〔34〕斗转参横——夜深。斗、参,星宿名,从它们的运行可以看出大约是什么时候。

〔35〕打照面——碰面。这里指丑与旦作面对面相遇的动作。

〔36〕翠翘金凤——翠翘,钗之类的一种首饰;金凤,金凤钗。

〔37〕糁(sǎn)——细屑,这里作动词解,铺洒的意思。

〔38〕闪闪尸尸——乍出现了一下,又不见了。

〔39〕杜兰香——神话中仙女名,曾谪于人间。见《太平广记》卷六十二引《墉城集仙录·杜兰香》。

第二十八齣　幽　媾

【夜行船】(生上)瞥下天仙何处也？影空濛似月笼沙。有恨徘徊，无言窨约。早是夕阳西下。"一片红云下太清[1]，如花巧笑玉娉婷。凭谁画出生香面？对俺偏含不语情。"小生自遇春容，日夜想念。这更阑时节，破些工夫，吟其珠玉[2]，玩其精神。傥然梦里相亲，也当春风一度。(展画玩介)呀，你看美人呵，神含欲语，眼注微波。真乃"落霞与孤鹜齐飞，秋水共长天一色[3]"。

【香遍满】晚风吹下，武陵溪边一缕霞，出落个人儿风韵杀。净无瑕，明窗新绛纱。丹青小画叉，把一幅肝肠挂。小姐小姐，则被你想杀俺也。

【懒画眉】轻轻怯怯一个女娇娃，楚楚臻臻像个宰相衙[4]。想他春心无那对菱花，含情自把春容画，可想到有个拾翠人儿也逗著他？

【二犯梧桐树】他飞来似月华，俺拾的愁天大。常时夜夜对月而眠，这几夜呵，幽佳，婵娟隐映的光辉杀。教俺迷留没乱的心嘈杂[5]，无夜无明快著他。若不为擎奇怕涴的丹青亚[6]，待抱著你影儿横榻。想来小生定是有缘也。再将他诗句朗诵一番。(念诗介)

【浣沙溪】拈诗话,对会家[7]。柳和梅有分儿些[8]。他春心迸出湖山罅,飞上烟绡萼绿华[9]。则是礼拜他便了。(拈香拜介)僕倖杀[10],对他脸晕眉痕心上掐,有情人不在天涯。小生客居,怎勾姐姐风月中片时相会也。

【刘泼帽】恨单条不惹的双魂化[11],做个画屏中倚玉兼葭[12]。小姐呵,你耳朵儿云鬓月侵芽[13],可知他一些些都听的俺伤情话?

【秋夜月】堪笑咱,说的来如戏耍。他海天秋月云端挂,烟空翠影遥山抹。只许他伴人清暇,怎教人佻达[14]。

【东瓯令】俺如念咒,似说法。石也要点头[15],天雨花[16]。怎虔诚不降的仙娥下?是不肯轻行踏。(内作风起,生按住画介)待留仙怕杀风儿刮,粘嵌著锦边牙[17]。怕刮损他,再寻个高手临他一幅儿。

【金莲子】闲喷牙[18],怎能够他威光水月生临榻[19]?怕有处相逢他自家,则问他许多情,与春风画意再无差。再把灯剔起细看他一会。(照介)

【隔尾】敢人世上似这天真多则假[20]。(内作风吹灯介)(生)好一阵冷风袭人也。险些儿误丹青风影落灯花。罢了,则索睡掩纱窗去梦他。(打睡介)(魂旦上)"泉下长眠梦不成。一生馀得许多情。魂随月下丹青引,人在风前叹息声。"妾身杜丽娘鬼魂是也。为花园一梦,想念而终。当时自画春容,埋于太湖石下。题有"他年得傍蟾宫客,不在梅边在柳边"。谁想魂游观中几晚,听见东房之内,一个书生高声低叫:"俺的姐姐,俺的美人。"那声音哀楚,动俺心魂。悄然蓦入他房中[21],则见高挂起一轴小画。细玩之,便是奴家遗下春容。后面和诗一首,观其名字,则岭南柳梦梅也。梅边柳边,岂非前定乎!因而告过了冥府判君,趁此良宵,完其前梦。

想起来好苦也。

【朝天懒】怕的是粉冷香销泣绛纱,又到的高唐馆玩月华。猛回头羞飒鬓儿鬖[22],自擎拿。呀,前面是他房头了。怕桃源路径行来诧,再得俄旋试认他。(生睡中念诗介)"他年若傍蟾宫客,不在梅边在柳边。"我的姐姐呵。(旦)(听打悲介)

【前腔】是他叫唤的伤情咱泪雨麻,把我残诗句没争差。难道还未睡呵?(瞧介)(生又叫介)(旦)他原来睡屏中作念猛嗟牙[23]。省喧哗,我待敲弹翠竹窗棂下。(生作惊醒,叫"姐姐"介)(旦悲介)待展香魂去近他。(生)呀,户外敲竹之声,是风是人?(旦)有人。(生)这咱时节[24]有人,敢是老姑姑送茶来?免劳了。(旦)不是。(生)敢是游方的小姑姑么?(旦)不是。(生)好怪,好怪,又不是小姑姑。再有谁?待我启门而看。(生开门看介)

【玩仙灯】呀,何处一娇娃,艳非常使人惊诧。(旦作笑闪人)(生急掩门)(旦敛衽整容见介)秀才万福。(生)小娘子到来,敢问尊前何处,因何夤夜至此[25]?(旦)秀才,你猜来。

【红衲袄】(生)莫不是莽张骞犯了你星汉槎[26],莫不是小梁清夜走天曹罚[27]?(旦)这都是天上仙人,怎得到此。(生)是人家彩凤暗随鸦[28]?(旦摇头介)(生)敢甚处里绿杨曾系马[29]?(旦)不曾一面。(生)若不是认陶潜眼挫的花[30],敢则是走临邛道数儿差[31]?(旦)非差。(生)想是求灯的?可是你夜行无烛也[32],因此上待要红袖分灯向碧纱?

【前腔】(旦)俺不为度仙香空散花[33],也不为读书灯闲濡蜡。俺不似赵飞卿旧有瑕[34],也不似卓文君新守寡。秀才呵,你也曾随蝶梦迷花下[35]。(生想介)是当初曾梦来。(旦)俺因此上弄莺簧赴柳衙[36]。若问俺妆台何处也,不远哩,刚则在宋玉东邻第几家。(生作想介)是了。曾后花园转西,夕阳时节,见小娘子走动哩。(旦)便是了。(生)家下有谁?

【宜春令】(旦)斜阳外,芳草涯,再无人有伶仃的爹妈。奴年二八,没包弹风藏叶里花[37]。为春归惹动嗟呀,瞥见你风神俊雅。无他,待和你蓺烛临风,西窗闲话。(生背介)奇哉,奇哉,人间有此艳色!夜半无故而遇明月之珠,怎生发付!

【前腔】他惊人艳,绝世佳。闪一笑风流银蜡[38]。月明如乍,问今夕何年星汉槎?金钗客寒夜来家,玉天仙人间下榻。(背介)知他,知他是甚宅眷的孩儿,这迎门调法[39]?待小生再问他。(回介)小娘子贪夜下顾小生,敢是梦也?(旦笑介)不是梦,当真哩。还怕秀才未肯容纳。(生)则怕未真。果然美人见爱,小生喜出望外。何敢却乎?(旦)这等真个盼著你了。

【耍鲍老】幽谷寒涯,你为俺催花连夜发[40]。俺全然未嫁,你个中知察,拘惜的好人家[41]。牡丹亭,娇恰恰;湖山畔,羞答答;读书窗,淅喇喇[42]。良夜省陪茶,清风明月知无价[43]。

【滴滴金】(生)俺惊魂化,睡醒时凉月些些。陡地荣华,敢则是梦中巫峡[44]?亏杀你走花阴不害些儿怕,点苍苔不溜些儿滑,背萱亲不受些儿吓,认书生不著些儿差。你看斗儿斜,花儿亚,如此夜深花睡罢。笑咖咖,吟哈哈,风月无加。把他艳软香娇做意儿耍,下的亏他[45]?便亏他则半霎。(旦)妾有一言相恳,望郎恕罪。(生笑介)贤卿有话,但说无妨。(旦)妾千金之躯,一旦付与郎矣,勿负奴心。每夜得共枕席,平生之愿足矣。(生笑介)贤卿有心恋于小生,小生岂敢忘于贤卿乎?(旦)还有一言。未至鸡鸣,放奴回去。秀才休送,以避晓风。(生)这都领命。只问姐姐贵姓芳名?

【意不尽】(旦叹介)少不得花有根元玉有芽[46],待说时惹的风声大。(生)以后准望贤卿逐夜而来。(旦)秀才,且和俺点勘春风这第一花。

(生)浩态狂香昔未逢,韩　愈　(旦)月斜楼上五更钟。
李商隐

(旦)朝云夜入无行处,李　白　(生)神女知来第几峰?
张子容

注释

〔1〕太清——天。

〔2〕珠玉——喻诗文佳作。

〔3〕落霞与孤鹜齐飞,秋水共长天一色——唐王勃《滕王阁序》中的句子。这里引用,着重在后一句"秋水"与"秋波"一词的关联。

〔4〕宰相衙——这里意指宰相的小姐。

〔5〕迷留没乱——心绪紊乱。

〔6〕擎奇——擎举。《紫钗记》第八齣〔字字锦〕:"那拾钗人擎奇,擎奇得潇潇洒洒,欣欣爱爱。"此词即"奇擎"的异文。下文亚,同压。

〔7〕拈诗话,对会家——《西厢记》三本四折〔圣药王〕:"诗对会家吟"。会家,精通某种技艺的人。这里指诗人。全句意思说:杜丽娘的诗是为他这个知心的人写的。

〔8〕有分儿些——有些儿缘分。

〔9〕飞上烟绡萼绿华——萼绿华,神话中女仙名,相传是九嶷山得道女罗郁。见《太平广记》卷五十七引《真诰·萼绿华》。全句意思说:"好像仙女飞上了绢幅,化成画像。

〔10〕偠倅——烦恼,疑惑。

〔11〕单条——狭长的独幅字画。

〔12〕做个画屏中倚玉兼葭——《世说新语·容止》:"魏明帝使后弟毛曾与夏侯泰初共坐。时人谓:'蒹葭倚玉树'。"蒹葭,荻,贱物,喻毛曾,

这里是柳梦梅自喻。全句意思说:恨不得自己也化成画中人物,和她一起。

〔13〕耳朵儿云鬓月侵芽——芽,指月牙,新月。侵,遮掩。全句意思以云遮月喻发掩耳。

〔14〕佻达——戏谑。

〔15〕石也要点头——佛家传说:梁高僧竺道生在苏州虎邱讲法。立石为徒,石皆点头。见《事类统编》卷六十三。

〔16〕天雨花——佛家传说:梁高僧云光法师在南京雨花台讲经,感天而雨花。见《舆地纪胜》。

〔17〕锦边牙——在裱好的画幅的上端,张挂用。

〔18〕闲喷牙——说空话、多嘴。

〔19〕威光水月生临榻——威光水月,指水月观音,这里是画中美人。生临榻,活现地来到床上。

〔20〕似这天真多则假——天真,天仙。多则假,多半是假的。

〔21〕蓦——迈。

〔22〕飒——飒的一下,状声词。鬐——这里是说发髻歪斜。

〔23〕睡屏中作念猛嗟牙——睡屏中,犹言床上,引伸作睡梦中。作念,指想念。嗟牙,嗟讶,嗟叹。为用平声字,讶作牙。

〔24〕这咱时节——这会儿、这般时候。第三十二出作这咱,同。

〔25〕夤夜——深夜。

〔26〕张骞犯了你星汉槎——神话传说:汉张骞乘水上浮木(槎)到银河边牵牛、织女那里。见《荆楚岁时记》。你,以织女比杜丽娘。

〔27〕梁清——神话中女仙名,或即织女侍儿梁玉清。相传她和太白星逃往下界,生一子。见《太平广记》卷五十九引《独异志·梁玉清》。

〔28〕彩凤暗随鸦——杜大中当兵出身。他的爱妾才色俱美,抱怨嫁不到好丈夫。作《临江仙》一阕,说自己是彩凤随鸦。见《事文类聚》后集卷十六《武人置妾》条。

〔29〕绿杨曾系马——曾下马去看过她。宋姜夔词《月下笛》:"曾游处,但系马垂杨,认郎鹦鹉。"《元曲选·两世姻缘》第三折〔调笑令〕:"何

处绿杨曾系马。"

〔30〕认陶潜眼挫的花——陶潜,晋代大诗人,《桃花源记》的作者。桃花源和刘晨、阮肇的故事附会在一起以后,陶潜有时也和刘、阮一样,用作情郎的代称。眼挫的花,眼花错看。全句意思说:找情郎看错了人。

〔31〕走临邛道儿差——走临邛,指私奔。卓文君,四川临邛卓王孙的女儿,寡居在家。一天,听司马相如奏琴,爱上了他。偷偷地离家,和相如同居。见《史记·司马相如列传》。全句意思说:私奔走错了路。

〔32〕夜行无烛——《礼·内则》:"女子出门……夜行以烛,无烛则止。"

〔33〕度仙香空散花——佛家传说:文殊到维摩诘那里问病,天女以天花散到菩萨身上,花从菩萨身上落下。散在大弟子身上的却没有落下。天女说,这是因为大弟子结习还没有尽。见《维摩诘经·问疾品》。

〔34〕赵飞卿旧有瑕——赵飞卿,或指汉成帝的皇后赵飞燕。相传她贫贱时,曾和射鸟者私通。见《赵飞燕外传》。旧有瑕,当指此。

〔35〕蝶梦——梦。《庄子·齐物论》:"昔者庄周梦为胡蝶,栩栩然胡蝶也。"

〔36〕弄莺簧赴柳衙——簧,乐器名。一般常用簧声来形容莺鸣。柳衙,柳成行。衙,排衙,原指长官排列仪仗,接受属员的参谒。清周亮工《书影》卷十引《中朝故事》:"曲江池畔多柳,亦号柳衙。"这里指柳梦梅住房。

〔37〕没包弹——无可指摘、没批评。

〔38〕银蜡——蜡烛。

〔39〕调法——掉枪花、弄花样。

〔40〕催花连夜发——《全唐诗》卷一则天皇后《腊日宣诏幸上苑》:"花须连夜发,莫待晓风吹。"

〔41〕拘惜——拘束,管束。又作"拘系"。习凿齿《晋承汉统论》:"若以晋尝事魏,惧伤皇德,拘惜禅名,谓不可割,则惑之甚者也。"王实甫《西厢记》第二本第二折:"(旦云)老夫人拘系的紧。"

〔42〕淅喇喇——形容风吹窗纸声。

〔43〕清风明月知无价——句本李白《襄阳歌》:"清风朗月不用一钱买。"这里用意不同,"无价",极言珍贵。

〔44〕巫峡——此指巫山,男女欢会。《元曲选·两世姻缘》第三折〔调笑令〕:"莫不是梦儿中云雨巫峡。"参看第一齣注〔13〕。

〔45〕下的——忍得。

〔46〕花有根元玉有芽——有根芽,有来历、出处的意思。

第二十九齣　旁　疑

【步步娇】(净扮老道姑上)女冠儿生来出家相。无对向[1]、没生长[2]。守著三清像[3]，换水添香，钟鸣鼓响。赤紧的是那走方娘[4]，弄虚花扯闲帐？"世事难拚一个信，人情常带三分疑。"杜老爷为小姐创下这座梅花观，著俺看守三年。水清石见[5]，无半点瑕疵。止因陈教授老狗，引下个岭南柳秀才，东房养病。前几日到后花园回来，悠悠漾漾的，著鬼著魅一般，俺已疑惑了。凑著个韶阳小道姑，年方念八，颇有风情，到此云游，几日不去。夜来柳秀才房里，唧唧哝哝，听的似女儿声息。敢是小道姑瞒著我去瞧那秀才，秀才逆来顺受了。俺且待他来，打觑他一番[6]。

【前腔】(贴扮小道姑上)俺女冠儿俏的仙真样。论举止都停当[7]，则一点情抛漾[8]。步斗风前，吹笙月上[9]。(叹介)古来仙女定成双，怎生来寒乞相？(见介)(贴)"常无欲以观其妙，(净)常有欲以观其窍。[10]"小姑姑，你昨夜游方，游到柳秀才房儿里去。是窍，是妙？(贴)老姑姑这话怎的起？谁曾见来？(净)俺见来。

【剔银灯】你出家人芙蓉淡妆，翦一片湘云鹤氅[11]。玉冠儿斜插笑生香，出落的十分情况。斟量，敢则向书生夜窗，迤逗的幽辉半床[12]?(贴)向那个书生?老姑姑这话敢不中哩。

【前腔】俺虽然年青试妆,洗凡心冰壶月朗[13]。你怎生剥落的人轻相[14]?比似你半老的佳人停当!(净)倒栽起俺来[15]。(贴)你端详,这女贞观傍[16],可放著个书生话长?(净)哎也,难道俺与书生有账!这梅花观,你是云游道婆,他是云游秀才,你住的,偏他住不的?则是往常秀才夜静高眠,则你到观中,那秀才夜半开门,唧唧哝哝的。不共你说话,共谁来?扯你道箓司告去[17]。(扯介)(贴)便去。你将前官香火院,停宿外方游棍[18]。难道偏放过你?(扯介)

【一封书】(末上)闲步白云除[19],问柳先生何处居?扣梅花院主[20]。(见扯介)呀,怎两个姑姑争施主[21]?玄牝同门道可道[22],怎不韫椟而藏姑待姑[23]?俺知道你是大姑他是小姑,嫁的个彭郎港口无[24]?(净)先生不知。听的柳秀才半夜开门,不住的唧哝。俺好意儿问这小姑:"敢是你共柳秀才讲话哩?"这小姑则答应著"谁共秀才讲话来",便罢;倒嘴骨弄的说俺养著个秀才[25]。陈先生,凭你说,谁引这秀才来?扯他道箓司明白去[26]。俺是石的。(贴)难道俺是水的[27]?(末)禁声[28],坏了柳秀才体面。俺劝你,

【前腔】教你姑徐徐。撒月招风实也虚?早则是者也之乎,那柳下先生君子儒[29],到道箓司牒你去俗还俗[30],敢儒流们笑你姑不姑[31]。(贴)正是不雅相。(末)好把冠子儿扶水云梳,裂了这仙衣四五铢[32]。(净)便依说,开手罢。陈先生吃个斋去。(末)待柳秀才在时又来。

【尾声】清绝处,再踟蹰。(泪介)咳,糁东风穷泪扑疏疏[33]。道姑,杜小姐坟儿可上去?(净)雨哩。(末叹介)则恨的锁春寒这几点杜鹃花下雨。(下)(净、贴吊场)(净)陈老儿去了。小姑姑好

嗏[34]。（贴）和你再打听谁和秀才说话来。

（净）烟水何曾息世机[35]！温庭筠　（贴）高情雅淡世间稀。刘禹锡

（净）陇山鹦鹉能言语，岑参　（贴）乱向金笼说是非。僧子兰

注释

〔1〕对向——配偶。

〔2〕生长——生育。

〔3〕三清——道观所供奉的元始天尊、太上道君、太上老君。

〔4〕赤紧的——真的，这里是猜测的口气。下文走方娘，指游方的小道姑。

〔5〕水清石见——喻事情清清白白。古乐府《艳歌行》："水清石自见。"

〔6〕打觑——探看。

〔7〕停当——妥当、合乎规矩。第四十一齣〔神仗儿〕后说白所说停当，是反词。

〔8〕抛漾——原作抛出去解。这里是抛在外面，在外面飘扬（漾）的意思。

〔9〕吹笙——神话传说：西王母侍女董双成，本在杭州西湖妙庭观修炼，后来吹笙骑鹤飞上天去。见《浙江通志》卷一九八。

〔10〕常无欲以观其妙，常有欲以观其窍——见《老子》。窍，原作徼，妙的意思。这里有意改动，作调谑的话。

〔11〕湘云鹤氅——鹤氅，羽衣，道家装束。湘云，形容衣服淡雅。

〔12〕幽辉半床——句见元稹《会真记》。本用来形容崔莺莺到张生那里幽会时的月景。这里暗示道姑到柳梦梅那边去幽会。

〔13〕冰壶——比喻心地清净，恬淡。王昌龄诗《芙蓉楼送辛渐》："一片冰心在玉壶。"

〔14〕剥落——这里作诋毁解。

〔15〕栽——诬陷。

〔16〕女贞观——宋潘必正与道姑陈妙常在女贞观幽会。见《古今女史》、明高濂《玉簪记》传奇。

〔17〕道箓司——管理道教的官署。

〔18〕游棍——流氓。

〔19〕除——阶除。

〔20〕扣——叩问。

〔21〕施主——佛家语,行布施的人。

〔22〕玄牝同门道可道——"玄牝之门"、"道可道"都是道教所崇奉的经典著作《老子》中的句子。这里作调谑用,与原来意义无关。玄牝,《老子》用来表示万物起源的一个术语。

〔23〕韫椟而藏姑待姑——《论语·子罕》:"子贡曰:'有美玉于斯,韫椟而藏诸?求善贾(价)而沽(出卖)诸?'子曰:'沽之哉,沽之哉!我待贾者也。'"韫椟,放在匣子里。这里引用原文而有意改动,调谑用。姑、沽、诸谐音。

〔24〕你是大姑他是小姑,嫁的个彭郎港口无——这是意义双关的话。江西彭泽县有大姑山、小姑山,旁有彭郎矶。后人把彭郎附会作小姑的丈夫。

〔25〕嘴骨弄的——多言多语地。

〔26〕明白去——评理去。

〔27〕水的——水性,轻浮、不端正。

〔28〕禁声——一作噤声,轻声、住声。

〔29〕柳下先生君子儒——春秋鲁国的儒者展禽,居柳下,死后私谥为惠。这里借指柳梦梅。君子儒,见《论语·雍也》。这里指规规矩矩的读书人。

〔30〕牒——公文的一种。这里作动词用,告状。

〔31〕姑不姑——《论语·雍也》:"觚不觚。"这里谐音。

〔32〕仙衣四五铢——仙衣一件。铢,古代重量名,一两的二十四分

之一。铢衣,仙衣,重仅五六铢。见《类说》卷二十四引《博异志》。

〔33〕扑疏疏——扑簌簌。

〔34〕嗻——者,语尾助词。

〔35〕烟水——散淡的人,这里指道姑。

第三十齣 欢　挠

【捣练子】(生上)听漏下半更多,月影向中那。恁时节夜香烧罢么?"一点猩红一点金,十个春纤十个针。只因世上美人面,改尽人间君子心。"俺柳梦梅是个读书君子,一味志诚。止因北上南安,凑着东邻西子。嫣然一笑,遂成暮雨之来;未是五更,便逐晓风而去。今宵有约,未知迟早。正是:"金莲若肯移三寸[1],银烛先教刻五分[2]。"则一件,姐姐若到,要精神对付他。偷盹一会,有何不可。(睡介)

【称人心】(魂旦上)冥途挣挫[3],要死却心儿无那。也则为俺那人儿忒可,教他闷房头守着闲灯火。(入门介)呀,他端然睡瞌,恁春寒也不把绣衾来摸。多应他祗候着我[4]。待叫醒他。秀才,秀才!(生醒介)姐姐,失敬也。(起揖介)(生)待整衣罗,远远相迎个。这二更天风露多,还则怕夜深花睡么[5]?(旦)秀才,俺那里长夜好难过,缠着你无眠清坐。(生)姐姐,你来的脚踪儿恁轻,是怎的?〔集唐〕"(旦)自然无迹又无尘朱庆馀,(生)白日寻思夜梦频令狐楚。(旦)行到窗前知未寝[6]无名氏,(生)一心惟待月夫人皮日休。"姐姐,今夜来的迟些。

【绣带儿】(旦)镇消停,不是俺闲情忒慢俄。那些儿忘却俺欢哥[7]。夜香残,回避了尊亲。绣床偎收拾起生活[8],停脱[9]。顺风儿斜将金佩拖,紧摘离百忙的淡妆明抹[10]。(生)费你高情,则良夜无酒奈何?(旦)都忘了。俺携酒一壶,花果二色,在楯栏之上,取来消遣。(旦取酒、果、花上)(生)生受了。是甚果?(旦)青梅数粒。(生)这花?(旦)美人蕉。(生)梅子酸似俺秀才,蕉花红似俺姐姐。串饮一杯。(共杯饮介)

【白练序】(旦)金荷[11]、斟香糯[12]。(生)你酝酿春心玉液波。拚微酡,东风外翠香红酸[13]。(旦)也摘不下奇花果,这一点蕉花和梅豆呵,君知么,爱的人全风韵,花有根科[14]。

【醉太平】(生)细哦,这子儿花朵,似美人憔悴,酸子情多。喜蕉心暗展,一夜梅犀点污[15]。如何?酒潮微晕笑生涡。待嗷着脸恣情的呜嗄[16],些儿个,翠偎了情波,润红蕉点,香生梅唾。

【白练序】(旦)活泼、死腾那,这是第一所人间风月窝。咋宵个微芒暗影轻罗,把势儿忒显豁[17]。为什么人到幽期话转多?(生)好睡也。(旦)好月也。消停坐,不妒色嫦娥,和俺人三个。

【醉太平】(生)无多,花影阿那[18]。劝奴奴睡也,睡也奴哥[19]。春宵美满,一霎暮钟敲破。娇娥、似前宵雨云羞怯颤声讹[20],敢今夜翠鬟轻可。睡则那[21],把腻乳微搓,酥胸汗帖,细腰春锁。(净、贴悄上)(贴)"道可道,可知道?名可名,可闻名?[22]"(生、旦笑介)(贴)老姑姑,你听秀才房里有人。这不是俺小姑姑了。(净作听介)是女人声,快敲门去。(敲门介)(生)是谁?(净)老道姑送茶。(生)夜深了。(净)相公房里有客哩。(生)没有。(净)女客哩。(生、旦慌介)怎好?(净急敲门介)相公,快开门。地方巡警,免的声扬哩。(生慌介)怎了,怎了!(旦笑介)不妨,俺是邻家女子,道姑不肯干休时,便与他一个勾引的罪名儿。

【隔尾】便开呵须撒和[23],隔纱窗怎守的到参儿趖[24]!柳郎,则管松了门儿。俺影着这一幅美人图那边躲。(生开门,旦作躲,生将身遮旦,净、贴闯进笑介)喜也。(生)什么喜?(净前看,生身拦介)

【滚遍】(净、贴)这更天一点锣[25],仙院重门阖,何处娇娥?怕惹的干柴火。(生)你便打睃[26],有甚着科[27]?是床儿里窝[28]?箱儿里那?袖儿里阁?(净、贴向前,生拦不住,内作风起,旦闪下介)(生)昏了灯也。(净)分明一个影儿,只这轴美女图在此。古画成精了么?

【前腔】画屏人踏歌[29],曾许你书生和。不是妖魔,甚影儿望风躲?相公,这是什么画?(生)妙娑婆,秀才家随行的香火。俺寂静里暗祈求,你莽吃喝。(净)是了。不说不知,俺前晚听见相公房内啾啾唧唧,疑惑是这小姑姑。俺如今明白了。相公,权留小姑姑伴话。(生)请了。

【尾声】(贴)动不动道籙司官了私和[30]。(生)则欺负俺不分外的书生欺别个[31]!姑姑,这多半觉美鼾鼾,则被你奚落杀了我。(净、贴下)(生笑介)一天好事,两个瓦剌姑[32]。扫兴,扫兴。那美人呵,好吃惊也!

　　应陪秉烛夜深游,曹　松　恼乱春风卒未休。罗　隐
　　大姑山远小姑出,顾　况　更凭飞梦到瀛洲。胡　宿

注释

　　[1] 金莲——三寸金莲,形容女人的脚小。

　　[2] 银烛先教刻五分——南朝梁竟陵王萧子良与友人夜集,刻烛为诗。做四韵的刻一寸。见《南史·王僧孺传》。《全唐诗》卷二十三皮日休《奉和再招》:"红蜡先教刻五分。"

〔3〕挣挫——挣扎。这里有受苦的意思。

〔4〕祗候——等候。动词。

〔5〕还则怕夜深花睡么——苏轼《苏文忠公诗》卷二十二《海棠》:"只恐夜深花睡去,故烧高烛照红妆。"

〔6〕行到窗前知未寝——《全唐诗》卷二十八无名氏《杂诗》,原句"窗"、"寝"作"阶"、"睡"。

〔7〕欢哥——对情郎的昵称。

〔8〕生活——针线生活。上文僾,傍。

〔9〕停脱——停妥、停当、完毕。

〔10〕摘离——离开,脱身。

〔11〕荷——杯的代称。古代有荷叶杯。

〔12〕糯——糯米做的酒。

〔13〕酘——以酒做原料再加蒸制的烈性酒。这里是形容花很红,再以花红喻酒醉。

〔14〕根科——根株,作根芽解。上文人,谐(果)仁,与下文花并列。

〔15〕梅犀点污——隐喻欢会。梅犀,梅子。《董西厢》:"辄把梅犀玷污。"

〔16〕待噷着脸恣情的呜喏——狂吻。《董西厢》:"贪欢处呜损脸窝,办得个噷着,摸着,抱着……忍不得姿情呜喏。"

〔17〕把势儿——恣态,指欢会。

〔18〕阿那——即婀娜。

〔19〕睡也奴哥——奴哥,对女人的昵称。《董西厢》:"奴哥,托付你方便子个。"全句本黄庭坚词《千秋岁》:"奴奴睡,奴奴睡也奴奴睡。"

〔20〕雨云羞怯颤声讹——《董西厢》:"欲言羞懒颤声讹。"

〔21〕那——哪。

〔22〕道可道,可知道?名可名,可闻名——戏曲中习用的道姑的上场诗。《老子》:"道可道,非常道;名可名,非常名。"

〔23〕便开呵须撒和——骡马饥饿困倦时,解下鞍子,给它喂点草料,让它蹓跶、休息一回,叫做撒和。这里引伸为说好话。全句意思说:就是

要人开门,也要好好说话。

〔24〕参儿赸——参横,指夜深。参,星名。赸,低斜。

〔25〕这更天一点锣——晚上起更时分。

〔26〕打睃——巡视。

〔27〕著科——着了道儿、中计、抓着把柄、看出破绽。

〔28〕窝——窝藏。下句那,挪;阁,搁;都有藏放的意思。

〔29〕画屏人踏歌——唐人传奇故事:有一士人醉卧醒来,看见画屏上的妇人,都来到他的床前歌舞,他一声惊叫,妇人就回到画屏上去了。见《酉阳杂俎·诺皋记》。

〔30〕官了私和——去告状,让官府来了结这件公事呢;还是私下和解?这是小道姑斥责老道姑过去不该动辄对她说这种进行威胁、讹诈的话。老道姑说小道姑的话,见第二十九齣。

〔31〕不分外的——守本分的。全句意思说:只欺负我这个守本分的人。

〔32〕瓦剌姑——即歪辣骨,骂女人不正派。见《野获编》卷二十五《俚语》。

第三十一齣　缮　备

【番卜算】(贴扮文官,净扮武官上)边海一边江,隔不断胡尘涨。维扬新筑两城墙[1],酾酒临江上[2]。请了。俺们扬州府文武官僚是也。安抚杜老大人,为因李全骚扰地方,加筑外罗城一座[3]。今日落成开宴,杜老大人早到也。

【前腔】(众拥外上)三千客两行[4],百二关重壮[5]。(文武迎介)(外)维扬风景世无双,直上层楼望。(见介)(众)"北门卧护要耆英[6]。(外)恨少胸中十万兵[7]。(众)天借金山为底柱[8]。(外)身当铁瓮作长城[9]。"扬州表里重城,不日成就。皆文武诸公士民之力。(众)此皆老安抚远略奇谋。属官窃在下风[10],敢献一杯,效古人城隅之宴[11]。(外)正好。且向新楼一望。(望介)壮哉,城也!真乃:"江北无双堑[12],淮南第一楼。"(众)请进酒。

【山花子】(众)贺层城顿插云霄敞,雉飞腾映压寒江[13]。据表里山河一方,控长淮万里金汤[14]。(合)敌楼高窥临女墙[15],临风酾酒旌旆扬。乍想起琼花当年吹暗香[16],几点新亭[17],无限沧桑[18]。(外)前面高起如霜似雪四五十堆,是何山也?(众)都是各场所积之盐,众商人中纳[19]。(外)商人何在?(末、老旦扮商人上)"占种海田高白玉,掀翻盐井横黄金。"商人见。(外)商人么,则怕早晚要动支兵粮,攒紧上纳。

【前腔】这盐呵,是银山雪障连天晃,海煎成夏草秋粮。平看取盐花灶场,尽支排中纳边商。(合前)(外)酒罢了。喜的广有兵粮,则要众文武关防如法[20]。

【舞霓裳】(众)文武官僚立边疆,立边疆。休坏了这农桑,士工商。(合)敢大金家早晚来无状[21],打贴起炮箭旗枪[22]。听边声风沙迭荡[23],猛惊起,见蟠花战袍旧边将。

【红绣鞋】(众)吉日祭赛城隍,城隍。归神谢土安康,安康。祭旗纛,犒军装。阵头儿,谁抵当？箭眼里,好遮藏。

【尾声】(外)按三韬把六出旗门放[24],文和武肃静端详。则等待海西头动边烽那一声炮儿响[25]。

　　夹城云暖下霓旄[26],杜　牧　千里崤函一梦劳[27]。谭用之

　　不意新城连嶂起,钱　起　夜来冲斗气何高。谭用之

注释

〔1〕维扬——扬州。

〔2〕酾酒临江上——酾酒,斟酒。苏轼《东坡集》卷十九《赤壁赋》:"酾酒临江。"

〔3〕外罗城——城外的大城。

〔4〕三千客——战国时代齐国孟尝君田文有食客三千人。见《史记·孟尝君列传》。这里是杜宝表示自己爱贤好客。

〔5〕百二——《史记·高祖本纪》:"秦形胜之国,带河山之险,县隔千里,持戟百万,秦得百二焉。"形势险要,利于扼守,一百万人可以胜过一倍的敌人。

〔6〕北门卧护要耆英——《新唐书·裴度传》:唐宪宗以中书令裴度兼河东节度使,差官向他宣谕说:"为朕卧护北门可也。"耆英,老年的贤

者。全句,凭藉老将的威名,就是卧着不动,也能收到防守北方的实效。

〔7〕胸中十万兵——北宋范仲淹,曾任陕西经略安抚使,防守西夏。袁桷题他的画像的诗说:"甲兵十万在胸中,赫赫英名震犬戎。"见《宋人轶事汇编》卷八。四句上场诗用《诚斋集》卷十七《送广帅秩满之官丹阳》原句,恨少、为底柱、当,原作小试、吟落月、兼。

〔8〕天借金山为底柱——金山,在江苏镇江西北,本是长江中心的小岛。底柱,一作砥柱,即三门山,在河南陕县。屹立在黄河中流,形势险要。这里借三门山比喻金山,指金山是长江的中流砥柱。

〔9〕铁瓮——三国吴大帝在镇江筑的子城很坚固,号称铁瓮城。

〔10〕下风——这里是下属的意思。

〔11〕城隅——城上的角楼。曹植《赠丁翼》诗:"吾与二三子,曲宴此城隅。"

〔12〕堃——护城河。这里指城池。

〔13〕雉——古代度量单位名,城长三丈高一丈为雉。见《说郛》卷五十《识遗》。这里是雉堞,即女墙,筑在城上的小墙,上面有射箭的孔眼。

〔14〕金汤——金城汤池,喻不可攻破的城池。

〔15〕敌楼——城楼。

〔16〕琼花——传说隋炀帝开了大运河,坐船到江都(扬州)看琼花。后来为宇文化及所杀。隋亡。见《隋炀帝艳史》。

〔17〕几点新亭——指新亭之泪,泛言见国家危亡而下泪。新亭在南京城南。东晋偏安,周顗和人在这里宴酒,叹道:"风景不殊,举目有江山之异。"因而泣下。见《世说·言语》。

〔18〕沧桑——沧海变桑田,为世事变迁而发的感叹。

〔19〕中纳——宋朝政府允许商人直接运送粮秣到边境地区,以供军需,然后在京师发给商人以领盐的执照,这种官、商之间的实物交易称为"入中",也即这里所说的"中纳"。南宋时扬州地处边境,又是盐的转运口,交易可能直接在当地进行,有如戏曲所描写。下文"海煎成夏草秋粮"、"中纳边商",都是这个意思。又,"掀翻盐井横黄金"写出了商人因而发财致富。参看《宋史·食货志》。

〔20〕关防如法——防守严密的意思。

〔21〕无状——这里是无礼,指前来侵犯。

〔22〕打贴起——原作打叠起,收拾起、准备好。

〔23〕迭荡——即跌荡。这里指弥漫在空间。

〔24〕按三韬把六出旗门放——《六韬》、《三略》都是古代的兵书。这里三韬,指阵图。六出旗门,指这个阵势有六个出入口。

〔25〕海西头——泛指边塞。海西,瀚海(一说青海)之西。

〔26〕夹城——在长安,唐开元时筑。从西苑到南内、曲江的通路,夹在两道城墙之间。霓旄——即蜺旌,彩色羽毛编缀成的旗子。皇帝仪仗的一种。

〔27〕崤函——即函谷关,在陕西。

第三十二齣　冥　誓

【月云高】(生上)暮云金阙[1],风幡淡摇拽。但听的钟声绝,早则是心儿热。纸帐书生,有分氲兰麝。咱时还早。荡花阴,单则把月痕遮。(整灯介)溜风光,稳护著灯儿烨。(笑介)"好书读易尽,佳人期未来。"前夕美人到此,并不堤防,姑姑搅攘。今宵趁他未来之时,先到云堂之上攀话一回[2],免生疑惑。(作掩门行介)此处留人户半斜,天呵,俺那有心期在那些。(下)

【前腔】(魂旦上)孤神害怯,佩环风定夜。(惊介)则道是人行影,原来是云偷月。(到介)这是柳郎书舍了。呀,柳郎何处也?闪闪幽斋,弄影灯明灭。魂再艳,灯油接;情一点,灯头结。(叹介)奴家和柳郎幽期,除是人不知,鬼都知道。(泣介)竹影寺风声怎的遮[3],黄泉路夫妻怎当赊[4]?"待说何曾说,如颦不奈颦。把持花下意,犹恐梦中身。"奴家虽登鬼录,未损人身。阳禄将回,阴数已尽。前日为柳郎而死,今日为柳郎而生。夫妇分缘,去来明白。今宵不说,只管人鬼混缠到甚时节?只怕说时柳郎那一惊呵,也避不得了。正是:"夜传人鬼三分话,早定夫妻百岁恩。"

【懒画眉】(生上)画阑风摆竹横斜。(内作鸟声惊介)惊鸦闪落在残红榭。呀,门儿开也,玉天仙光降了紫云车[5]。(旦出迎介)柳郎来也。(生揖介)姐姐来也。(旦)剔灯花这咱望郎爷。(生)直恁的志诚亲姐姐。(旦)秀才,等你不来,俺集下了唐诗一首。(生)洗耳[6]。(旦念介)"拟托良媒亦自伤秦韬玉,月寒山色两苍苍薛涛。不知谁唱春归曲曹唐? 又向人间魅阮郎刘言史。"(生)姐姐高才。(旦)柳郎,这更深何处来也?(生)昨夜被姑姑败兴,俺乘你未来之时,去姑姑房头看了他动静,好来迎接你。不想姐姐今夜来恁早哩。(旦)盼不到月儿上也。

【太师引】(生)叹书生何幸遇仙提揭[7],比人间更志诚亲切。乍温存笑眼生花,正渐入欢肠唊蔗[8]。前夜那姑姑呵,恨无端风雨把春抄截。姐姐呵,误了你半宵周折,累了你好回惊怯[9]。不嗔嫌,一径的把断红重接。

【锁窗寒】(旦)是不隄防他来的咈嘛[10],吓的个魂儿收不迭。仗云摇月躲,画影人遮。则没揣的涩道边儿[11],闪人一跌。自生成不惯这磨灭。险些些,风声扬播到俺家爷,先吃了俺狠尊慈痛决[12]。(生)姐姐费心。因何错爱小生至此?(旦)爱的你一品人才[13]。(生)姐姐敢定了人家?

【太师引】(旦)并不曾受人家红定回鸾帖[14]。(生)喜个甚样人家?(旦)但得个秀才郎情倾意惬。(生)小生到是个有情的。(旦)是看上你年少多情,迤逗俺睡魂难贴。(生)姐姐,嫁了小生罢。(旦)怕你岭南归客路途赊,是做小伏低难说[15]。(生)小生未曾有妻。(旦笑介)少什么旧家根叶,著俺异乡花草填接? 敢问秀才,堂上有人么?(生)先君官为朝散,先母曾封县君。(旦)这等是衙内了[16]。怎恁婚迟?

【锁窗寒】(生)恨孤单飘零岁月,但寻常稔色谁沾藉[17]? 那有个相如在客,肯驾香车? 萧史无家,便同瑶阙[18]? 似你千金笑等闲抛泄,凭说,便和伊青春才貌恰争些,怎做的露水相看他别[19]!(旦)秀才有此心,何不请媒相聘?也省的奴家为你担慌受怕。(生)明早敬造尊庭,拜见令尊令堂,方好问亲于姐姐。(旦)到俺家来,只好见奴家。要见俺爹娘还早。(生)这般说,姐姐当真是那样门庭。(旦笑介)(生)是怎生来?

【红衫儿】看他温香艳玉神清绝,人间迥别。(旦)不是人间,难道天上?(生)怎独自夜深行,边厢少侍妾[20]?且说个贵表尊名。(旦叹介)(生背介)他把姓字香沈,敢怕似飞琼漏泄[21]?姐姐不肯泄漏姓名,定是天仙了。薄福书生,不敢再陪欢宴。尽仙姬留意书生,怕逃不过天曹罚折。

【前腔】(旦)道奴家天上神仙列,前生寿折。(生)不是天上,难道人间?(旦)便作是私奔,悄悄何妨说。(生)不是人间,则是花月之妖。(旦)正要你掘草寻根,怕不待勾辰就月。(生)是怎么说?(旦欲说又止介)不明白辜负了幽期,话到尖头又咽。〔相思令〕(生)姐姐,你"千不说,万不说。直恁的书生不酬决[22],更向谁边说?(旦)待要说,如何说?秀才,俺则怕聘则为妻奔则妾[23],受了盟香说。"(生)你要小生发愿,定为正妻,便与姐姐拈香去。

【滴溜子】(生、旦同拜)神天的,神天的,盟香满爇。柳梦梅,柳梦梅,南安郡舍,遇了这佳人提挈,作夫妻。生同室,死同穴[24]。口不心齐,寿随香灭,(旦泣介)(生)怎生吊下泪来?(旦)感君情重,不觉泪垂。

【闹樊楼】你秀才郎为客偏情绝,料不是虚脾把盟誓撇[25]。哎,话吊在喉咙夢了舌。嘱东君在意者[26],精神打叠。暂时间奴儿回避趄[27],些儿待说,你敢扑懞松害跌[28]。(生)怎的来?(旦)秀才,这春容得从何处?(生)太湖石缝里。(旦)比奴家容貌争多?(生看惊介)可怎生一个粉扑儿[29]?(旦)可知道,奴家便是画中人也。(生合掌谢画介)小生烧的香到哩。姐姐,你好歹表白一些儿。

【啄木犯】(旦)柳衙内听根节。杜南安原是俺亲爹。(生)呀,前任杜老先生升任扬州,怎么丢下小姐?(旦)你翦了灯。(生翦灯介)(旦)翦了灯、馀话堪明灭。(生)且请问芳名,青春多少?(旦)杜丽娘小字有庚帖,年华二八,正是婚时节。(生)是丽娘小姐,俺的人那!(旦)衙内,奴家还未是人。(生)不是人,是鬼?(旦)是鬼也。(生惊介)怕也,怕也。(旦)靠边些,听俺消详说。话在前教伊休害怯,俺虽则是小鬼头人半截。(生)姐姐,因何得回阳世而会小生?

【前腔】(旦)虽则是阴府别,看一面千金小姐,是杜南安那些枝叶。注生妃央及煞回生帖,化生娘点活了残生劫[30]。你后生儿醮定俺前生业[31]。秀才,你许了俺为妻真切,少不得冷骨头着疼热。(生)你是俺妻,俺也不害怕了。难道便请起你来?怕似水中捞月,空里拈花。

【三段子】(旦)俺三光不灭[32]。鬼胡由[33],还动迭[34],一灵未歇。泼残生,堪转折。秀才可谙经典?是人非人心不别,是幻非幻如何说?虽则似空里拈花,却不是水中捞月。(生)既然虽死犹生,敢问仙坟何处?(旦)记取太湖石梅树一株。

【前腔】爱的是花园后节,梦孤清,梅花影斜。熟梅时节,为仁儿,心酸那些。(生)怕小姐别有走跳处?(旦叹介)便到九泉无屈折,衘幽香一阵昏黄月[35]。(生)好不冷。(旦)冻的俺七魄三魂[36],僵做了三贞七烈[37]。(生)则怕惊了小姐的魂怎好?

【斗双鸡】(旦)花根木节,有一个透人间路穴。俺冷香肌早偎的半热。你怕惊了呵,悄魂飞越,则俺见了你回心心不灭。

(生)话长哩。(旦)畅好是一夜夫妻[38],有的是三生话说。(生)不烦姐姐再三,只俺独力难成。(旦)可与姑姑计议而行。(生)未知深浅,怕一时间攒不彻。

【登小楼】(旦)咨嗟、你为人为彻[39]。俺砌笼棺勾有三尺叠,你点刚锹和俺一谜掘[40]。就里阴风沴沴,则隔的阳世些些。
(内鸡鸣介)

【鲍老催】咳,长眠人一向眠长夜,则道鸡鸣枕空设。今夜呵,梦回远塞荒鸡咽[41],觉人间风味别。晓风明灭,子规声容易吹残月。三分话才做一分说。

【耍鲍老】俺丁丁列列[42],吐出在丁香舌。你拆了俺丁香结,须粉碎俺丁香节。休残慢[43],须急节。俺的幽情难尽说。(内风起介)则这一蓊风动灵衣去了也。(旦急下)(生惊痴介)奇哉,奇哉!柳梦梅做了杜太守的女婿,敢是梦也?待俺来回想一番。他名字杜丽娘,年华二八,死葬后园梅树之下。咦,分明是人道交感,有精有血。怎生杜小姐颠倒自己说是鬼?(旦又上介)衙内还在此?(生)小姐怎又回来?(旦)奴家还有丁宁[44]。你既以俺为妻,可急视之,不宜自误。如或不然,妾事已露,不敢再来相陪。愿郎留心。勿使可惜。妾若不得复生,必痛恨君于九泉之下矣。

【尾声】(旦跪介)柳衙内你便是俺再生爷。(生跪扶起介)(旦)一点心怜念妾,不著俺黄泉恨你,你只骂的俺一句鬼随邪[45]。(旦作鬼声下,回顾介)(生吊场,低语介)柳梦梅着鬼了。他说的恁般分明,恁般恓切,是无是有,只得依言而行。和姑姑商量去。

梦来何处更为云? 李商隐　　惆怅金泥簇蝶裙。韦氏子
欲访孤坟谁引至? 刘言史　　有人传示紫阳君[46]。熊孺登

注释

〔1〕 金阙——皇帝和神话中天帝的宫阙,这里指道观。

〔2〕 云堂——僧道诵经的法堂。

〔3〕 竹影寺——元代谚语:"竹林寺有影无形。"元曲习用此语,如《汉宫秋》三折《醉春风》:"想娘娘似竹林寺,不见半分形,只留下这个影、影。"这里是反用,既有影,人们捕风捉影,就免不了有闲话。

〔4〕 黄泉路夫妻怎当赊——黄泉,地下,迷信说法引申为阴间。赊,长远。

〔5〕 紫云车——仙车,神话传说中西王母的座车,见《汉武故事》。

〔6〕 洗耳——洗耳恭听,敬听的意思。

〔7〕 提揭——当作提挈,扶持、提携。

〔8〕 啖蔗——甘蔗从尖儿吃起,越吃越甜。这里是正甜蜜的意思。见《世说新语·排调》。

〔9〕 好回——好一回。

〔10〕 咈嗻——厉害。

〔11〕 涩道——阶石。见《鹤林玉露》。

〔12〕 尊慈痛决——尊慈,母亲。痛决,严厉的责罚。

〔13〕 一品——第一等。

〔14〕 受人家红定回鸾帖——指订婚,红定,男家送女家的聘礼;鸾帖,写有女方订婚人生辰八字的庚帖。女方接受红定,回以鸾帖,即表示答允缔结婚约。

〔15〕 做小伏低——指做妾。

〔16〕 衙内——官家子弟。

〔17〕 寻常稔色谁沾藉——稔色,漂亮、美丽,这里指女子。寻常稔色就是一般的女子。沾藉,沾惹。

〔18〕 那有个相如在客,肯驾香车?萧史无家,便同瑶阙——意思说:谁肯像卓文君私奔司马相如一样来爱一个异乡人?萧史不碰上秦弄玉,哪能上天?这两句都说自己未婚。

〔19〕 便和伊青春才貌恰争些,怎做的露水相看似别——意思说:纵

然比你（伊）的青春才貌差一些，我既然爱上了，也不能轻易分手。露水，喻爱情短暂。

〔20〕侍妾——指婢女。

〔21〕飞琼——神话中女仙名，姓许。唐许浑梦登昆仑山，看见有人饮酒。他写了一首诗，诗中提到许飞琼的名字。后来又梦到昆仑山，许飞琼对他说："你为什么把我的名字传出去？"许浑就把原句"座中唯有许飞琼"改为"天风吹下步虚声"。见孟棨《本事诗》卷二。

〔22〕酬决——说清楚。

〔23〕聘则为妻奔则妾——"聘则为妻奔是妾"，见白居易《白香山集》卷四《井底引银瓶》。

〔24〕生同室，死同穴——《诗·小雅·大车》："榖则异室，死则同穴。"榖，生。

〔25〕虚脾——虚情假意。

〔26〕东君——神话中的春神。这里杜丽娘以花自喻，以东君喻柳梦梅。

〔27〕赿——趑趄，犹豫不前。

〔28〕些儿待说，你敢扑懞松害跌——扑懞松，犹如扑通，形容跌倒。全句意思说：我要说一些，恐怕你会（因为害怕而昏晕）跌倒。

〔29〕一个粉扑儿——一个模样。

〔30〕虽则是……点活了残生劫——虽然阴司和人间官府不同，但看我是官家小姐，判官就央请（央及煞）注生妃让我还魂，央请化生娘娘让我复活。化生娘，迷信传说中执掌轮回投生的神。

〔31〕后生儿蘸定俺前生业——后生，年青的小伙子。蘸，沾惹。业，缘业、缘分。

〔32〕三光不灭——三光，日、月、星。人死后原是看不见三光的，本剧杜丽娘死后还魂复活，所以说三光不灭。

〔33〕鬼胡由——或作鬼狐犹、鬼胡延，原作鬼花样解。这里只是鬼的意思。

〔34〕动迭——走动。

〔35〕衡——正、真。

〔36〕七魄三魂——道家认为人有三魂七魄。这里就是魂魄、灵魂。

〔37〕三贞七烈——贞烈之极。通常作三贞九烈,这里是为了和七魄三魂一致而改动的。

〔38〕一夜夫妻——谚语:"一夜夫妻百夜恩。"

〔39〕为人为彻——谚语:"为人须为彻。"好人要好到底。

〔40〕点刚——锋刃由钢制成。一谜——一味。

〔41〕梦回远塞荒鸡咽——南唐李璟词《摊破浣溪沙》:"细雨梦回鸡塞远。"

〔42〕丁丁列列——形容说话吞吞吐吐。

〔43〕残慢——懒散。

〔44〕丁宁——嘱咐。

〔45〕鬼随邪——鬼促狭。

〔46〕紫阳君——道家崇奉的仙人名。

第三十三齣　秘　议

【绕池游】(净上)芙蓉冠帔,短发难簪系。一炉香鸣钟叩齿[1]。〔诉衷情〕"风微台殿响笙簧。空翠冷霓裳。池畔藕花深处,清切夜闻香。　　人易老,事多妨,梦难长。一点深情,三分浅土,半壁斜阳。"俺这梅花观,为着杜小姐而建。当初杜老爷分付陈教授看管。三年之内,则见他收取祭租,并不常川行走。便是杜老爷去后,谎了一府州县士民人等许多分子[2],起了个生祠。昨日老身打从祠前过,猪屎也有,人屎也有。陈最良,陈最良,你可也叫人扫刮一遭儿。到是杜小姐神位前,日逐添香换水,何等庄严清净。正是:"天下少信掉书子[3],世外有情持素人。"

【前腔】(生上)幽期密意,不是人间世。待声扬徘徊了半日。(见介)(生)"落花香覆紫金堂。(净)你年少看花敢自伤?(生)弄玉不来人换世。(净)麻姑一去海生桑[4]。"老姑姑,小生自到仙居,不曾瞻礼宝殿。今日愿求一观。(净)是礼。相引前行。(行到介)(净)高处玉天金阙,下面东岳夫人,南斗真妃。(内钟鸣,生拜介)"中天积翠玉台遥,上帝高居绛节朝。遂有冯夷来击鼓[5],始知秦女善吹箫。"好一座宝殿哩。怎生左边这牌位上写着"杜小姐神王",是那位女王?(净)是没人题主哩[6]。杜小姐。(生)杜小姐为谁?

【五更转】(净)你说这红梅院,因何置?是杜参知前所为[7]。丽娘原是他香闺女,十八而亡,就此攒瘗。他爷呵,升任急,失题主,空牌位。(生)谁祭扫他?(净)好墓田,留下有碑记。偏他没头主儿,年年寒食[8]。(生哭介)这等说起来,杜小姐是俺娇妻呵。(净惊介)秀才当真么?(生)千真万真。(净)这等,知他那日生,那日死了?

【前腔】(生)俺未知他生,焉知死[9]?死多年、生此时。(净)几时得他死信?(生)这是俺朝闻夕死了可人矣[10]。(净)是夫妻,应你奉事香火。(生)则怕俺未能事人,焉能事鬼[11]?(净)既是秀才娘子,可曾会他来?(生)便是这红梅院,做楚阳台,偏倍了你[12]。(净)是那一夜?(生)是前宵你们不做美。(净惊介)秀才着鬼了。难道,难道。(生)你不信时,显个神通你看。取笔来点的他主儿会动。(净)有这事?笔在此。(生点介)看俺点石为人,靠夫作主。你瞧,你瞧。(净惊介)奇哉,奇哉。主儿真个会动也。小姐呵!

【前腔】则道墓门梅,立着个没字碑,原来柳客神缠住在香炉里[13]。秀才,既是你妻,鼓盆歌、庐墓三年礼[14]。(生)还要请他起来。(净)你直恁神通,敢阎罗是你?(生)少些人夫用。(净)你当夫,他为人,堪使鬼。(生)你也帮一锹儿。(净)大明律[15]:开棺见尸,不分首从皆斩哩[16]。你宋书生是看不着皇明例,不比寻常,穿篱挖壁。(生)这个不妨,是小姐自家主见。

【前腔】是泉下人,央及你。个中人、谁似伊。(净)既是小姐分付,也待我择个日子。(看介)恰好明日乙酉[17],可以开坟。(生)喜金鸡玉犬非牛日[18],则待寻个人儿,开山力士[19]。(净)俺有个侄儿癞头鼋可用。只怕事发之时怎处?(生)但回生,免声

第三十三齣

息,停商议。可有偷香窃玉劫坟贼?还一事,小姐倘然回生,要些定魂汤药。(净)陈教授开张药铺。只说前日小姑姑,党了凶煞[20],求药安魂。(生)烦你快去也。这七级浮屠[21],岂同儿戏。

(净)湿云如梦雨如尘,　崔　鲁　(生)初访城西李少君[22]。
　　　　　　　　　　　　陈　羽

(净)行到窈娘身没处,　雍　陶　(生)手披荒草看孤坟。
　　　　　　　　　　　　刘长卿

注释

〔1〕叩齿——在祈祷前,上下牙齿互相叩击。这是表示虔诚的一种迷信动作。

〔2〕分(fèn)子——众人筹款办事,各人出的一份钱叫分子。

〔3〕掉书子——掉书袋,引经据典自炫博学的人。这里指读书人。

〔4〕麻姑——神话中女仙名。她曾三次看见东海变为桑田。见《类说》卷三引《王氏神仙传》。

〔5〕冯夷——神话中水神名,即河伯。见《博物志》。这里四句诗是杜甫七律《玉台观》诗的前半首。"秦"原作"嬴"。见《草堂诗笺》卷二十一。

〔6〕题主——旧时礼制,人死后,立一木牌,上写死者名字,用墨笔先写作"×××之神王"。然后择期请有名望的人,用硃笔在"王"字上加一点,成为"主"字。这一仪式,叫做题主,也叫点主。

〔7〕参知——即参知政事,宋代官名,副相。明代各布政使下设左右参政,从三品官。

〔8〕寒食——清明前两日叫寒食,古代有禁火的风俗。清明、寒食,又是祭扫坟墓的日子。这里指年年没有亲人祭奠。

〔9〕未知他生,焉知死——《论语·先进》:"未知生,焉知死?"

〔10〕朝闻夕死——《论语·里仁》:"朝闻道,夕死可矣!"

〔11〕未能事人,焉能事鬼——见《论语·先进》。

〔12〕偏倍了——背了人、不让人知道。

〔13〕柳客神——巫蛊术的一种用具,刻柳木作人形。这里指柳梦梅。

〔14〕鼓盆歌、庐墓三年礼——鼓盆歌,悼亡。庄子的妻子死了,他没有哭泣,敲着盆子在唱歌。见《庄子·至乐》。庐墓,住在坟旁。妻丧不行庐墓三年礼,这里是调笑。

〔15〕大明律——明代的法典,成于洪武六年,以后续有修订。本剧托称宋代故事,却说到明代事,是有意作调笑用,所以下句明说宋书生看不到。元人杂剧中也常有这样写法。

〔16〕首从——首犯,为首的罪犯;从犯,跟首犯一起犯罪的人。

〔17〕乙酉——日子所值的天干地支。

〔18〕喜金鸡玉犬非牛日——金鸡,酉日;玉犬,戌日;宜开坟。牛日,丑日,忌开坟。这是阴阳家迷信的说法。

〔19〕开山力士——这里指开坟的人。

〔20〕党了凶煞——迷信的说法,冲撞(党)了凶神(凶煞),就会害病。

〔21〕七级浮屠——救人命。谚语:"救人一命,胜造七级浮屠。"浮屠,梵语的音译,即佛塔,本为瘗骨殖之所。造浮屠,就是行功德、做善事。

〔22〕李少君——汉武帝时的方士名。自称有神妙的法术。见《史记·封禅书》。后来他渐渐成为传说中的人物。

第三十四齣 调[1] 药

（末上）"积年儒学理粗通，书箧成精变药笼。家童唤俺老员外[2]，街坊唤俺老郎中[3]。"俺陈最良失馆，依然开药铺。看今日有甚人来？

【女冠子】（净上）人间天上，道理都难讲。梦中虚诳，更有人儿思量泉壤。陈先生利市哩[4]。（末）老姑姑到来。（净）好铺面！这"儒医"二字杜太爷赠的。好"道地药材[5]"！这两块土中甚用？（末）是寡妇床头土。男子汉有鬼怪之疾，清水调服良。（净）这布片儿何用？（末）是壮男子的裤裆。妇人有鬼怪之病，烧灰吃了效。（净）这等，俺贫道床头三尺土，敢换先生五寸裆？（末）怕你不十分寡。（净）啐，你敢也不十分壮。（末）罢了，来意何事？（净）不瞒你说，前日小道姑呵！

【黄莺儿】年少不堤防，赛江神，归夜忙。（末）着手了？（净）知他着甚闲空旷[6]？被凶神煞党。年灾月殃，瞑然一去无回向。（末）欠老成哩！（净）细端详，你医王手段敢对的住活阎王[7]。（末）是活的，死的？（净）死几日了。（末）死人有口吃药？也罢，便是这烧裆散，用热酒调服下。

【前腔】海上有仙方，这伟男儿深裤裆。（净）则这种药，俺那里自有。(末)则怕姑姑记不起谁阳壮。蒭裁寸方,烧灰酒娘[8],敲开齿缝把些儿放。不寻常,安魂定魄赛过反精香[9]。(净)谢了。

(末)还随女伴赛江神, 于 鹄　(净)争奈多情足病身。韩　偓

(末)岩洞幽深门尽锁,韩　愈　(净)隔花催唤女医人。王　建

注释

〔1〕诇(xiòng)——求。原作刺探解。

〔2〕员外——原为官名,后来有财势的人也称员外。意义再推广一些,就用作对人的尊称。

〔3〕郎中——原为官名,一般称医生为郎中。

〔4〕利市——吉利的话,祝人发财、交好运。

〔5〕道地药材——中药店的招牌上往往写这四个字,意思说,所备的药材都是各地的名产。

〔6〕空旷——迷信的说法,空旷无人的地方多鬼神。

〔7〕医王——佛名,能为众生治病。

〔8〕酒娘——甜米酒。

〔9〕反精香——即返魂香。神话传说:西海聚窟洲产返魂树。根煮汁,制成返魂香,能起死回生。见《汉武帝内传》。

第三十五齣　回　生

【字字双】(丑扮疙童,持锹上)猪尿泡疙疸偌卢胡,没裤[1]。铧锹儿入的土花疏,没骨。活小娘不要去做鬼婆夫,没路。偷坟贼拿到做个地官符[2],没趣。(笑介)自家梅花观主家癞头鼋便是。观主受了柳秀才之托,和杜小姐启坟。好笑,好笑,说杜小姐要和他这里重做夫妻。管他人话鬼话,带了些黄钱,挂在这太湖石上,点起香来。

【出队子】(净携酒同生上)玉人何处,玉人何处?近墓西风老绿芜。《竹枝歌》唱的女郎苏[3],杜鹃声啼过锦江无[4]?一窖愁残,三生梦馀。(生)老姑姑,已到后园。只见半亭瓦砾,满地荆榛。绣带重寻,袅袅藤花夜合;罗裙欲认,青青蔓草春长[5]。则记的太湖石边,是俺拾画之处。依稀似梦,恍惚如亡。怎生是好?(净)秀才不要忙,梅树下堆儿是了。(生)小姐,好伤感人也。(哭介)(丑)哭甚的。趁时节了。(烧纸介)(生拜介)巡山使者[6],当山土地,显圣显灵。

【啄木鹂】开山纸草面上铺[7]。烟罩山前红地炉[8]。(丑)敢太岁头上动土[9]?向小姐脚跟挖窟。(生)土地公公,今日开山,专为请起杜丽娘。不要你死的,要个活的。你为神正直应无妒,俺阳神触煞俱无虑。要他风神笑语都无二,便做着你土地公公女嫁吾[10]。呀,春在小梅株。好破土哩。

【前腔】(丑、净锹土介)这三和土一谜鉏[11]。小姐呵,半尺孤坟你在这的无[12]?(生)你们十分小心。(看介)到棺了。(丑作惊丢锹介)到官没活的了。(生摇手介)禁声。(内旦作哎哟介)(众惊介)活鬼做声了。(生)休惊了小姐。(众蹲向鬼门,开棺介)(净)原来钉头锈断,子口登开[13],小姐敢别处送云雨去了。(内哎哟介)(生见旦扶介)(生)咳,小姐端然在此。异香袭人,幽姿如故。天也,你看正面上那些儿尘渍,斜空处没半米蚍蜉[14]。则他暖幽香四片斑斓木,润芳姿半榻黄泉路,养花身五色燕支土。(扶旦软躯介)(生)俺为你款款偎将睡脸扶,休损了口中珠[15]。(旦作呕出水银介)(丑)一块花银,二十分多重,赏了癞头罢。(生)此乃小姐龙含凤吐之精,小生当奉为世宝。你们别有酬犒。(旦开眼叹介)(净)小姐开眼哩。(生)天开眼了。小姐呵!

【金蕉叶】(旦)是真是虚?劣梦魂猛然惊遽[16]。(作掩眼介)避三光业眼难舒[17],怕一弄儿巧风吹去。(生)怕风怎么好?(净扶旦介)且在这牡丹亭内进还魂丹,秀才蓊裆。(生蓊介)(丑)待俺凑些加味还魂散[18]。(生)不消了。快快热酒来。

【莺啼序】(调酒灌介)玉喉咙半点灵酥。(旦吐介)(生)哎也,怎生呵落在胸脯。姐姐再进些,才吃下三个多半口还无。(觑介)好了,好了!喜春生颜面肌肤。(旦觑介)这些都是谁?敢是些无端道途[19],弄的俺不着坟墓?(生)我便是柳梦梅。(旦)睒瞢觑[20],怕不是梅边柳边人数[21]。(生)有这道姑为证。(净)小姐可认得道姑么?(旦看不语介)

【前腔】(净)你乍回头记不起俺这姑姑。(生)可记得这后花园?(旦不语介)(净)是了,你梦境模糊。(旦)只那个是柳郎?(生应,旦作认介)咳,柳郎真信人也。亏杀你拨草寻蛇,亏杀你守株待兔。棺中宝玩收存,诸馀抛散池塘里去[22]。(众)呸!(丢去棺物介)向人间别画个葫芦[23]。水边头洗除凶物[24]。(众)亏了小姐整整睡这三年。(旦)流年度,怕春色三分,一分尘土。[25](生)小姐,此处风露,不可久停。好处将息去。

【尾声】死工夫救了你活地狱,七香汤莹了美食相扶[26]。(旦)扶往那里去?(净)梅花观内。(旦)可知道洗棺尘,都是这高唐观中雨。

(生)天赐燕支一抹腮, 罗　隐　(旦)随君此去出泉台。
　　　　　　　　　景舜英
(净)俺来穿穴非无意, 张　祜　(生)愿结灵姻愧短才。
　　　　　　　　　潘　雍

注释

〔1〕猪尿泡疙疸偌卢胡,没裤——这里是对癫痫头的恶谑。

〔2〕地官符——指活埋。道家为人驱病作天、地、水三官手书(符),地官符埋入土内。见《三国志·魏志·张鲁传》注。

〔3〕《竹枝歌》——即《竹枝词》,古代民歌的乐调名。唐贞元、元和间盛行于四川、湖南一带,大都以爱情为主题。

〔4〕杜鹃声啼过锦江无——杜鹃,鸟名,啼声如"不如归去"。锦江,岷江的支流,在四川。四川是杜丽娘的故乡。

〔5〕罗裙欲认,青青蔓草春长——五代牛希济词《生查子》:"记得绿罗裙,处处怜芳草。"

〔6〕巡山使者——传说中山神名。

〔7〕开山纸——破土前焚化的黄纸。迷信的做法。

〔8〕烟罩山前红地炉——纸钱烧起来,烟火上腾,就跟通红的火炉一样。《云溪友议》卷下《杂嘲戏》引《题金钱花》诗:"阴阳为火地为炉,铸

得金钱不用模。"

〔9〕太岁头上动土——古人以木星为太岁,是凶煞。在木星的方向破土动工,就有灾祸。

〔10〕便做着——就当做……一样。

〔11〕三和土——即三合土,用糯米汁合泥、沙石再用石灰搅拌而成,类似现在的混凝土。下文鉏,同锄,动词。

〔12〕这的——这里。

〔13〕子口——合缝处。

〔14〕半米虮蜉——虮蜉,蚂蚁的一种。半米,半粒,犹言半只。

〔15〕口中珠——旧时死人入殓,在口中放珍珠、谷米等物,叫衔口。《庄子·外物》:"徐别其颊,无伤口中珠。"说的也是发冢的事。有钱人家为了尸体防腐,或在死人口中灌入水银,故下文说"呕出水银介"。

〔16〕邃——通蘧,惊醒貌。《庄子·大宗师》:"蘧然觉。"

〔17〕业眼——犹言作孽的眼睛,诅詈语。

〔18〕加味——原来处方外,另加几味(种)药。

〔19〕无端道途——这里指无赖之辈、歹徒。

〔20〕略朦——朦胧,看不分明。

〔21〕人数——人。

〔22〕诸馀——馀外一切东西。

〔23〕向人间别画个葫芦——重新做人。谚语"依样画葫芦",原是模仿的意思。

〔24〕凶物——丧葬的用品。

〔25〕怕春色三分,一分尘土——怕青春过去。苏轼词《水龙吟》:"春色三分:二分尘土,一分流水。"

〔26〕七香汤莹了美食相扶——七香汤,沐浴用的香汤。见《赵飞燕外传》。莹,磨玉使发光,这里指洗。美食相扶,用好的食品补养。

第三十六齣　婚　走

【意难忘】(净扶旦上)(旦)如笑如呆,叹情丝不断,梦境重开。(净)你惊香辞地府,舆榇出天台[1]。(旦)姑姑,俺强挣作[2],软咍咍[3],重娇养起这嫩孩孩。(合)尚疑猜,怕如烟入抱[4],似影投怀。〔画堂春〕(旦)"蛾眉秋恨满三霜[5],梦馀荒冢斜阳。土花零落旧罗裳,睡损红妆[6]。(净)风定彩云犹怯,火传金炧重香[7]。如神如鬼费端详,除是高唐。"(旦)姑姑,奴家死去三年。为钟情一点,幽契重生。皆亏柳郎和姑姑信心提救。又以美酒香酥,时时将养。数日之间,稍觉精神旺相。(净)好了,秀才三回五次,央俺成亲哩。(旦)姑姑,这事还早。扬州问过了老相公、老夫人,请个媒人方好。(净)好消停的话儿[8]。这也由你。则问小姐前生事可记得些么?

【胜如花】(旦)前生事,曾记怀。为伤春病害,困春游梦境难捱。写春容那人儿拾在。那劳承[9]、那般顶戴,似盼天仙盼的眼咍[10],似叫观音叫的口歪。(净)俺也听见些。则小姐泉下怎生得知?(旦)虽则尘埋,把耳轮儿热坏。感一片志诚无奈,死淋侵走上阳台,活森沙走出这泉台[11]。(净)秀才来哩。

【生查子】(生上)艳质久尘埋,又挣出这烟花界[12]。你看他含笑插金钗,摆动那长裙带。(见介)丽娘妻。(旦羞介)(生)姐姐,俺地窟里扶卿做玉真。(旦)重生胜过父娘亲。(生)便好今宵成配偶。(旦)懵腾还自少精神[13]。(净)起前说精神旺相,则瞒着秀才。(旦)秀才可记的古书云:"必待父母之命,媒妁之言。[14]"(生)日前虽不是钻穴相窥,早则钻坟而入了。小姐今日又会起书来。(旦)秀才,比前不同。前夕鬼也,今日人也。鬼可虚情,人须实礼。听奴道来:

【胜如花】青台闭[15],白日开。(拜介)秀才呵,受的俺三生礼拜,待成亲少个官媒。(泣介)结盏的要高堂人在[16]。(生)成了亲,访令尊令堂,有惊天之喜。要媒人,道姑便是。(旦)秀才忙待怎的?也曾落几个黄昏陪待。(生)今夕何夕[17]?(旦)直恁的急色秀才。(生)小姐捣鬼。(旦笑介)秀才捣鬼。不是俺鬼奴台妆妖作乖[18]。(生)为甚?(旦羞介)半死来回,怕的雨云惊骇。有的是这人儿活在,但将息俺半载身材。(背介)但消停俺半刻情怀。

【不是路】(末上)深院闲阶,花影萧萧转翠苔。(扣门介)人谁在?是陈生探望柳君来。(众惊介)(生)陈先生来了,怎好?(旦)姑姑,俺回避去。(下)(末)忒奇哉,怎女儿声息纱窗外,硬抵门儿应不开?(又扣门介)(生)是谁?(末)陈最良。(开门见介)(生)承车盖[19],俺衣冠未整因迟待。(末)有些惊怪。(生)有何惊怪?

【前腔】(末)不是天台,怎风度娇音隔院猜?(净上)原来陈斋长到来。(生)陈先生说里面妇娘声息,则是老姑姑。(净)是了,长生会[20],莲花观里一个小姑来[21]。(末)便是前日的小姑么?(净)另是一众。(末)好哩,这梅花观一发兴哩。也是杜小姐冥福所致。因此径来相约,明午整个小盒儿同柳兄往坟上随喜去[22]。

暂告辞了。无闲会，今朝有约明朝在，酒滴青娥墓上回[23]。（生）承拖带，这姑姑点不出个茶儿待[24]。即来回拜。（末）慢来回拜。（下）（生）喜的陈先生去了，请小姐有话。（旦上介）（净）怎了，怎了？陈先生明日要上小姐坟去。事露之时，一来小姐有妖冶之名，二来公相无闺阃之教[25]，三来秀才坐迷惑之讯，四来老身招发掘之罪。如何是了？（旦）老姑姑，待怎生好？（净）小姐，这柳秀才待往临安取应[26]。不如曲成亲事，叫童儿寻只赣船，贪夜开去，以灭其踪。意下何如？（旦）这也罢了。（净）有酒在此。你二人拜告天地。（拜，把酒介）

【榴花泣】（生）三生一会，人世两和谐。承合卺，送金杯。比墓田春酒这新醅，才酸转人面桃腮。（旦悲介）伤春便埋，似中山醉梦三年在[27]。只一件来，看伊家龙凤姿容，怎配俺这土木形骸[28]！（生）那有此话！

【前腔】相逢无路，良夜肯疑猜？眠一柳，当了三槐[29]。杜兰香真个在读书斋，则柳耆卿不是仙才[30]。（旦叹介）幽姿暗怀，被元阳鼓的这阴无赖[31]。柳郎，奴家依然还是女身。（生）已经数度幽期，玉体岂能无损？（旦）那是魂，这才是正身陪奉。伴情哥则是游魂，女儿身依旧含胎。（外扮舟子歌上）春娘爱上酒家子楼[32]，不怕归迟总弗子愁。推道那家娘子睡，且留教住要梳子头。（又歌）不论秋菊和那春子个花，个个能喳空肚子茶[33]。无事莫教频入子库，一名闲物他也要些子些。（丑扮疙童上介）船，船，船，临安去。（外）来，来，来。（拢船介）（丑）门外船便，相公纂下小姐班[34]。（净辞介）相公、小姐，小心去了。（生）小姐无人伏侍，烦老姑姑一行，得了官时相报。（净）俺不曾收拾。（背介）事发相连，走为上计。（回介）也罢，相公赏俺儿什么，着他和俺收拾房头，俺伴小姐同去。（丑）使得。（生）便赏他这件衣服。（解衣介）（丑）谢了，事发谁当？(生)则推不知便了。(丑)这等请了。"秃厮儿堪充道伴[35]，女冠子权当梅香。"(下)。

【急板令】(众上船介)别南安孤帆夜开，走临安把双飞路排。(旦悲介)(生)因何吊下泪来？(旦)叹从此天涯，从此天涯。叹三年此居，三年此埋。死不能归，活了才回。(合)问今夕何夕？此来、魂脉脉，意哈哈。

【前腔】(生)似倩女返魂到来[36]，采芙蓉回生并载。(旦叹介)(生)为何又吊下泪来？(旦)想独自谁挨，独自谁挨？翠黯香囊，泥渍金钗。怕天上人间，心事难谐。(合前)(净)夜深了，叫停船。你两人睡罢。(生)风月舟中，新婚佳趣，其乐何如！

【一撮棹】蓝桥驿[37]，把奈河桥风月筛。(旦)柳郎，今日方知有人间之乐也。七星版、三星照[38]，两星排[39]。今夜呵，把身子儿带，情儿迈，意儿挨。(净)你过河，衣带紧、请宽怀。(生)眉横黛，小船儿禁重载？这欢眠自在，抵多少吓魂台[40]。

【尾声】情根一点是无生债[41]。(旦)叹孤坟何处是俺望夫台[42]？柳郎呵，俺和你死里淘生情似海。

  (生)偷去须从月下移，吴 融 (净)好风偏似送佳期。
    陆龟蒙
  (旦)傍人不识扁舟意，张 蠙 (净)惟有新人子细知。
    戴叔伦

注释

  〔1〕舆榇出天台——舆榇，以舆(车)载榇(棺材)。天台，原是仙界，这里作阴间代称。全句的意思指死去活来。

  〔2〕挣作——挣扎、振作。

〔3〕软哈哈——软绵绵。

〔4〕如烟入抱——神话故事：吴王夫差的女儿小玉，爱上了青年韩重。吴王不允许他们结婚，小玉气结而死。韩重在她墓傍看见了她。她送给他明珠。当她母亲想去抱她时，小玉却和烟一样不见了。见《搜神记》。《太平广记》卷三一六所载，与此略有不同。

〔5〕三霜——三年。

〔6〕土花零落旧罗裳，睡损红妆——用黄庭坚词《画堂春》："杏花零落燕泥香，睡损红妆。"

〔7〕炨（xiè）——蜡烛的馀烬。这里指香炉。

〔8〕消停——这里作现成、自在解。

〔9〕劳承——同牢承，见前第十六齣注〔17〕。这里指柳梦梅的殷勤。

〔10〕眼哈——眼呆。

〔11〕活森沙——活泼地。森沙，词尾，加强语气用。

〔12〕挣出这烟花界——出现在这繁华的世界。挣，从……挣脱出来。

〔13〕懵腾——糊里糊涂、神志不清。

〔14〕必待父母之命，媒妁之言——《孟子·滕文公》："丈夫生而愿为之有室，女子生而愿为之有家。父母之心，人皆有之。不待父母之命，媒妁之言，钻穴隙相窥，逾墙相从，则父母国人皆贱之。"

〔15〕青台——这里疑作泉台、黄泉解。汤显祖在诗里用到青台，都是指歌楼酒馆。《玉茗堂诗》卷五《送安卿》："五陵年少宿青台，一岁烟花几度开？"同书卷七《送刘贻哲出饷宣府》："锦帐青台醉欲曛。"

〔16〕结盏——即合卺，指婚礼。

〔17〕今夕何夕——《诗·唐风·绸缪》："今夕何夕？见此良人。子兮子兮，如此良人何？"这是一首爱人在晚上相会的诗。

〔18〕鬼奴台——鬼奴胎，犹言小鬼头。

〔19〕承车盖——承光降、承您来。车盖，车上的遮蔽物，指车。

〔20〕长生会——泛指道观的法事。

〔21〕莲花观——道观名。

〔22〕整个小盒儿——准备一份酒食的意思。这里指祭奠用的酒食。小盒儿,原是说把酒食放在盒儿里,引伸作可以携带外出的酒食的代词。

〔23〕青娥——这里指少女。

〔24〕点不出个茶儿——点茶,古代烹茶的一种方法。见蔡襄《茶录》。这里指泡茶。

〔25〕闺阃之教——指对妇女的一种封建教育,如男女授受不亲等。闺阃原指内室,妇女所居。

〔26〕取应——应考。

〔27〕中山醉梦——刘玄石在中山酒家喝了千日酒,一醉不醒。家里人以为他死了,把他葬了。千日之后,酒家来人看他。打开棺材,刘玄石刚刚醒来。见《类说》引《博物志·千日酒》。

〔28〕土木形骸——原意不加修饰,见《晋书·嵇康传》。这里暗喻杜丽娘从墓(土)棺(木)中还魂。

〔29〕眠一柳,当了三槐——眠一柳,《三辅旧事》:"汉苑中有柳,状如人,号曰人柳。一日三眠三起。"三槐,三公。这里指春试及第。全句意思说:一夜欢爱,就如取了功名一样。

〔30〕柳耆卿——宋代著名的词作家柳永,字耆卿。许多小说、戏曲都写到他的风流故事。上句杜兰香和此句柳耆卿,和丽娘、梦梅的姓相合。

〔31〕元阳——指男人。

〔32〕春娘爱上酒家子楼——唐李昌符《婢仆诗》五十首中的二首:"春娘爱上酒家楼,不怕归迟总不留。推道那家娘子卧,且留教住待梳头。""不论秋菊与春花,个个能噇空肚茶。无事莫教频入库,一名闲物要些些。"见《北梦琐言》卷十。这是无聊文人侮辱劳动者的东西,剧作者引用它们,见出他自己思想中的消极面。

〔33〕噇——滥喝。

〔34〕相公篡下小姐班——费解。当为扶小姐下船的意思。

〔35〕厮儿——男孩子。这里指秃童。下文女冠子,女道姑。又,《女

冠子》《秃厮儿》,都是曲牌名,嵌在曲文里是一种文字游戏。

〔36〕倩女返魂——唐人传奇故事:倩娘(倩女)和爱人王宙离别后,相思成病。她的灵魂却像活人一样,在路上赶上王宙,和他同居。后来两人回到倩娘家里,她的灵魂和真人又合而为一。见《太平广记》卷三五八引《离魂记·王宙》。元代郑光祖有《倩女离魂》杂剧。

〔37〕蓝桥驿——唐人传奇故事:裴航路过蓝桥驿,遇见仙女云英,后来双双成仙。见《太平广记》卷五十引《传奇·裴航》。

〔38〕七星版、三星照——七星版,即七星板,棺材里的夹底板,有七个星一样的小孔。三星,心宿,《诗·唐风·绸缪》:"三星在天。"

〔39〕两星——指牵牛、织女两星。神话传说:七夕时双星过河(银河)相会。

〔40〕抵多少吓魂台——"东岳吓魂台",元曲中常连用。磨折鬼魂的地方。抵多少,胜过。

〔41〕无生——佛家修行所达到的一种境界。全句,有了情根一点,不能达到无生。

〔42〕望夫台——即望夫石,在湖北武昌。相传有女人在这里送她的丈夫出征,一直站着看他,以至化为石头。

第三十七齣　骇　变

〔集唐〕(末上)"风吹不动顶垂丝雍陶,吟背春城出草迟朱庆馀。毕竟百年浑是梦元稹,夜来风雨葬西施[1]韩偓。"俺陈最良。只因感激杜太守,为他看顾小姐坟茔。昨日约了柳秀才到坟上望去,不免走一遭。(行介)"岩扉不掩云长在,院径无媒草自深。"待俺叫门。(叫介)呀,往常门儿重重掩上,今日都开在此。待俺参了圣[2]。(看菩萨介)咳,冷清清没香没灯的。呀,怎不见了杜小姐牌位?待俺问一声老姑姑。(叫三声介)俗家去了。待俺叫柳兄问他。(叫介)柳朋友!(又叫介)柳先生!一发不应了。(看介)嗄,柳秀才去了。医好了病,来不参,去不辞。没行止[3],没行止!待俺西房瞧瞧。咳哟,道姑也搬去了。磬儿,锅儿,床席,一些都不见了。怪哉!(想介)是了。日前小道姑有话,昨日又听的小道姑声息,其中必有柳梦梅勾搭事情。一夜去了。没行止,没行止!由他,由他。到后园看小姐坟去。(行介)

【懒画眉】园深径侧老苍苔,那几所月榭风亭久不开。当时曾此葬金钗[4]。(望介)呀,旧坟高高儿的,如何平下来了也。缘何不见坟儿在?敢是狐兔穿空倒塌来?这太湖石,只左边靠动了些,梅树依然。(惊介)咳呀,小姐坟被劫了也。

【朝天子】(放声哭介)小姐,天呵!是什么发冢无情短倬材[5]?他有多少金珠葬在打眼来[6]!小姐,你若早有人家,也搬回去了。则为玉镜台无分照泉台[7]。好孤哉!怕蛇钻骨,树穿骸,不提防这灾。知道了,柳梦梅岭南人,惯了劫坟。将棺材放在近所,截了一角为记,要人取赎。这贼意思,止不过说杜老先生闻知,定来取赎。想那棺材,只在左近埋下了。待俺寻看。(见介)咳呀,这草窝里不是硃漆板头?这不是大锈钉?开了去。天,小姐骨殖丢在那里?(望介)那池塘里浮着一片棺材。是了,小姐尸骨抛在池里去了。狠心的贼也!

【普天乐】问天天,你怎把他昆池碎劫无馀在[8]?又不欠观音锁骨连环债[9],怎丢他水月魂骸?乱红衣暗泣莲腮[10],似黑月重抛业海。待车干池水,捞起他骨殖来。怕浪淘沙碎玉难分派。到不如当初水葬无猜。贼眼脑生来毒害[11],那些个怜香惜玉[12],致命图财!先师云:"虎兕出于柙,龟玉毁于椟中,典守者不得辞其责。"[13]俺如今先去禀了南安府缉拿[14]。星夜往淮扬,报知杜老先生去。

【尾声】石虔婆,他古弄里金珠曾见来[15]。柳梦梅,他做得个破周书汲冢才[16]。小姐呵,你道他为甚么向金盖银墙做打家贼?

　　丘坟发掘当官路,韩　愈　春草茫茫墓亦无。白居易
　　致汝无辜由俺罪,韩　愈　狂眠恣饮是凶徒。僧子兰

注释

　　〔1〕西施——古美人,这里用人比喻花。

　　〔2〕圣——这里指菩萨。

　　〔3〕行止——德行。

〔4〕葬金钗——指葬杜丽娘。《太平广记》卷二八二引沈亚之《异梦录》王炎作《西施挽歌》云："择水葬金钗。"

〔5〕短俫材——短命的、没良心的。骂人的话。

〔6〕打眼——引人注意,以致使人起觊觎的心。

〔7〕玉镜台无分照泉台——晋温峤以玉镜台作聘物,和他的表妹结婚。见《世说新语·假谲》。元关汉卿有《玉镜台》杂剧。全句意思是:生时既没有受聘,死后就没有人管了。泉台,阴间。

〔8〕昆池碎劫无馀在——汉武帝在长安开昆明池,掘到黑土。有方士说:这就是劫灰。见《三辅皇图》卷四。全句意思说:没有一点骨殖留下来。

〔9〕观音锁骨连环——为观音变相行道事迹之一。原见《太平广记》卷一百一《延州妇人》条。有一妇女死后,一西域胡僧见墓敬礼,说是"锁骨菩萨","众人即开墓,视遍身之骨,钩结皆如锁状,果如僧言。"这里是指骨头。

〔10〕红衣——红色的莲花瓣。

〔11〕眼脑——眼。

〔12〕那些个——说什么、哪里会。

〔13〕虎兕出于柙,龟玉毁于椟中,典守者不得辞其责——《论语·季氏》:"孔子曰:'……虎兕出于柙,龟玉毁于椟中,是谁之过与?'"朱熹注:"典守者不得辞其过。"兕,野牛;柙,兽圈;龟,龟甲,上古时代认为是宝物;椟,柜。

〔14〕缉——搜捕。

〔15〕虔婆——贼婆,一般指鸨母。骂人的话。古弄里,窟窿里,坟里。这里意思指石道姑曾为杜丽娘装殓。所以知道棺内金珠。

〔16〕破周书汲冢——晋咸宁五年,汲郡(今河南汲县)人不準(人名)发掘魏襄王墓(冢),得到周、秦古书很多。见《晋书·武帝本纪》。这里指柳梦梅掘墓。

第三十八齣　淮　警

【霜天晓角】(净引众上)英雄出众,鼓噪红旗动。三年绣甲锦蒙茸[1],弹剑把雕鞍斜鞚[2]。"贼子豪雄是李全,忠心赤胆向胡天。靴尖踢倒长天堑[3],却笑江南土不坚。"俺溜金王奉大金之命,骚扰江淮三年。打听大金家兵粮凑集,将次南征,教俺淮扬开路,不免请出贱房计议。中军快请[4]。(众叫介)大王叫箭坊[5]。(老旦扮军人持箭上)箭坊俱已造完。(净笑恼介)狗才怎么说?(老旦)大王说,请出箭坊计议。(净)胡说!俺自请杨娘娘,是你箭坊?(老旦)杨娘娘是大王箭坊,小的也是箭坊。(净喝介)

【前腔】(丑上)帐莲深拥[6],压寨的阴谋重[7]。(见介)大王兴也!你夜来鏖战好粗雄。困的俺垓心没缝。大王夫,俺睡倦了。请俺甚事商量?(净)闻得金主南侵,教俺攻打淮扬,以便征进。思想扬州有杜安抚镇守,急切难攻。如何是好?(丑)依奴家所见,先围了淮安,杜安抚定然赴救。俺分兵扬州,断其声援,于中取事。(净)高,高!娘娘这计,李全要怕了你。(丑)你那一宗儿不怕了奴家!(净)罢了。未封王号时,俺是个怕老婆的强盗,封王之后,也要做怕老婆的王。(丑)着了。快起兵去攻打淮城。

【锦上花】(净)拨转磨旗峰[8],促紧先锋。千兵摆列,万马奔冲。鼓通通,鼓通通,噪的那淮扬动。

【前腔】(众)军中母大虫[9],绰有威风。连环阵势,烟粉牢笼[10]。哈哄哄,哈哄哄,哄的淮扬动。(丑)溜金王听俺分付:军到处,不许你抢占半名妇女。如违,定以军法从事。(净)不敢。

(丑)日暮风沙古战场,_{王昌龄} (净)军营人学内家妆[11]。
_{司空图}

(众)如今领帅红旗下,_{张建封} (众)擘破云鬟金凤凰。
_{曹 唐}

注释

〔1〕蒙茸——同蒙戎。衣服散乱、不整齐。这里是形容军中生活匆忙。《诗·邶风·旄丘》:"狐裘蒙戎。"

〔2〕鞚——拉住马缰绳。

〔3〕靴尖踢倒长天堑——南宋末投降蒙古的叛将吕文焕答宋太皇太后书:"孤城其如弹丸,谓靴尖之踢倒;长江虽曰堑固,欲提鞭而断流。"见《说郛》卷七引《钱唐遗事》。

〔4〕中军——中军官,即传令官。

〔5〕箭坊——造箭作坊,这里指造箭工匠。和贱房谐音,打诨。贱房,对人谦称自己的妻子。

〔6〕帐莲——这里指营帐。当为莲帐的倒词,即莲幕,原指幕府。见《南史·庾杲之传》。

〔7〕压寨的——压寨夫人,山寨首领的妻子。

〔8〕拨转磨旗峰——磨旗,这里是开道旗。磨,原作挥动解。见《东京梦华录》卷七。峰,指旗帜的顶尖。全句意思是:改变行军的方向。

〔9〕母大虫——雌老虎。

〔10〕烟粉牢笼——烟粉,指女人,这里指李全的妻。牢笼,有控制意。

〔11〕内家妆——宫内女人梳妆的式样。

第三十九齣　如　杭

【唐多令】(生上)海月未尘埋[1],(旦上)新妆倚镜台。(生)卷钱塘风色破书斋。(旦)夫,昨夜天香云外吹,桂子月中开。(生)"夫妻客旅闷难开,(旦)待唤提壶酒一杯。(生)江上怒潮千丈雪,(旦)好似禹门平地一声雷[2]。"(生)俺和你夫妻相随,到了临安京都地面。赁下一所空房,可以理会书史。争奈试期尚远[3],客思转深。如何是好?(旦)早上分付姑姑,买酒一壶,少解夫君之闷,尚未见回。(生)生受了,娘子。一向不曾话及:当初只说你是西邻女子,谁知感动幽冥,匆匆成其夫妇。一路而来,到今不曾请教。小姐可是见小生于道院西头?因何诗句上"不是梅边是柳边",就指定了小生姓名?这灵通委是怎的?(旦笑介)柳郎,俺说见你于道院西头是假。我前生呵!

【江儿水】偶和你后花园曾梦来,擎一朵柳丝儿要俺把诗篇赛。奴正题咏间,便和你牡丹亭上去了。(生笑介)可好哩?(旦笑介)咳,正好中间,落花惊醒。此后神情不定,一病奄奄。这是聪明反被聪明带[4],真诚不得真诚在,冤亲做下这冤亲债。一点色情难坏,再世为人,话做了两头分拍[5]。

【前腔】(生)是话儿听的都呆答孩[6]。则俺为情痴信及你人儿在。还则怕邪淫惹动阴曹怪,忌亡坟触犯阴阳戒。分书生领受阴人爱[7],勾的你色身无坏。出土成人,又看见这帝城风采。(净提酒上)"路从丹凤城边过[8]。酒向金鱼馆内沽。"呀,相公、小姐不知:俺在江头沽酒,看见各处秀才,都赴选场去了。相公错过天大好事。(生、旦作忙介)(旦)相公只索快行。(净)这酒便是状元红了[9]。

【小措大】(旦把酒介)喜的一宵恩爱,被功名二字惊开。好开怀这御酒三杯,放着四婵娟人月在[10]。立朝马五更门外,听六街里喧传人气概[11]。七步才[12],蹬上了寒宫八宝台[13]。沈醉了九重春色[14],便看花十里归来[15]。

【前腔】(生)十年窗下[16],遇梅花冻九才开[17]。夫贵妻荣八字安排。敢你七香车稳情载[18],六宫宣有你朝拜[19]。五花诰封你非分外[20]。论四德、似你那三从结愿谐[21]。二指大泥金报喜[22]。打一轮皂盖飞来[23]。(旦)夫,我记的春容诗句来。

【尾声】盼今朝得傍你蟾宫客,你和俺倍精神金阶对策[24]。高中了,同去访你丈人、丈母呵,则道俺从地窟里登仙那大喝采。

　　(旦)良人的的有奇才[25],　刘　氏　(净)恐失佳期后命催。
杜　甫
　　(生)红粉楼中应计日,杜审言　(合)遥闻笑语自天来。
李　端

注释

　　[1]海月——贝壳类动物。《说郛》卷六引《临海异物志》:"海月大如镜,白色正圆,常死海边。"这里用来指镜子。

　　[2]禹门——即黄河龙门,相传为夏禹所开凿。全句,传说鱼跳龙

门,雷电烧了它的尾巴,才得化为龙。比喻中状元。见《闻见录》。

〔3〕争奈——怎奈。

〔4〕带——带累、耽误。

〔5〕分拍——分说。

〔6〕呆答孩——发呆。答孩,词尾,无意义。

〔7〕分——应分,当,该。

〔8〕丹凤城——京都。《全唐诗》卷十八殷尧藩《春游》诗:"路从丹凤楼前过,酒向金鱼馆里赊。"

〔9〕状元红——酒名。这里以酒名取彩,祝柳梦梅中状元。

〔10〕四婵娟人月在——四婵娟,指花、竹、人、月。《全唐诗》卷十四孟郊《婵娟篇》:"花婵娟泛春泉,竹婵娟笼晓烟。妓婵娟不长妍,月婵娟真可怜。"全句意思说:人、月都团圆。

〔11〕六街——唐、宋时代,京都有六街。

〔12〕七步才——形容人才思很快。曹植被他的哥哥魏文帝曹丕所迫,在七步内写成一首诗:"煮豆持作羹,漉豉以为汁。箕在釜下燃,豆在釜中泣。本自同根生,相煎何太急!"见《世说新语·文学》。

〔13〕蹬上了寒宫八宝台——寒宫,广寒宫,即月宫。据《酉阳杂俎》卷一:"月乃七宝合成。"全句意思指折桂中状元。

〔14〕沈醉了九重春色——九重,天子住处。《楚辞·九辩》:"君之门以九重。"春,喻酒。杜甫《草堂诗笺》卷十二《奉和贾至舍人早朝大明宫》诗:"九重春色醉仙桃。"

〔15〕看花——《全唐诗》卷十四孟郊《登科后》诗:"春风得意马蹄疾,一日看遍长安花。"

〔16〕十年窗下——指长期苦读书。

〔17〕冻九——数九日子,最冷的时候。

〔18〕七香车稳情载——七香车,贵妇人的座车。稳情,一准、一定。

〔19〕六宫宣——皇后的宣召。六宫,皇后住处。

〔20〕五花诰——五色绫做的册封夫人的命令状(诰命)。

〔21〕论四德、似你那三从结愿谐——四德:妇德、妇言、妇容、妇工。三

从,女人"未嫁从父,既嫁从夫,夫死从子"。三从、四德都是用来束缚妇女的封建教条。

〔22〕泥金报喜——唐代进士及第,用泥金写的帖子寄到家里报喜。见《开元天宝遗事》。泥金,金屑做的颜料。

〔23〕皂盖——黑色的伞子之类的东西,官员仪仗之一。汉制,中二千石、二千石的官员可以用皂盖。见《后汉书·舆服志》。

〔24〕和——为。金阶对策:举人参加礼部会试中式后再参加的殿试。殿试由皇帝主持,以经义政事出成题目,叫应试人回答,叫对策。这次考试的一甲一名就是状元,录取的人都是进士。

〔25〕的的——确确实实。

第四十齣　仆　侦

【孤飞雁】(净扮郭驼挑担上)世路平消长,十年事老头儿心上。柳郎君翰墨人家长[1]。无营运,单承望,天生天养,果树成行。年深树老,把园围抛漾。你索在何方?好没主量[2]。凄惶,趁上他身衣口粮。"家人做事兴,全靠主人命。主人不在家,园树不开花。"俺老驼一生依着柳相公种果为生。你说好不古怪:柳相公在家,一株树上摘百十来个果儿;自柳相公去后,一株树上生百十来个虫。便胡乱结几个儿,小厮们偷个尽。老驼无主,被人欺负。因此发个老狠,体探俺相公过岭北来了[3],在梅花观养病,直寻到此,早则南安府大封条封了观门。听的边厢人说,道婆为事走了,有个侄儿癞头鼋是小西门住。去寻问他。(行介)"抹过大东路,投至小西门。"(下)

【金钱花】(丑扮疙童披衣笑上)自小疙辣郎当[4],郎当。官司拿俺为姑娘,姑娘。尽了法,脑皮撞。得了命,卖了房。充小厮[5],串街坊。"若要人不知,除非己不为。"自家癞头鼋便是。这无人所在,表白一会。你说姑娘和柳秀才那事干得好,又走得好!只被陈教授那狗才,禀过南安府,拿了俺去。拷问俺:"姑娘那里去了?劫了杜小姐坟哩!"你道俺更不聪明,却也颇颇的[6]。

则掉着头不做声。那鸟官喝道："马不吊不肥，人不拶不直，把这厮上起脑箍来。"哎也，哎也，好不生疼！原来用刑人先捞了俺一架金钟玉磬，替俺方便，禀说这小厮夹出脑髓来了。那鸟官喝道："捻上来瞧。"瞧了，大鼻子一彤[7]，说道："这小厮真个夹出脑浆来了。"他不知是俺癞头上脓。叫松了刑，着保在外。俺如今有了命，把柳相公送俺这件黑海青穿摆将起来[8]。（唱介）摆摇摇，摆摆摇。没人所在，被俺摆过子桥。（净向前叫揖介）小官唱喏[9]。（丑作不回揖，大笑唱介）俺小官子腰闪价，唱不的子喏。比似你个驼子唱喏，则当伸子个腰。（净）这贼种，开口伤人。难道做小官的背偏不驼？（丑）刮这驼子嘴，偷了你什么？贼？（净作认丑衣介）别的罢了。则这件衣服，岭南柳相公的，怎在你身上？（丑）咳呀，难道俺做小官的，就没件干净衣服，便是岭南柳家的？隔这般一道梅花岭，谁见俺偷来？（旦）这衣带上有字。你还不认，叫地方。（扯丑作怕倒介）罢了，衣服还你去啰。（净）耍哩！俺正要问一个人。（丑）谁？（净）柳秀才那里去了？（丑）不知。（净三问）（丑三不知介）（净）你不说，叫地方去。（丑）罢了，大路头难好讲话。演武厅去。（行介）（净）好个僻静所在。（丑）咦，柳秀才到有一个。可是你问的不是？你说得像，俺说；你说不像，休想。叫地方，便到官司，俺也只是不说。（净）这小厮到贼。听俺道来：

【尾犯序】提起柳家郎，他俊白庞儿，典雅行藏[10]。（丑）是了。多少年纪？（净）论仪表看他，三十不上。（丑）是了。你是他什么人？（净）他祖上、传留下俺栽花种粮。自小儿、俺看成他快长。（丑）原来你是柳大官[11]。你几时别他，知他做出甚事来？（净）春头别，跟寻至此，闻说的不端详。（丑）这老儿说的一句句着。老儿，若论他做的事，咦！（丑作扯净耳语）（净听不见介）（丑）呸，左则无人[12]，耍他去。老儿你听者。

第四十齣

【前腔】他到此病郎当。逢着个杜太爷衙教小姐的陈秀才,勾引他养病庵堂,去后园游赏。(净)后来?(丑)一游游到小姐坟儿上。拾得一轴春容,朝思暮想,做出事来。(净)怎的来?(丑)秀才家为真当假,劫坟偷圹[13]。(净惊介)这却怎了?(丑)你还不知。被那陈教授禀了官,围住观门。拖番柳秀才,和俺姑娘行了杖。棚笆拶压[14],不怕不招。点了供纸[15],解上江西提刑廉访司[16]。问那六案都孔目[17],这男女应得何罪[18]?六案请了律令,禀复道,但偷坟见尸者,依律一秋[19]。(净)怎么秋?(丑作按净头介)这等秋。(净惊哭介)俺的柳秀才呵,老驼没处投奔了。(丑笑介)休慌。后来遇赦了。便是那杜小姐活转来哩。(净)有这等事!(丑)活鬼头还做了秀才正房[20],俺那死姑娘到做了梅香伴当[21]。(净)何往?(丑)临安去,送他上路,赏这领旧衣裳。(净)吓俺一跳。却早喜也!

【尾声】去临安定是图金榜。(丑)着了。(净)俺勒挣着躯腰走帝乡[22]。(丑)老哥,你路上精细些。现如今一路里画影图形捕凶党。

(净)寻得仙源访隐沦, 朱 湾 (丑)郡城南下是通津。
　　　柳宗元

(净)众中不敢分明说,于 鹄 (丑)遥想风流第一人。
王 维

注释

〔1〕翰墨人——读书人。家长——主人。

〔2〕主量——主意、商量。

〔3〕体探——打听。

〔4〕疙辣——方言为疥癞,此指癞头。

〔5〕小厮——僮儿、仆人。

〔6〕颇颇的——伶俐得很、刁滑得很。

〔7〕彪(diū 或 biāo)——甩。见范寅《越谚》。

〔8〕海青——大袖子的男服。

〔9〕唱喏——作揖。古时人一面作揖,一面说"喏,喏"。

〔10〕行藏——出处。这里是举止、风度。

〔11〕柳大官——对柳家管家以至仆役的客气称呼。

〔12〕左则——反正是。

〔13〕圹——墓穴。

〔14〕棚琶拶压——刑名。棚琶,当作绷扒,剥去衣服,用绳子绷捆起来;拶压,几根小木棍串在一起,套在犯人手指上,绞紧木棍,手指就痛起来。

〔15〕点了供纸——在供状上画了花押,表示认罪。

〔16〕提刑廉访司——宋代的走马承受官曾改为廉访使。元代设肃政廉访使,明代为提刑按察使,是主管一省(路)监察、司法的长官。提刑廉访司指其官衙。

〔17〕六案都孔目——主管全部公文案卷的官员,和秘书长差不多。孔目原是衙门里的书吏。古代中央机关设有六曹,即后来的吏、户、礼、兵、刑、工六部。宋徽宗崇宁四年以后,州县衙门也设立六案,近似后来机关里的各个科室。见《宋史·徽宗本纪》。

〔18〕男女——对人侮辱性的称呼。

〔19〕揪——或指行刑时刽子手揪住罪犯的发髻。

〔20〕正房——正妻。

〔21〕梅香伴当——梅香,丫头。伴当,男女仆人通用。

〔22〕勒挣——振作、挣扎。

第四十一龄　眈　试

【凤凰阁】(净扮苗舜宾引众上)九边烽火咤[1]。秋水鱼龙怎化？广寒丹桂吐层花,谁向云端折下？(合)殿闱深锁[2],取试卷看详回话。〔集唐〕"铸时天匠待英豪[3]谭用之,引手何妨一钓鳌李咸用？报答春光知有处杜甫,文章分得凤凰毛[4]元稹。"下官苗舜宾便是。圣上因俺香山能辨番回宝色,钦取来京典试。因金兵摇动,临轩策士[5],问和战守三者孰便？各房[6]俱已取中头卷,圣旨着下官详定。想起来看宝易,看文字难。为什么来？俺的眼睛,原是猫儿睛,和碧绿琉璃水晶无二。因此一见真宝,眼睛火出。说起文字,俺眼里从来没有。如今却也奉旨无奈,左右,开箱取各房卷子上来。(众取卷上,净作看介)这试卷好少也。且取天字号三卷,看是何如。第一卷,"诏问：'和战守三者孰便？'""臣谨对：'臣闻国家之和贼,如里老之和事[7]。'"呀,里老和事,和不得,罢；国家事,和不来,怎了？本房拟他状元,好没分晓。且看第二卷,这意思主守。(看介)"臣闻天子之守国,如女子之守身。"也比的小了。再看第三卷,到是主战。(看介)"臣闻南朝之战北,如老阳之战阴[8]。"此语忒奇。但是《周易》有"阴阳交战"之说。——以前主和,被秦太师误了[9]。今日权取主战者第一,主守者第二,主和者

第三。其馀诸卷,以次而定。

【一封书】(净)文章五色讹。怕冬烘头脑多[10]。总费他墨磨,笔尖花无一个[11]。恁这里龙门日月开无那,都待要尺水翻成一丈波[12]。却也无奈了,也是浪桃花当一科[13],池里无鱼可奈何!(封卷介)

【神仗儿】(生上)风尘战斗,风尘战斗,奇材辐辏[14]。(丑)秀才来的停当,试期过了。(生)呀,试期过了。文字可进呈么?(丑)不进呈,难道等你?道英雄入彀[15],恰锁院进呈时候。(生)怕没有状元在里也哥。(丑)不多,有三个了。(生)万马争先,偏骅骝落后。你快禀,有个遗才状元求见[16]。(丑)这是朝房里面。府州县道,告遗才哩。(生)大哥,你真个不禀?(哭介)天呵,苗老先赍发俺来献宝[17]。止不住下和[18]羞,对重瞳双泪流。(净听介)掌门的,这什么所在!拿过来。(丑扯生进介)(生)告遗才的,望老大人收考。(净)哎也,圣旨临轩,翰林院封进。谁敢再收?(生哭介)生员从岭南万里带家口而来。无路可投,愿触金阶而死。(生起触阶,丑止介)(净背介)这秀才像是柳生,真乃南海遗珠也。(回介)秀才上来。可有卷子?(生)卷子备有。(净)这等,姑准收考,一视同仁。(生跪介)千载奇遇。(净念题介)"圣旨:'问汝多士,近闻金兵犯境,惟有和战守三策。其便何如?'"(生叩头介)领圣旨。(起介)(丑)东席舍去。(生写策介)(净再将前卷细观看介)头卷主战,二卷主守,三卷主和。主和的怕不中圣意。(生交卷,净看介)呀,风檐寸晷[19],立扫千言。可敬,可敬。俺急忙难看。只说和战守三件,你主那一件儿?(生)生员也无偏主。可战可守而后能和。如医用药,战为表,守为里,和在表里之间。(净)高见,高见。则当今事势何如?

【马蹄花】(生)当今呵,宝驾迟留,则道西湖昼锦游[20]。为三秋桂子,十里荷香,一段边愁。则愿的"吴山立马"那人休[21]。俺燕云唾手何时就[22]?若止是和呵,小朝廷羞杀江南。便战守呵,请銮舆略近神州[23]。(净)秀才言之有理。

【前腔】圣主垂旒[24],想泣玉遗珠一网收。对策者千馀人,那些不知时务,未晓天心,怎做儒流。似你呵,三分话点破帝王忧,万言策检尽乾坤漏。(生)小生岭南之士。(净低介)知道了。你钓竿儿拂绰了珊瑚[25],敢今番着了鳌头。秀才,午门外候旨[26]。(生应出,背介)这试官却是苗老大人。嫌疑之际,不敢相认。"且当青镜明开眼,惟愿朱衣暗点头[27]。"(生下)(净)试卷俱已详定。左右跟随进呈去。(行介)"丝纶阁下文章静[28],钟鼓楼中刻漏长[29]。"呀,那里鼓响?(内急播鼓介)(丑)是枢密府楼前边报鼓[30]。(内马嘶介)(净)边报警急。怎了,怎了?(外扮老枢密上)"花萼夹城通御气[31],芙蓉小苑入边愁。"(见介)(净)老先生奏边事而来?(外)便是。先生为进卷而来?(净)正是。(外)今日之事,以缓急为先后,僭了。(外叩头奏事介)掌管天下兵马知枢密院事臣谨奏俺主。(内宣介)所奏何事?

【滴溜子】(外)金人的、金人的、风闻入寇。(内)谁是先锋?(外)李全的、李全的、前来战斗。(内)到什么地方了?(外)报到了淮扬左右。(内)何人可以调度?(外)有杜宝现为淮扬安抚。怕边关早晚休,要星忙厮救。(净叩头奏事介)臣看卷官苗舜宾谨奏俺主。

【前腔】临轩的、临轩的、文章看就,呈御览、呈御览、定其卷首。黄道日[32]、传胪祗候[33]。众多官在殿头,把琼林宴备久[34]。(内)奏事官午门外伺候。(外、净同起介)(净)老先生,听的金兵为何而动?(外)适才不敢奏知。金主此行,单为来抢占西湖美景。(净)痴鞑子,西湖是俺大家受用的。若抢了西湖去,这杭州通没用了。(内宣介)听旨:朕惟治天下,有缓有急,乃武乃文。今淮扬危急,便着安抚杜宝前去迎敌。不可有迟。其传胪一事,待干戈宁辑,偃武修文。可谕知多士。叩头。(外、净叩头呼"万岁"起介)

(外)**泽国江山入战图**,曹　松　(净)**曳裾终日盛文儒**。
　　　杜　甫
(外)**多才自有云霄望**,钱　起　(净)**其奈边防重武夫**。
　　　杜　牧

注释

〔1〕 九边——明代北方的边境分为辽东、蓟州、宣府、大同、山西、延绥、宁夏、固原、甘肃等九区,称为九边,由大将率军镇守。古代戏剧,用历史故事为题材的,往往把后代的故实编入了前代,这已成为惯例。所以本剧也不避用明代制度写入宋代的故事。

〔2〕 殿闱深锁——殿试前三日,试官到学士院锁院,然后陪同考生赴殿对策。见《梦粱录》卷三。这里指考场锁门。

〔3〕 铸时天匠——造物主,这里指主考官。

〔4〕 凤凰毛——喻希见的珍贵东西。这里指杰出的文章。

〔5〕 临轩策士——即金殿对策,御试。天子不坐正座而坐在平台上叫临轩。

〔6〕 各房——科举考场中有主考官,有分考官。分考官不止一人,每一分考官称为一房,分看一部分考卷。各房,指所有的分考官;下文本房,指某一分考官。

〔7〕 里老——地方上的老年人。

〔8〕 老阳之战阴——双关意:一、阴阳相作用,二、指男女欢会之事。

〔9〕 以前主和,被秦太师误了——秦太师,指南宋宰相秦桧。他求和卖国,曾经害死抗金名将岳飞。

〔10〕 冬烘头脑——思想迂腐,没有学问。这里指考生。

〔11〕 笔尖花——指有才学的人。诗人"李白少时,梦所用之笔头上生花。后天才赡逸,名闻天下"。见《开元天宝遗事》。

〔12〕尺水——《意林》引桓谭《新论》:"龙无尺水,无以升天;圣人无尺土,无以王天下。"

〔13〕浪桃花当一科——黄河春汛叫桃花汛,这时鱼可以乘浪登龙门,比喻在春天举行的进士试登第。一科,一次、一届考试。全句意思说:虽然没有好文章,也只好算考了一科。

〔14〕辐辏——会集。辐,车轮中的直木,聚集在轮子的中轴上。辏,凑,聚集。

〔15〕入彀——就范、受到笼络。彀,射箭的命中范围。唐太宗看见新进士从宫门内鱼贯而出,他高兴地说:"天下英雄入吾彀中矣。"见《唐摭言》卷一。

〔16〕遗才——有应考资格因故没有参加考试的叫遗才。遗才可以补考,叫录遗。告遗才是要求参加补考。进士考试原是不能录遗的,所以下文丑说:"府州县道,告遗才哩。"

〔17〕赍发——送路费,打发人起程。

〔18〕卞和——楚人卞和得到璞玉,拿去献给国王。别人不识货,说是石头。他两次献宝,都被诬以欺诓之罪,刖去两足。后来国王被他的真诚所感动,叫玉匠给璞玉加工,成为著名的和氏之璧。见《韩非子·和氏》。

〔19〕寸晷——犹言片刻。晷,日影。《宋史·朱台符传》:"太宗廷试贡士,多擢敏速者。台符与同辈课试,以尺晷成一赋。"这里说寸晷,是夸张的话。

〔20〕当今呵,宝驾迟留,则道西湖昼锦游——当今、宝驾,都指皇帝。昼锦,衣锦还乡。项羽说:"富贵不归故乡,如衣锦夜行。"见《史记·项羽本纪》。宋韩琦以宰相衔回家乡做官,造昼锦堂。欧阳修为他写了一篇《昼锦堂记》。全句意思指,皇帝在杭州逗留,错把这个地方当作自己的故乡了。有如南宋当时人的诗句所说:"错把杭州作汴州。"

〔21〕"吴山立马"那人休——参看第十五齣注〔19〕。

〔22〕燕云唾手——像唾手那么容易地收复失地。燕、云,五代晋石敬瑭割燕、云十六州地给契丹。地在现在河北、山西北部一带。

〔23〕请銮舆略近神州——神州,中国,这里指中原。銮舆,皇帝的座车,也引伸作皇帝代称。全句意思说:请皇帝由临安迁都到比较接近中原的地区。

〔24〕垂旒——统治。旒,皇冕前挂下来的玉串。

〔25〕钓竿儿拂绰了珊瑚——以取到珊瑚比喻考中。杜甫诗:"钓竿欲拂珊瑚树。"见《草堂诗笺》卷二《送孔巢父谢病归游江东,兼呈李白》。这里和原诗用意不同。拂绰,拂擦,碰到,引伸为钓着。

〔26〕午门——紫禁城正门。

〔27〕朱衣暗点头——相传宋代欧阳修主考,看到可以录取的试卷,好像就有一个朱衣人在旁边点头。见《侯鲭录》。

〔28〕丝纶阁——翰林院。主管诏敕。《礼·缁衣》:"王言如丝,其出如纶。"后来丝纶用作诏敕的代称。这两句诗引自白居易《紫薇花》,见《白香山集》卷十九。

〔29〕刻漏——古代的计时器。

〔30〕枢密府——即枢密院,宋代最高的军事机关。

〔31〕花萼——即花萼楼,唐玄宗时代的长安宫殿名。下句芙蓉苑,在长安曲江池。唐代由皇宫到曲江有夹城相通。这两句诗引自杜甫《秋兴八首》,见《草堂诗笺》卷三十二。

〔32〕黄道日——吉日。黄道,古代天文学的术语。

〔33〕传胪——殿试揭晓时唱名的一种仪式。

〔34〕琼林宴——殿试揭晓后,为新进士设的御宴。琼林苑,地名,在开封城西,宋代曾在这里宴进士。

第四十二齣　移　镇

【夜游朝】(外扮杜安抚引众上)西风扬子津头树,望长淮渺渺愁予[1]。枕障江南,钩连塞北。如此江山几处?〔诉衷情〕"砧声又报一年秋。江水去悠悠。塞草中原何处?一雁过淮楼。 天下事,鬓边愁,付东流。不分吾家小杜,清时醉梦扬州[2]。"自家淮扬安抚使杜宝。自到扬州三载,虽则李全骚扰,喜得大势平安。昨日打听边兵要来,下官十分忧虑。可奈夫人不解事,偏将亡女絮伤心。

【似娘儿】(老旦引贴上)夫主掣兵符,也相从燕幰栖迟[3],(叹介)画屏风外秦淮树。看两点金焦[4],十分眉恨,片影江湖。(老旦)相公万福。(外)夫人免礼。〔玉楼春〕(老旦)相公:"几年别下南安路,春去秋来朝复暮。(外)空怀锦水故乡情,不见扬州行乐处。(老旦)你摩挲老剑评今古[5],那个英雄闲处住?(泪介)(合)忘忧恨自少宜男[6],泪洒岭云江外树。"(老旦)相公,我提起亡女,你便无言。岂知俺心中愁恨!一来为苦伤女儿,二来为全无子息。待趁在扬州寻下一房,与相公传后。尊意何如?(外)使不得,部民之女哩。(老旦)这等,过江金陵女儿可好?(外)当今王事匆匆,何心及此。(老旦)苦杀俺丽娘儿也!(哭介)(净扮报子上)[7]"诏从日月威光远,兵洗江淮杀气高[8]。"禀老爷,有朝报。(外起看报介)枢密院一本,为边兵寇淮事。奉圣旨:便着淮扬安抚使杜宝,刻日渡淮。不许迟误。钦此。呀,兵机紧急,圣旨森严。夫人,俺同你移镇淮安,就此起程也。(丑扮驿丞上)"羽檄从参赞[9],牙签报驿程[10]。"禀老爷,船只齐备。(内鼓吹介)(上船介)(内禀"合属官吏候送",外分付"起去"介)(外)夫人,又是一江秋色也。

【长拍】天意秋初,天意秋初,金风微度[11],城阙外画桥烟树。看初收泼火[12],嫩凉生,微雨沾裾。移画舸浸蓬壶[13]。报潮生,风气肃,浪花飞吐,点点白鸥飞近渡。风定也,落日摇帆映绿蒲,白云秋窣的鸣箫鼓。何处菱歌,唤起江湖[14]?(外)呀,岸上跑马的什么人?

【不是路】(末扮报子,跑马上)马上传呼,慢橹停船看羽书。(外)怎的来?(末)那淮安府,李全将次逞狂图。(外)可发兵守御么?(末)怎支吾[15]?星飞调度凭安抚。则怕这水路里耽延,你还走旱途。(外)休惊惧。夫人,吾当走马红亭路[16];你转船归去、转船归去。(老旦)咳,后面报马又到哩。

【前腔】(丑扮报子上)万骑胡奴,他要堑断长淮塞五湖[17]。老爷快行,休迟误。小的先去也。怕围城缓急要降胡。(下)(老旦哭介)待何如?你星霜满鬓当戎虏[18],似这烽火连天各路衢。(外)真愁促,怕扬州隔断无归路。再和你相逢何处、相逢何处?夫人,就此告辞了。扬州定然有警,可径走临安。

【短拍】老影分飞,老影分飞,似参军杜甫,把山妻泣向天隅[19]。(老旦哭介)无女一身孤,乱军中别了夫主。(合)有什么命夫命妇[20],都是些鳏寡孤独!生和死,图的个梦和书。

【尾声】(老旦)老残生两下里自支吾。(外)俺做的是这地头军府[21]。(老旦)老爷也,珍重你这满眼兵戈一腐儒[22]。(外下)(老旦叹介)天呵,看扬州兵火满道。春香,和你径走临安去也。

　　隋堤风物已凄凉[23],吴　融　**楚汉宁教作战场**。韩　偓
　　闺阁不知戎马事,薛　涛　**双双相趁下残阳**。罗　邺

注释

　〔1〕望长淮渺渺愁予——见了渺渺茫茫的淮水,使我发愁。《楚辞·湘君》:"帝子降兮北渚,目眇眇兮愁予。"

　〔2〕不分吾家小杜,清时醉梦扬州——不分,不忿,这里是表示妒羡的语意。小杜,指晚唐诗人杜牧。中国文学史上向来称杜甫为老杜,杜牧为小杜。清时,政治清明的年代、太平时候。杜牧曾以绝句《遣怀》描写他在扬州的生活:"十年一觉扬州梦,赢得青楼薄倖名。"

　〔3〕燕幪栖迟——燕幪,即燕幕,处在危险的境地。《左传》襄二十九年:"夫子之在此也,犹燕之巢于幕上。"栖迟,游息。

　〔4〕金、焦——两座山名:金山,在镇江北,原为江中小岛,现在已和南岸相连。焦山,长江中的小岛,也在镇江,距扬州不远。

　〔5〕摩挲——抚摩。

　〔6〕忘忧恨自少宜男——忘忧,草名,即萱草,一名宜男草,俗名金针菜。相传妇人怀孕,佩戴萱草花,就会生男孩子,所以叫宜男草。妇人多生儿子的,也叫宜男。本句是双关语。

　〔7〕报子——探报消息的人。

　〔8〕兵洗——洗兵,激厉士气。周武王出兵伐纣,遇大雨。他说,这是天洗兵。见《说苑》。

　〔9〕羽檄——羽书,古代军事公文以羽毛为记,表示紧急。

　〔10〕牙签报驿程——杜甫诗《宿青草湖》:"邮签报水程。"见《杜少陵集详注》卷二十二。牙签,这里就是邮签,晚上报时用。也就是更筹。邮,驿站。

　〔11〕金风——秋风。古代以阴阳五行解释季节嬗变,秋属金。

〔12〕泼火——暑气。

〔13〕蓬壶——即蓬莱,神话中的海上仙山。这里说江上景色和仙境一样。

〔14〕江湖——这里指退隐之心。

〔15〕支吾——即枝梧,抵挡、支持、对付。

〔16〕红亭——这里指陆路。红亭,诗词中常用来泛指路亭。如《全唐诗》卷七岑参《水亭送刘颙使还归节度》:"红亭莫惜醉,白日眼看低。"

〔17〕五湖——有两义:一、泛指中国著名的五个湖,说法不一;二、太湖,在浙江、江苏间。这里是第二义。

〔18〕星霜满鬓——星霜,喻毛发斑白。星霜满鬓,两鬓全白了的意思。

〔19〕老影分飞,似参军杜甫,把山妻泣向天隅——老影分飞,指老年夫妻离别。据《草堂诗笺》编年:杜甫于唐肃宗乾元元年(公元七五八年),由左拾遗出任华州司功参军,管理地方的祭祀、礼乐、学校、选举等事。当时安、史之乱未平,杜甫一家离散。

〔20〕命夫、命妇——命夫,卿、大夫、士,见《周礼》疏,这里指奉有王命,居官守的人;命妇,受过皇帝封赠的妇人。

〔21〕地头军府——当地的军事机关,引伸为当地的军事长官。

〔22〕满眼兵戈一腐儒——杜甫诗《江汉》:"乾坤一腐儒。"又,《舟出江陵寄郑少尹》:"干戈送老儒。"

〔23〕隋堤——隋炀帝杨广所开的运河的河堤。这里指在淮扬的这一段。

第四十三齣　御　淮

【六幺令】(外引生、末、众扮军人上)西风扬噪,漫腾腾杀气兵妖。望黄淮秋卷浪云高。排雁阵,展《龙韬》[1],断重围杀过河阳道[2]。(外)走乏了!众军士,前面何处?(众)淮城近了。(外望介)天呵!〔昭君怨〕"剩得江山一半,又被胡笳吹断。(众)秋草旧长营,血风腥。(外)听得猿啼鹤怨[3],泪湿征袍如汗。(众)老爷呵!无泪向天倾,且前征。"(外)众三军,俺的儿,你看咫尺淮城,兵势危急。俺们一边捨死先冲入城,一面奏请朝廷添兵救助。三军听吾号令,鼓勇而行。(众哭应介)谨如军令。

【四边静】(行介)坐鞍心把定中军号,四面旌旗绕。旗开日影摇。尘迷日光小。(合)胡兵气骄,南兵路遥。血晕几重围,孤城怎生料!(外)前面寇兵截路,冲杀前去。(合下)

【前腔】(净引丑、贴扮众军上)李将军射雁穿心落[4],豹子翻身嚼[5]。单尖宝镫挑,把追风腻旗儿裊[6]。(合前)(净笑介)你看俺溜金王手下,雄兵万馀,把淮阴城围了七周遭。好不紧也!(内擂鼓喊介)(净)呀,前路兵风,想是杜安抚来到。分兵一千,迎杀前去。(虚下)(外、众唱"合前"上,净众上打话,单战介)(净叫众摆长阵拦路介)(外叫"众军,冲围杀进城去"介)(净)呀,杜家兵冲入围城去了。且由他。吃

尽粮草,自然投降也。(合前)(下)

【番卜算】(老旦、末扮文官上)镇日阵云飘,闪却乌纱帽。(净、丑扮武官上)(净)长枪大剑把河桥。(丑)鼓角如龙叫。(见介)请了。(更漏子)(老旦)"枕淮楼,临海际。(末)杀气腾天震地。(丑)闻炮鼓,使人惊。插天飞不成。(净)匣中剑,腰间箭,领取背城一战[7]。(合)愁地道,怕天冲[8]。几时来杜公?"(老旦)俺们是淮安府行军司马,和这参谋,都是文官。遭此贼兵围紧,久已迎接安抚杜老大人,还不见到。敢问二位留守将军,有何计策?(丑)依在下所见,降了他罢。(末)怎说这话?(丑)不降,走为上计。(老旦)走的一个,走不的十个。(丑)这般说,俺小奶奶那一口放那里?(净)锁放大柜子里。(丑)钥匙哩?(净)放俺处。李全不来,替你托妻寄子。(丑)李全来哩?(净)替你出妻献子。(丑)好朋友,好朋友!(内擂鼓喊介)(生扮报子上)报,报,报。正南一枝兵马,破围而来。杜老爷到也。(众)快开城门迎接去。"天地日流血,朝廷谁请缨[9]。"(众并下)

【金钱花】(外引众上)连天杀气萧条,萧条。连城围了周遭,周遭。风喇喇,阵旗飘。叫开城,下吊桥[10]。(老旦等上)(合)文和武,索迎著。(老旦等跪介)文武官属,迎接老大人。(外)起来,敌楼相见。(老旦等应,起下)

【前腔】(外)胡尘染惹征袍,征袍。血花风腥宝刀,宝刀。(内擂鼓介)淮安鼓,扬州箫。摆鸾旗[11],登丽谯[12]。(合)排衙了,列功曹。(到介)(贴扮办事官上)禀老爷升堂。

【粉蝶儿引】(外)万里寄龙韬,那得戍楼清啸[13]?(贴报门介)文武官属进。(老旦等参见介)孤城累卵[14],方当万死之危;开府弄丸,来赴两家之难[15]。凡俺官僚,礼当拜谢。(外)兵锋四起,劳苦诸公,皆老夫迟慢之罪,只长揖便了。(众应起揖介)(外)看来此贼颇有兵机。放俺入城,其中有计。(众)不过穿地道,起云梯,下官粗知备御。(外)怕的是锁城之法耳。(丑)敢问何谓锁城?是里面锁,外面锁?外面锁,锁住了溜金王;若里面锁,连下官都锁住了。(外)不提起罢了。城中兵几何?(净)一万三千。(外)粮草几何?(末)可支半年。(外)文武同心,救援可待。(内擂鼓喊介)(生扮报子上)报,报,李全兵紧围了。(外长叹介)这贼好无理也。

【划锹儿】兵多食广禁围绕[16],则要你文班武职两和调。(众)巡城彻昏晓,这军民苦劳。(内喊介)(泣介)(合)那兵风正号,俺军声静悄。(外拜天,众扶同拜介)泪洒孤城,把苍天暗祷。

【前腔】(众)危楼百尺堪长啸,筹边两字寄英豪[17]。(外)江淮未应小,君侯佩刀[18]。(合前)(外)从今日起,文官守城,武官出城,随机策应。(丑)则怕大金家兵来了。(外)金兵呵!

【尾声】他看头势而来不定交[19],休先倒折了赵家旗号。便来呵,也少不得死里求生那一着敲[20]。

(净)日日风吹虏骑尘, 陈　标　(丑)三千犀甲拥朱轮。
陈　陶
(外)胸中别有安边计, 曹　唐　(众)莫遣功名属别人。
张　籍

注释

〔1〕《龙韬》——古代兵书《六韬》之一。

〔2〕河阳——今河南孟县西。南宋时,这里是沦陷区。

〔3〕猿啼鹤怨——官、兵的怨声。神话传说:周穆王南征,军官化为猿、鹤,士兵化为虫、沙。见《太平御览》七十四。

〔4〕李将军——指李广,汉代名将,号称飞将军。善射。见《史记·李将军列传》。这里是李全自比。

〔5〕豹子——《东京梦华录》卷七:"放令马先走,以身追及,握马尾而上,谓之豹子马。"

〔6〕追风腻旗儿——追风,形容旗子迎风飘展。腻旗,小旗。《词林摘艳》无名氏《斗鹌鹑·骠骑》〔秃厮儿〕:"追风腻旗手内揉。"又《盛世新声》〔集贤宾·元和令〕:"急穰穰追风小腻旗。"

〔7〕背城一战——在城下作最后一次决战。

〔8〕天冲——装有云梯的古代兵车。攻城用。冲,冲车,兵车。

〔9〕请缨——自请赴敌。《汉书》卷六十四《终军传》:"军自请愿受长缨,必羁南越王而致之阙下。"

〔10〕吊桥——架在城门口外护城河上的活动木桥,可以上下起落。敌人迫近时,就把桥吊起来。

〔11〕鸾旗——仪仗的一种。

〔12〕丽谯——高楼,此指城楼。

〔13〕戍楼清啸——晋刘琨(越石)在围城中,月夜登楼清啸。又叫人吹胡笳,使敌人凄凉感叹,军心涣散,得以解围。见《晋书》本传。

〔14〕累卵——蛋上加蛋,很容易跌碎,比喻危险。

〔15〕开府弄丸,来赴两家之难——开府,开设幕府,主管一方军政大权。此指安抚杜宝。弄丸,一种抛弄弹子的杂技。春秋时代楚国与宋国打仗,楚国勇士熊宜僚在军前弄丸,宋兵停战看他,因而失败。全句意思说:安抚取胜很容易。语本《庄子·徐无鬼》:"市南宜僚,弄丸而两家之难解。"原指宜僚的另一件事:楚国白公胜要杀子西、子期,派人去请宜僚帮助,宜僚在弄丸不答应,但也不把白公的阴谋泄露。这样,他就在两家的争执中解脱出来,没有被牵连。这是原文的本意,和这里没有关系。

〔16〕禁——禁受得起、经得起。

〔17〕筹边——主持边防。

〔18〕江淮未应小,君侯佩刀——意思说,江淮之地重要,自己亲临兵戎。

〔19〕看头势而来不定交——头势,势头,指军事形势。不定交,不定。全句意思说:敌人伺机而动,进退无定。

〔20〕一着敲——这里指一次战斗。

第四十四齣 急　难

【菊花新】(旦上)晓妆台圆梦鹊声高[1],闲把金钗带笑敲。博山秋影摇[2],盼泥金俺明香暗焦[3]。"鬼魂求出世,贫落望登科。夫荣妻贵显,凝盼事如何?"俺杜丽娘跟随柳郎科试,偶逢天子招贤,只这些时还迟喜报。正是:"长安咫尺如千里,夫婿迢遥第一人。"

【出队子】(生上)词场凑巧,无奈兵戈起祸苗。盼泥金赚杀玉多娇,他待地窟里随人上九霄。一脉离魂,江云暮潮。(见介)(旦)柳郎,你回来了。望你高车昼锦,为何徒步而回?(生)听俺道来:

【瓦盆儿】去迟科试,收场锁院散群豪。(旦)咳,原来去迟了。(生)喜逢着旧知交。(旦)可曾补上?(生)亏他满船明月又把去珠淘。(旦喜介)好了。放榜未?(生)恰正在奏龙楼,开凤榜,蹊跷……(旦)怎生蹊跷?(生)你不知大金家兵起,杀过淮扬来了。忙喇煞细柳营[4],权将杏苑抛[5],刚则迟误了你夫人花诰[6]。(旦)迟也不争几时。则问你,淮扬地方,便是俺爹爹管辖之处了?(生)便是。(旦哭介)天也,俺的爹娘怎了!(泣介)(生)直恁的活擦擦[7]、痛生生,肠断了。比如你在泉路里可心焦?

（旦）罢了。奴有一言，未忍启齿。（生）但说不妨。（旦）柳郎，放榜之期尚远，欲烦你淮扬打听爹娘消耗[8]，未审许否？（生）谨依尊命。奈放小姐不下。（旦）不妨，奴家自会支吾。（生）这等就此起程了。

【榴花泣】（旦）白云亲舍[9]，俺孤影旧梅梢。道香魂恁寂寥，怎知魂向你柳枝销[10]。维扬千里，长是一灵飘。回生事少，爹娘呵，听的俺活在人间惊一跳。平白地凤婿过门[11]，好似半青天鹊影成桥[12]。

【前腔】（生）俺且行且止，两处系心苗。要留旅店伴多娇……（旦）有姑姑为伴。（生）阴人难伴你这冷长宵。把心儿不定，还怕你旧魂飘。（旦）再不飘了。（生）俺文高中高，怕一时榜下归难到。（旦泣介）俺爹娘呵！（生）你念双亲舍的离情，俺为半子怎惜攀高[13]。小姐，卑人拜见岳翁岳母，起头便问及回生之事了。

【渔家灯】（旦叹介）说的来似怪如妖，怕爹爹执古妆乔[14]。（想介）有了，将奴春容带在身傍。但见了一幅春容，少不的问俺两下根苗。（生）问时怎生打话？（旦）则说是天曹，偶然注定的姻缘到，蓦踏著墓坟开了。（生）说你先到俺书斋才好。（旦羞介）休乔，这话教人笑。略说与梅香贼牢[15]。

【前腔】（生）俺满意儿待驷马过门[16]，和你离魂女同归气高。谁承望探高亲去傍干戈，怕寒儒欠整衣毛[17]。（旦）女婿老成些不妨。则途路孤栖，使奴挂念。（生）秋霄，云横雁字斜阳道，向秦淮夜泊魂销。（旦）夫，你去时冷落些，回来报中状元呵……（生）名标，大拜门喧笑，抵多少驸马还朝[18]。（净上）"雨伞晴兼雨，春容秋复春。"包袱雨伞在此。

235

【尾声】(拜别介)(旦)秀才郎探的个门楣着。(生)报重生这欢声不小。(旦)柳郎,那里平安了便回,休只顾的月明桥上听吹箫[19]。

(生)不为经时谒丈人, 刘　商　(旦)囊无一物献尊亲。
　　　　　　　　　　杜　甫

(生)马蹄渐入扬州路, 章孝标　(旦)两地各伤无限神。
　　　　　　　　　　元　稹

注释

〔1〕晓妆台圆梦鹊声高——鹊的鸣声,从前人认为是一种吉祥、好事的预兆。全句意思说:早上起来梳妆,听见喜鹊的鸣声,好像在给我圆(解)梦,这是好兆头。

〔2〕博山——一种香炉名。后来用来泛指香炉。见《西京杂记》卷一。

〔3〕焦——双关意:一、香在燃,二、心中焦急。

〔4〕忙唰煞细柳营——忙唰煞,忙煞。细柳营,军营的代称。汉名将周亚夫在细柳屯军,以纪律严明而著称。见《史记·绛侯周勃世家》。细柳,在陕西咸阳西南。全句意思说:军事很紧张。

〔5〕权将杏苑抛——杏苑,即杏园,在长安,唐代新进士都在这里游宴。全句意思说:考取进士的名单延迟发表。

〔6〕刚则——偏只。

〔7〕活擦擦——活生生。

〔8〕消耗——信息、消息。

〔9〕白云亲舍——表示对父母的思念。唐代狄仁杰离开家乡到山西去做官。他登上太行山,回顾河南,看见一朵白云。他对左右的人说:"我的父母就住在那边白云的下面。"见《唐书·狄仁杰传》。

〔10〕魂向你柳枝销——为你柳枝(柳梦梅)弄得神魂颠倒(魂销)。古人常以折柳作别。江淹《别赋》:"黯然销魂者,惟别而已矣。"

〔11〕凤婿——女婿的代称。用萧史和秦弄玉骑凤上天的恋爱神话。

〔12〕鹊影成桥——神话传说:牛郎、织女每年七夕渡河相见,有喜鹊飞集银河驾桥。在这里表示惊奇和喜悦。

〔13〕攀高——跟地位比自己高的人结交、结亲。这里指去寻访做大官的岳父。

〔14〕执古妆乔——固执地,装模作样。

〔15〕贼牢——刁钻,狡黠。这里作名词用,犹言鬼灵精。

〔16〕满意儿待驷马过门——满意儿,一心一意。驷马,四匹马拉的车子。过门,结婚后不几天,新夫妇到女家去行拜门礼,俗名过门。见《梦粱录》卷二十。

〔17〕衣毛——指服装。

〔18〕驸马还朝——魏晋以后,皇帝的女婿一定做驸马都尉这个官,所以叫驸马。〔驸马还朝〕和上文〔大拜门〕,都是曲牌名。

〔19〕月明桥上听吹箫——这里指在扬州享乐。《全唐诗》卷十九杜牧《寄扬州韩绰判官》:"二十四桥明月夜,玉人何处教吹箫?"

第四十五齣 寇 间

【包子令】(老旦、外扮贼兵巡哨上)大王原是小喽罗,喽罗。娘娘原是小旗婆[1],旗婆。立下个草朝忒快活[2],亏心又去抢山河。(合)转巡罗[3],山前山后一声锣。兄弟,大王爷攻打淮城,要个人见杜安抚打话。大路头影儿没一个,小路头寻去。(唱前合下)

【驻马听】(末雨伞、包袱上)家舍南安,有道为生新失馆。要腰缠十万,教学千年,方才满贯[4]。俺陈最良为报杜小姐之事,扬州见杜安抚大人。谁知他淮安被围,教俺没前没后。大路上不敢行走,抄从小路而去。学先师传食走胡旋[5],怯书生避寇遭涂炭[6]。你看树影凋残,猿啼虎啸教人叹。(老、外上)"明知山有虎,故向虎边行。"鸟汉那里去?(拿介)(末)饶命,大王。(外)还有个大王哩。(末)天,天怎了! 正是:"乌鸦喜鹊同行,吉凶全然未保。"(并下)

【普贤歌】(净、丑众上)莽乾坤生俺贼儿顽,谁道贼人胆里单!南朝俺不蛮,北朝俺不番[7]。甚天公有处安排俺[8]?(净)娘娘,俺和你围了淮安许时[9],只是不下。要得个人去淮安打话,兼看杜安抚动定如何。则眼下无人可使哩。(丑)必得杜老儿亲信之人,将计就计,方才可行。

【粉蝶儿】(外绑末上)没路走羊肠[10],天、天呵,撞入这屠门怎放!(见介)(外)禀大王,拿的个南朝汉子在此。(净)是个老儿。何方人氏?作何生理[11]?(末)听禀:

【大迓鼓】生员陈最良,南安人氏,访旧淮扬[12]。(净)访谁?(末)便是杜安抚。他后堂曾设扶风帐。(丑)你原来他衙中教学。几个学生?(末)则他甄氏夫人,单生下一女。女书生年少亡。(丑)还有何人?(末)义女春香,夫人伴房。(丑笑背介)一向不知杜老家中事体。今日得知,吾有计矣。(回介)这腐儒,且带在辕门外去。(众应,押末下介)(丑)大王,奴家有了一计。昨日杀了几个妇人,可于中取出首级二颗。则说杜家老小,回至扬州,被俺手下杀了。献首在此。故意苏放那腐儒[13],传示杜老。杜老心寒,必无守城之意矣。(净)高见,高见。(净起低声分付介)叫中军。(生扮上)(净)俺请那腐儒讲话中间,你可将昨日杀的妇人首级二颗来献,则说是杜安抚夫人甄氏和他使女春香。牢记着。(生应下)(净)左右,再拿秀才来见。(众押末上介)(末)饶命,大王。(净)你是个细作[14],不可轻饶。(丑)劝大王松了他,听他讲些兵法到好。(净)也罢。依娘娘说,松了他。(众放末缚介)(末叩头介)叩谢大王、娘娘不杀之恩。(净)起来,讲些兵法俺听。(末)卫灵公问陈于孔子[15],孔子不对。说道:"吾未见好德如好色者也。"(净)这是怎么说?(末)则因彼时卫灵公有个夫人南子同座,先师所以怕得讲话。(净)他夫人是南子,俺这娘娘是妇人。(内擂鼓,生扮报子上介)报,报,报!扬州路上兵马,杀了杜安抚家小,径来献首级讨赏。(净看介)则怕是假的。(生)千真万真。夫人甄氏,这使女叫做春香。(末做看认,惊哭介)天呵,真个是老夫人和春香也。(净)咦,腐儒啼哭什么!还要打破淮城,杀杜老儿去。(末)饶了罢,大王。(净)

要饶他,除非献了这座淮安城罢。(末)这等容生员去传示大王虎威,立取回报。(丑)大王恕你一刀,腐儒快走。(内擂鼓发喊,开门介)(末作怕介)

【尾声】显威风、记的这溜金王。(净、丑)你去说与杜安抚呵,着什么耀武扬威早纳降。俺实实的要展江山、非是谎。(下)(末打躬送介)(吊场)活强盗,活强盗。杀了杜老夫人、春香。不免城中报去。

海神东过恶风回,李　白　日暮沙场飞作灰。常　建
今日山翁旧宾主[16],刘禹锡　与人头上拂尘埃。李山甫

注释

〔1〕旗婆——女兵。

〔2〕草朝——野朝廷、山寨。

〔3〕罗——当作逻。为协歌韵,用罗。

〔4〕要腰缠十万,教学千年,方才满贯——"腰缠十万贯,骑鹤上扬州。"这是古人形容过分的个人贪欲,包括发财、成仙、奢侈的享受。见殷芸《小说》。贯,穿钱的绳子。这里意思说:教师收入微薄,要想有十万贯钱,得教一千年的书。

〔5〕先师传食走胡旋——先师,指孔丘,他曾周游列国,受到各地诸侯的供养(传食)。走胡旋,奔走不停。胡旋,原是唐代舞名。《唐书·乐志》:"康居国乐舞,急转如风,俗谓之胡旋。"

〔6〕涂炭——比喻生命危险。《书·仲虺之诰》:"有夏昏德,民坠涂炭。"传:"民之危险,若陷泥坠火。"

〔7〕南朝俺不蛮,北朝俺不番——蛮,从前北人侮辱南人的称呼;番,从前南人侮辱北人的称呼。这里意思说:自己是汉人而投降金朝,非驴非马,不上不下。

〔8〕甚天公有处安排俺——元白无咎《鹦鹉曲·渔父》:"算从前错怨天公,甚也有安排我处!"

〔9〕许时——这么久。

〔10〕羊肠——比喻小路曲折而狭窄。

〔11〕生理——（用以维持生活的）职业。

〔12〕旧——故旧、老朋友。

〔13〕苏放——释放。

〔14〕细作——间谍。

〔15〕卫灵公问陈于孔子——《论语·卫灵公》："卫灵公问陈于孔子。孔子对曰：'……军旅之事，未之学也。'"陈，军阵。下文"吾未见好德如好色者也"，见同书《子罕》篇，与卫灵公不相干。南子是卫灵公的夫人，孔丘曾受她接见，见同书《雍也》篇。

〔16〕山翁——晋代山简，曾为镇南将军，出镇襄阳。洛阳失守，迁镇夏口。招纳流亡，归附他的人很多。见《晋书》卷四十三。这里指杜宝。

第四十六齣　折　寇

【破阵子】(外戎装佩剑,引众上)接济风云阵势[1],侵寻岁月边陲[2]。(内擂鼓喊介)(外叹介)你看虎咆般炮石连雷碎,雁翅似刀轮密雪施[3]。李全,李全,你待要霸江山、吾在此。〔集唐〕"谁能谈笑解重围皇甫冉?万里胡天鸟不飞高骈。今日海门南畔事高骈,满头霜雪为兵机韦庄。"我杜宝自到淮扬,即遭兵乱。孤城一片,困此重围。只索调度兵粮,飞扬金鼓。生还无日,死守由天。潜坐敌楼之中,追想靖康而后[4]。中原一望,万事伤心。

【玉桂枝】问天何意:有三光不辨华夷,把腥羶吹换人间,这望中原做了黄沙片地?(恼介)猛冲冠怒起,猛冲冠怒起,是谁弄的,江山如是?(叹介)中原已矣,关河困,心事违。也则愿保扬州,济淮水。俺看李全贼数万之众,破此何难?进退迟疑,其间有故。俺有一计可救围,恨无人与游说。(内擂鼓介)(净扮报子上)"羽檄场中无雁到,鬼门关上有人来。"好笑,城围的铁桶似紧,有秀才来打秋风,则索报去。禀老爷:有个故人相访。(外)敢是奸细?(净)说是江右南安府陈秀才。[5](外)这迂儒怎生飞的进来?快请见。

【浣溪沙】(末上)摆旌旗,添景致,又不是闹元宵鼓炮齐飞。杜老爷在那里？（外出笑迎介）忽闻的千里故人谁？（叹介）原来是先生到此。教俺惊垂泪。（末）老公相头通白了。（合）白首相看俺与伊，三年一见愁眉。（拜介）（末）〔集唐〕"头白乘驴悬布囊卢纶，（外）故人相见忆山阳[6]谭用之。（末）横塘一别千馀里[7]许浑，（外）却认并州作故乡[8]贾岛。"（末）恭谂公相，又苦伤老夫人回扬州，被贼兵所算了[9]。（外惊介）怎知道？（末）生员在贼营中，眼同验过老夫人首级，和春香都杀了。（外哭介）天呵，痛杀俺也！

【玉桂枝】相夫登第，表贤名甄氏吾妻。称皇宣一品夫人，又待伴俺立双忠烈女。想贤妻在日，想贤妻在日，凄然垂泪，俨然冠帔。（外哭倒，众扶介）（末）我的老夫人，老夫人怎了！你将官们也大家哭一声儿么！（众哭介）老夫人呵！（外作恼拭泪介）呀，好没来由！夫人是朝廷命妇，骂贼而死，理所当然。我怎为他乱了方寸[10]，灰了军心？身为将，怎顾的私？任悑惶，百无悔。陈先生，溜金王还有话么？（末）不好说得，他还要杀老先生。（外）咳，他杀俺甚意儿？俺杀他全为国。（末）依了生员，两下都不要杀。（做扯外耳语介）那溜金王要这座淮安城。（外）嚗声！那贼营中是一个座位，是两个座位？（末）他和妻子连席而坐。（外笑介）这等，吾解此围必矣。先生竟为何来？（末）老先生不问，几乎忘了。为小姐坟儿被盗，径来相报。（外惊介）天呵，冢中枯骨，与贼何仇？都则为那些宝玩害了也。贼是谁？（末）老公相去后，道姑招了个岭南游棍柳梦梅为伴。见物起心，一夜劫坟逃去。尸骨丢在池水中。因此不远千里而告。（外叹介）女坟被发，夫人遭难。正是："未归三尺土，难保百年身。既归三尺土，难保百年坟[11]。"也索罢了，则可惜先生一片好心。（末）生员拜别老公相后，一发贫薄了。（外叹介）军中仓卒，无以为情。我把一大功劳，先生干去。（末）愿效劳。（外）我久写下咫尺之书[12]，要李全解散三军之众。馀无可使，烦公一行。左右,取过书仪来。俺说得李全降顺,便可归奏朝廷,自有个出身之处。(杂取书礼介)"儒生三寸舌,将军一纸书。"书仪在此。(末)途费谨领。送书一事,其实怕人。(外)不妨。

【榴花泣】兵如铁桶,一使在其中。将折简[13]、去和戎[14]。陈先生,你志诚打的贼儿通。虽然寇盗奸雄,他也相机而动。(末)恐游说非书生之事。(外)看他开围放你来,其意可知。你这书生正好做传书用。(末)仗恩台一字长城[15],借寒儒八面威风。(内鼓吹介)

【尾声】戍楼羌笛话匆匆[16]。事成呵,你归去朝廷沾寸宠,这纸书敢则是保障江淮第一封。

(外)隔河征战几归人? 刘长卿　(末)五马临流待幕宾。
　　　　卢　纶
(外)劳动先生远相访, 王　建　(末)恩波自会惜枯鳞[17]。刘长卿

注释

〔1〕风云阵势——《风后握奇经》以天、地、风、云、飞龙、翔鸟、虎翼、蛇蟠为八种阵势。

〔2〕侵寻——渐渐度过。

〔3〕轮——形容刀身弯成半月形的样子。

〔4〕靖康而后——靖康,宋钦宗年号。靖康而后,指靖康二年(一一二七)金人攻破宋朝京都汴梁(开封),掳去徽宗、钦宗二帝以后。

〔5〕江右——江西。

〔6〕山阳——地名,今河南修武。晋向秀在山阳旧居,听邻人吹笛。笛声幽怨,使他想起了已故的友人,作《思旧赋》。见《晋书·向秀传》。山阳、山阳笛,后来都用作旧友、旧游地的代称。

〔7〕横塘——在南京。六朝以来的乐府、诗、词中常见的地名。

〔8〕却认并州作故乡——并州,今山西太原。原诗作者贾岛,在并州时,常忆咸阳;后渡桑干河,去得更远,觉得并州也像故乡一样,令人怀念。这里喻杜宝在淮安想起了南安,也把南安当作自己的故乡了。

〔9〕所算——所害。

〔10〕方寸——指心。

〔11〕难保百年坟——这四句谚语原见《琵琶记》第三十八齣引。

〔12〕咫尺之书——尺牍、短信。古代书函,长约一尺。咫,古代长度单位,不到一尺。

〔13〕折简——裁纸写信。

〔14〕戎——外敌,这里指李全。

〔15〕仗恩台一字长城——恩台,犹言恩官。一字长城,意思指书信可以退敌。

〔16〕羌笛——泛指笛,笛是羌人的民族乐器。

〔17〕枯鳞——失水的鱼,喻失意者。这里指陈最良。

第四十七齣　围　释

【出队子】(贴扮通事上)一天之下,南北分开两事家。中间放着个蓼儿洼[1],明助着番家打汉家。通事中间,拨嘴撩牙[2]。事有足诧,理有必然。自家溜金王麾下一名通事便是。好笑,好笑,俺大王助金围宋,攻打淮城。谁知北朝暗地差人去到南朝讲话!正是:"暂通禽兽语,终是犬羊心。"(下)

【双劝酒】(净引众上)横江虎牙[3],插天鹰架[4]。擂鼓扬旗,冲车甲马。把座锦城墙、围的阵云花。杜安抚、你有翅难加。自家溜金王。攻打淮城,日久未下。外势虽然虎踞,中心未免狐疑。一来怕南朝大兵兼程策应,二来怕北朝见责委任无功:真个进退两难。待娘娘到来计议。(丑上)"驱兵捉将蚩尤女[5],捏鬼妆神豹子妻[6]。"大王,你可听见大金家有人南朝打话,回到俺营门之外了?(净)有这事?(老旦扮番将带刀骑马上)

北【夜行船】大北里宣差传站马[7],虎头牌滴溜的分花[8]。(外扮马夫赶上介)滑了,滑了。(老旦)那古里谁家[9]?跑番了拽喇[10]。怎生呵,大营盘没个人儿答煞。(外大叫介)溜金爷,北朝天使到来。(下)(净、丑作慌介)快叫通事请进。(贴上,接跪介)溜金王患病了。请那颜进[11]。(老旦)可才、可才道句儿克卜喇[12]。(下马,上坐介)都儿都儿。(净问贴介)怎么说?(贴)恼了。(净、丑举手,老旦做恼不回介)(指净介)铁力温都答喇[13]。(净问贴介)怎说?(贴)不敢说,要杀了。(净)却怎了?(老旦做看丑笑介)忽伶忽伶。(丑问贴介)(贴)叹娘娘生的妙。(老旦)克老克老。(贴)说走渴了。(老旦手足做忙介)兀该打剌[14]。(贴)叫马乳酒。(老旦)约儿兀只。(贴)要烧羊肉。(净叫介)快取羊肉、乳酒来。(外持酒肉上)(老旦洒酒,取刀割羊肉吃,笑,将羊油手擦胸介)一六兀剌的[15]。(贴)不恼了,说有礼体。(老旦作醉介)锁陀八,锁陀八[16]。(贴)说醉了。(老旦作看丑介)倒喇倒喇。(丑笑介)怎说?(贴)要娘娘唱个曲儿。(丑)使得。

北【清江引】呀,哑观音觑着个番答辣,胡芦提笑哈。兀那是都嘛[17],请将来岸答。撞门儿一句咬儿只不毛古喇。通事,我斟一杯酒,你送与他。(贴作送酒介)阿阿儿该力。(丑)通事,说甚么?(贴)小的禀娘娘送酒。(丑)着了。(老旦作醉,看丑介)孛知,孛知。(贴)又央娘娘舞一回。(丑)使得,取我梨花枪过来。

【前腔】(持枪舞介)冷梨花点点风儿刮,袅得腰身乍[18]。胡旋儿打一车,花门折一花。把一个睃啜老那颜风势煞[19]。(老旦反背,拍袖笑倒介)忽伶忽伶。(贴扶起老旦介)(老旦摆手到地介)阿来不来。(贴)这便是唱喏,叫唱一直。(老旦笑,点头招丑介)哈嗽哈嗽。(贴)要问娘娘。(丑笑介)问什么?(老旦扯丑轻说介)哈嗽哈嗽兀该毛克喇,毛克喇。(丑笑问贴介)怎说?(贴作摇头介)问娘娘讨件东西。(丑笑介)讨么?(贴)通事不敢说。(老旦笑叫介)古鲁古鲁。(净背叫贴问介)他要娘娘什么东西?古鲁古鲁不住的。(贴)这件东西,是要不得的。便要时,则怕娘娘不捨的。便是娘娘捨的,大王也不捨的。便大王捨的,小的也不捨的。(净)甚东西,直恁捨不的?(贴)他这话到明,哈嗽兀该毛克喇,要娘娘有毛的所在。(净作恼介)气

也,气也。这臊子好大胆[20],快取枪来。(净作持花枪赶杀介)(贴扶醉老旦走,老旦提酒壶叫"古鲁古鲁"架住枪介)

北【尾】(净)你那醋葫芦指望把梨花架,臊奴,铁围墙敢靠定你大金家。(搠倒老旦介)则踹着你那几茎儿苦嘴的赤支砂[21],把那咽腥臊的嘤子儿生搭杀[22]。(丑扯住净,放老旦介)(老旦)曳喇曳喇哈哩。(指净介)力娄吉丁母剌失,力娄吉丁母剌失。(作闪袖走下介)(净)气杀我也。那曳喇哈的什么?(贴)叫引马的去。(净)怎指着我力娄吉丁母剌失?(贴)这要奏过他主儿,叫人来相杀。(净作恼介)(丑)老大王,你可也当着不着的[23]。(净)啐,着了你那毛克喇哩。(丑)便许他在那里,你却也忒捻酸。(净不语介)正是我一时风火性。大金家得知,这溜金王到有些欠稳。(丑)便是番使南朝而回,未必其中无话。(净)娘娘高见何如?(丑)容奴家措思。(内擂鼓介)(贴扮报子上)报,报,报!前日放去的秀才,从淮城中单马飞来。道有紧急,投见大王。(丑)恰好,着他进来。

【缕缕金】(末上)无之奈,可如何!书生承将令,强喽啰[24]。(内喊,末惊跌介)一声金炮响,将人跌蹉。可怜、可怜!密札札干戈,其间放着我。(贴唱门介)生员进。(末见介)万死一生生员陈最良百拜大王殿下,娘娘殿下。(净)杜安抚献了城池?(末)城池不为希罕,敬来献一座王位与大王。(净)寡人久已为王了。(末)正是官上加官,职上添职。杜安抚有书呈上。(净看书介)"通家生杜宝顿首李王麾下[25]"。(问末介)秀才,我与杜安抚有何通家?(末)汉朝有个李、杜至交[26],唐朝也有个李、杜契友,因此杜安抚斗胆称个通家。(净)这老儿好意思。书有何言?

【一封书】(读书介)"闻君事外朝,虎狼心,难定交。肯回心圣朝,保富贵,全忠孝。平梁取采须收好[27],背暗投明带早超[28]。凭陆贾,说庄蹻[29]。颙望麾慈即鉴昭[30]。"(笑介)

这书劝我降宋,其实难从。"外密启一通,奉呈尊阃夫人。"(笑介)杜安抚也畏敬娘娘哩。(丑)你念我听。(净看书介)"通家生杜宝敛衽杨老娘娘帐前[31]。"咳也,杜安抚与娘娘,又通家起来。(末)大王通得去,娘娘也通得去。(净)也通得去。只汉子不该说敛衽。(末)娘娘肯敛衽而朝,安抚敢不敛衽而拜!(丑)说的好。细念我听。(净念书介)"通家生杜宝敛衽杨老娘娘帐前:远闻金朝封贵夫为溜金王,并无封号及于夫人。此何礼也?杜宝久已保奏大宋,敕封夫人为讨金娘娘之职。伏惟妆次鉴纳[32]。不宣[33]。"好也,到先替娘娘讨了恩典哩。(丑)陈秀才,封我讨金娘娘,难道要我征讨大金家不成?(末)受了封诰后,但是娘娘要金子,都来宋朝取用。因此叫做讨金娘娘。(丑)这等是你宋朝美意。(末)不说娘娘,便是卫灵公夫人,也说宋朝之美[34]。(丑)依你说。我冠儿上金子,成色要高。我是带盔儿的娘子[35]。近时人家首饰浑脱,就一个盔儿[36],要你南朝照样打造一付送我。(末)都在陈最良身上。(净)你只顾讨金讨金,把我这溜金王,溜在那里?(丑)连你也做了讨金王罢。(净)谢承了。(末叩头介)则怕大王、娘娘退悔。(丑)俺主意定了。便写下降表,赍发秀才回奏南朝去。

【前腔】(净)归依大宋朝,怕金家成祸苗。(丑)秀才,你担承这遭,要黄金须任讨。(末)大王,你鄱阳湖磬响收心早[37],娘娘,你黑海岸回头星宿高[38]。(合)便休兵,随听招。免的名标在叛贼条。(净)秀才,公馆留饭。星夜草表送行。(举手送末,拜别介)

【尾声】(净)咱比李山儿何足道[39],这杨令婆委实高[40]。(末)带了你这一纸降书,管取那赵官家欢笑倒[41]。(末下)(净、丑吊场)(净)娘娘,则为失了一边金,得了两条王。人要一个王不能勾,俺领下两个王号。岂不乐哉!(丑)不要慌,还有第三个王号。

（净）什么王号？（丑）叫做齐肩一字王[42]。（净）怎么？（丑）杀哩。（净）随顺他，又杀什么？（丑）你俺两人作这大贼，全仗金鞑子威势。如今反了面，南朝拿你何难。（净作恼介）哎哟，俺有万夫不当之勇，何惧南朝！（丑）你真是个楚霸王，不到乌江不止[43]。（净）胡说！便作俺做楚霸王，要你做虞美人，定不把赵康王占了你去。（丑）罢，你也做楚霸王不成，奴家的虞美人也做不成。换了题目做。（净）什么题目？（丑）范蠡载西施[44]。（净）五湖在那里？——去做海贼便了。（丑作分付介）众三军，俺已降顺了南朝。暂解淮围，海上伺候去。（众应介）解围了。（内鼓介）船只齐备了，禀大王起行。（众行介）

【江头送别】淮扬外，淮扬外，海波摇动。东风劲，东风劲，锦帆吹送。夺取蓬莱为巢洞，鳌背上立着旗峰。

【前腔】顺天道，顺天道，放些儿闲空。招安后，招安后，再交兵言重。险做了为金家伤炎宋[45]。权袖手，做个混海痴龙。（众）禀大王娘娘，出海了。（净）且下了营，天明进发。

（净）干戈未定各为君，　许　浑　（丑）龙斗雌雄势已分。
　　　　　　　　　　　　　常　建
（净）独把一麾江海去[46]，　杜　牧　（众）莫将弓箭射官军。
　　　　　　　　　　　　　窦　巩

注释

〔1〕蓼儿洼——据元代杂剧，蓼儿洼即梁山泊。后来用作山寨的代称。这里指李全。

〔2〕拨嘴撩牙——播嘴弄牙，挑拨是非。

〔3〕虎牙——军旗。原是将军的名号，见《后汉书·铫期传》。

〔4〕鹰架——供猎鹰栖止用的木架。

〔5〕蚩尤——神话传说中上古时代一个部族的首领。性凶恶，铜头

铁额,能兴云作雾。后来为黄帝所诛。见《云笈七签·轩辕本纪》。

〔6〕豹子妻——《诚斋乐府·仗义疏财》三折〔滚绣球〕:"本是个梁山寨生成的豹子妻。"豹子妻原指剧中男扮女装的黑旋风李逵。这里指李全妻。豹子,借来形容凶猛。

〔7〕大北里宣差传站马——大北里,指金朝。宣差,差官、使命。这里指番将自己。女真"出使者必带牌,有金、银、木之别。上有女真书'准敕急递'字及阿骨打花押。宣差者所至视三品,朝旨差者视五品"。见《说郛》卷四十一范成大《揽辔录》。站马,驿马,一名铺马。

〔8〕虎头牌滴溜的分花——虎头牌,当指万户金虎符,金人军队中用来证明长官身份的一种证件。参看前注。滴溜,明滴溜的省词,明晃晃的意思。《盛世新声》〔中吕粉蝶儿〕:"怎敢道小觑俺这腰间明滴溜的虎头牌。"

〔9〕那古里谁家——那古里,那答儿,那边。谁家,什么人。

〔10〕拽喇——或作曳剌、曳落河,兵卒。外来语。

〔11〕那颜——一作诺颜,蒙古语官长的音译。

〔12〕克卜喇——克卜喇及以下所用的个别的外来语,待考。其中可考的拽喇、那颜及以下所注各条并不是女真语。若干词,如"马乳酒"、"妙"、"羊肉"……可以在《辽、金、元三史国语考》查出女真、蒙古语的原文及音译,但和这里的音译不同。这些词儿即使不是女真语的音译,对戏曲也无任何损害,并不妨碍对戏曲的理解。

〔13〕铁力温都答喇——杀了。《紫钗记》第二十八齣〔水底鱼〕:"撞的个行家,铁力温都答喇。"在《紫钗记》中应该是吐番语,和这里女真人说的竟然相同。可见这些词句,本来不是正确的音译。

〔14〕兀该打剌——兀该打剌及下文约儿兀只,和《诚斋乐府·桃源景》第四折〔滚绣球〕:"他道是打剌苏兀该呵,约儿兀只。他将那臊羊皮胡乱来遮冷,酸马乳权时且止饥。"用法意义相近。

〔15〕一六兀剌——《诚斋乐府·桃源景》第四折〔滚绣球〕:"我见他亦留兀剌地说体礼,他那里阿来不来的唱一直。"

〔16〕锁陀八——锁陀八及下文哈㘄、倒剌、字知,和《诚斋乐府·桃

源景》第四折〔倘秀才〕:"他道哈撒呵,原来是问你。……他道锁陀八,原来是酒醉矣。他道倒喇是歌一曲,他道字知是舞一回。"用法意义相近。下文力娄吉丁母剌失也和《桃源景》〔滚绣球〕"得娄吉邻母剌失"音近,但意义不同。

〔17〕都嘛——《盛世新声》〔中吕粉蝶儿〕:"都嘛呢咬儿只不毛兀剌,你与我请过来。"都嘛,疑是官名;咬儿只不毛兀剌,疑即请过来。

〔18〕裊得腰身乍——裊,扭。乍,同诈,俏样儿。《西厢记》第三本第三折〔搅筝琶〕:"打扮的身子儿诈。"

〔19〕把一个睃啜老那颜风势煞——睃啜老,当时骂外国人的话。《诚斋乐府·桃源景》第四折〔滚绣球〕:"怎听他睃啜老恁般声气。"风势煞,疯样子。

〔20〕臊子——当时对北方少数民族的蔑称。臊,兽肉的腥臭味。

〔21〕苫嘴的赤支砂——苫,遮掩。赤支砂,见第二十三齣注〔21〕。

〔22〕唳子儿生唳杀——唳子儿,同嗓子儿。唳杀,扼杀、掐死。

〔23〕当着不着——该做的事不做,不该做的事却做了。这里指李全不该把那颜撵走。

〔24〕强喽啰——强作聪明,怪自己多事。喽啰,即偻㑩,狡猾的意思。见《鹤林玉露》。

〔25〕通家——世交。

〔26〕李、杜——指东汉李固、杜乔,两人在朝做官,同心合作;或指东汉李膺、杜密,两人同因党锢之祸被害。见《后汉书》本传。下文唐朝李、杜,指诗人李白、杜甫。

〔27〕平梁——可能指王冠,俗称平天冠。

〔28〕带早超——疑即及早高升意。

〔29〕凭陆贾,说庄蹻——陆贾,见第六齣注〔16〕。庄蹻,战国楚庄王的后裔。他率兵为楚国平定今四川西部、云南东部地方。后来归路被秦国切断,自立为滇王。到他的后代,才归顺汉朝。见《史记·西南夷列传》。全句意思说,凭着自己具有和陆贾说服赵佗一样的辩才,去说服那个倔强的庄蹻。庄蹻,这里喻李全。

〔30〕颙望——向慕,犹言恳切地希望。

〔31〕敛衽——整理衣襟,古代的一种礼节,后来专用于妇女。《战国策·楚策》:"一国之众,见君莫不敛衽而拜。"《史记·留侯世家》:"楚必敛衽而朝。"以上两例,都不用于妇女。

〔32〕妆次——对妇女的客气的称呼,书信上用。有如对男子称阁下。

〔33〕不宣——犹言不尽,旧时书信结尾的套语。

〔34〕宋朝之美——宋公子朝,有美色。见《论语·雍也》。《论语》也提到卫灵公夫人,但与宋朝无关。这里是人名、朝代名双关语。

〔35〕带盔儿的娘子——犹如说女将军。

〔36〕人家首饰浑脱,就一个盔儿——意思说:我什么首饰都不戴,只戴一个盔儿。人家,指自己。浑脱,也可指乌羊毛做的毡帽,见《通鉴》唐中宗神龙三年胡注。

〔37〕鄱阳湖磬响——磬响,动法器,表示归心礼佛,这里是说投诚。鄱阳湖,在江西,湖中有石钟山。由钟联想到磬。

〔38〕黑海岸回头星宿高——意思说:只要及早回头,重归祖国,你一定会交好运。古代谚语:"苦海无边,回头是岸。"星宿高,参看第十一齣注〔8〕。

〔39〕李山儿——元人水浒杂剧中给李逵的称号。

〔40〕杨令婆——民间传说中宋代名将杨老令公(业)的夫人佘太君。此喻李全妻。

〔41〕管取那赵官家欢笑倒——管取,一定教。赵官家,赵家皇帝。

〔42〕齐肩一字王——唐宋以后皇子封王,以一个字为国名,如齐王;其次,皇子的儿子封王,以二字为国名,如汝南王。这里指平肩一刀,斩首。

〔43〕你真是个楚霸王,不到乌江不止——楚霸王项羽兵败,和他的宠姬虞美人诀别,在乌江自刎。见《史记·项羽本纪》。明沈龄采取这一故事,写作传奇《千金记》中的第三十七齣《别姬》,发展成为后来的京剧《霸王别姬》。

〔44〕范蠡载西施——春秋时代,越王勾践为吴国所败,退守会稽。历史传说,越王曾令范蠡献美女西施于吴王,吴王大悦,从此,沈湎酒色,朝政尽废。吴亡后,西施复归范蠡,同泛五湖(太湖)而去。见《越绝书》。明梁辰鱼采取这一故事,写作《浣纱记》传奇。

〔45〕炎宋——古代以阴阳五行解释国家兴衰的道理,赵宋以火德王,称火宋,又称炎宋。

〔46〕麾——旌旗。杜牧诗:"拟把一麾江海去。"原指赴湖州刺史任。这里借喻挥动旌旗带兵入海。南朝宋颜延之诗:"一麾方出守。"麾,原作指挥解。

第四十八齣　遇　母

【十二时】(旦上)不住的相思鬼,把前身退悔。土臭全消,肉香新长。嫁寒儒客店里孤栖。(净上)又著他攀高谒贵。〔浣溪沙〕"(旦)寂寞秋窗冷簟纹,(净)明珰玉枕旧香尘,(旦)断潮归去梦郎频。(净)桃树巧逢前度客[1],(旦)翠烟真是再来人[2],(合)月高风定影随身。"(旦)姑姑,奴家喜得重生,嫁了柳郎。只道一举成名,回去拜访爹娘。谁知朝廷为着淮南兵乱,开榜稽迟。我爹娘正在围城之内,只得赍发柳郎往寻消耗,撇下奴家钱塘客店。你看那江声月色,凄怆人也。(净)小姐,比你黄泉之下,景致争多。(旦)这不在话下。

【针线厢】虽则是荒村店江声月色,但说着坟窝里前生今世,则这破门帘乱撒星光内,煞强似洞天黑地[3]。姑姑呵,三不归父母如何的[4]？七件事儿夫家靠谁[5]？心悠曳,不死不活,睡梦里为个人儿。(净)似小姐的罕有。

【前腔】伴着你半间灵位,又守见你一房夫婿[6]。(旦)姑姑,那夜搜寻秀才,知我闪在那里？(净)则道画帧儿怎放的个人回避,做的事瞒神諕鬼。(旦)昏黑了,你看月儿黑黑的星儿晦,萤火青青似鬼火吹。(旦)好上灯了。(净)没油,黑坐地[7],三

255

花两焰,留的你照解罗衣。(旦)夜长难睡,还向主家借些油去。(净)你院子里坐坐,咱去借来。"合着油瓶盖,踏碎玉莲蓬[8]。"(下)(旦玩月叹介)

【月儿高】(老旦、贴行路上)江北生兵乱,江南走多半。不载香车稳,趿的鞋韎断[9]。夫主兵权,望天涯生死如何判。前呼后拥,一个春香伴。凤髻消除,打不上扬州篆[10]。上岸了到临安。趁黄昏黑影林峦,生忔察的难投馆[11]。(贴)且喜到临安了。(老旦)咳,万死一逃生,得到临安府。俺女娘无处投,长路多孤苦。(贴)前面像是个半开门儿,蓦了进去。(老旦进介)呀,门房空静,内可有人?(旦)谁?(贴)是个女人声息。待打叫一声开门。

【不是路】(旦惊介)斜倚雕阑,何处娇音唤启关?(老旦)行程晚,女娘们借住霎儿间。(旦)听他言,声音不似男儿汉,待自起开门月下看。(见介)(旦)是一位女娘,请里坐。(老旦)相提盼,人间天上行方便。(旦)趋迎迟慢。趋迎迟慢。(打照面介)(老旦作惊介)

【前腔】破屋颓椽,姐姐呵,你怎独坐无人灯不燃?(旦)这闲庭院,玩清光长送过这月儿圆。(老旦背叫贴)春香,这像谁来?(贴惊介)不敢说,好像小姐。(老旦)你快瞧房儿里面,还有甚人?若没有人,敢是鬼也?(贴下)(旦背)这位女娘,好像我母亲,那丫头好像春香。(作回问介)敢问老夫人,何方而来?(老旦叹介)自淮安,我相公是淮扬安抚、遭兵难,我避房逃生到此间。(旦背介)是我母亲了,我可认他?(贴慌上,背语老旦介)一所空房子,通没个人影儿。是鬼,是鬼!(老旦作怕介)(旦)听他说起,是我的娘也。(旦向前哭娘介)(老旦作避介)敢是我女孩儿?怠慢了你,你活现了。春香,有随身纸钱,快丢,快丢。(贴丢纸钱介)(旦)儿不是鬼。(老旦)不是鬼,我叫你三声,要你应我一声高如一声。(做三叫三应,声渐低介)(老旦)是鬼也。[12]（旦）娘，你女儿有话讲。（老旦）则略靠远，冷淋侵一阵风儿旋，这般活现。（旦）那些活现？（旦扯老旦作怕介）儿，手怎般冷。（贴叩头介）小姐，休要捻了春香[13]。（老旦）儿，不曾广超度你，是你父亲古执。（旦哭介）娘，你这等怕，女孩儿死不放娘去了。

【前腔】（净持灯上）门户牢拴，为甚空堂人语喧？（灯照地介）这青苔院，怎生吹落纸黄钱？（贴）夫人，来的不是道姑？（老旦）可是。（净惊介）呀，老夫人和春香那里来？这般大惊小怪。看他打盘旋，那夫人呵，怕漆灯无焰将身远[14]。小姐，恨不得幽室生辉得近前。（旦）姑姑快来，奶奶害怕。（贴）这姑姑敢也是个鬼？（净扯老旦，照旦介）休疑惮。移灯就月端详遍，可是当年人面？（合）是当年人面。（老旦抱旦泣介）儿呵，便是鬼，娘也舍不的去了。

【前腔】肠断三年，怎坠海明珠去复旋[15]？（旦）爹娘面，阴司里怜念把魂还。（贴）小姐，你怎生出的坟来？（旦）好难言。（老旦）是怎生来？（旦）则感的是东岳大恩眷，托梦一个书生把墓踹穿。（老旦）书生何方人氏？（旦）是岭南柳梦梅。（贴）怪哉，当真有个柳和梅。（老旦）怎同他来此？（旦）他来科选。（老旦）这等是个好秀才，快请相见。（旦）我央他看淮扬动静去把爹娘探，因此上独眠深院，独眠深院。（老旦背与贴语介）有这等事？（贴）便是，难道有这样出跳的鬼[16]？（老旦回泣介）我的儿呵！

【番山虎】则道你烈性上青天，端坐在西方九品莲，不道三年鬼窟里重相见[17]。哭得我手麻肠寸断，心枯泪点穿。梦魂沈乱，我神情倒颠。看时儿立地，叫时娘各天。怕你茶饭无浇奠，牛羊侵墓田。（合）今夕何年？今夕何年？咦，还怕这相逢梦边。

【前腔】（旦泣介）你抛儿浅土，骨冷难眠。吃不尽爷娘饭，江南寒食天。可也不想有今日,也道不起从前。似这般糊突谜[18],甚时明白也天!鬼不要,人不嫌,不是前生断,今生怎得连!(合前)(老旦)老姑姑,也亏你守着我儿。

【前腔】(净)近的话不堪提咽,早森森地心疏体寒。空和他做七做中元[19],怎知他成双成爱眷?(低与老旦介)我捉鬼拿奸,知他影戏儿做的恁活现?(合)这样奇缘,这样奇缘,打当了轮回一遍[20]。

【前腔】(贴)论魂离倩女是有,知他三年外灵骸怎全?则恨他同棺椁、少个郎官,谁想他为院君这宅院[21]。小姐呵,你做的相思鬼穿,你从夫意专。那一日春香不铺其孝筵,那节儿夫人不哀哉醮荐?早知道你撤离了阴司,跟了人上船!(合前)

【尾声】(老旦)感得化生女显活在灯前面。则你的亲爹,他在贼子窝中没信传。(旦)娘放心,有我那信行的人儿[22],他穴地通天,打听的远。

想象精灵欲见难,欧阳詹　　碧桃何处便骖鸾?薛　逢
莫道非人身不暖,白居易　　菱花初晓镜光寒。许　浑

注释

〔1〕桃树巧逢前度客——唐诗人刘禹锡曾游玄都观看桃花题诗一首。若干年后到那里重游,桃花都不见了。他又题了一首诗,有两句说:"种桃道士归何处?前度刘郎今又来。"见《全唐诗》卷十三。前度刘郎,也是双关语,借指在天台山桃源洞与仙女相爱的刘晨。这里喻柳梦梅。

〔2〕翠烟——小玉的亡魂。见第三十六龅注〔4〕。这里是杜丽娘自喻。

〔3〕煞强似——胜过。原作赛强似,一作索强如、须强如。

〔4〕三不归——没有着落的。

〔5〕七件事——《元曲选·玉壶春》杂剧第一折卜儿的上场诗:"早晨起来七件事,柴米油盐酱醋茶。"

〔6〕守见——守着、等着。

〔7〕地——着、语词。

〔8〕玉莲蓬——喻小脚。"夜壶合着油瓶盖",原是民间俗语,如李渔《十二楼·生我楼》第二回。这里指借油之难。

〔9〕跋(sǎ)的鞋鞓(tīng)断——鞓,皮带,此指鞋带。跋,行走。全句说路上步履艰难,鞋带都走断了。

〔10〕纂——扎发的细绳。

〔11〕生忔察——生疏、陌生。忔察,语助词。

〔12〕有随身纸钱……是鬼也——元杂剧中人物与误以为亡故的亲友相逢时,向例有这样的关目。

〔13〕捻——这里是作弄、伤害的意思。

〔14〕漆灯无焰——《佩文韵府》引《江南野史》:"沈彬居有一大树。尝曰:'吾死可葬于是。'及葬,穴之,乃古冢。其间一古灯台,上有漆灯一盏。圹头铜牌篆文曰:'佳城今已开,虽开不葬埋。漆灯犹未燕,留待沈彬来。'"

〔15〕坠海明珠去复旋——旋,还、回来。全句意思指女儿死而复活。神话传说:广东合浦本产珠。由于官吏贪残,珠就不生在这里,而生到交趾(越南)去了。东汉孟尝任合浦太守不满一年,政治办得好,珠才重新回来。见《后汉书》卷一百六本传。

〔16〕出跳——女孩子长得漂亮、灵活叫出跳。《董西厢》:"陡恁地精神偏出跳,转添娇,浑不似旧时了。"

〔17〕不道——不料。

〔18〕糊突——糊涂。

〔19〕做七做中元——古时迷信风俗:人死后每七天做一次佛事,从头七到七七(第四十九天)止。阴历七月十五日为中元节,是祭奠亡灵的日子。

〔20〕打当——原是打点、准备,这里作胜过、当作解。

〔21〕为院君这宅院——做了这个宅院里的院君。院君,一般妇人的尊称,这里是女主人。

〔22〕信行——志诚、老实。

第四十九齣　淮　泊

【三登乐】(生包袱、雨伞上)有路难投,禁得这乱离时候！走孤寒落叶知秋[1]。为娇妻思岳丈,探听扬州。又谁料他困守淮扬,索奔前答救[2]。〔集唐〕"那能得计访情亲李白？浊水污泥清路尘[3]韩愈。自恨为儒逢世难卢纶,却怜无事是家贫韦庄。"俺柳梦梅阳世寒儒,蒙杜小姐阴司热宠,得为夫妇,相随赴科。且喜殿试撺过卷子,又被边报耽误榜期。因此小姐呵,闻说他尊翁淮扬兵急,叫俺沿路上体访安危。亲赍一幅春容,敬报再生之喜。虽则如此,客路贫难,诸凡路费之资,尽出壙中之物。其间零碎宝玩,急切典卖不来。有些成器金银,土气销熔有限。兼且小生看书之眼,并不认的等子星儿[4]。一路上赚骗无多,逐日里支分有尽。得到扬州地面,恰好岳丈大人移镇淮城。贼兵阻路,不敢前进。且喜因循解散,不免迤逦数程。

【锦缠道】早则要、醉扬州寻杜牧,梦三生花月楼,怎知他长淮去休！那里有缠十万顺天风、跨鹤闲游！则索傍渔樵寻食宿、败荷衰柳,添一抹五湖秋[5]。那秋意儿有许多迤逗[6]！咱功名事未酬,冷落我断肠闺秀。堪回首？算江南江北有十分愁。一路行来，且喜看见了插天高的淮城，城下一带清长淮水。那城楼之上，还挂有丈六阔的军门旗号。大吹大擂，想是日晚掩门了。且寻小店歇宿。（丑上）"多搀白水江湖酒[7]，少赚黄边风月钱。"秀才投宿么？（生进店介）（丑）要果酒，案酒[8]？（生）天性不饮。（丑）柴米是要的？（生）吃倒算[9]。（丑）算倒吃。（生）花银五分在此。（丑）高银散碎些，待我称一称。（称介，作惊叫介）银子走了。（寻介）（生）怎的大惊小怪？（丑）秀才，银子地缝里走了。你看碎珠儿。（生）这等还有几块在这里。（丑接银又走，三度介）呀，秀才原来会使水银？（生）因何是水银？（背介）是了，是小姐殡殓之时，水银在口。龙含土成珠而上天，鬼含汞成丹而出世，理之然也。此乃见风而化。原初小姐死，水银也死；如今小姐活，水银也活了。则可惜这神奇之物，世人不知。（回介）也罢了。店主人，你将我花银都消散去了，如今一厘也无。这本书是我平日看的，准酒一壶。（丑）书破了。（生）贴你一枝笔。（丑）笔开花了。（生）此中使客往来，你可也听见"读书破万卷[10]"？（丑）不听见。（生）可听见"梦笔吐千花"？（丑）不听见。

【皂罗袍】（生作笑介）可笑一场闲话，破诗书万卷，笔蕊千花。是我差了，这原不是换酒的东西。（丑笑介）"神仙留玉佩，卿相解金貂[11]。"（生）你说金貂玉佩，那里来的？有朝货与帝王家，金貂玉佩书无价。你还不知道，便是千金小姐，依然嫁他。一朝臣宰，端然拜他。（丑）要他则甚？（生）读书人把笔安天下。（生）不要书，不要笔，这把雨伞可好？（丑）天下雨哩。（生）明日不走了。（丑）饿死在这里？（生笑介）你认的淮扬杜安抚么？（丑）谁不认的！明日吃太平宴哩。（生）则我便是他女婿来探望他。（丑惊介）喜是相公说的早，杜老爷多早发下请书了。（生）请书那里？（丑）和相公瞧去。（丑请生行介）待小人背褡袱雨伞。（行介）（生）请书那里？

（丑）兀的不是！（生）这是告示居民的。（丑）便是。你瞧！

【前腔】"禁为闲游奸诈。"杜老爷是巴上生的："自三巴到此[12]，万里为家。不教子侄到官衙，从无女婿亲闲杂。"这句单指你相公："若有假充行骗，地方禀拿。"下面说小的了："扶同歇宿，罪连主家。为此须至关防者[13]。右示通知。建炎三十二年五月日示[14]。"你看后面安抚司杜大花押。上面盖着一颗"钦差安抚淮扬等处地方提督军务安抚司使之印"，鲜明紫粉。相公，相公，你在此消停，小人告回了。"各人自扫门前雪，休管他家屋上霜。"（下）（生哭介）我的妻，你怎知丈夫到此凄惶无地也。（作望介）呀，前面房子门上有大金字，咱投宿去。（看介）四个字："漂母之祠[15]。"怎生叫做漂母之祠？（看介）原来壁上有题："昔贤怀一饭[16]，此事已千秋。"是了，乃前朝淮阴侯韩信之恩人也。我想起来，那韩信是个假齐王[17]，尚然有人一饭，俺柳梦梅是个真秀才，要杯冷酒不能够！像这漂母，俺拜他一千拜。

【莺皂袍】（拜介）垂钓楚天涯，瘦王孙[18]，遇漂纱。楚重瞳较比这秋波瞎[19]。太史公表他[20]，淮安府祭他，甫能够一饭千金价。看古来妇女多有俏眼儿：文公乞食，僖妻礼他[21]；昭关乞食，相逢浣纱[22]。凤尖头叩首三千下[23]。起更了，廊下一宿。早去伺候开门。没水梳洗。（看介）好了，下雨哩。

旧事无人可共论，韩　愈　只应漂母识王孙。

王　遵

辕门拜手儒衣弊[24]，刘长卿　莫使沾濡有泪痕。

韦洵美

注释

〔1〕落叶知秋——《淮南子·说山》："见一叶落而知岁之将暮。"唐

庚《文录》:"唐人有诗云:'山僧不解数甲子,一叶落知天下秋。'"

〔2〕答救——搭救。

〔3〕水污泥清路尘——泥与尘喻一贱一贵,地位不同。

〔4〕等子星儿——等子,一般写作戥子,也叫等秤,秤金、银用的比较精密的小秤。星儿,秤杆上表明重量的记号。

〔5〕一抹———片。

〔6〕迤逗——这里引伸为感触。

〔7〕搀——渗和。

〔8〕果酒,案酒——果酒,较考究的酒菜;案酒,一般的下酒小菜。

〔9〕吃倒算——吃了之后再算。算,算账,引伸作付钱。下文店小二说算倒吃,是要他先付钱再吃。

〔10〕读书破万卷——杜甫诗《奉赠韦左丞丈》中的句子,见《草堂诗笺》卷三。破,遍、尽。

〔11〕金貂——汉代侍中、中常侍等贵官所用的冠饰,以貂尾插在附有蝉形饰物的黄金珰上。晋代散骑常侍阮孚,曾以金貂换酒,被人弹劾。见《晋书》本传。

〔12〕三巴——四川。东汉末益州牧刘璋置巴郡及巴东、巴西,时称三巴。见《华阳国志》。

〔13〕须至关防者——犹如说:发至各地检查人员注意。第五十齣〔金蕉叶〕后的说白,关防作布告解。

〔14〕建炎——南宋高宗年号。元年是公元一一二七年。

〔15〕漂母——汉代名将韩信,少年贫困,曾在淮阴城边钓鱼,遇见漂母。依靠漂母给他吃的东西,才不致挨饿。后来韩信做了大官,找到漂母,送她千金作报答。见《史记·淮阴侯列传》。

〔16〕昔贤怀一饭——昔贤,这里指韩信。怀,记着人家的好处。唐刘长卿《经漂母墓》诗:"昔贤怀一饭,兹事已千秋。"见《刘随州诗集》卷二。

〔17〕假齐王——秦末,韩信攻下山东一带地方,请刘邦封他做齐假王。刘邦只得正式封他为齐王。见《史记·淮阴侯列传》。

〔18〕瘦王孙——指韩信。他不是贵族出身,《史记》记载漂母称他为王孙(公子),仅是表示对他客气。

〔19〕楚重瞳较比这秋波瞎——楚重瞳,指楚霸王项羽,据说项羽每只眼睛有两个瞳孔(重瞳)。韩信原来在项羽部下,由于得不到项羽的赏识,他就投到刘邦那里去了。全句意思说:重瞳的项羽,眼光反而不及漂母。

〔20〕太史公表他——他,指漂母。太史公,《史记》作者司马迁曾任太史令。

〔21〕文公乞食,僖妻礼他——晋公子重耳亡命到外国。有一次,向一个农夫讨东西吃,人家丢给他一块泥土。到了曹国,曹共公又欺侮他。曹国大臣僖负羁的妻子却知道他是有前途的人,叫丈夫暗中送东西给他。后来重耳回到晋国执政,就是文公。见《左传》僖公廿三年。

〔22〕昭关乞食,相逢浣纱——伍子胥,春秋楚国人。他的父兄被平王害死。他逃走后,在路上曾向一浣纱女乞食。浣纱女为了使他去得安心,决不泄漏他的行踪,竟抱石投江而死。见《吴越春秋》,元人据这一故事,写作《伍员吹箫》杂剧。昭关,在安徽含山县西北,春秋时代楚国和吴国的交通要道。伍子胥逃往吴国,经过这里。

〔23〕凤尖头叩首三千下——凤尖头,即凤头,古代一种女用鞋样。全句意思指:对于漂母、僖妻、浣纱女这样有眼光的女子,应该在她们的脚下顶礼膜拜。

〔24〕拜手——拜时头低到手,表示恭敬。

第五十龀　闹　宴

【梁州令】(外引丑众上)长淮千骑雁行秋,浪卷云浮[1]。思乡泪国倚层楼。(合)看机遘,逢奏凯,且迟留。〔昭君怨〕"万里封侯岐路,几两英雄草屦[2]。秋城鼓角催,老将来。烽火平安昨夜[3],梦醒家山泪下。兵戈未许归,意徘徊。"我杜宝身为安抚,时值兵冲。围绝救援,贻书解散。李寇既去,金兵不来。中间善后事宜,且自看详停当。分付中军门外伺候。(众下)(丑把门介)(外叹介)虽有存城之欢,实切亡妻之痛。(泪介)我的夫人呵,昨已单本题请他的身后恩典,兼求赐假西归。未知旨意如何?正是:"功名富贵草头露[4],骨肉团圆锦上花。"(看文书介)

【金蕉叶】(生破衣巾携春容上)穷愁客愁,正摇落雁飞时候[5]。(整容介)帽儿光整顿从头[6],还则怕未分明的门楣认否[7]?(丑喝介)甚么人行走?(生)是杜老爷女婿拜见。(丑)当真?(生)秀才无假。(丑进禀介)(外)关防明白了。(问丑介)那人材怎的?(丑)也不怎的。袖着一幅画儿。(外笑介)是个画师。则说老爷军务不闲便了。(丑见生介)老爷军务不闲。请自在。(生)叫我自在,自在不成人了[8]。(丑)等你去,成人不自在。(生)老爷可拜客去么?(丑)今日文武官僚吃太平宴,牌簿都缴了[9]。(生)大哥,怎么叫做太平宴?(丑)这是各边方年例。则今年退了贼,筵宴盛些。席上有金花树,银台盘,长尺头[10],大元宝,无数的。你是老爷女婿,背几个去。(生)原来如此。则怕进见之时,考一首《太平宴诗》,或是《军中凯歌》,或是《淮清颂》,急切怎好?且在这班房里等着打想一篇[11],正是"有备无患"。(丑)秀才还不走,文武官员来也。(生下)

【梁州令】(末扮文官上)长淮望断塞垣秋,喜兵甲潜收。贺升平、歌颂许吾流[12]。(净扮武官上)兼文武,陪将相,宴公侯。请了。(末)今日我文武官属太平宴,水陆务须华盛[13],歌舞都要整齐。(末、净见介)圣天子万灵拥辅,老君侯八面威风[14]。寇兵销咫尺之书,军礼设太平之宴。谨已完备,望乞俯容。(外)军功虽卑末难当,年例有诸公怎废?难言奏凯,聊用舒怀。(内鼓吹介)(丑持酒上)"黄石兵书三寸舌[15],清河雪酒五加皮[16]。"酒到。

【梁州序】(外浇酒介)天开江左,地冲淮右。气色夜连刁斗[17]。(末、净进酒介)长城一线,何来得御君侯!喜平销战气,不动征旗,一纸书回寇。那堪羌笛里望神州!这是万里筹边第一楼[18]。(合)乘塞草,秋风候,太平筵上如淮酒[19],尽慷慨,为君寿。

【前腔】(外)吾皇福厚。群才策凑,半壁围城坚守。(末、净)分明军令,杯前借箸题筹[20]。(外)我题书与李全夫妇呵,也是燕支却房[21],夜月吹箎[22],一字连环透。不然无救也怎生休!不是天心不聚头。(合前)(内擂鼓介)(老旦扮报子上)"金貂并入三公府[23]。锦帐谁当万里城?"报老爷奏本已下,奉有圣旨,不准致仕[24]。钦取老爷还朝,同平章军国大事。老夫人追赠一品贞烈夫人。(末、净)平章乃宰相之职,君侯出将入相,官属不胜欣仰。

【前腔】(末、净送酒介)揽貂蝉岁月淹留[25],庆龙虎风云辐辏。君侯此一去呵,看洗兵河汉[26],接天高手。偏好桂花时节,天香随马,箫鼓鸣清昼。到长安宫阙里报高秋,可也河上砧声忆旧游?(合前)(外)诸公皆高才壮岁,自致封侯。如杜宝者,白首还朝,何足道哉!

【前腔】每日价看镜登楼,泪沾衣浑不如旧。似江山如此,光阴难又。猛把吴钩看了,阑干拍遍[27],落日重回首。此去呵,恨南归草草也寄东流[28],(举手介)你可也明月同谁啸庚楼[29]?(合前)(生上)"腹稿已吟就,名单还未通。"(见丑介)大哥替我再一禀。(丑)老爷正吃太平宴。(生)我太平宴诗也想完一首了,太平宴还未完。(丑)谁叫你想来?(生)大哥,俺是嫡亲女婿,没奈何禀一禀。(丑进禀介)禀老爷,那个嫡亲女婿没奈何禀见[30]。(外)好打!(丑出作恼,推生走介)(生)"老丈人高宴未终,咱半子礼当恭候。"(下)(旦、贴扮女乐上)"壮士军前半死生,美人帐下能歌舞[31]。"营妓们叩头[32]。

【节节高】辕门箫鼓啾,阵云收。君恩可借淮扬寇[33]?貂插首,玉垂腰[34],金佩肘[35]。马敲金镫也秋风骤,展沙堤笑拂朝天袖[36]。(合)但卷取江山献君王,看玉京迎驾把笙歌奏[37]。(生上)"欲穷千里目,更上一层楼[38]。"想歌阑宴罢,小生饥困了。不免冲席而进。(丑拦介)饿鬼不羞?(生恼介)你是老爷跟马贱人,敢辱我乘龙贵婿?打不的你。(生打丑介)(外问介)军门外谁敢喧嚷?(丑)是早上嫡亲女婿叫做没奈何的,破衣、破帽、破褡袱、破雨伞,手里拿一幅破画儿,说他饿的荒了,要来冲席。但劝的都打,连打了九个半,则剩下小的这半个脸儿。(外恼介)可恶。本院自有禁约,何处寒酸,敢来胡赖?(末、净)此生委系乘龙,属官礼当攀凤[39]。(外)一发中他计了。叫中军官暂时拿下那光棍。

逢州换驿,递解到临安监候者。(老旦扮中军官应介)(出缚生介)(生)冤哉,我的妻呵!"因贪弄玉为秦赘,且戴儒冠学楚囚[40]。"(下)(外)诸公不知。老夫因国难分张[41],心痛如割。又放着这等一个无名子来聒噪人[42],愈生伤感。(末、净)老夫人受有国恩,名标烈史。兰玉自有,不必虑怀。叫乐人进酒。

【前腔】(末、净)江南好宦游。急难休,樽前且进平安酒。看福寿有,子女悠[43],夫人又。(外)径醉矣。(旦、贴作扶介)(外泪介)闪英雄泪渍盈盈袖[44],伤心不为悲秋瘦[45]。(合前)(外)诸公请了。老夫归朝念切,即便起程。(内鼓乐介)

【尾声】明日离亭一杯酒。(末、净)则无奈丹青圣主求。(外笑介)怕画的上麒麟人白首[46]。

(外)万里沙西寇已平, 张 乔 (末)东归衔命见双旌[47]。
韩 翃
(净)塞鸿过尽残阳里, 耿 沣 (众)淮水长怜似镜清。
李 绅

注释

〔1〕长淮千骑雁行秋,浪卷云浮——句本辛弃疾词《声声慢》:"指点檐牙高处,浪涌云浮。……罢长淮,千骑临秋。"

〔2〕万里封侯岐路,几两英雄草屦——岐路,易于迷路,形容封侯不容易。下句,穿破几双(两)草鞋,形容建立功业的艰难。

〔3〕烽火平安——古代由边境到内地,一路筑有许多烽火台。敌人进攻,就烧起烽火,一地一地相传,消息很快地传到。傍晚点起烽火,报告边境平安,叫平安火。每天一次。

〔4〕功名富贵草头露——杜甫《送孔巢父谢病归游江东兼呈李白》诗:"富贵何如草头露。"见《草堂诗笺》卷二。

〔5〕摇落——草木凋残,秋天的景色。

〔6〕帽儿光——"帽儿光光,好做新郎;袖儿窄窄,好做娇客。"金元杂剧中常用的熟语。

〔7〕未分明——指夫妇关系尚未正式建立。杜甫《新婚别》诗:"妾身未分明,何以见姑嫜。"见《草堂诗笺》卷十三。

〔8〕自在不成人——谚语:"成人不自在,自在不成人。"

〔9〕牌簿都缴了——牌簿,指官署里用的会客登记簿。全句,不会客了。

〔10〕尺头——匹头,指绫罗缎匹。

〔11〕班房——这里指门房。

〔12〕吾流——吾辈。

〔13〕水陆——水、陆所产的食品。

〔14〕君侯——古代对达官贵人的尊称。

〔15〕黄石兵书——黄石公,秦末人。曾以《太公兵法》赠给张良。见《史记·留侯世家》。

〔16〕清河雪酒五加皮——五加皮,中药名。用它浸制的药酒,也名五加皮。清河,地名。

〔17〕刁斗——古代的一种军用品。日里作炊具,晚上敲更用。

〔18〕万里筹边第一楼——元赵孟頫诗:"春风阆苑三千客,明月扬州第一楼。"万里筹边,南宋时扬州曾为边境地区。又唐代李德裕曾在西川建筹边楼。见《唐书》本传。

〔19〕如淮酒——形容酒多。《左传》昭公十二年:"有酒如淮。"

〔20〕借箸题筹——设计策。张良去看汉王刘邦。刘邦正在吃饭。张良就借他的箸(筷子)在桌上指画天下大事。见《史记·留侯世家》。

〔21〕燕支却房——汉高祖被匈奴围困在平城(今山西大同东)。相传陈平去游说阏氏,说汉高祖准备献美女求和。阏氏怕美女来了,自己失宠,就劝单于退兵。阏氏,匈奴酋长的妻子称号。见《史记·陈丞相世家》注。燕支,即胭脂,指美女。这里喻李全妻。

〔22〕夜月吹箎——箎,竹做的管乐器,和箫差不多。这里指胡笳,用刘琨的故事。参看第四十三龄注〔13〕。

〔23〕三公——最高级官员。周代以太师、太傅、太保为三公。

〔24〕致仕——退职、退休。

〔25〕貂蝉——指贵官的冠饰。参看第四十九齣注〔11〕。

〔26〕洗兵河汉——用银河(河汉)里的水把兵器洗了,藏起来不用。意思说天下太平。杜甫《洗兵马》诗:"安得壮士挽天河,净洗甲兵长不用。"见《草堂诗笺》卷十一。

〔27〕猛把吴钩看了,阑干拍遍——吴钩,刀。句本辛弃疾词《水龙吟》:"落日楼头,断鸿声里,江南游子、把吴钩看了,栏干拍遍,无人会,登临意。"

〔28〕寄东流——(北伐)事业付之东流。

〔29〕明月同谁啸庾楼——晋征西将军庾亮出镇武昌。一天晚上,他到南楼去玩,遇见僚属,就和他们一起坐下来谈笑。见《晋书》本传。

〔30〕没奈何——丑角把没奈何三字当作柳梦梅的姓名。

〔31〕壮士军前半死生,美人帐下能歌舞——见《全唐诗》卷七高适《燕歌行》诗。"壮"、"能",原作"战"、"犹"。

〔32〕营妓——军中乐人。

〔33〕借淮扬寇——东汉寇恂由颍川太守调到京都做官。后来他跟随皇帝到颍川,地方上人对皇帝说:"请再借您的寇恂在这里做一年事。"见《后汉书·寇恂传》。这里借指挽留杜宝,再在淮阳坐镇。

〔34〕玉——指玉带。宋代三品以上的大官,腰围玉带。

〔35〕金佩肘——金,指金印。参看第十六齣注〔20〕。

〔36〕沙堤——从新任宰相的府第到长安子城东的路上铺一层沙,叫沙堤。见《国史补》。

〔37〕玉京——京都。

〔38〕欲穷千里目,更上一层楼——见《全唐诗》卷九王之涣《登鹳雀楼》诗。

〔39〕攀凤——结交比自己高一等的人。这里指和杜宝的女婿结识。

〔40〕楚囚——泛指囚犯。历史故事:春秋时,楚人钟仪,被郑国俘虏,郑国把他送到晋国。他戴着南方的冠子(南冠),奏着南方的音乐,表

示不忘故国。后被释放。见《左传》成公九年。

〔41〕分张——分离。这里指一家分散。

〔42〕无名子——匿名中伤别人的无赖。《唐摭言》卷一:"匿名造谤,谓之无名子。"

〔43〕悠——悠悠,众多。

〔44〕闪英雄泪渍盈盈袖——袖,指劝酒的乐人的衣袖。宋辛弃疾词《水龙吟》:"倩何人唤取红巾翠袖,揾英雄泪?"

〔45〕伤心不为悲秋瘦——宋李清照词《凤凰台上忆吹箫》:"新来瘦,非干病酒,不是悲秋。"

〔46〕麒麟——麒麟阁的省词。汉宣帝叫人把十一位功臣的图像画在麒麟阁上。

〔47〕双旌——节度使辞朝赴任,皇帝赐双旌双节。见《唐书·百官志》。这里指杜宝回朝。杜宝原任安抚使,和唐代节度使职权相仿。

第五十一齣 榜　下

（老旦、丑扮将军持瓜、锤上[1]）"凤舞龙飞作帝京，巍峨宫殿羽林兵[2]。天门欲放传胪喜，江路新传奏凯声。"请了。圣驾升殿，在此祗候。

北【点绛唇】（外扮老枢密上）整点朝纲，运筹边饷，山河壮。（净扮苗舜宾上）翰苑文章，显豁的升平象[3]。请了，恭喜李全纳款[4]，皆老枢密调度之功也。（外）正此引奏。前日先生看定状元试卷，蒙圣旨武偃文修，今其时矣。（净）正此题请。呀，一个老秀才走将来。好怪，好怪！（末破衣巾捧表上）"先师孔夫子，未得见周王。本朝圣天子，得睹我陈最良。"非小可也。（见外、净介）生员陈最良告揖。（净惊介）又是遗才告考么？（末）不敢，生员是这枢密老大人门下引奏的。（外）则这生员，是杜安抚叫他招安了李全，便中带有降表。故此引见。（内响鼓，唱介）奏事官上御道。（外前跪，引末后跪、叩头介）（外）掌管天下兵马知枢密院事臣谨奏：恭贺吾主，圣德天威。淮寇来降，金兵不动。有淮扬安抚臣杜宝，敬遣南安府学生员臣陈最良奏事，带有李全降表进呈。微臣不胜欢忭！（内介）杜宝招安李全一事，就着生员陈最良详奏。（外）万岁！（起介）（末）带表生员臣陈最良谨奏：

【驻云飞】淮海维扬,万里江山气脉长。那安抚机谋壮,矫诏从宽荡[5]。嗏,李贼快迎降,他表文封上。金主闻知,不敢兵南向。他则好看花到洛阳[6],咱取次擒胡到汴梁[7]。(內介)奏事的午门候旨。(末)万岁!(起介)(净跪介)前廷试着看详文字官臣苗舜宾谨奏:

【前腔】殿策贤良[8],榜下诸生候久长。乱定人欢畅,文运天开放。嗏,文字已看详,胪传须唱。莫遣夔龙[9],久滞风云望。早是蟾宫桂有香,御酒封题菊半黄。(內介)午门外候旨。(净)万岁!(起行介)今当榜期,这些寒儒,却也候久。(外笑介)则这陈秀才夹带一篇海贼文字[10],到中得快。(內介)圣旨已到,跪听宣读。"朕闻李全贼平,金兵回避。甚喜,甚喜。此乃杜宝大功也。杜宝已前有旨,钦取回京。陈最良有奔走口舌之才,可充黄门奏事官,赐其冠带。其殿试进士,于中柳梦梅可以状元。金瓜仪从,杏苑赴宴。谢恩。"(众呼"万岁"起介)(众扮杂取冠带上)"黄门旧是黉门客[11],蓝袍新作紫袍仙[12]。"(末作换冠服介)二位老先生,告揖。(外、净贺介)恭喜,恭喜。明日便借重新黄门唱榜了。(末)适间宣旨,状元柳梦梅何处人?(净)岭南人,此生遭际的奇异。(外)有甚奇异?(净)其日试卷看详已定,将次进呈。恰好此生午门外放声大哭,告收遗才。原来为搬家小到京迟误。学生权收他在附卷进呈,不想点中状元。(外)原来有此!(末背想介)听来敢便是那个、那个柳梦梅?他那有家小?是了,和老道姑做一家儿。(回介)不瞒老先生,这柳梦梅也和晚生有旧。(外、净)一发可喜可贺了。

(净)榜题金字射朝晖, 郑 畋 (外)独奏边机出殿迟。
　　　王　建
(末)莫道官忙身老大, 韩　愈 (合)曾经卓立在丹墀。
　　　元　稹

注释

〔1〕瓜、锤——皇帝禁卫军所用的武器,兼作仪仗用。

〔2〕羽林兵——皇帝的禁卫军。

〔3〕显豁的——这里是显出了。

〔4〕纳款——投诚。

〔5〕矫诏——假传圣旨。

〔6〕他则好看花到洛阳——古代洛阳以花卉著名。全句意思指:金兵只能占领洛阳,不敢南下。

〔7〕取次擒胡到汴梁——取次,次第、逐渐。全句意思指:战胜金兵,接着就可以进取汴梁了。

〔8〕贤良——即贤良方正,汉代举士的科目之一。这里指进士科。

〔9〕夔龙——喻贤才。《书·舜典》:"帝曰,夔,命汝典乐教胄子……帝曰龙……命汝作纳言。"夔、龙二臣是舜的贤臣。

〔10〕夹带——原指考试作弊的一种方式。

〔11〕黉门客——指生员。

〔12〕蓝袍新作紫袍仙——蓝袍,蓝衫,即襴衫,明代生员的服式。紫袍,唐代五品以上官的制服。

第五十二齣　索　元

【吴小四】(净扮郭驼伞、包上)天九万,路三千。月馀程,抵半年[1]。破虱装衣担压肩,压的头脐匾又圆,扢喇察龟儿爬上天[2]。谢天,老驼到了临安。京城地面,好不繁华。则不知柳秀才去向,俺且往天街上瞧去。呀,一伙臭军踢秃秃走来[3],且自回避。正是:"不因渔父引,怎得见波涛!"(下)

【六幺令】(老旦、丑扮军校旗、锣上)朝门榜遍,怎生状元柳梦梅不见?又不是黄巢下第题诗赸[4]。排门的问[5],刻期宣[6],再因循敢淹答了杏园公宴[7]。(老旦笑介)好笑,好笑,大宋国一场怪事。你道差不差[8]?中了状元干鳖煞[9]。你道奇不奇?中了状元啰唣唏[10]。你道兴不兴?中了状元胡厮跧[11]。你道山不山[12]?中了状元一道烟。天下人古怪,不像岭南人。你瞧这驾牌上,"钦点状元岭南柳梦梅,年二十七岁,身中材,面白色。"这等明明道着,却普天下找不出这人?敢家去哩,亡化哩,睡觉哩?则淹了琼林宴席面儿。(丑)哥,人山人海,那里淘气去?俺们把一位带了儒巾吃宴去。正身出来[13],算还他席面钱。(老)使不得,羽林卫宴老军替得,琼林宴进士替不得。他要杏苑题诗。(丑)哥,看见几个状元题诗哩。依你说叫去。(行叫介)状元柳梦梅那里?

（叫三次介）（老旦）长安东西十二门，大街都无人应，小胡同叫去。（丑）这苏木胡同有个海南会馆。叫地方问去。（叫介）（内应介）老长官贵干？（老旦、丑）天大事，你在睡梦哩！听分付。

【香柳娘】问新科状元，问新科状元。（内）何处人？（众）广南乡贯。（内）是何名姓？（众）柳梦梅面白无巴缝[14]。（内）谁寻他来？（众）是当今驾传，是当今驾传。要得柳如烟[15]，才开杏花宴。（内）俺这一带铺子都没有，则瓦市王大姐家歇着个番鬼[16]。（众）这等，去，去，去。（合）柳梦梅也天，柳梦梅也天。好几个盘旋，影儿不见。（下）〔集句〕（贴扮妓上）"残莺何事不知秋李后主？日日悲看水独流王昌龄。便从巴峡穿巫峡杜甫，错把杭州作汴州林升。"奴家王大姐是也。开个门户在此[17]。天，一个孤老不见，几个长官撞的来。（老旦、丑上）王大姐喜哩。柳状元在你家。（贴）什么柳状元？（众）番鬼哩。（贴）不知道。（众）地方报哩。

【前腔】笑花牵柳眠，笑花牵柳眠。（贴）昨日有个鸡[18]，不着裤去了。（众）原来十分形现。敢柳遮花映做葫芦缠[19]。有状元么？（贴）则有个状匾。（丑）房儿里状匾去。（进房搜介）（众讦，贴走下介）（众）找烟花状元，找烟花状元。热赶在谁边[20]，毛臊打教遍[21]。去罢。（合前）（下）

【前腔】（净拐杖上）到长安日边[22]，到长安日边。果然风宪[23]，九街三市排场遍[24]。柳相公呵，他行踪杳然，他行踪杳然。有了俏家缘[25]，风声儿落谁店？少不的大道上行走。那柳梦梅也天！（老旦、丑上）柳梦梅也天！好几个盘旋，影儿不见。（丑作撞跌净，净叫介）跌死人，跌死人！（丑作拿净介）俺们叫柳梦梅，你也叫柳梦梅。则拿你官里去。（净叩头介）是了，梅花观的事发了。小的不知情。（众笑介）定说你知情！是他什么人？（净）听禀：老儿呵！

【前腔】替他家种园,替他家种园,远来探看。(众作忙)可寻着他哩?(净)猛红尘透不出东君面。(众)你定然知他去向。(净)长官可怜,则听是他到南安,其馀不知。(众)好笑,好笑!他到这临安应试,得中状元了。(净惊喜介)他中了状元,他中了状元!踏的菜园穿[26],攀花上林苑[27]。长官,他中了状元,怕没处寻他!(众)便是哩。(合前)(众)也罢,饶你这老儿,协同寻他去。

(老)一第由来是出身, 郑　谷　(丑)五更风水失龙鳞[28]。
张　曙
(净)红尘望断长安陌, 韦　庄　(合)只在他乡何处人?
杜　甫

注释

〔1〕天九万,路三千。月馀程,抵半年——《庄子·逍遥游》:"鹏之徙于南冥也,水击三千里,抟扶摇而上者九万里,去以六月息者也。"这里借用,形容路远。

〔2〕扢喇察——形容龟爬的声音、状态。

〔3〕踢秃秃——走路声。

〔4〕黄巢下第题诗赸——黄巢,唐末农民起义军的领袖之一。故事传说:黄巢考进士没有取,就题了一首诗走了。见《新编五代史平话》。赸,原作跳跃解。

〔5〕排门——挨家。

〔6〕刻期宣——(皇帝)限定时刻召见(宣)他。

〔7〕淹答——迟误。下文"淹了琼林宴席面儿",淹了,义同。

〔8〕差不差——糟糕不糟糕。也就是很糟糕的意思。

〔9〕干鳖煞——干瘪,引伸为没兴味、没意思。

〔10〕啰唕唏——弄出麻烦、惹是生非。唏,语词,无意义。

〔11〕胡厮跧——胡行乱走。

〔12〕山——粗野的意思。

〔13〕 正身——本人。

〔14〕 巴缱——疤绽。为协韵用缱代绽。

〔15〕 柳如烟——形容春天三月的柳色。殿试放榜正是这个时候。柳,兼指柳梦梅。

〔16〕 瓦市——宋元时代的游艺场所,也即妓院所在。南宋时代临安(杭州)有五瓦,每瓦各有勾栏若干座。见《繁胜录》。

〔17〕 门户——店铺,这里是妓院。门户中人,即指妓女。

〔18〕 鸡——指江西籍的嫖客。明代官场通行的调笑语,呼江西人为腊鸡或鸡。见《陔馀丛考》卷三十八《混号》。

〔19〕 葫芦缠——胡缠。

〔20〕 热赶在谁边——热赶郎,对嫖客的轻蔑的称呼。见《北里志·王苏苏》。这里指柳梦梅。

〔21〕 毛躁打——即打毷氉。考不取进士而吃酒解闷叫打毷氉。见《唐摭言》卷一。

〔22〕 日边——天子左右,指京都。

〔23〕 风宪——风纪、法度,这里指市容整饬。

〔24〕 九街三市——泛指京都的街市。

〔25〕 俏家缘——漂亮的妻子。家缘原是家产。

〔26〕 踏的菜园穿——这里有苦出头的意思。有一人常吃蔬菜,忽然吃了一次羊肉,梦见五脏神说:"羊把菜园踏破了。"见《笑林》。

〔27〕 攀花上林苑——中状元。花,桂花。上林苑,御花园。汉司马相如有《上林赋》。

〔28〕 龙鳞——这里指状元。

第五十三龂 硬　拷

【风入松慢】(生上)无端雀角土牢中[1]。是什么孔雀屏风[2]？一杯水饭东床用[3]，草床头绣褥芙蓉[4]。天呵，系颈的是定昏店，赤绳羁凤[5]；领解的是蓝桥驿，配递乘龙[6]。〔集唐〕"梦到江南身旅羁方干，包羞忍耻是男儿杜牧。自家妻父犹如此孙元晏，若问傍人那得知崔颢！"俺柳梦梅因领杜小姐言命，去淮扬谒见杜安抚。他在众官面前，怕俺寒儒薄相，故意不行识认，递解临安。想他将次下马，提审之时，见了春容，不容不认。只是眼下凄惶也。(净扮狱官，丑扮狱卒持棍上)"试唤皋陶鬼[7]，方知狱吏尊[8]。"咄！淮安府解来囚徒那里？(生见举手介)(净)见面钱[9]？(生)少有。(丑)入监油？(生)也无。(净恼介)哎呀，一件也没有，大胆来举手。(打介)(生)不要打，尽行装检去便了。(丑检介)这个酸鬼，一条破被单，裹一轴小画儿。(看画介)(丑)是轴观音，送奶奶供养去。(生)都与你去，则留下轴画儿。(丑作抢画，生扯介)(末扮公差上)"僵杀乘龙婿，冤遭下马威。"狱官那里？(丑揖介)原来平章府衹候哥。(末票示介)平章府提取送解犯人一名，及随身行李赴审。(丑)人犯在此，行李一些也无。(生)都是这狱官搬去了。(末)搬了几件？拿狗官平章府去。(净、丑慌叩头介)则这轴画、被单儿。(末这狗官！还了秀才,快起解去。(净、丑应介)(押生行介)老相公,你便行动些儿。"略知孔子三分礼[10],不犯萧何六尺条[11]。"(下)

【唐多令】(外引众上)玉带蟒袍红,新参近九重。耿秋光长剑倚崆峒[12]。归到把平章印总,浑不是、黑头公[13]。〔集唐〕"秋来力尽破重围罗邺。入掌银台护紫微[14]李白。回头却叹浮生事李中,长向东风有是非罗隐。"自家杜平章。因淮扬平寇,叨蒙圣恩,超迁相位。前日有个棍徒,假充门婿。已着递解临安府监候。今日不免取来细审一番。(净、丑押生上)(杂扮门官唱门介)临安府解犯人进。(见介)(生)岳丈大人拜揖。(外坐笑介)(生)人将礼乐为先。(众大呼喝介)(生长叹介)

【新水令】则这怯书生剑气吐长虹,原来丞相府十分尊重,声息儿忒汹涌[15]。咱礼数缺通融,曲曲躬躬;他那里半抬身全不动。(外)寒酸,你是那色人数[16]？犯了法,在相府阶前不跪!(生)生员岭南柳梦梅,乃老大人女婿。(外)呀,我女已亡故三年。不说到纳采下茶[17],便是指腹裁襟[18],一些没有。何曾得有个女婿来？可笑,可恨！祗候们与我拿下。(生)谁敢拿!

【步步娇】(外)我有女无郎,早把他青年送[19]。划口儿轻调哄[20]。便做是我远房门婿呵,你岭南,吾蜀中,牛马风遥[21],甚处里丝萝共[22]？敢一棍儿走秋风！指说关亲、骗的军民动。(生)你这样女婿,眠书雪案,立榜云霄,自家行止用不尽,定要秋风老大人？(外)还强嘴！搜他裹袱里,定有假雕书印,并赃拿贼。(丑开袱介)破布单一条,画观音一幅。(外看画惊介)呀,见赃了。这是我女孩儿春容。你可到南安,认的石道姑么？(生)认的。(外)认的个陈教授么？(生)认的。(外)天眼恢恢[23],原来劫坟贼便是你。左右采下打。(生)谁敢打？(外)这贼快招来。(生)谁是贼？老大人拿贼见赃,不曾捉奸见床来。

【折桂令】你道证明师一轴春容[24]。(外)春容分明是殉葬的。(生)可知道是苍苔石缝,迸坏了云踪[25]? (外)快招来。(生)我一谜的承供,供的是开棺见喜,搅煞逢凶[26]。(外)圹中还有玉鱼、金碗[27]。(生)有金碗呵,两口儿同匙受用;玉鱼呵,和我九泉下比目和同[28]。(外)还有哩。(生)玉碾的玲珑,金锁的玎玲。(外)都是那道姑。(生)则那石姑姑他识趣拿奸纵,却不似你杜爷爷逗拿贼威风。(外)他明明招了。叫令史取过一张坚厚官绵纸,写下亲供:"犯人一名柳梦梅,开棺劫财者斩。"写完,发与那死囚,于斩字下押个花字。会成一宗文卷,放在那里。(贴扮吏取供纸上)禀老爷定个斩字。(外写介)(贴叫生押花字)(生不伏介)(外)你看这吃敲才[29]!

【江儿水】眼脑儿天生贼[30],心机使的凶。还不画花?(生)谁惯来。(外)你纸笔砚墨则好招详[31]用。(生)生员又不犯奸盗。(外)你奸盗诈伪机谋中。(生)因令爱之故。(外)你精奇古怪虚头弄[32]。(生)令爱现在。(外)现在么,把他玉骨抛残心痛。(生)抛在那里?(外)后苑池中,月冷断魂波动。(生)谁见来?(外)陈教授来报知。(生)生员为小姐费心,除了天知地知,陈最良那得知!

【雁儿落】我为他礼春容、叫的凶,我为他展幽期、耽怕恐,我为他点神香、开墓封,我为他唾灵丹、活心孔,我为他偎煨的体酥融,我为他洗发的神清莹,我为他度情肠、款款通,我为他启玉肱、轻轻送,我为他软温香、把阳气攻,我为他抢性命、把阴程进。神通,医的他女孩儿能活动。通也么通,到如今风月两无功[33]。(外)这贼都说的是甚么话?着鬼了。左右,取桃条打他,长流水喷他。(丑取桃条上)"要的门无鬼,先教园有桃[34]。"桃条在此。(外)高吊起打。(众吊起生,作打介)(生叫痛,转动,众诨、打鬼介,喷水介)(净扮郭驼拐杖同老旦、贴扮军校持金瓜上)"天上人间忙不忙？开科失却状元郎。"一向找寻柳梦梅,今日再寻不见,打老驼。(净)难道要老驼赔？买酒你吃,叫去罢。(叫介)状元柳梦梅那里？(外听介)(众叫下)(外问丑介)(丑)不见了新科状元,圣旨着沿街寻叫。(生)大哥,开榜哩。状元谁？(外恼介)这贼闲管,掌嘴,掌嘴。(丑掌生嘴介)(生叫冤屈介)(老旦、贴、净依前上)"但闻丞相府,不见状元郎。"咦,平章府打喧闹哩。(听介)(净)里面声息,像有俺家相公哩！(众进介)(净向前见哭介)吊起的是我家相公也！(生)列位救我。(净)谁打相公来？(生)是这平章。(净将拐杖打外介)拚老命打这平章。(外恼介)谁敢无礼？(老旦、贴)驾上的[35],来寻状元柳梦梅。(生)大哥,柳梦梅便是小生。(净向前解生,外扯净跌介)(生)你是老驼,因何至此？(净)俺一径来寻相公,喜的中了状元。(生)真个的！快向钱塘门外报与杜小姐知道。(老旦、贴)找着了状元,俺们也报知黄门官奏去。"未去朝天子,先来激相公。"(下)(外)一路的光棍去了。正好拷问这厮,左右再与俺吊将起。(生)待俺分诉些,难道状元是假得的？(外)凡为状元者,有登科录为证[36]。你有何据？则是吊了打便了。(生叫苦介)(净扮苗舜宾引老旦、贴扮堂候官,捧冠袍带上)"踏破草鞋无觅处,得来全不费工夫。"老公相住手,有登科录在此。

【侥侥犯】(净)则他是御笔亲标第一红,柳梦梅为梁栋。(外)敢不是他？(净)是晚生本房取中的。(生)是苗老师哩,救门生一救！(净笑介)你高吊起文章钜公[37],打桃枝受用。告过老公相,军校,快请状元下吊。(贴放,生叫"疼煞"介)(净)可怜,可怜！是斯文倒吃尽斯文痛,无情棒打多情种。(生)他是我丈人。(净)原来是倚太山压卵欺鸾凤[38]。(老旦)状元悬梁、刺股。(净)罢了,一领宫袍遮盖去。(外)什么宫袍,扯了他！

【收江南】(外扯住冠服介)(生)呀,你敢抗皇宣骂敕封,早裂绽我御袍红。似人家女婿呵，拜门也似乘龙。偏我帽光光走空，你桃夭夭煞风[39]。(老旦替生冠服插花介)(生)老平章，好看我插宫花帽压君恩重。(外)柳梦梅怕不是他。果是他，便童生应试，也要候案[40]。怎生殿试了，不候榜开，来淮扬胡撞？(生)老平章是不知。为因李全兵乱，放榜稽迟。令爱闻得老平章有兵寇之事，着我一来上门，二来报他再生之喜，三来扶助你为官。好意成恶意，今日可是你女婿了？(外)谁认你女婿来！

【园林好】(净众)嗔怪你会平章的老相公，不刮目破窑中吕蒙[41]。忒做作、前辈们性重。(笑介)敢折倒你丈人峰？(外)悔不将劫坟贼监候奏请为是。

【沽美酒】(生笑介)你这孔夫子把公冶长陷缧绁中[42]。我柳盗跖打地洞向鸳鸯冢[43]。有日呵，把燮理阴阳问相公[44]，要无语对春风。则待列笙歌画堂中，抢丝鞭御街拦纵。把穷柳毅赔笑在龙宫[45]，你老夫差失敬了韩重[46]。我呵，人雄气雄，老平章深躬浅躬，请状元升东转东[47]。呀，那时节才提破了牡丹亭杜鹃残梦。老平章请了，你女婿赴宴去也。

北【尾】你险把司天台失陷了文星空[48]，把一个有对付的玉洁冰清烈火烘[49]。咱想有今日呵，越显的俺玩花柳的女郎能，则要你那打桃条的相公懂。(下)(外吊场)异哉，异哉！还是贼，还是鬼？堂候官，去请那新黄门陈老爷到来商议。(丑)知道了。"谒者有如鬼[50]，状元还似人。"(下)(末扮陈黄门上)"官运精神老不眠，早朝三下听鸣鞭。多沾圣主随朝米，不受村童学俸钱。"自家陈最良。因奏捷，圣恩可怜，钦授黄门。此皆杜老相公抬举之恩，敬此趣谢[51]。(丑上见介)正来相请，少待通报。(进报见介)(外笑介)可喜，可喜！"昔为陈白屋[52]，今作老黄门。"(末)"新恩无报效，旧恨有还魂。"适间老先生三喜临门：一喜官居宰辅，二喜小姐活在人间,三喜女婿中了状元。(外)陈先生教的好女学生,成精作怪哩!(末)老相公葫芦提认了罢[53]。(外)先生差矣!此乃妖孽之事。为大臣的,必须奏闻灭除为是。(末)果有此意,容晚生登时奏上取旨何如?(外)正合吾意。

(外)夜读沧州怪亦听, 陆龟蒙　(末)可关妖气暗文星。
司空图

(外)谁人断得人间事? 白居易　(末)神镜高悬照百灵。
殷文圭

注释

〔1〕雀角——雀的喙。这里指被人诬控。《诗·召南·行露》:"谁谓雀无角?何以穿我屋。谁谓女无家?何以速我狱。"

〔2〕孔雀屏风——许婚。隋窦毅不肯轻易把女儿许人。他在屏风上画两只孔雀,叫求婚人去射箭。李渊射了两次,都中雀目。窦毅就把女儿许给他。见《唐书·窦后传》。杜甫《李监宅》诗:"屏开金孔雀,褥隐绣芙蓉。……门阑多喜色,女婿近乘龙。"见《草堂诗笺》卷二。

〔3〕东床——女婿的代称。晋郗鉴叫人到王家挑女婿,看中了一个在"东床上坦腹卧"的少年,他就是王羲之。见《世说新语·雅量》。

〔4〕草床头绣褥芙蓉——以一床稻草代替了新女婿床上的芙蓉绣褥。

〔5〕定昏店,赤绳羁凤——唐人传奇故事:韦固在旅店(定昏店)遇见一老人。天下的婚姻都由这老人主管。凡是夫妻,他就暗中用赤绳系他们的足,这样就不管天南地北,都会聚在一起。见《续玄怪录》。凤,这里是柳梦梅自喻。

〔6〕配递——这里即递解。官府将非本籍犯人,押令出境,递相传解,使回本籍,或有关地方候审。上句领解,押解。

〔7〕皋陶(yáo)——虞舜的臣子,据说是法律、监狱的创立者。后来人们把他当作狱神。

〔8〕方知狱吏尊——《史记·绛侯周勃世家》:"吾尝将百万军,然安知狱吏之贵乎!"

〔9〕见面钱——和下文入监油,都是狱吏对囚犯的勒索。

〔10〕孔子三分礼——礼是孔丘教育弟子的一个重要教学内容。

〔11〕萧何六尺条——泛指法律。萧何根据秦法制定九章律,是汉代最早的法律。六尺条,用六尺竹简写的条令(法律)。

〔12〕耿秋光长剑倚崆峒——倚着崆峒山,拔出寒光闪闪的长剑。杜甫诗《投哥舒翰开府二十韵》:"防身一长剑,将欲倚崆峒。"见《草堂诗笺》卷三。倚崆峒才能抽剑出鞘,夸张地形容剑之长。

〔13〕黑头公——壮年人做大官。见《晋书·诸葛恢传》。

〔14〕入掌银台护紫微——银台,指唐代的翰林、学士院。紫微,唐开元元年改中书省为紫薇省,中书令为紫薇令(宰相)。

〔15〕声息——声势。

〔16〕那色人数——何等样人。

〔17〕纳采下茶——旧俗订婚,男家送聘礼给女家叫纳采(下茶)。采、茶,都是聘礼。第五十五齣"吃了他茶",就是接受了婚约的意思。

〔18〕指腹裁襟——指腹,婴儿还没有离开母体,就由家长为他们订婚。裁襟,幼年男女由父母代为订婚,怕长大之后彼此不相认,把衣襟裁为两幅,各执一方作凭证。

〔19〕送——断送了生命、死。

〔20〕划口儿——信口胡说。

〔21〕牛马风——风马牛,不相干。

〔22〕丝萝——喻结婚。古诗:"与君为新婚,兔丝附女萝。"兔丝、女萝,攀缘植物。

〔23〕天眼恢恢——《老子》:"天网恢恢,疏而不失。"恢恢,广大。

〔24〕证明师——证据。明朱有燉《诚斋乐府·宣平巷刘金儿复落娼》:"屈写了招伏字,久后是证明师。"

〔25〕迸坼了云踪——云踪,雨云踪,这里指画像。迸坼,指假山倒坍,露出了画像。参看第二十四齣。

〔26〕搅煞逢凶——成语,犹言欲福反祸,顾此失彼,救活了杜丽娘,自己反被当贼来对待。搅,通挡;煞,凶,迷信说法中降灾于人的恶神。

〔27〕玉鱼、金碗——殉葬物。杜甫诗《诸将》:"昨日玉鱼蒙葬地,早时金碗出人间。"见《草堂诗笺》卷二十七。

〔28〕比目——据说比目鱼行必成双,喻夫妇好合。

〔29〕吃敲才——该死的贼骨头。元杂剧《青衫泪》第三折"沽美酒":"则被你殃煞我吃敲贼。"《元典章》新集刑部内延祐新定例,凡处死罪杖杀者皆曰"敲"。据《西厢记》王季思先生注转引。

〔30〕眼脑儿天生贼——天生贼眼。

〔31〕招详——招口供。

〔32〕虚头弄——弄虚头,讹诈、行骗。

〔33〕风月两无功——指爱情落空。曲中熟语。《诚斋乐府·烟花梦》第二折〔采茶歌〕:"到做了一场风月两无功。"

〔34〕要的门无鬼,先教园有桃——门无鬼,《庄子·天地》篇中人名。园有桃,《诗·魏风》篇名。古代迷信说法:桃枝可以打鬼,有桃树的地方就没有鬼。

〔35〕驾上的——奉旨差遣的人。

〔36〕登科录——即登科记,新进士名册。见《唐摭言》卷二。

〔37〕文章钜公——犹如说文豪、大作家。李长吉诗《高轩过》:"云是东京才子,文章钜公。"见《李长吉诗歌》卷四。

〔38〕泰山压卵——泰山及泰山的丈人峰都是岳父的代称。泰山压卵,见《晋书·孙惠传》。

〔39〕桃夭夭煞风——《诗·周南·桃夭》:"桃之夭夭,灼灼其华。"这是一首爱情诗的开头两句。夭夭,形容枝叶柔嫩。双关桃条。煞风,煞风景。

〔40〕候案——等候出榜。

〔41〕不刮目破窑中吕蒙——刮目,不以旧的眼光看人。《三国志·吴志·吕蒙传》注引《江表传》:"士别三日,即更刮目相待。"破窑,吕蒙正事,参看第二十二龅注〔16〕。这里作者有意将吕蒙、吕蒙正两人的故事搅

在一起。

〔42〕公冶长陷缧绁中——《论语·公冶长》:"子(孔丘)谓,公冶长可妻也。虽在缧绁之中,非其罪也。以其子妻之(把女儿嫁他)。"公冶长原是孔丘弟子。缧绁,用绳索捆缚起来。缧绁之中,指关在监狱里。

〔43〕柳盗跖——跖,古代奴隶起义的领袖。《庄子·盗跖》把他和柳下惠说成兄弟关系。这是寓言,不足凭信。柳,关合柳梦梅。

〔44〕把燮理阴阳问相公——燮理阴阳,古时认为是宰相的职责。燮理,调和。相公,宰相。这里指杜宝。全句意思说:自己能使杜丽娘起死回生,宰相则徒有"燮理阴阳"的虚名。一旦有人责问,他将无可回答。

〔45〕穷柳毅赔笑在龙宫——唐人传奇故事:书生柳毅替受难的龙女带了一封家信。他在洞庭龙君的宫殿里受到款待。后来还和龙女成亲。见《太平广记》卷四百十九引《柳毅》。元人据这一故事,写作《柳毅传书》杂剧。

〔46〕韩重——见第三十六齣注〔4〕。

〔47〕升东转东——古时主位在东,宾位在西。这里就是请上坐的意思。

〔48〕你险把司天台失陷了文星空——你几乎害死新状元,使得司天台看不见天上的文星。按照迷信传说,新状元是天上文星下凡。

〔49〕把一个有对付的玉洁冰清烈火烘——有对付的,有才能的。玉洁冰清,这里是指女婿。卫玠,风神秀异。他的岳父乐广,也很有名望。当时有人称赞他们说:"妇公冰清,女婿玉润。"见《晋书》卷三十六本传。烈火烘,指前文所写的那些虐待。

〔50〕谒者有如鬼——谒者,古代官名,相当于黄门官。《战国策·楚策》:"谒者难得见如鬼。"

〔51〕趣——同趋。

〔52〕白屋——贫家。这里指老百姓。

〔53〕葫芦提——糊里糊涂、马马虎虎。

第五十四齣　聞　喜

【绕池游】(贴上)露寒清怯,金井吹梧叶,转不断辘轳情劫[1]。咳,俺小姐为梦见书生,感病而亡,已经三年。老爷与老夫人,时时痛他孤魂无靠。谁知小姐到活活的跟着个穷秀才,寄居钱塘江上。母子重逢。真乃天上人间,怪怪奇奇,何事不有!今日小姐分付安排绣床,温习针指。小姐早来到也。

【绕红楼】(旦上)秋过了平分日易斜[2],恨辞梁燕语周遮[3]。人去空江,身依客舍,无计七香车。"秋风吹冷破窗纱,夫婿扬州不到家。玉指泪弹江北草,金针闲刺岭南花。"春香,我同柳郎至此,即赴试闱。虎榜未开[4],扬州兵乱。我星夜赍发柳郎,打听爹娘消息。且喜老萱堂不意而逢,则老相公未知下落。想柳郎刻下可到,料今番榜上高题。须先蔩下罗衣,衬其光彩。(贴)绣床停当,请自尊裁。(旦裁衣介)裁下了,便待缝将起来。(缝介)(贴)小姐,俺淡口儿闲嗑,你和柳郎梦里、阴司里,两下光景何如?

【罗江怨】(旦)春园梦一些,到阴司里有转折。梦中逗的影儿别,阴司较追的情儿切。(贴)还魂时像怎的?(旦)似梦重醒,猛回头放教跌。(贴)阴司可也有好耍子处?(旦)一般儿轮回路,驾香车,爱河边题红叶。便则到鬼门关逐夜的望秋月。

【前腔】(贴)你风姿恁惹邪[5],情肠害劣[6]。小姐,你香魂逗出了梦儿蝶,把亲娘肠断了影中蛇[7]。不道燕家荒斜[8],再立起鸳鸯舍。则问你会书斋灯怎遮?送情杯酒怎赊?取喜时,也要那破头梢一泡血。(旦)蠢丫头,幽欢之时,彼此如梦,问他则甚!呀,奶奶来的恁忙也!

【玩仙灯】(老旦慌上)人语闹吱嚓,听风声,似是女孩儿关节。儿,听见外厢喧嚷,新科状元是岭南柳梦梅。(旦)有这等事!

【前腔】(净忙走上)旗影儿走龙蛇,甚宣差教来近者!(见介)奶奶、小姐,驾上人来。俺看门去也!(下)

【入赚】(外、丑扮军校持黄旗上)深巷门斜,抓不出状元门第也。这是了。(敲门介)(老旦)声息儿恁怔忡!把门儿偷瞥。(启门,校冲开介)(老旦)那衙门来的?(校)星飞不迭。你看这旗,看这旗影儿头势别。是黄门官把圣旨教传泄。(老旦叫介)儿,原来是传圣旨的。(旦上)斗胆相询,金榜何时揭?可有柳梦梅名字高头列?(校)他中了状元。(旦)真个中了状元?(校)则他中状元,急节里遭磨灭。(旦惊介)是怎生?(校)往淮扬触犯了杜参爷,扭回京把他做劫坟茔的贼决。(老旦)我儿,谢天谢地,老爷平安回京了。他那知世间有此重生之事。(旦)这却怎了?(校)正高吊起猛桃条细抽掣,被官里人抢去游街歇[9]。(旦)恰好哩。(校)平章他势大,动本了。说劫坟之贼,不可以作状元。(旦)状元可也辨一本儿?(校)状元也有本。那平章奏他恶茶白赖把阴人窃[10]。那状元呵,他说头带魁罡不受邪[11]。便是万岁爷听了成痴呆。(旦)后来?(校)侥幸有个陈黄门,是平章爷的故人。奏准,要平章、状元和小姐三人,驾前勘对,方取圣裁。(老旦)呀,陈黄门是谁?(校)是陈最良,他说南安教授曾官舍。因此杜平章

闻　　喜

抬举他掌朝班、通御谒。(老旦)一发诧异哩。(校)便是他着俺们来宣旨。分付你家一更梳洗,二鼓吃饭,三鼓穿衣,四更走动。到得五更三点彻,响玎珰翠佩,那是朝时节。(旦)独自个怕人。(校)怕则么!平章宰相你亲爷,状元妻妾。俺去了。(旦)再说些去。(校)明朝金阙,讨你幅撞门红去了也[12]。(下)(旦)娘,爹爹高升,柳郎高中。小旗儿报捷,又是平安帖。把神天叩谢,神天叩谢。

【滴溜子】(拜介)当日的、当日的、梅根柳叶,无明路、无明路、曾把游魂再叠。果应梦、花园后折[13]。甫能够进到头,抢了捷。鬼趣里因缘,人间判贴[14]。

【前腔】(老旦)虽则是、虽则是、希奇事业,可甚的、可甚的、惊劳驾帖[15]?他道你、是花妖害怯,看承的柳抱怀做花下劫[16]。你那爹爹呵,没得个符儿再把花神召摄。

【尾声】女儿,紧簪束扬尘舞蹈摇花颊[17]。(旦)叫我奏个甚么来?(老旦)有了你活人硬证无虚胁。(旦)少不的万岁君王听臣妾。(净扮郭驼上)"要问鼋鼍窟,还过乌鹊桥[18]。"两日再寻个钱塘门不着。正好撞着老军,说知夫人下处。抖擞了进去。(见介)(老旦)你是谁?(净)状元家里的老驼,特来恭喜。(旦)辛苦,你可见状元么?(净)俺往平章府抢下了状元,要夫人去见朝也。

　　(老旦)往事闲徵梦欲分,韩　溉　(旦)今晨忽见下天门。
　　张　籍
　　(净)　分明为报精灵辈,僧贯休　淡扫蛾眉朝至尊。张　祜

注释

〔1〕转不断辘轳情劫——爱情的磨难连环不断。辘轳,井上打水用的滑车。

〔2〕秋过了平分——过了秋分。秋分,节气名,在每年九月二十三日或二十四日。这时太阳直射赤道,昼、夜一样长短。秋分以后,白昼渐短。

〔3〕周遮——啁哳,形容燕子喧闹声。

〔4〕虎榜——一作龙虎榜,即进士榜。龙、虎,喻录取的人才很好。见《新唐书·欧阳詹传》。

〔5〕惹邪——魅人,形容美貌。

〔6〕劣——苦。

〔7〕把亲娘肠断了影中蛇——有人在乐广家喝酒,看见杯中有蛇而害病。其实,这是墙上的弓影。见《晋书·乐广传》。全句:杜丽娘没有真地死了,而她母亲却信以为真。

〔8〕燕冢——南朝宋末,娼女姚玉京从良,丈夫死了不再嫁人。有一双燕子在她家里的梁间做窝。后来雄燕被鸷鸟害了。玉京用红线系在雌燕足上,秋去春来,年年都一样。玉京死后,燕子哀鸣不停。家人告诉它玉京的坟墓所在。燕子飞到玉京坟上,就死了。见《事文类聚》后集卷四十五《燕女坟》条。唐李公佐有《燕女坟记》。这里指丽娘墓。

〔9〕游街——状元、榜眼、探花(进士的前三名)中后,"执丝鞭,骑马游街","各有黄旗百面相从"。见《繁胜录》。

〔10〕恶茶白赖——无赖。

〔11〕头带魁罡——古时迷信说法:状元受到魁星的护佑。罡,天罡,北斗星。魁,北斗的第一颗到第四颗星。

〔12〕撞门红——新娘的花轿抬到新郎门口时,赏给乐人及别的当差的人的喜钱。见《梦粱录》卷二十。

〔13〕后折——后边。

〔14〕判贴——判,下断,即上文"驾前勘对,方取圣裁"意。贴,说好,团圆。

〔15〕驾帖——圣旨。

〔16〕柳抱怀——有一次,柳下惠收留一个女人和他一起过夜,而没有不正当的行为。这就是所谓"坐怀不乱"。原见《荀子·大略》。这里

以柳抱怀喻柳梦梅行事正派。

〔17〕扬尘舞蹈——朝见皇帝的礼节。

〔18〕要问鼋鼍窟，还过乌鹊桥——杜甫诗《玉台观》："江光隐现鼋鼍窟，石势参差乌鹊桥。"见《杜少陵集详注》卷十三。鼋鼍窟，原指江海深处，这里指钱塘江边；乌鹊桥，原指七夕乌鹊驾桥，让牛郎织女渡银河而相会。

第五十五齣　圓　駕

（净、丑扮將軍持金瓜上）"日月光天德，山河壯帝居[1]。"萬歲爺升朝，在此直殿。

北【點絳唇】（末上）寶殿雲開，御爐煙靄，乾坤泰。（回身拜介）日影金階，早唱道黃門拜。〔集唐〕"鸞鳳旌旗拂曉陳韋元旦，傳聞闕下降絲綸劉長卿。興王會净妖氛氣杜甫，不問蒼生問鬼神李商隱。"自家大宋朝新除授一個老黃門陳最良是也。下官原是南安府飽學秀才。因柳夢梅發了杜平章小姐之墓，徑往揚州報知。平章念舊，着俺說平李寇，告捷效勞，蒙聖恩欽賜黃門奏事之職。不想平章回朝，恰遇柳生投見。當時拿下，遞解臨安府監候。卻說柳生先曾撰過卷子，中了狀元。找尋之間，恰好狀元弔在杜府拷問。當被駕前官校人等衝破府門，搶了狀元，上馬而去，到也罷了。又聽的說俺那女學生杜小姐也返魂在京。平章聽說女兒成了個色精，一發惱激。央俺題奏一本，為誅除妖賊事。中間劾奏柳夢梅係劫墳之賊，其妖魂托名亡女，不可不誅。杜老先生此奏，卻是名正言順。隨後柳生也奏一本，為辨明心迹事。都奉有聖旨："朕覽所奏，幽隱奇特。必須返魂之女，面駕敷陳，取旨定奪。"老夫又恐怕真是杜小姐返魂，私着官校傳旨與他，五更朝見。正是："三生石上看来去,万岁台前辨假真。"道犹未了,平章、状元早到。

【前腔】(外、生幞头[2]、袍、笏同上介)(外)有恨妆排,无明耽带[3],真奇怪。(生)哑谜难猜,今上亲裁划。岳丈大人拜揖。(外)谁是你岳丈!(生)平章老先生拜揖。(外)谁和你平章?(生笑介)古诗云:"梅雪争春未肯降,骚人阁笔费平章[4]。"今日梦梅争辩之时,少不的要老平章阁笔。(外)你罪人咬文哩。(生)小生何罪?老平章是罪人。(外)俺有平李全大功,当得何罪?(生)朝廷不知,你那里平的个李全,则平的个"李半"。(外)怎生止平的个"李半"?(生笑介)你则哄的个杨妈妈退兵,怎哄的全!(外恼作扯生介)谁说?和你官里讲去。(末作慌出见介)午门之外,谁敢喧哗!(见介)原来是杜老先生。这是新状元。放手,放手。(外放生介)(末)状元何事激恼了老平章?(外)他骂俺罪人,俺得何罪?(生)你说无罪,便是处分令爱一事,也有三大罪。(外)那三罪?(生)太守纵女游春,一罪。(外)是了。(生)女死不奔丧,私建庵观,二罪。(外)罢了。(生)嫌贫逐婿,刁打钦赐状元,可不三大罪?(末笑介)状元以前也罪过些。看下官面分,和了罢。(生)黄门大人,与学生有何面分?(末笑介)状元不知,尊夫人请俺上学来。(生)敢是鬼请先生?(末)状元忘旧了。(生认介)老黄门可是南安陈斋长?(末)惶恐,惶恐。(生)呀,先生,俺于你分上不薄,如何妄报俺为贼?做门馆报事不真;则怕做了黄门,也奏事不以实。(末笑)今日奏事实了。远望尊夫人将到,二公先行叩头礼,(内唱礼介)奏事官齐班。(外、生同进叩头介)(外)臣杜宝见。(生)臣柳梦梅见。(末)平身[5]。(外、生立左右介)(旦上)"丽娘本是泉下女,重瞻天日向丹墀。"

黄钟北【醉花阴】平铺着金殿琉璃翠鸳瓦,响鸣梢半天儿刮刺[6]。(净、丑喝介)甚的妇人冲上御阶?拿了!(旦惊介)似这般狰狞汉,叫喳喳。在阎浮殿见了些青面獠牙,也不似今番怕。(末)

前面来的是女学生杜小姐么？（旦）来的黄门官像陈教授，叫他一声：“陈师父，陈师父！”（末应介）是也。（旦）陈师父喜哩！（末）学生，你做鬼，怕不惊驾？（旦）噤声。再休提探花鬼乔作衙[7]，则说状元妻来面驾。（净、丑下）（内）奏事人扬尘舞蹈。（旦作舞蹈、呼"万岁，万岁"介）（内）平身。（旦起）（内）听旨：杜丽娘是真是假，就着伊父杜宝，状元柳梦梅，出班识认。（生觑旦作悲介）俺的丽娘妻也。（外觑旦，作恼介）鬼也些真个一模二样[8]，大胆，大胆！（作回身跪奏介）臣杜宝谨奏：臣女亡已三年，此女酷似，此必花妖狐媚，假托而成。俺王听启：

南【画眉序】臣女没年多[9]，道理阴阳岂重活？愿吾皇向金阶一打，立见妖魔。（生作泣）好狠心的父亲！（跪奏介）他做五雷般严父的规模，则待要一下里把声名煞抹[10]。（起介）（合）便阎罗包老难弹破，除取旨前来撒和[11]。（内）听旨：朕闻人行有影，鬼形怕镜。定时台上有秦朝照胆镜[12]。黄门官，可同杜丽娘照镜。看花阴之下，有无踪影回奏。（末应，同旦对镜介）女学生是人是鬼？

北【喜迁莺】（旦）人和鬼教怎生酬答？形和影现托着面菱花。（末）镜无改面，委系人身。再向花街取影而奏。（行看影介）（旦）波查[13]。花阴这答，一般儿莲步回鸾印浅沙。（末奏）杜丽娘有踪有影，的系人身。（内）听旨：丽娘既系人身，可将前亡后化事情奏上。（旦）万岁！臣妾二八年华，自画春容一幅。曾于柳外梅边，梦见这生。妾因感病而亡。葬于后园梅树之下。后来果有这生，姓柳名梦梅，拾取春容，朝夕挂念。臣妾因此出现成亲。（悲介）哎哟，凄惶煞！这底是前亡后化[14]，抵多少阴错阳差。（内）听旨：柳状元质证，丽娘所言真假？因何预名梦梅？（生打躬呼"万岁"介）

南【画眉序】臣南海乏丝萝,梦向娇姿折梅萼。果登程取试,养病南柯。因借居南安府红梅院中,游其后苑,拾得丽娘春容。因而感此真魂,成其人道。(外跪介)此人欺诳陛下,兼且点污臣之女也。论臣女呵,便死葬向水口廉贞,肯和生人做山头撮合[15]!(合)便阎罗包老难弹破,除取旨前来撒和。(内)听旨:朕闻有云:"不待父母之命,媒妁之言,则国人父母皆贱之。"杜丽娘自媒自婚,有何主见?(旦泣介)万岁!臣妾受了柳梦梅再活之恩。

北【出队子】真乃是无媒而嫁。(外)谁保亲?(旦)保亲的是母丧门[16]。(外)送亲的?(旦)送亲的是女夜叉。(外)这等胡为!(生)这是阴阳配合正理。(外)正理,正理!花你那蛮儿一点红嘴哩!(生)老平章,你骂俺岭南人吃槟榔[17],其实柳梦梅唇红齿白。(旦)嗻声。眼前活立着个女孩儿,亲爷不认。到做鬼三年,有个柳梦梅认亲。则你这辣生生回阳附子较争些,为甚么翠呆呆下气的槟榔俊煞了他?爹爹,你不认呵,有娘在。(指鬼门)现放着实丕丕贝母开谈亲阿妈。(老旦上)多早晚女儿还在面驾[18]。老身踹入正阳门叫冤去也。[19](进见跪伏介)万岁爷,杜平章妻一品夫人甄氏见驾。(外、末惊介)那里来的?真个是俺夫人哩。(外跪介)臣杜宝启,臣妻已死扬州乱贼之手,臣已奏请恩旨褒封。此必妖鬼捏作母子一路,白日欺天。(起介)(生)这个婆婆,是不曾认的他。(内)听旨:甄氏既死于贼手,何得临安母子同居?(老旦)万岁!(起介)

南【滴溜子】(老旦)扬州路、扬州路、遭兵劫夺,只得向、只得向、长安住托。不想到钱塘夜过,黑撞着丽娘儿魂似脱。少不的子母肝肠,死同生活。(内)听甄氏所奏,其女重生无疑。则他阴司三载,多有因果之事。假如前辈做君王臣宰不臻的,可有的发付他?从直奏来。(旦)这话不题罢了,提起都有。(末)女学生,

"子不语怪[20]"。比如阳世府部州县,尚然磨刷卷宗[21],他那里有甚会案处!

北【刮地风】(旦)呀,那阴司一桩桩文簿查,使不着你猾律拿喳[22]。是君王有半副迎魂驾,臣和宰玉锁金枷。(末)女学生,没对证。似这般说,秦桧老太师在阴司里可受用?(旦)也知道些。说他的受用呵,那秦太师他一进门,忒楞楞的黑心锤敢捣了千下,渐另另的紫筋肝剁作三花。(众惊介)为甚剁作三花?(旦)道他一花儿为大宋,一花为金朝,一花儿为长舌妻[23]。(末)这等长舌夫人有何受用?(旦)若说秦夫人的受用,一到了阴司,挦去了凤冠霞帔,赤体精光。跳出个牛头夜叉,只一对七八寸长指驱儿[24],轻轻的把那撒道儿搇[25],长舌揸。(末)为甚?(旦)听的是东窗事发[26]。(外)鬼话也。且问你,鬼乜邪,人间私奔,自有条法。阴司可有?(旦)有的是。柳梦梅七十条,爹爹发落过了,女儿阴司收赎。桃条打,罪名加,做尊官勾管了帘下[27]。则道是没真场风流罪过些。有甚么饶不过这娇滴滴的女孩家。(内)听旨:朕细听杜丽娘所奏,重生无疑。就着黄门官押送午门外,父子夫妻相认,归第成亲。(众呼"万岁"行介)(老旦)恭喜相公高转了。(外)怎想夫人无恙!(旦哭介)我的爹呵!(外不理介)青天白日,小鬼头远些,远些!陈先生,如今连柳梦梅俺也疑将起来,则怕也是个鬼。(末笑介)是踢斗鬼。(老旦喜介)今日见了状元女婿,女儿再生,二十分喜也。状元,先认了你丈母罢。(生揖介)丈母光临,做女婿的有失迎待,罪之重也。(旦)官人恭喜,贺喜。(生)谁报你来?(旦)到得陈师父传旨来。(生)受你老子的气也。(末)状元,认了丈人翁罢。(生)则认的十地阎君为岳丈。(末)状元,听俺分劝一言。

南【滴滴金】你夫妻赶着了轮回磨[28],便君王使的个随风柁[29],那平章怕不做赔钱货[30]。到不如娘共女,翁和婿,明交割[31]。(生)老黄门,俺是个贼犯。(末笑介)你得便宜人,偏会撒科[32]。则道你偷天把桂影那,不争多[33]先偷了地窟里花枝朵。(旦叹介)陈师父,你不教俺后花园游去,怎看上这攀桂客来?(外)鬼乜邪,怕没门当户对,看上柳梦梅什么来!

北【四门子】(旦笑介)是看上他戴乌纱象简朝衣挂,笑、笑、笑,笑的来眼媚花。爹娘,人间白日里高结彩楼,招不出个官婿。你女儿睡梦里、鬼窟里选着个状元郎,还说门当户对!则你个杜杜陵惯把女孩儿吓[34],那柳柳州他可也门户风华。爹爹,认了女孩儿罢。(外)离异了柳梦梅,回去认你。(旦)叫俺回杜家,赸了柳衙。便作你杜鹃花,也叫不转子规红泪洒。(哭介)哎哟,见了俺前生的爹,即世嬷[35],颠不剌俏魂灵立化[36]。(旦作闷倒介)(外惊介)俺的丽娘儿!(末作望介)怎那老道姑来也?连春香也活在?好笑,好笑!我在贼营里瞧甚来?

南【鲍老催】(净扮石姑同贴上)官前定夺,官前定夺。(打望介)原来一众官员在此。怎的起状元、小姐嘴骨都站一边[37]?(净)眼见他乔公案断的错,听了那乔教学的嘴儿[38]嗑。(末)春香贤弟也来了。这姑姑是贼。(净)啐,陈教化,谁是贼?你报老夫人死哩,春香死哩!做的个纸棺材,舌锹拨。(向生介)柳相公喜也。(生)姑姑喜也。这丫头那里见俺来?(贴)你和小姐牡丹亭做梦时有俺在。(生)好活人活证。(净、贴)鬼团圆不想到真和合,鬼揶揄不想做人生活。老相公,你便是鬼三台[39],费评跋。(净、贴并下)(末)朝门之下,人钦鬼伏之所,谁敢不从!少不得小姐劝状元认了平章,成其大事。(旦作笑劝生介)柳郎,拜了丈人罢!(生不伏介)

北【水仙子】(旦)呀呀呀,你好差。(扯生手、按生肩介)好好好,点着你玉带腰身把玉手叉。(生)几百个桃条!(旦)拜、拜、拜,拜荆条曾下马[40]。(扯外介)(旦)扯、扯、扯,做泰山倒了架。(指生介)他、他、他,点黄钱聘了咱[41]。俺、俺、俺,逗寒食吃了他茶。(指末介)你、你、你,待求官、报信则把口皮喳。(指生介)是是是,是他开棺见椁湔除罢。(指外介)爹爹爹,你可也骂够了咱这鬼乜邪。(丑扮韩子才冠带捧诏上)圣旨已到,跪听宣读。"据奏奇异,敕赐团圆。平章杜宝,进阶一品。妻甄氏,封淮阴郡夫人。状元柳梦梅,除授翰林院学士。妻杜丽娘,封阳和县君。就着鸿胪官韩子才送归宅院[42]。"叩头谢恩。(丑见介)状元恭喜了。(生)呀,是韩子才兄。何以得此?(丑)自别了尊兄,蒙本府起送先儒之后[43],到京考中鸿胪之职,故此得会。(生)一发奇异了。(末)原来韩老先也是旧朋友。(行介)

南【双声子】(众)姻缘诧,姻缘诧,阴人梦黄泉下。福分大,福分大,周堂内是这朝门下[44]。齐见驾,齐见驾,真喜洽,真喜洽。领阳间诰敕,去阴司销假。

北【尾】(生)从今后把牡丹亭梦影双描画。(旦)亏杀你南枝挨暖俺北枝花。则普天下做鬼的有情谁似咱!

杜陵寒食草青青,韦应物　羯鼓声高众乐停。李商隐
更恨香魂不相遇,郑琼罗　春肠遥断牡丹亭。白居易

千愁万恨过花时,僧无则　人去人来酒一卮。元　稹
唱尽新词欢不见,刘禹锡　数声啼鸟上花枝。韦　庄[45]

注释

〔1〕日月光天德,山河壮帝居——陈后主诗。见《南史》卷十。

〔2〕幞头——冠名。相传后周武帝所创制,原是幅巾之类的便帽,官员、士人通用。

〔3〕有恨妆排，无明耽带——妆排，犹如说播弄。无明，原是佛家说法，这里无明耽带，是无缘无故，有了这样的遭遇的意思。

〔4〕梅雪争春未肯降，骚人阁笔费平章——宋卢梅坡诗《雪梅》的前二句。后二句是："梅须逊雪三分白，雪却输梅一段香。"平章，原作评章，评论的意思，这里兼指官名平章。

〔5〕平身——（跪拜后）起来。

〔6〕响鸣梢半天儿刮剌——鸣梢，就是鸣鞭。古时皇帝坐朝的仪仗之一。挥动丝鞭作巨大响声，表示教大家肃静。也叫作静鞭。刮剌，形容响声。

〔7〕再休提探花鬼乔作衙——再不要说我是弄虚作假的盗掘女坟的贼人的鬼（妻）。乔作衙，原指冒充长官坐堂，这里单取乔字。探花，双关盗掘女坟。

〔8〕鬼乜些——乜些即乜斜，痴迷、糊涂。这里不作意义。鬼乜些，就是鬼。

〔9〕没年多——没，殁，死亡。年多，多年，为协韵而改动。

〔10〕把声名煞抹——声名，这里指丑声名。煞抹，抹煞，为协韵而改动。

〔11〕撒和——这里作调停解。

〔12〕照胆镜——传说秦始皇有镜，能照见人肠胃五脏。女子有邪心，则胆张心动。见《西京杂记》。

〔13〕波查——波折、磨难。

〔14〕这底——这的。

〔15〕山头撮合——小说戏曲常称媒人为撮合山，这里是结合的意思。

〔16〕丧门——迷信说法中丛辰名，主死丧的凶神。

〔17〕槟榔——药名，从前闽、广人所嗜食，据说下气、消食，多吃则使牙齿变黑。见宋周去非《岭外代答》。上文"蛮儿一点红嘴"，就是指常吃槟榔，唇齿变色。下文附子、贝母都是药名，这里只是子、母的意思。曲中嵌药名（或曲名），带有文字游戏的性质。

〔18〕多早晚——这时候。这里指时间很晚了。

〔19〕正阳门——宋代汴京宫城门名。这里就是宫门。

〔20〕子不语怪——《论语·述而》："子(孔丘)不语怪、力、乱、神。"

〔21〕磨刷卷宗——元代由各道肃政廉访使检查各衙门讼案的处理,不使冤屈,叫刷卷。也即下文所说的会案。

〔22〕猾律拿喳——也写作幹剌挑茶,寻事生非、言语挑拨。

〔23〕长舌妻——指秦桧妻王氏。长舌,指她播弄是非,定计陷害岳飞。

〔24〕指驱——指尖。驱,弓弩两端系弦的地方。

〔25〕撒道儿——足。这里指嗓子。王骥德《曲律》卷三《论讹字》云:"汤海若《还魂记》末折:'把那撒道儿挌,长舌揸。'是以撒道认作颡子也,误甚。"

〔26〕东窗事发——民间传说:秦桧夫妇在东窗下设计陷害岳飞。秦桧死后,他的鬼魂叫方士告诉其妻王氏:"东窗事发矣。"见《通俗编》卷三十七。今传元刊本杂剧《东窗事犯》。

〔27〕勾管了帘下——指受了公差的凌辱。帘下,帘下的人,犹如说左右。

〔28〕轮回磨——磨就是轮回,指迷信传说中的阴司十殿转轮王,这里的意思说杜丽娘死后还魂。

〔29〕随风柁——随风转柁(舵),这里是依顺的意思。

〔30〕赔钱货——旧时重男轻女,认为女儿长大了嫁人,是白白地养了她,还要赔嫁妆,所以叫赔钱货。

〔31〕交割——做买卖,银货两讫叫交割。

〔32〕撒科——撒赖。

〔33〕不争多——差不多,这里有想不到的意思。

〔34〕杜杜陵——杜甫居长安杜陵,自称杜陵布衣。这里指杜宝。

〔35〕即世——今生。本作世故、狡猾解。

〔36〕颠不刺——颠狂。不刺,语尾。

〔37〕嘴骨都——噘着嘴。骨都,即骨朵。

〔38〕乔教学——指陈最良。乔,骂人的话,和坏蛋的坏字意思差不多。据《录鬼簿》,元高文秀有《黑旋风乔教学》杂剧。

〔39〕鬼三台——犹言阎罗王。三台,三公,大官。

〔40〕拜荆条——相传荆文王无道。大臣葆申以荆条一束,跪着打文王的背,作为处分。见《吕氏春秋·贵直》。"文王下马拜荆条",后来成为戏曲中的熟语。这里指挨打桃条。

〔41〕黄钱——纸钱。

〔42〕鸿胪官——皇帝的司仪官。

〔43〕先儒——这里指韩愈。

〔44〕周堂——古代风俗:嫁娶的吉日叫周堂,原是阴阳家的术语。全句,指奉旨成亲。

〔45〕这八句下场诗,借旦角之口,直接抒发戏曲作家的思想感情,它的作用有如第一齣的〔蝶恋花〕。

附录一

关于版本的说明

本书以明代怀德堂出版的《重镌绣像牡丹亭还魂记》为底本。它是歙县朱元镇（玉亭）的校本。《歙县志》上不载他的姓名。可能他就是一个书商。原书插图的作者端甫、吉甫、鸣岐、一凤、出黄等，大都是新安虬村黄氏。他们是万历年间的著名刻工。现存的明万历刻本《青楼韵语》里的插图有端甫的作品，顾曲斋刻本《古杂剧》的插图有鸣岐、端甫、吉甫的作品。流传下来的《牡丹亭》的刻本很多，怀德堂本是较早的一个刻本。校勘证明，它是现有的最可靠、最接近原本的一个版本。它和别的版本的差异处，大都它是正确的。别的版本都不免有删改，我们在校勘中却没有发现它有任何删改的痕迹。它一向就是影响最大的一个版本。通行的光绪同文书局的印本就以它作底本。甚至每页的行数、每页的字数都一样。它的插图为暖红室覆刻清晖阁刊本和同文书局印本所沿用。不同的只有一点，这两个本子的插图没有印上刻工的名字。

本书曾以下列六种版本作了校订：

（一）古本戏曲丛刊初集影印明朱墨刊本。

据插图题字"庚申中秋写"，当为明光宗泰昌元年（1620）刻本。茅暎(远士)评点。

评点者虽然反对臧懋循对《牡丹亭》的删改,但是事实上本书修改处也多。不过,不像臧懋循那样大刀阔斧而已。它没有较大的删削。

(二)毛晋编六十种曲本,明末汲古阁刊行。

毛晋江苏常熟人。生于1598年,卒于1659年。

本书有大的删改。

(三)格正还魂记词调。

金阊逸士钮少雅勘正定本,康熙三十三年(1694)由循斋胡介祉重刊。据通行刻本。

本书不载介、白。

(四)吴吴山三妇评本。

康熙三十三年刊。据通行刻本。

吴吴山,名仪一,字舒凫。《长生殿》作者洪昇的友人。三妇指他的未婚妻陈氏,妻谈氏,续娶妻钱宜。

本书没有大的删削,但有个别的修改。

(五)暖红室覆刻冰丝馆重刻还魂记。清代翻刻本。

冰丝馆又据清晖阁本覆刻。

有清晖阁谑庵居士作于明熹宗天启三年(1623)的叙。清晖阁主人、谑庵居士都是王思任的别号。王思任,浙江山阴人。万历二十三年(1595)进士。明亡,弃家入秦望山卒。年七十二。

本书除避清代忌讳的一些地方外,无较大的删改。

(六)光绪十二年(1885)同文书局印本。

本书可以看作是明怀德堂本的覆刻本。只有个别的文字上的改动。

我们知道本书至少还有下列几种版本:沈璟改本(据王骥德《曲律》)、臧懋循改本(以上两种被重刻清晖阁批点牡丹亭凡例斥为"临川之仇")。硕园(徐日曦)改本四十三齣,见六十种曲刻本。墨憨斋冯梦龙改本(易名为《风流梦》)、柳浪馆本(重刻清晖阁批点牡丹亭凡例斥它"疏于校雠"、"临川之仇")——以上为明代刊本。清代有叶堂全谱本、删去第十五、四十七两齣的乾隆四十六年(1781)进呈订本。这些都没有校勘的必要。

补记:此文写成后,得读郑振铎先生《劫中得书记》。其中有一段说到怀德堂本的来源,兹引录如下,以供参考。

余旧有万历间石林居士本牡丹亭还魂记二册,为独得其真,甚珍眎之。此本版片,至明清间似犹在人间。歙县朱元镇尝得版,重加刷印。朱印本虽较模糊,然流传颇广;惟去石林居士序,并于题下多"歙县玉亭朱元镇校"数字为异耳。按,此书现存台湾。

附录二

杜丽娘慕色还魂话本

闲向书斋览古今,罕闻杜女再还魂。
聊将昔日风流事,编作新文厉后人。

话说南宋光宗朝间,有个官升授广东南雄府尹。姓杜,名宝,字光辉,进士出身。祖贯山西太原府人。年五十岁。夫人甄氏,年四十二岁。生一男一女。其女年一十六岁,小字丽娘。男年一十二岁,名唤兴文。姊弟二人。俱生得美貌清秀。杜府尹到任半载,请个教读于府中,书院内教姊弟二人,读书学礼。不过半年,这小姐聪明伶俐,无书不览,无史不通。琴棋书画,嘲风咏月,女工针指,摩(靡)不精晓。府中人皆称为女秀才。

忽一日,正值季春三月中,景色融和,乍雨乍晴天气,不寒不冷时光。这小姐带一侍婢。名唤春香,年十岁,同往本府后花园中游赏。信步行至花园内,但见:

假山真水,翠竹奇花。普环碧沼,傍裁(栽)杨柳绿依依;森耸青峰,侧畔桃花红灼灼。双双粉蝶穿花,对对蜻蜓点水。梁间紫燕呢喃,柳上黄莺睍睆。纵目台亭池馆,几多瑞草奇葩。端的有四时不谢之花,果然是八节长春之景。

这小姐观之不足,触景伤情,心中不乐,急回香阁中。独坐无聊,感春暮景,俛首沉吟而叹曰:"春色恼人信有之乎?常观诗词乐府,古之女子因春感情,遇秋成恨,诚不谬矣。吾今年已二八,未逢折桂之夫。感慕景情,怎得蟾宫之客?昔日郭华偶逢月英,张生得遇崔氏,曾有《钟情丽集》、《娇红记》二书。此佳人才子,前以密约偷期,似皆一成秦晋。嗟呼(乎),吾生于宦族,长在名门,年已及笄,不得蚤成佳配,诚为虚度青春。光阴如过隙耳。"叹息久之,曰:"可惜妾身颜色如花,岂料命如一叶耶!"遂凭几昼眠。

才方合眼,忽见一书生,年方弱冠,丰姿俊秀,于园内折杨柳一枝,笑谓小姐曰:"姐姐既能通书史,可作诗以赏之乎?"小姐欲答,又惊又喜,不敢轻言。心中自忖,素昧平生,不知姓名,何敢辄入于此?正如此思间,只见那书生向前将小姐搂抱去牡丹亭畔,芍药栏边,共成云雨之欢娱,两情和合。忽值母亲至房中唤醒,一身冷汗,乃是南柯一梦。

忙起身参母礼毕,夫人问曰:"我儿何不做些针指,或观翫书史消遣亦可。因何昼寝于此?"小姐答曰:"儿适花园中闲玩,忽值春暄恼人,故此回房。无可消遣,不觉困倦少息,有失迎接,望母亲恕儿之罪。"夫人曰:"孩儿,这后花园中冷静,少去闲行。"小姐曰:"领母亲严命。"道罢,夫人与小姐同回至中堂。饭罢,这小姐口中虽如此答应,心内思想梦中之事,〔未〕尝放怀。行坐不宁,自觉如有所失。饮食少思,泪眼汪汪,至晚不食而睡。

次早饭罢,独坐后花园中,闲看梦中所遇书生之处,冷静寂寥,杳无人迹。忽见一株大梅树,梅子磊磊可爱。其树矮如伞盖。小姐走至树下,甚喜而言曰:"我若死后得葬于此幸矣。"道罢回房,与小婢春香曰:"我死当葬于梅树下。记之,记之。"

次早小姐临镜梳妆,自觉容颜清减,命春香取文房四宝,至镜台边自尽(画)一小影。红裙绿袄,环珮玎珰,翠翘金凤,宛然如活。以镜对容,相像无一(二),心甚喜之。命弟将出衙去表背店中,表成一幅小小行乐图。将来挂在香房内,日夕观之。一日偶成诗一绝,自题于图上:

近睹分明似俨然,远观自在若飞仙。
他年得傍蟾宫客,不在梅边作(在)柳边。

诗罢,思慕梦中相遇书生,曾折柳一枝,莫非所适之夫姓柳乎?故有此警报耳。自此丽娘慕色之甚。静坐香房,转添凄惨。心头发热,不疼不痛,春情难过。朝暮思之,执迷一性,恹恹成病。时二十一岁矣。

父母见女患病,求医罔效,问佛无灵,自春害至秋。所嫌者金风送暑,玉露生凉,秋雨潇潇,生寒彻骨,转加沉重。小姐自料不久,令春香请母至床前,含泪痛泣曰:"不孝逆女不能奉父母养育之恩,今忽夭亡,为天之数也。如我死后,望母亲埋葬于后园梅树之下,平生愿足矣。"嘱罢哽咽而卒。时八月十五也。

母大痛,命具棺椁衣衾收殓毕。乃与杜府尹曰:"女孩儿命终时,吩咐要葬于后园梅树之下,不可逆其所愿。"这杜府尹依夫人言,遂令葬之。其母哀痛,朝夕思之。光阴迅速,不觉三年任满,使官(馆)新府尹已到。杜府尹收拾行装,与夫人并衙内杜文兴(兴文)一同下船回京,听其别选。不在话下。

且说新府尹,姓柳,名思恩,乃四川成都府人,年四十,夫人何氏,年三十六岁。夫妻恩爱,止生一子,年一十八岁,唤做柳梦梅。因母梦见食梅而有孕,故此为名。其子学问渊源,琴棋书画,下笔成文,随父来南雄府。上任之后,词清讼简。

这柳衙内因收拾后房,于草茅杂纸之中,获得一幅小画。展开看时,却是一幅美人图,画得十分容貌,宛如姮娥。柳衙内大喜,将去挂在书院之中,早晚看之不已。忽(一)日偶读上面四句诗,详

其备细,此是人家女子行乐图也。何言"不在梅边在柳边"？此乃奇哉怪事也。拈起笔来。亦题一绝以和其韵,诗曰:

貌若嫦娥出自然,不是天仙是地仙。
若得降临同一宿,海誓山盟在枕边。

诗罢,叹赏久之,却好天晚。这柳衙内因想画上女子,心中不乐。正是不见此情情不动,自思何时得此女会合？恰似望梅止渴,画饼充饥。懒观经史,明烛和衣而卧。番来覆去,永睡不着,细听谯楼已打三更,自觉房中寒风习习,香气袭人。衙内披衣而起,忽闻门外有人扣门。衙内问之而不答。少顷又扣。如此者三次。衙内开了书院门,灯下看时,见一女子,生得云鬟轻梳蝉翼,柳眉颦蹙春山。其女趋入书院,衙内急掩其门。这女子检(敛)衽向前,深深道个万福。衙内惊喜相半,答礼曰:"妆前谁氏？原来衾夜至此。"那女子起(启)一点珠(朱)唇,露两行碎玉,答曰:"妾乃府西邻家女也。因慕衙内之丰来(采),故奔至此,愿与衙内成秦晋之欢,未知肯容纳否？"这衙内笑而言曰:"美人见爱,小生喜出妄(望)外,何敢却耶？"遂与女子解衣灭烛归于帐内,效夫妇之礼,尽鱼水之欢。

少顷云收雨散,女子笑谓柳生曰:"妾有一言相恳,望郎勿责。"柳生笑而答曰:"贤卿有话,但说无访(妨)。"女子含笑曰:"妾千金之躯,一旦付与郎矣,勿负奴心,每夜〔得〕共枕席,平生之愿足矣。"柳生笑而答曰:"贤卿有心恋于小生,小生岂敢忘于贤卿乎！但不知姐姐姓甚何名？"女答曰:"妾乃府西邻家女也。"言未绝,鸡鸣五更,曙色将分。女子整衣趋出院门。柳生急起送之,不知所往。至次夜又至。柳生再三询问姓名。女子以前意答应,如此十馀夜。

一夜,柳生与女子共枕而问曰:"贤卿不以实告于我,我不与汝和谐,白于父母,取责汝家。汝可实言姓氏,待小生禀于父母,使媒约(妁)聘汝为妻,已(以)成百年夫妇,岂不美哉。"女子笑而不言。被柳生再三促迫不过,只得含泪而言曰:"衙内勿惊。妾乃前任杜知府之女杜丽娘也。年十八岁,未曾适人。因慕情色,怀恨而逝。妾在日常所爱者,后园梅树。临终遗嘱于母,令葬妾于树下。今已一年,一灵不散,死(尸)首不坏。因与郎有宿世姻缘未绝,郎得妾之小影,故不避嫌疑以遂枕席之欢。蒙君见怜,君若不弃幻体,可将妾之衷情告禀二位椿萱,来日可到后园梅树下发棺视之。妾必还魂,与郎共为百年夫妇矣。"这衙内听罢,毛发悚然,失惊而问曰:"果是如此,来日发棺视之。"道罢已是五更。女子整衣而起,再三叮咛:"可急视之,请勿自误。如若不然,妾事已露,不复再至矣。望郎留心,勿使可惜矣。妾不得复生,必痛恨于九泉之下也。"言讫化清风而不见。

　　柳生至次日饭后,入中堂禀于母。母不信有此事,乃请柳府尹说知。府尹曰:"要知明白,但问府中旧吏门子人等,必知详细。"当时柳府尹交(叫)唤旧吏人等问之。果有杜知府之女杜丽娘葬于后园梅树之下,今已一年矣。柳知府听罢惊异,急唤人夫,同去后园梅树下掘开,果见棺木,揭开盖棺板,众人视之,面颜俨然如活一般。柳知府教人烧汤,移尸于密室之中。即令养娘侍婢脱去衣服,用香汤沐浴洗之。霎时之间身体微动,凤眼微开,渐渐苏醒。这柳夫人交(叫)取新衣服穿了。

　　这女子三魂再至,七魄重生,立身起来。柳相公与夫人并衙内看时,但见身材柔软,有如芍药倚栏干,翠黛低垂,好似桃花含宿雨,〔好〕似浴罢的西施,〔宛〕如沉醉的杨妃。这衙内看罢不胜之喜,叫养娘扶女子坐下。良久,取安魂汤、定魄散吃下。少顷便能言语。起身对柳衙内曰:"请爹妈二位出来拜见。"柳相公、夫人皆曰:"小姐保养,未可劳动。"即换(唤)侍女扶小姐去卧房中睡。少时夫人吩咐安排酒席,于后堂庆喜。当晚筵席已完,教侍女请出小姐赴宴。当日杜小姐喜得再生人世,重整衣妆,出拜于堂下。柳相公与杜小姐曰:"不想我愚男与小姐有宿世缘分。今得还魂,真乃是天赐也。明日可差人往山西太原府去,寻问杜府尹家,投下报喜。"夫人对相公曰:"今小姐天赐还魂,可择日与孩儿成亲。"相公允之。至次日,差人持书报喜。不在话下。

过了旬日,择得十月十五日吉旦,正是:"屏开金孔雀,褥稳绣芙蓉"。大排筵宴,杜小姐与柳衙内合卺交杯,坐床撒帐,一切完备。至晚席散,杜小姐与衙内同归罗帐,并枕同衾,受尽人间之乐。

话分两头。且说杜府尹,回至〔临〕安府,寻公馆安下。至次日,早朝见光宗皇帝,喜动天颜,御笔除授江西省参知政事。带夫人并衙内上任已经两载。忽一日,有一人持书至杜相公案下。相公问:"何处来的?"答曰:"小人是广东南雄府柳府尹差来。"怀中取书呈上。杜相公展开书看。书上说小姐还魂与柳衙内成亲一事,今特驰书报喜。这杜相公看罢大喜,赏了来人酒饭:"待我修书回覆柳亲家。"这杜相公将书入后堂,与夫人说南雄府柳府尹送书来说丽娘小姐还魂,与柳知府男成亲事。夫人听之大喜曰:"且喜昨夜灯花结蕊,今霄(宵)灵鹊声频。"相公曰:"我今修书回覆,交(教)伊朝觐,在临安府相会。"写了回书,付与来人,赏银五两。来人叩谢去了。不在话下。

却说柳衙内闻知春榜动,选场开,遂拜别父母妻子,将带仆人盘缠,前往临安府会试应举。在路不则一日,已到临安府,投店安下,径入试院。三场已毕,喜中第一甲进士,除授临安府推官。柳生驰书遣仆报知父母妻子。这杜小姐已知丈夫得中,任临安府推官,心中大喜。至年终这柳府尹任满,带夫人并杜小姐回临安府推官衙内投下。这柳推官拜见父母妻子,心中大喜,排筵庆贺,以待杜参政回朝相会。住不两月,却好杜参政带夫人并子回至临安府馆驿安下。这柳推官迎接杜参政并夫人至府中，与妻子杜丽娘相见，喜不尽言，不在话下。这柳梦梅转升临安府尹。这杜丽娘生二子，俱为显官。夫荣妻贵，享天年而终。

　　嘉靖二十年(一五四一)进士晁瑮《宝文堂书目》卷子杂类中著录《杜丽娘记》。
　　童静据北京大学图书馆藏明何大抡辑《重刻增补燕居笔记》卷九抄校。
　　末段缺字七个，承纽约州立大学郑培凯教授据哈佛大学燕京图书馆藏本补足。

知 识 链 接

【文学常识】

一、作家介绍

汤显祖(1550—1616),字义仍,号海若、若士,别署清远道人,晚年自号茧翁,书斋名玉茗堂。江西临川人。年少时即文名远扬,万历十一年(1583)进士。后任南京太常寺博士(汉唐曾改太常为奉常,故人以"奉常"代称汤显祖)、南京礼部祠祭司主事。万历十九年(1591)上书《论辅臣科臣疏》,批评宰辅申时行专权,时政多弊。万历皇帝震怒,贬其为广东徐闻县典史。在一批京城正直之臣的帮助下,汤显祖万历二十一年(1593)遇赦,内迁浙江遂昌知县。兴建学堂,推动教育。仿效古良吏,释放囚犯回家过春节、元宵观灯,因不善逢迎长官,汤显祖乃于万历二十六年借赴北京上计(汇报工作),向吏部告长假,不待批复,即去职还乡。《牡丹亭题词》作者自署万历戊戌年秋,戊戌是万历二十六年(1598),故由此来看,汤显祖应是在遂昌弃官回家后完成这一杰作。汤显祖有《玉茗堂文集》,包括诗十八卷、赋六卷、尺牍六卷。传奇除《牡丹亭》外,尚有分别据唐传奇小说《霍小玉传》、《南柯太守传》、《枕中记》改编而成的《紫钗记》、《南柯记》、《邯郸记》,合称"临川四梦"或"玉茗堂四梦"。

二、作家评价

　　吴江(沈璟)守法,斤斤三尺,不欲令一字乖律,而毫锋殊拙。临川尚趣,直是横行,组织之工,几与天孙争巧;而屈曲聱牙,多令歌者齚舌。

　　　　　　　——王骥德:《曲律》(校点本),中国戏剧出版社1959年版

　　临川汤若士,婉丽妖冶,语动刺骨,独字句平仄,多逸三尺,然其妙处,往往非词人工力所及。……于本色一家,亦惟是奉常一人。其才情在浅深、浓淡、雅俗之间,为独得三昧。

　　　　　　　——王骥德:《曲律》(校点本),中国戏剧出版社1959年版

　　汤奉常绝代奇才,冠世博学。……情痴一种,固属天生;才思万端,似挟灵气。搜奇八索,字抽鬼泣之文;摘艳六朝,句叠花翻之韵。……丽藻凭巧肠而潜发,幽情逐彩笔以纷飞。……熟拈元剧,故琢调之妍媚赏心;妙选生题,致赋景之新奇悦目。不事刁斗,飞将军之用兵;乱坠天花,老生公之说法。原非才力所及,洵是天资不凡。

　　　　　　　——吕天成:《曲品》(校点本),中国戏剧出版社1959年版

三、作品评价

　　汤义仍《牡丹亭梦》一出,家传户诵,几令《西厢》减价。

　　　　　　　——沈德符:《万历野获编》(校点本),中华书局1959年版

　　但南音北调,不啻充栋,而独有取于《牡丹亭》一记,何耶?吾以家弦而户习,声遏行云、响流洪水者,往哲已具论。第曰传奇者,

事不奇幻不传,辞不奇艳不传。其间情之所在,自有而无,自无而有,不奇愕眙者亦不传。而斯记有焉。梦而死也,能雪有情之涕;死而生也,顿破沉痛之颜。雅丽幽艳,灿如霞之披,而花之旖旎矣。

——茅暎:《题牡丹亭记》,明末刊本《茅远士评本玉茗堂牡丹亭记》

臆说之最胜者,莫如《牡丹亭》。……《牡丹亭》之杜丽娘,以一梦感情,生死不渝,亦已动人情致,而又写道院幽媾之凄艳,野店合婚之潦草,无一不出乎人情之外,却无一不合乎人情之中。

——吴梅:《顾曲麈谈》(校点本),南京大学出版社 2008 年版

四、关于明清传奇

汤显祖《牡丹亭》为明清传奇的代表作之一。明清传奇是一种使用生、旦、净、末、丑等脚色进行叙事的长篇戏剧,一般三四十出。自元末高明《琵琶记》之后,文人开始不断参与戏文的撰写,早期多为底层文人,影响力有限,戏文写作还未成为风尚。

传奇写作成为风尚是明嘉靖后期才渐次发生的。从根本原因看,以苏州为中心的江南地区,在经历了宋末、元末一系列的战乱以及明初重农抑商政策后,其商品经济在嘉靖后期开始迎来飞跃性发展,社会风气、习俗及哲学思想、文学艺术等也逐渐发生深刻变化,明代文化(实际是晚明文化)在江南逐渐成型,后波及全国。明中叶后,文人竞相撰写传奇,时人感叹说"名人才子踵《琵琶》、《拜月》之武,竞以传奇鸣。曲海词山,于今为烈"(沈宠绥《度曲须知》)。这种风气的形成,具体而言,有以下两个原因:

一是家班豢养之风。明中叶以前,中国戏曲的搬演主要是职业戏班和家庭戏班,但此后随着江南商品经济的日渐发达,官场的腐败,民间财富的积累和奢侈享乐之风的流行,使得缙绅阶层豢养

家班成为风尚。张翰（1513—1595）《松窗梦语》云："（吴越）二三十年间，富贵家出金帛，指服饰器具，列笙歌鼓吹，招致十馀人为队，搬演传奇。好事者竞为淫丽之词，转相唱和。一郡城之内，衣食于此者，不知几千人矣。"家班不同于职业戏班者，其演出完全取决于家班主人的口味，只要主人感兴趣的剧目，即可交付搬演，不像职业戏班那样更多看重盈利、搬演"荆、刘、拜、杀"等老戏。而家班主人多为缙绅，也多喜附庸风雅，对文人们撰写的新传奇往往更有兴趣，故文人新作常常很快即登于场上。而且，家班主人往往聘请著名教习对伶人严格训练，家班主人中也大有知音者，故家班的演艺水准往往超过职业戏班，成为职业戏班的效仿对象。其结果是文人新作如果家班搬演成功，很快即传至职业戏班，从而在社会上流传开去。故家班的风行，对文人撰写传奇有极大的推动之功。家班豢养之风至清中叶时因清廷三令五申的禁止，逐渐消歇。家班风行的二百馀年，可以说是中国戏曲史中文化生态最好的时期。

二是魏良辅、梁辰鱼（1519—1591）改革昆山腔。早期南戏在各地演出时，自然当以各地方言土语唱念，祝允明《猥谈》提到的"馀姚腔"、"海盐腔"、"弋阳腔"、"昆山腔"皆是。按，江西弋阳属赣方言区，浙江馀姚、海盐及江苏昆山三县本皆属吴方言区。如果考虑到传统中国大方言区内部各县方言差别很大，南戏演唱所用声腔绝不限于这四种，成百上千是很可能的（只要当地有戏班）。各地戏班各以方言入唱，至近代犹然，这样戏班活动范围必然受局限。魏良辅、梁辰鱼改革昆山腔，首先是改方言入唱为官话入唱。故嘉靖前期"昆山腔止行于吴中"，而后则通行大江南北。其次，最重要的是改畸农、市女顺口可歌的、无规则的"随心令"为高度规范的依字声行腔的歌唱，接续此前宋词唱的传统。明代著名曲学家沈宠绥《度曲须知》总结魏、梁之唱曰："尽洗乖声，别开堂奥，调用水磨,拍捱冷板,声则平上去入之婉协,字则头腹尾音之毕匀。功深镕琢,气无烟火,启口轻圆,收音纯细。"也正因如此,改革后的"昆山腔"一时士俗风靡。顾起元《客座赘语》云:"士大夫禀心房之精,靡然从好。"文人新撰传奇,如能借魏、梁新声登诸歌场,自然为风流雅事。

嘉靖后期最先引领传奇创作之风的是三种著名传奇,即李开先《宝剑记》、梁辰鱼《浣纱记》和《鸣凤记》(传为王世贞作)。明清文人所撰传奇,现存完整作品总数应在两千七百种以上。明代传奇家中,最著名者自当推汤显祖。

五、关于昆曲

"昆山腔"作为一个名词最早出现时,主要是指一种地方性歌唱,即用江苏昆山方言演唱的一种歌曲。但自十六世纪中叶起,魏良辅、梁辰鱼等对原先的"昆山腔"进行了很多改造,使原先用方言土语、"随心令"式的歌唱变为一种用使用官话、有严格演唱规范的歌唱,"昆山腔"自此发生脱胎换骨的变化。自清康熙年间开始出现"昆曲"一词,用以指代这种高度规则化的"昆山腔"。除了指代一种歌唱,"昆曲"一词也常用来称指一种高雅精致的戏剧演出,故"昆曲"一词又常常与"昆剧"一词通用。

【要点提示】

一、《牡丹亭》的人物形象

《牡丹亭》最主要刻画的人物形象是杜丽娘,她出身名门,才貌端妍,聪慧贤淑,饱读诗书,但与一般青年女子不同,汤显祖在《牡丹亭》中着力表现了她对爱情追求的"至情"。汤显祖《牡丹亭》题记谓:"天下女子有情,宁有如杜丽娘者乎!梦其人即病,病即弥连,至手画形容传于世而后死。死三年矣,复能溟莫中求得其所梦者而生。如丽娘者,乃可谓之有情人耳。情不知所起,一往而深,生者可以死,死可以生。生而不可与死,死而不可复生者,皆非情之至也。"整部《牡丹亭》也就是写了杜丽娘为情而病、进而因情而亡、复因情而生的痴情和至情。也正因为如此,明清传奇数千种,所写佳人数千人,唯《牡丹亭》所绘杜丽娘最能感人至深。

柳梦梅也是《牡丹亭》着力刻画的人物形象,他出身世家,饱读诗书,风流倜傥,唯与一般传奇、小说所描绘的多情才子不一样的是,柳梦梅在爱情方面显得更"痴情"、乃至有些"傻气"。如《牡丹亭》第二十六出《玩真》写柳梦梅面对拾到的杜丽娘自绘像反复欣赏、赞叹,对着绣像千呼万唤,非常形象地写出了这一书生的痴情与可爱,也正因为有了柳生这样一种"痴情",才能够与杜丽娘的"至情"相呼应。

二、《牡丹亭》的语言艺术

《牡丹亭》的语言艺术水平极高,汤显祖诗、词、曲皆有很深的修养,年轻时即负有诗名,在明代诗人中也是代表性的诗人之一。在词的写作方面颇多用心,曾专门评点过《花间集》,他也藏有元曲曲本,对很多曲本熟能成诵。故《牡丹亭》的文字多是本色当行语,与戏剧人物口吻非常切合,为杜丽娘、柳梦梅所写的曲辞是婉转流丽,为小春香所写的曲辞则是俏丽灵动,为杜宝所写的曲辞则是沉郁典雅,为判官所写的曲辞则跌宕豪放,为石道姑所写的曲辞则是滑稽风趣等等,不一而足,显示了汤显祖极高的艺术修养和才能,故颇得时人赞叹。

【学习思考】

一、汤显祖曾说自己"一生四梦,得意处唯在《牡丹》",请结合前人对《牡丹亭》的评价,谈谈你的认识。

二、请结合《牡丹亭》作品,谈谈《牡丹亭》的主人公杜丽娘与一般才子佳人小说中贵族少女有何不同?

【延伸阅读书目】

1.《中国古代戏剧选》,宁希元、宁恢选注,人民文学出版社2017年版。

2.《六十种曲》,毛晋编,中华书局1990年版。

(解玉峰 编写)